Un amour
de Swann

PROUST

Un amour de Swann

●

CHRONOLOGIE
PRÉSENTATION
NOTES
DOSSIER
BIBLIOGRAPHIE
LEXIQUE GÉNÉTIQUE

par Mireille Naturel

GF Flammarion

Du même auteur
dans la même collection

© Flammarion, Paris, 2002.
Édition augmentée en 2013.
ISBN : 978-2-0813-9066-9

SOMMAIRE

Un amour de Swann

« Philippe Forest,
pourquoi aimez-vous *Un amour de Swann*? »

Parce que la littérature d'aujourd'hui se nourrit de celle d'hier, la GF a interrogé des écrivains contemporains sur leur « classique » préféré. À travers l'évocation intime de leurs souvenirs et de leur expérience de lecture, ils nous font partager leur amour des lettres, et nous laissent entrevoir ce que la littérature leur a apporté. Ce qu'elle peut apporter à chacun de nous, au quotidien.

Né en 1962, Philippe Forest est romancier, essayiste et professeur de littérature à l'université de Nantes. Il est l'auteur de plusieurs romans parus chez Gallimard, L'Enfant éternel *(1997)*, Toute la nuit *(1999)*, Sarinagara *(2004)*, Le Nouvel Amour *(2007)*, Le Siècle des nuages *(2010)*, et Le Chat de Schrödinger *(2013)*, de différents essais consacrés notamment à la littérature et à l'histoire des avant-gardes. Il a accepté de nous parler d'Un amour de Swann, et nous l'en remercions.

Quand avez-vous lu ce livre pour la première fois ? Racontez-nous les circonstances de cette lecture.

Je crois me souvenir que j'avais dix-huit ans. Ce devait donc être en 1980. Je suis certain que c'était en été. Je passais mes vacances avec mes parents dans la vieille maison familiale que nous possédions alors dans les montagnes de l'Ain et que j'évoque dans plusieurs de mes romans, maison située dans un village nommé Le Balmay, sur la commune de Vieu d'Izenave. J'ai lu toute la *Recherche du temps perdu* en une semaine. Autant dire que, du matin au soir, je ne faisais que lire : sur mon lit ou dans le jardin, à l'ombre d'un grand tilleul. Proust a écrit un très beau texte, « Journées de lecture », où il évoque ces heures passées dans les livres lorsque l'on est enfant ou jeune homme et que l'on s'imagine que les grands romans que nous découvrons tiendront la promesse de vérité qu'ils nous font. Chaque jour, je me rendais à Nantua, la ville voisine au bord du lac, pour faire l'acquisition du volume suivant de la *Recherche*, dans l'édition Folio d'alors, que je possède encore. Sans doute était-ce aussi dans l'espoir d'impressionner la très jeune femme – elle devait avoir mon âge – qui, cet été-là, tenait la librairie de la ville. Revenant sur les lieux il y a peu, je l'ai constaté, la librairie a aujourd'hui disparu. J'achetais le livre. Je repartais. Et puis je revenais le lendemain. J'étais trop timide pour qu'il se passe quoi que ce soit de plus. Mais j'en suis déjà à raconter mon « temps perdu » ! Le propre de Proust, c'est que dès qu'on le lit on se met à se prendre pour l'un des personnages de son œuvre. J'ajoute que je connaissais le nom de Swann sinon celui de Proust à cause d'une chanson populaire de l'époque, que j'aimais beaucoup sans savoir du tout qu'elle se référait à l'un des plus grands romans de la littérature française : « J'irais bien refaire un tour du côté de chez Swann/ Revoir mon premier amour/ Qui me donnait rendez-vous… » Le chanteur s'appelle Dave.

Votre « coup de foudre » a-t-il eu lieu dès le début du livre ou après ?

Mon « coup de foudre » a eu lieu avant le début du livre. Puisque *Un amour de Swann* est la deuxième partie du premier volume d'*À la recherche du temps perdu*. Et moi j'ai été pris par la lecture, dès les premières pages, les premières lignes de l'œuvre, la formidable première scène (« Longtemps je me suis couché de bonne heure… ») où le narrateur éprouve, entre le sommeil et la veille, ce vertige de ne plus savoir qui il est, où il est, dont toute la suite va sortir. Mais, pour être honnête, c'est certainement *Un amour de Swann* qui m'a vraiment accroché et m'a donné le désir durable de poursuivre ma lecture jusqu'au *Temps retrouvé*, malgré les longueurs assez fastidieuses que comporte la *Recherche* (je dis cela, je sais bien que c'est un sacrilège !) et qui m'a permis de supporter le tunnel des longues descriptions mondaines qu'on trouve dans *Le Côté de Guermantes*, par exemple. Enfin, je raconte tout cela. Mais je ne sais plus trop bien si je me souviens ou si j'invente. C'était il y a trente ans. Et Proust nous apprend aussi à nous méfier de la mémoire et des faux souvenirs qu'elle fabrique.

Relisez-vous ce livre parfois ? À quelle occasion ?

Je le relis tous les ans. Les hasards de la vie ont fait de moi un professeur d'université. Je passe pour tel. Enfin, auprès de ceux qui peuvent accepter l'idée que l'on soit universitaire et, par ailleurs, romancier. Depuis que j'enseigne, cela fait vingt-cinq ans, j'inscris *Du côté de chez Swann* au programme des étudiants de première année. Parce que je suis convaincu que s'il n'y a qu'un roman à lire de la littérature française du XXᵉ siècle, c'est celui-là. Et comme j'ai une très mauvaise mémoire pour tout ce qui concerne les intrigues romanesques – je me rappelle les scènes, les idées, les détails, mais très mal l'histoire elle-même –, il faut que je relise le livre à chaque fois. En revanche, je n'ai jamais relu dans son intégralité *À la recherche du temps perdu*. J'espère bien y parvenir cette année où l'on célèbre les cent ans de *Du côté de chez Swann*.

Est-ce que cette œuvre a marqué vos livres ou votre vie ?

Ma vie ? Certainement. Je connaissais très peu de chose de l'amour et de l'existence quand j'ai lu le livre. Et j'ai sans doute pris modèle sur ce qu'il m'en disait. Par les livres, on connaît la vie avant d'avoir vécu. C'est ce que Chateaubriand appelait, je crois, « le vague des passions ». La réalité imite la fiction. Et pas l'inverse.

Mes livres ? Aussi. En tout cas *Le Siècle des nuages*, pour tout ce que j'y écris du temps, de la mémoire, de la façon dont chacun rêve sa vie et lui donne la forme d'une fable. Et puis bien sûr *Le Nouvel Amour,* qui s'inscrit dans un genre – le roman d'amour, je dirais : à la française – dont *Un amour de Swann* constitue l'indépassable et évident chef-d'œuvre.

Quelles sont vos scènes préférées ?

Certainement la grande scène au cours de laquelle Swann se met fébrilement à la recherche d'Odette parmi les ombres des boulevards. On n'a jamais mieux décrit la manière dont naît l'amour et l'irréversible attachement de deux êtres qui s'ensuit. Mais il y a aussi la soirée Saint-Euverte. Tout en restant romancier, Proust fait splendidement la preuve qu'il est également poète – sa langue devient aussi musicale que la musique qu'il dépeint – et philosophe – en proposant une pensée très profonde de la création artistique et de son rapport à la souffrance et à la mort.

Y a-t-il selon vous des passages « ratés » ?

Non. Il y a bien sûr, comme dans tous les livres, des moments plus forts et des moments plus faibles. Mais les moments « faibles » sont nécessaires pour mettre en valeur les moments « forts ». Le rythme d'un roman dépend d'une telle alternance. Il faut les entractes de la comédie mondaine pour donner toute leur gravité aux grandes scènes du drame amoureux.

Cette œuvre reste-t-elle pour vous, par certains aspects, obscure ou mystérieuse ?

Oui, comme toutes les grandes œuvres, puisque celles-ci nous confrontent à la part d'inintelligible de la vie et nous dérobent la vérité dont elles font miroiter le mirage sous nos yeux. Mais ce qui reste surtout mystérieux pour moi concerne le charme qu'exerce à chaque fois sur moi la lecture de Proust. Il y a de très grandes œuvres qu'on a aimées autrefois et qui nous déçoivent lorsque l'on revient à elles. Pas Proust ! Mon admiration pour lui ne s'use pas et renaît à chaque fois.

Quelle est pour vous la phrase ou la formule « culte » de cette œuvre ?

La phrase la plus connue du livre est la dernière, la réflexion désabusée de Swann : « Dire que j'ai gâché des années de ma vie, que j'ai voulu mourir, que j'ai eu mon plus grand amour, pour une femme qui ne me plaisait pas, qui n'était pas mon genre ! » Une telle formule fait un peu penser à celle par laquelle se conclut *L'Éducation sentimentale* de Flaubert. Elle renvoie au néant le livre que nous venons de lire en signalant l'insignifiance de l'histoire qu'il raconte. Mais cette phrase – qui est assez une remarque de mufle mélancolique –, si elle est la plus connue, n'est pas ma préférée. D'ailleurs, elle prend une signification ironique et grinçante lorsque le lecteur sait que Swann finira malgré tout par épouser Odette. Et plus pathétique encore : que sa propre fille, Gilberte, après sa mort, prendra le nom de Forcheville, c'est-à-dire celui de l'homme avec lequel Odette l'a trompé et que, veuve, elle épousera. Non, la formule qui me paraît la plus profonde dans *Un amour de Swann* est celle par laquelle Proust, parlant de « l'acte de possession physique », précise aussitôt, se corrigeant lui-même : « où d'ailleurs l'on ne possède rien ». Cela dit tout de l'impossible possession dont les hommes, les femmes font l'épreuve dans l'expérience érotique et amoureuse.

Si vous deviez présenter ce livre à un adolescent d'aujourd'hui, que lui diriez-vous ?

J'ai écrit dans un de mes livres : « Il n'y a de roman que d'amour. » L'affirmation a choqué certains critiques, objectant que les romans pouvaient – et même devaient – parler aussi de choses plus sérieuses et essentielles comme la politique, la religion, la morale… Mais je suis convaincu que si l'on est honnête, on tombera d'accord avec moi : lorsqu'on lit des romans, et particulièrement à l'adolescence, on le fait pour apprendre ce qu'il en est de la vie qu'on découvre et de l'amour qui lui donne son prix. Tout roman est un roman d'amour. Et *Un amour de Swann* est le plus grand des romans d'amour. Je ne vois donc pas de raison de se priver d'une telle lecture, que l'on soit un jeune homme ou une jeune fille. Bien sûr, Swann, quand il rencontre Odette, est loin déjà du temps de ses premiers émois. Il a une trentaine d'années, il parvient à ce que Dante nommait « le milieu du chemin de la vie », il a déjà connu bien des amours, c'est même ce qu'on pourrait appeler un « homme à femmes ». Un jeune lecteur pourrait se sentir étranger à une telle histoire qui, pour être appréciée, exige une expérience qui lui manque encore. Sauf que le propre de la passion, telle que la vit Swann, consiste à retrouver tous les plaisirs et toutes les angoisses de l'amour naissant, exactement comme si l'on découvrait l'amour. Avec toute la maturité de son expérience, de son intelligence, de sa culture, Swann fait l'épreuve du désir comme on le fait à tout âge : impréparé, vulnérable, effaré.

*
* *

Avez-vous un personnage « fétiche » dans cette œuvre ? Qu'est-ce qui vous frappe, séduit (ou déplaît) chez lui ?

Si je voulais faire l'original, je proposerais un éloge, par exemple, du docteur Cottard – dont j'aime la maladresse mondaine qui me rappelle assez la mienne –, ou de son épouse – qui, à la fin du récit, apparaît soudain comme un être d'une extrême générosité lorsqu'elle raconte à Swann tout le bien qu'Odette dit de lui en son absence et tout l'amour qu'elle lui porte. Il y a tellement de gens, vous l'avez remarqué, qui se prétendent vos amis et qui n'ont rien de plus pressé à faire que de vous rapporter, avec délectation, le mal que l'on dit de vous dans votre dos sans que vous leur ayez rien demandé !

J'aimerais bien aussi parler en faveur d'Odette – formidable personnage féminin, comme Albertine ! En général, elle a assez mauvaise réputation chez les lecteurs de Proust. On la tient pour idiote, menteuse, vénale, sans prendre en compte la situation qui est la sienne – suspendue pour sa survie aux hommes dans une société faite par les hommes et pour les hommes – et sans réaliser que les défauts qu'on lui trouve sont largement des fantasmes nés de l'imagination jalouse et paranoïaque de son amant. Moi, je trouve Odette très séduisante. Je ne suis pas sûr qu'il y ait lieu de m'en vanter, mais je crois que j'aurais très bien pu tomber amoureux d'elle.

Mais mon personnage « fétiche » est forcément Swann. Toute l'histoire est racontée de son point de vue. Si bien que le lecteur se trouve obligé de s'identifier à lui. Comme tout le monde, je suis Swann. Avec ses défauts (je le crains) et ses qualités (je l'espère).

Ce personnage commet-il selon vous des erreurs au cours de sa vie de personnage ?

Il ne commet que des erreurs ! D'un certain point de vue, en tout cas. Du point de vue cynique et prosaïque depuis lequel ceux qui ignorent tout de l'amour vrai considèrent la passion dont les autres sont la proie. Mais ces erreurs sont indispensables et salutaires, puisqu'elles permettent à celui qui les commet de vivre l'expérience la plus intense de sa vie. Joyce, dans *Ulysse*, écrit à propos de Shakespeare, amant trompé et ridicule lui aussi, que pour un homme de génie (et Swann a au moins le génie de l'amour), les erreurs sont toujours volontaires et qu'elles sont le portail par lequel on passe pour accéder à la vérité. C'est toute la leçon de la *Recherche*.

Quel conseil lui donneriez-vous si vous le rencontriez ?

Aucun. D'abord, je n'ai pas le sentiment de m'en tirer mieux que lui avec la vie et avec les femmes : je ne vois donc pas de quelle sagesse je pourrais me prévaloir pour l'amener à corriger sa conduite. Ensuite, parce que personne ne peut jamais donner de conseil utile à autrui. Proust écrit aussi dans la *Recherche* que l'amitié n'est rien – même si ceux qui professent une telle indifférence à l'égard de l'amitié peuvent être les meilleurs amis du monde. Charlus est l'ami de Swann. Et il se garde bien de lui donner des conseils, celui par exemple de quitter Odette. Il se contente de l'aider du mieux qu'il peut. Si Swann avait été mon ami, j'aurais essayé d'agir ainsi. Et si j'avais été Swann, j'aurais jugé insupportable qu'on se mêle de ma vie et qu'on prétende savoir mieux que moi comment la gouverner.

Si vous deviez réécrire l'histoire de ce personnage aujourd'hui, que lui arriverait-il ?

La même chose que chez Proust. Avec juste les légères modifications qui dépendent des changements qui ont eu lieu depuis l'époque où l'histoire se déroule et qui tiennent, même si l'égalité est loin d'être acquise sur le plan financier, social ou même amoureux, aux progrès objectifs de la condition féminine. Pour le reste, rien n'a changé. Chaque nouveau roman d'amour réécrit l'histoire de Swann – puisque ce roman, je l'ai dit, porte à sa perfection le genre qu'il illustre. En ce sens, *Le Nouvel Amour*, que j'ai écrit il y a quelques années, est une sorte de remake d'*Un amour de Swann*. Il y a quand même un point que je voudrais pouvoir changer, que j'ai essayé de changer. Comme on sait, les histoires d'amour finissent mal ! Une chanson ajoute : en général. La lecture des romans montre que c'est toujours le cas. Il en va ainsi depuis Tristan et Yseut, Roméo et Juliette et encore chez Proust. Tout particulièrement chez Proust, qui professait en la matière le pessimisme le plus total et dont une anecdote fameuse raconte qu'il envoya l'une de ses pantoufles à la figure du jeune Emmanuel Berl lorsque celui-ci lui annonça ses fiançailles ! Avec *Le Nouvel Amour*, j'ai écrit un roman d'amour qui ne se termine pas afin d'éviter d'avoir à écrire un roman d'amour qui se terminerait mal. Mais peut-être n'est-ce pas si différent dans la *Recherche*. Qui dit que, d'une certaine manière, Swann et Odette ne se sont pas aimés jusqu'au bout ?

*

* *

Quelle question auriez-vous aimé que l'on vous pose ?

Une question qui m'aurait amené à parler d'un autre personnage d'*Un amour de Swann* : la petite phrase de la sonate de Vinteuil, l'« hymne national » de l'amour d'Odette et de Swann. Il s'agit vraiment d'un personnage à part entière, et Proust la décrit à la manière d'une figure féminine, une sorte de fée – de celles qu'on trouve dans les contes, un peu comme la fée bleue chez Pinocchio –, qui veille sur Swann, préside magiquement à la naissance de son amour, revient le consoler au moment le plus noir de sa vie. On a beaucoup discuté parmi les spécialistes de l'air qui aurait servi de modèle à Proust. Pour moi, il ne fait aucun doute qu'il s'agit de la sonate en *la* majeur pour piano et violon de César Franck. Chaque fois que je l'écoute et que, comme le dit si magnifiquement Proust, le chant des cordes s'élève au-dessus du clapotement du clavier, j'ai l'impression de voir la féminine fée dont l'apparition triste et douce ne se montre qu'aux yeux des amants.

*

* *

Le mot de la fin ?

Disons alors un mot sur la fin d'*Un amour de Swann* qui n'en est pas vraiment une puisque le livre ne constitue pas un roman en lui-même mais l'un des chapitres de ce grand roman qu'est *À la recherche du temps perdu*. C'est pourquoi on ne peut vraiment comprendre *Un amour de Swann* qu'à la condition d'avoir lu l'œuvre dans sa totalité. Les spécialistes de Proust l'expliquent. Et ils ont raison — au moins en ceci qu'ils nous invitent à poursuivre notre lecture jusqu'au dernier volume. Je ne vais pas dire le contraire ! Je rappelle la thèse : Swann, parce qu'il renonce à faire de sa vie la matière d'une œuvre d'art, échoue là où le narrateur triomphe en prenant la décision, dans *Le Temps retrouvé,* de devenir écrivain et en s'engageant dans la composition d'une œuvre qui sans doute est celle-là même dont nous venons d'achever la lecture mais qu'il lui reste à écrire pour donner un sens à son existence et justifier celle-ci. Il y aurait beaucoup à dire sur tout cela ! Je dois faire l'aveu que la seule chose qui me gêne chez Proust est cette vision rédemptrice de l'art selon laquelle on ne saurait se sauver autrement qu'en devenant soi-même un artiste. Dans *L'Expérience intérieure*, Georges Bataille exprime des réserves semblables lorsqu'il demande à propos de Proust : « L'absence de satisfaction n'est-elle pas plus profonde que le sentiment de triomphe à la fin de l'œuvre ? » Pour moi, il y a plus de vérité dans la défaite de Swann que dans l'apparente victoire du narrateur. Et Proust n'a jamais mieux exprimé ce qu'il en est de l'art et de la vie que dans ces pages sublimes et inquiètes où, à propos de la sonate de Vinteuil, il écrit : « Peut-être est-ce le néant qui est le vrai et tout notre rêve est-il inexistant, mais alors nous sentons qu'il faudra que ces phrases musicales, ces notions qui existent par rapport à lui, ne soient rien non plus. Nous périrons, mais nous avons pour otages ces captives divines qui suivront notre chance. Et la mort avec elles a quelque chose de moins amer, de moins inglorieux, peut-être de moins probable. »

CHRONOLOGIE

CHRONOLOGIE	REPÈRES HISTORIQUES ET CULTURELS	VIE ET ŒUVRES DE MARCEL PROUST
1870	Guerre entre la France et la Prusse. Défaite de la France. Fin du second Empire et proclamation de la IIIe République.	
1871	Insurrection de la Commune de Paris. Darwin, *De la descendance de l'homme.*	Naissance de Marcel Proust le 10 juillet à Auteuil, 96, rue La Fontaine, chez son oncle Louis Weil. Son père, Adrien Proust, est professeur de médecine, très grand hygiéniste, fils d'un épicier d'Illiers (devenu, en 1971, Illiers-Combray). Sa mère, Jeanne Weil, d'une culture remarquable, est issue de la grande bourgeoisie israélite. La famille habite dans le VIIIe arrondissement, près de l'église Saint-Augustin. L'enfant est baptisé le 5 août.
1872	Leconte de Lisle, *Poèmes barbares.* Monet, *La Seine à Argenteuil.*	
1873	Mac-Mahon président de la République (1873-1879). Rimbaud, *Une saison en enfer.*	Naissance du frère de Marcel, Robert. Les Proust s'installent 9, boulevard Malesherbes. Ils séjournent régulièrement à Auteuil (qui se superposera à Illiers pour former « Combray »).

Quand ils vont à Illiers pour les vacances de Pâques et d'été, ils se rendent chez les Amiot. Marcel y passe ses vacances de l'âge de six ans à l'âge de neuf ans. La sœur d'Adrien, Élisabeth (la future tante Léonie), a épousé Jules Amiot, marchand de draps. Deux de leurs enfants sont installés en Algérie et l'oncle Amiot y fait de fréquents voyages. Il en rapporte un goût très prononcé pour l'orientalisme : il s'aménage un salon oriental, une orangerie, un hammam, orne le jardinet de sa maison et le Pré Catelan (futur parc de Tansonville) de plantes exotiques. La plupart des lieux cités dans *Jean Santeuil* et dans « Combray » ont leur origine dans le village et ses alentours.

Les crises d'asthme de Marcel contraindront la famille à mettre fin à ces séjours.

1874 Première exposition des impressionnistes. Monet, *Impression, soleil levant* (1872).
Barbey d'Aurevilly, *Les Diaboliques*.
Flaubert, *La Tentation de saint Antoine*.
Verlaine, *Romances sans paroles*.

1875 Bizet, *Carmen*.

CHRONOLOGIE	REPÈRES HISTORIQUES ET CULTURELS	VIE ET ŒUVRES DE MARCEL PROUST
1876	Mallarmé, *L'Après-midi d'un faune*. Dostoïevski, *L'Adolescent*. Moreau, *L'Apparition-Salomé devant Hérode*.	
1877	Flaubert, *Trois Contes*. Zola, *L'Assommoir*.	
1879	Jules Grévy président de la République (1879-1887). Fauré, *Quatuor avec piano en ut mineur*. Loti, *Aziyadé*.	
1880	Huysmans, *L'Exposition des Indépendants*.	
1881-1882	Lois Jules Ferry sur l'enseignement primaire laïque, gratuit et obligatoire. Protectorat sur la Tunisie. Flaubert, *Bouvard et Pécuchet* (posthume). Loti, *Le Roman d'un spahi*. Wagner, *Parsifal*.	En 1882, Marcel Proust est élève au lycée Condorcet. Ses absences sont nombreuses. Il a pour ami Jacques Bizet dont la mère, Geneviève Halévy, deviendra, en secondes noces, Mme Straus.

1883	Protectorat sur l'Indochine. Nietzsche, *Ainsi parlait Zarathoustra*. Renoir, *La Danse à la campagne*.	Décès d'Élisabeth Amiot. La famille Proust se rend à Illiers pour la dernière fois ; Marcel lit l'*Histoire de la conquête de l'Angleterre par les Normands* d'Augustin Thierry. L'oncle Jules Amiot mourra en 1912 ; Marcel enverra un télégramme de condoléances.
1884	Huysmans, *À rebours*.	
1885	Zola, *Germinal*.	
1886	Moréas, *Manifeste symboliste*. Saint-Saëns, *Le Carnaval des animaux*. Traduction française du texte de Schopenhauer, *Le Monde comme volonté et comme représentation* (1818). Lemaître, *Les Contemporains* (1886-1919).	
1887	Sadi Carnot président de la République (1887-1894). Crise boulangiste. Les frères Goncourt, *Journal* (1887-1896 : publication partielle).	
1888	Les nabis (Denis, Vuillard, Bonnard).	Au lycée Condorcet, il suit les cours de philosophie du professeur Darlu. Collabore à différentes revues littéraires.

CHRONOLOGIE	REPÈRES HISTORIQUES ET CULTURELS	VIE ET ŒUVRES DE MARCEL PROUST
1889	Exposition universelle. La tour Eiffel.	Mort de sa grand-mère paternelle. Il fait la connaissance d'Anatole France, qu'il admire, et effectue son volontariat au 76e régiment d'infanterie à Orléans.
1890	Zola, *La Bête humaine*.	Mort de sa grand-mère maternelle, d'une crise d'urémie. Il s'inscrit à la faculté de droit de Paris. Commence à fréquenter Cabourg.
1891	Oscar Wilde, *Le Portrait de Dorian Gray*.	
1892	Scandale de Panamá. Maeterlinck, *Pelléas et Mélisande*.	Avec ses amis Fernand Gregh, Robert Dreyfus, Louis de La Salle, Daniel Halévy et Jacques Bizet, il fonde la revue *Le Banquet*. Portrait de Proust par Jacques Émile Blanche.
1893		Proust publie ses premières nouvelles dans *Le Banquet*. Il se lie d'amitié avec Robert de Flers et Robert de Montesquiou, et fait la connaissance de la comtesse Greffulhe. Il écrit la nouvelle *L'Indifférent*, qu'il publie dans *La Vie contemporaine* en 1896. Séjourne trois semaines à Saint-Moritz,

avec Louis de La Salle, puis se rend à Évian et à Trouville. Il obtient sa licence de droit et s'inscrit en licence de lettres (option « philosophie »). Il publie différentes nouvelles dans *La Revue blanche*.

Chez Madeleine Lemaire, au château de Réveillon, il rencontre le musicien Reynaldo Hahn : leur liaison amoureuse durera deux ans ; elle se transformera ensuite en relation d'amitié. Il se rend à Trouville avec sa mère.

Il obtient sa licence de lettres, fréquente les salons, le théâtre et l'Opéra. Il entre à la bibliothèque Mazarine comme assistant mais abandonne très vite son poste (1900). Il part en Bretagne avec Reynaldo Hahn, séjourne à Beg-Meil où il entreprend la rédaction de *Jean Santeuil*.

Les Plaisirs et les jours paraissent chez Calmann-Lévy, avec des illustrations de Madeleine Lemaire et une préface d'Anatole France. Décès du grand-oncle d'Auteuil (sa propriété sera vendue l'année suivante) et du grand-père maternel. Début de sa liaison avec Lucien Daudet. Séjourne quelques semaines au Mont-Dore.

1894

Assassinat de Sadi Carnot ; Jean Casimir-Périer président de la République (1894-1895). Affaire Dreyfus.
Nietzsche, *La Volonté de puissance*.
Debussy, *Prélude à l'Après-midi d'un faune*.

1895

Démission de Jean Casimir-Périer ; Félix Faure président de la République (1895-1899).
Cinéma des frères Lumière.

1896

Nicolas II en voyage en France.
Tchekhov, *La Mouette*.
Jarry, *Ubu roi*.

CHRONOLOGIE

	REPÈRES HISTORIQUES ET CULTURELS	VIE ET ŒUVRES DE MARCEL PROUST
1897	Guerre gréco-turque. Mort d'Alphonse Daudet, père de Lucien et de Léon. Barrès, *Les Déracinés*. Gide, *Les Nourritures terrestres*. Rodin, *Balzac*.	Il se bat en duel avec Jean Lorrain qui avait tourné en dérision sa relation avec Lucien Daudet. Il visite la Rhénanie en compagnie de sa mère. Après Anatole France et Pierre Loti, Balzac est l'un de ses auteurs préférés.
1898	Zola publie « J'accuse » dans *L'Aurore*, le 13 janvier. Marcel Proust signe la pétition en faveur de la révision du procès Dreyfus. Procès Zola.	Proust soutient Dreyfus et Zola. Il se rend à Trouville avec sa mère puis à Amsterdam pour y voir l'exposition Rembrandt. Il visite le musée Gustave-Moreau.
1899	Belle Époque : 1900-1914.	Séjour à Évian. Il s'intéresse à John Ruskin, entreprend la traduction de *La Bible d'Amiens*, avec l'aide de sa mère et de Marie Nordlinger, cousine de Reynaldo Hahn.
1900	Belle Époque : 1900-1914. Exposition universelle de Paris. Ouverture de la première ligne du métro parisien. Monet, *Nymphéas* (à la galerie Durand-Ruel). Barrès, *L'Appel au soldat*.	Mort de Ruskin. Voyage à Venise, avec sa mère, en mai, sur les traces de Ruskin : il y retrouve Reynaldo Hahn et Marie Nordlinger. Deuxième voyage à Venise en octobre. Ses parents emménagent au 45, rue de Courcelles.

1901

Colette, les *Claudine* (1900-1905).
D'Annunzio, *Le Feu*.
Freud, *L'Interprétation des rêves*.
Rostand, *L'Aiglon*.

Séjour à Amiens.

1902

Debussy, *Pelléas et Mélisande*.
Gide, *L'Immoraliste*.
Loti, *Les Derniers Jours de Pékin*.
Mort de Zola.

Mort de Charles Haas, modèle de Swann. Voyage en Hollande avec Bertrand de Fénelon, à Bruges où il voit une exposition sur les primitifs flamands et à La Haye où il contemple la *Vue de Delft* de Vermeer. Bertrand de Fénelon est nommé à Constantinople ; chagrin de Proust.

1903

Mariage de Robert Proust, à l'église Saint-Augustin. Marcel publie différentes chroniques dans des journaux. Il fréquente Louis d'Albufera et sa maîtresse, l'actrice Louisa de Mornand. Nouveau voyage à Évian. Grand intérêt pour les églises. Le 26 novembre, mort subite du professeur Adrien Proust.

1904

Guerre russo-japonaise.
Cézanne, *La Montagne Sainte-Victoire*.
Rolland, *Jean-Christophe* (1903-1912).
Tchekhov, *La Cerisaie*.

Parution de la traduction de *La Bible d'Amiens*. Proust la dédie à son père. Il entreprend la traduction de *Sésame et les lys*.

REPÈRES HISTORIQUES ET CULTURELS	VIE ET ŒUVRES DE MARCEL PROUST
1905 Loi sur la séparation de l'Église et de l'État. Travaux d'Einstein sur la relativité. Debussy, *La Mer*.	Le 15 juin, parution dans *La Renaissance latine* de la préface à *Sésame et les lys* : « Sur la lecture ». En août, *Les Arts de la vie* publient son texte « Un professeur de beauté » (le « professeur de beauté » n'est autre que Robert de Montesquiou). Début septembre, il part à Évian avec sa mère. Celle-ci, prise d'une crise d'urémie, doit rentrer à Paris. Elle meurt le 26 septembre, à l'âge de 57 ans. Désespoir de Marcel qui entre en clinique début décembre. Il y restera jusqu'à la fin du mois de janvier 1906.
1906 Réhabilitation du capitaine Dreyfus. Le fauvisme (Vlaminck, Derain, Matisse). Musil, *Les Désarrois de l'élève Törless*.	D'août à décembre, il séjourne à l'hôtel des Réservoirs, à Versailles. Puis il quitte définitivement la rue de Courcelles pour s'installer 102, boulevard Haussmann, dans l'appartement de son oncle, Georges Weil, décédé lui aussi d'une crise d'urémie, en août.
1907 Picasso, *Les Demoiselles d'Avignon*. Sculptures de Maillol et Bourdelle.	Proust passe l'été 1907 (et les six étés suivants) à Cabourg. Il visite la Normandie en compagnie de son chauffeur Alfred Agostinelli. *Le Figaro* publie « Impressions de route en automobile », dont une

C H R O N O L O G I E

partie sera transposée dans le texte écrit par l'enfant, à la vue des clochers de Martinville, dans « Combray ».

1908

France, *L'île des pingouins*.

Année décisive. Proust publie dans *Le Figaro*, à la manière de Balzac, de Flaubert, de Sainte-Beuve, d'Henri de Régnier, etc., une série de pastiches à propos de l'affaire Lemoine (ingénieur qui avait prétendu avoir trouvé le secret de la fabrication du diamant). Mme Straus lui offre cinq carnets ; dans l'un d'entre eux, dit « Carnet de 1908 », il prend des notes pour son œuvre future. Il commence un essai de critique littéraire, sur une trame narrative, « Une conversation avec Maman », qui restera inachevé et ne sera publié qu'en 1954 sous le titre *Contre Sainte-Beuve*. Il fait part de ses projets d'écriture à Louis d'Albufera. Il lit Saint-Simon, l'un de ses auteurs de prédilection.

1909

Diaghilev, *Les Ballets russes*.
Claudel, *L'Otage*.
Marinetti, *Manifeste du futurisme*.
Gide, *La Porte étroite*.

Proust passe de son projet d'essai critique à son projet romanesque.

CHRONOLOGIE	REPÈRES HISTORIQUES ET CULTURELS	VIE ET ŒUVRES DE MARCEL PROUST
1910		Il assiste à la première des Ballets russes, avec Nijinski. Son secrétaire est Albert Nahmias. Les réflexions esthétiques de l'essai critique deviennent la conclusion de l'œuvre qu'il est en train de concevoir.
1911	Accords franco-allemands sur le Maroc. Saint-John Perse, *Éloges*.	Il utilise le théâtrophone pour suivre représentations théâtrales et opéras. Il voue une grande admiration à Debussy, notamment à son œuvre *Pelléas et Mélisande*. Miss Cœcilia Hayward, au Grand Hôtel de Cabourg, dactylographie le manuscrit de son premier volume : « Les Intermittences du cœur. Le Temps perdu. 1re partie. »
1912	Guerre dans les Balkans. Arrivée de Chagall à Paris.	Proust cherche un éditeur pour son premier volume (le second devrait s'appeler : « Le Temps retrouvé »). Refus de Fasquelle et de Gallimard.
1913	Raymond Poincaré président de la République (1913-1320). Alain-Fournier, *Le Grand Meaulnes*. Apollinaire, *Alcools*. Stravinski, *Le Sacre du printemps*.	Refus de l'éditeur Ollendorff. Publication, à compte d'auteur, chez Grasset : *Du côté de chez Swann*, dont Proust a dû supprimer deux cent cinquante pages, paraît le 14 novembre en librairie. L'ensemble de l'œuvre s'appelle désormais *À la recherche du temps*

	perdu. Liaison avec Alfred Agostinelli, qui habite désormais chez lui, avec sa compagne. En décembre, Alfred Agostinelli quitte Proust. Désespoir de ce dernier qui tente de le faire revenir. Apparition du prénom d'Albertine dans les brouillons.	
1914	Proust prépare son deuxième volume, *Le Côté de Guermantes* ; la guerre en retardera la parution. Le 30 mai, Alfred Agostinelli, qui s'était inscrit à une école de pilotage sous le nom de Marcel Swann, se tue dans un accident d'avion.	Assassinat de Jaurès. Première Guerre mondiale.
1916	1916-1918 : la NRF (Gallimard) rachète les droits de publication à Grasset. Proust mène une vie mondaine, il fréquente le restaurant Larue et le Ritz, a pour amis Jean Cocteau, Paul Morand, la princesse Soutzo, Jacques de Lacretelle, les Daudet et la comtesse de Noailles. Il travaille aux différents volumes de la *Recherche.*	Freud, *Introduction à la psychanalyse.* Expressionnisme allemand en peinture.
1917		Révolution russe. Valéry, *La Jeune Parque.*
1918		Fin de la Première Guerre mondiale. Apollinaire, *Calligrammes.*

	REPÈRES HISTORIQUES ET CULTURELS	VIE ET ŒUVRES DE MARCEL PROUST
1919	Dorgelès, *Les Croix de bois*.	Année triomphale. Réédition de *Du côté de chez Swann*, parution de *Pastiches et mélanges* et d'*À l'ombre des jeunes filles en fleurs*. Prix Goncourt pour ce volume. Proust doit déménager : sa tante vend son immeuble du 102, boulevard Haussmann à la banque Varin-Bernier. Il s'installe chez Réjane, rue Laurent Pichat, de juin à octobre, puis emménage au 44, rue Hamelin.
1920	Breton, *Les Champs magnétiques*.	Le 1er janvier, il écrit « À propos du style de Flaubert » dans la *Nouvelle Revue française*, en réponse à l'article d'Albert Thibaudet, « Une querelle littéraire sur le style de Flaubert », paru dans la même revue le 1er décembre 1919. *Le Côté de Guermantes* I paraît.
1921	Einstein, prix Nobel de physique. Giraudoux, *Suzanne et le Pacifique*.	Proust se rend à une exposition de peintres hollandais à l'Orangerie pour admirer à nouveau la *Vue de Delft* de Vermeer. Il est victime d'un violent malaise, comme le sera Bergotte dans *La Prisonnière*. *Le Côté de Guermantes* II et *Sodome et Gomorrhe* I paraissent.

C H R O N O L O G I E

1922	Mussolini au pouvoir. Bohr, prix Nobel de physique. Martin Du Gard, *Les Thibault* (1922-1940). Joyce, *Ulysse*.	Publication de *Sodome et Gomorrhe* II. Le 18 novembre, Proust, qui combat la maladie depuis plusieurs années, meurt d'une pneumonie. *La Prisonnière* est sous presse.
1923		Parution de *La Prisonnière*.
1925		Parution d'*Albertine disparue*. Mort de Jacques Rivière (directeur de la NRF).
1927		Parution du *Temps retrouvé*.
1935		Mort de Robert Proust qui s'était chargé, avec Jacques Rivière, de la publication des volumes posthumes.
1952		*Jean Santeuil* est publié par les soins de Bernard de Fallois.
1954		Publication, par le même critique, du *Contre Sainte-Beuve*.

19

Proust n'a écrit qu'une seule œuvre, *À la recherche du temps perdu* [1]. L'exposition *Marcel Proust, l'écriture et les arts*, par laquelle la Bibliothèque nationale de France a voulu célébrer, fin 1999, le changement de siècle, a témoigné de l'extraordinaire rayonnement de cette œuvre, de sa richesse esthétique ainsi que de la fascination qu'exerce son écriture [2]. Jamais les fameuses « paperoles » de Proust n'avaient encore été ainsi montrées au public, déployées sur toute leur longueur, comme de magiques palimpsestes.

« Un amour de Swann », la partie médiane du premier volume [3], *Du côté de chez Swann*, se singularise par son autonomie narrative [4]. Récit-parenthèse, ce texte renvoie à un temps antérieur à celui de « Combray » : le roman s'ouvrait sur le récit de l'enfance, un univers reconstruit par la mémoire volontaire et involontaire, avec ses « temps forts » que sont l'épisode du baiser du soir et celui de la madeleine ; « Un amour de Swann » est le récit d'une relation amoureuse, celle de Swann et d'Odette, appréhendée à travers le prisme de la jalousie, avec, pour toile de fond, le Paris des années 1880, ses cafés, ses champs de course, ses grands boulevards, ses salons et leurs codes langagiers.

---

1. Certes, Proust a aussi publié *Les Plaisirs et les jours* et *Pastiches et mélanges* mais ce sont des recueils et non pas une œuvre à part entière.
2. *Marcel Proust, l'écriture et les arts*, sous la direction de Jean-Yves Tadié, avec la collaboration de Florence Callu, Gallimard, Bibliothèque nationale de France, Réunion des musées nationaux, 1999.
3. La *Recherche*, de *Du côté de chez Swann* au *Temps retrouvé*, compte sept volumes. Elle est entrée dans le domaine public en 1987. Nous donnons nos références dans l'édition GF-Flammarion, dirigée par Jean Milly (1984-1987). Pour *Albertine disparue*, nous renvoyons à celle de Jean Milly, aux éditions Champion (1992). Pour *Du côté de chez Swann*, le volume le plus cité, nous utiliserons l'abréviation : *DCS*.
4. La première édition isolée, illustrée par Pierre Laprade, est parue chez Gallimard en 1930.

« Un amour de Swann » est aussi, et plus fondamentalement, une mise en scène de l'esthétique, sujet de réflexion qui fut à l'origine de l'écriture du *Contre Sainte-Beuve* et qui sera théorisé dans *Le Temps retrouvé* : on découvre l'infinie profondeur de la musique à travers la sonate de Vinteuil et le pouvoir d'authentification du réel par la peinture grâce au portrait d'Odette en Zéphora de Botticelli.

GENÈSE ET ÉDITION

Le premier volume de la *Recherche* connaît un destin éditorial particulier. *Du côté de chez Swann* paraît le 14 novembre 1913, chez Grasset, à compte d'auteur, après avoir été refusé par trois éditeurs : Fasquelle, Gallimard (la NRF) et Ollendorff.

En 1912, lorsque Proust se met en quête d'un éditeur, il pense intituler son œuvre *Les Intermittences du cœur*, et il la conçoit en deux volumes : *Le Temps perdu* et *Le Temps retrouvé*. Très vite, un troisième volume naît sous la plume de l'écrivain, *Le Côté de Guermantes*. Mais les exigences éditoriales vont décider de la forme de l'œuvre et avoir des conséquences importantes sur son devenir. En effet, l'éditeur Grasset trouve le manuscrit qu'on lui présente trop volumineux et demande une suppression de deux cent cinquante pages. Le premier volume, *Du côté de chez Swann*, voit ainsi le jour, « réduit » aux cinq cents pages que nous lui connaissons [1] ; la

---

1. À la division temporelle initialement prévue pour structurer l'œuvre, temps perdu/ temps retrouvé, s'est donc substituée une division à la fois spatiale et sociale : « le côté de chez Swann » et « le côté de Guermantes », deux itinéraires de promenade à Combray, que tout sépare – la porte par laquelle on sort de la maison de tante Léonie, la direction, la longueur, le type de paysage et de fleurs (paysages de plaine et aubépines d'un côté ; paysage fluviatile et nymphéas de l'autre) –, deux univers sociaux différents – celui de la bourgeoisie et celui de l'aristocratie. Le narrateur, de retour à Tansonville (*Albertine disparue*, p. 355), apprend par Gilberte qu'il existe un chemin permettant de passer directement d'un des côtés à l'autre. Le rapprochement s'effectue également sur le plan social, Gilberte Swann étant devenue l'épouse de Robert de Saint-Loup (*ibid.*, p. 319).

partie retranchée, « Autour de Mme Swann »,
deviendra l'ouverture d'*À l'ombre des jeunes filles
en fleurs*. Ce volume, en raison de la Première
Guerre mondiale, ne paraîtra qu'en 1919, l'année de
publication des *Pastiches et mélanges* et de la réédi-
tion de *Du côté de chez Swann*, chez Gallimard
(l'éditeur, regrettant son refus initial, a racheté les
droits de publication à Grasset).

Avant *Du côté de chez Swann*, un seul livre de
Proust a été publié : *Les Plaisirs et les jours* (illustré
par Madeleine Lemaire) [1], chez Calmann-Lévy, en
1896. Le recueil rassemble différents textes, notamment des nouvelles, des poèmes et des portraits de
peintres et de musiciens. Citons ainsi les nouvelles
« Violante ou la mondanité », « Mélancolique villé-
giature de Mme de Breyves », auxquelles viennent
s'ajouter les « Fragments de comédie italienne »,
trois écrits regroupés sous le titre « La fin de la jalousie » et le pastiche « Mondanité de Bouvard et
Pécuchet ». Certains de ces textes constituent des
avant-textes d'« Un amour de Swann ».

Deux autres œuvres, restées inachevées, ont précédé la *Recherche*. L'une, à caractère autobiogra-
phique mais écrite à la troisième personne, *Jean
Santeuil* (1895-1900), se rapproche du genre romanesque (« Puis-je appeler ce livre un roman ? » en
constitue l'épigraphe). Elle sera publiée en 1952.
L'autre est un projet d'essai esthétique mêlé de
considérations romanesques (1908-1909) ; elle sera
publiée en 1954 sous le titre *Contre Sainte-Beuve*.
De ce texte, qui avait pour but de dénoncer, par
l'intermédiaire d'une « conversation avec maman »,
la méthode biographique du critique Sainte-Beuve,
naît la *Recherche*. Le dernier volume, *Le Temps
retrouvé*, reprend les considérations esthétiques initialement prévues pour l'essai.

Enfin, il faut mentionner la traduction de deux
œuvres de Ruskin : *La Bible d'Amiens* (1904), puis

---

1. Voir note 3, p. 35.

Sésame et les lys (1906), que Proust fait précéder d'une importante préface, « Sur la lecture ».

Depuis 1962 la Bibliothèque nationale de France a réuni soixante-quinze cahiers de brouillon [1] de Proust (treize d'entre eux, qui étaient propriété du collectionneur Jacques Guérin, ont été acquis en 1984) [2]. Elle possède également des cahiers de manuscrit au net, numérotés de I à XX, de *Sodome et Gomorrhe* au *Temps retrouvé*, des dactylographies, des placards, des jeux d'épreuves corrigées, des cahiers d'addition, des feuilles volantes [3].

Comme l'indique Bernard Brun, l'écriture de Proust est « fragmentaire, dispersée et répétitive » ; il rédige à partir d'un « noyau qui se développe dans tous les sens [4] ». Proust écrit simultanément les différentes parties de son œuvre, à partir de thèmes, d'unités textuelles, de motifs. Rappelons qu'il n'y a aucune progression chronologique dans son écriture : le noyau initial, *Les Intermittences du cœur* [5], se scinde en deux, *Le Temps perdu* et *Le Temps retrouvé*, et entre ces extrémités sans cesse repoussées s'intercalent les autres volumes.

Proust n'en finit pas de se corriger, ou plus exactement de se réécrire, car il n'y a dans ce geste aucune intention normative. Il a exigé de son éditeur cinq jeux d'épreuves pour *Du côté de chez Swann*. Le texte n'est jamais définitivement arrêté et l'auteur écrit encore sur les dactylographies et même sur les épreuves.

---

1. Consultables, sur microfilms, au département des Manuscrits de la Bibliothèque nationale de France, site Richelieu.
2. La Bibliothèque nationale de France bénéficie du droit de préemption lors de la mise en vente d'un manuscrit.
3. Un descriptif complet est donné dans « Le fonds Proust de la Bibliothèque nationale », réalisé par Florence Callu, dans le premier volume de la *Recherche* pour l'édition Gallimard (coll. « Bibliothèque de la Pléiade », 1987-1989, p. CXLVII à CLXIX).
4. Bernard Brun, introduction à *DCS*, « Histoire d'un texte : les Cahiers de la *Recherche* », p. 39 à 52. Voir également « Les documents de rédaction » dans le dossier, p. 271 à 287.
5. Ce titre, qui suggère le caractère discontinu de la vie affective, dans sa réaction à la douleur notamment, sera repris dans l'ouverture de *Sodome et Gomorrhe* II.

Un récit-miroir

« Un amour de Swann » a la double particularité d'être écrit à la troisième personne du singulier (alors que l'ensemble de l'œuvre l'est à la première) et de constituer une analepse [1] dans la narration. Certes, la chronologie de la *Recherche* n'obéit pas aux lois du réalisme : l'intériorité prime sur les événements extérieurs [2], le récit est très souvent itératif et l'absence de linéarité chronologique va de pair avec le caractère poétique de l'écriture et la composition musicale de l'œuvre. Si l'effet de rupture narrative est évident entre « Combray » et « Un amour de Swann », l'auteur a néanmoins préparé la deuxième partie de *Du côté de chez Swann* par l'ajout (deuxième dactylographie) d'une courte transition. Elle lui permet, selon une structure en boucle, de clore la première partie et d'annoncer, au détour d'une phrase, le sujet d'« Un amour de Swann ». Le narrateur insomniaque repense aux jours de son enfance passés à Combray, retrouvés grâce au « parfum » d'une tasse de thé – autrement dit à l'épisode de la madeleine – et, « par association de souvenirs », à ce qu'il avait appris, par la suite, « au sujet d'un amour que Swann avait eu avant [s]a naissance [3] ». « Un amour de Swann » est présenté par le narrateur lui-même comme un récit dans le récit, à la manière des romans du XVIIIe siècle : « ces souvenirs […] n'étaient que les souvenirs d'une autre personne de qui je les avais appris ». Statut paradoxal que Niels Soelberg a parfaitement analysé [4] : ce

1. Gérard Genette désigne par « prolepse » « […] toute manœuvre narrative consistant à raconter ou à évoquer d'avance un événement ultérieur », et par « analepse » « […] toute évocation après coup d'un événement antérieur au point de l'histoire où l'on se trouve » (*Figures III*, Seuil, 1972, p. 82).
2. Les dîners de Swann chez le président Jules Grévy permettent de dater l'histoire : elle se déroule dans les années 1880 et sur une période de deux ou trois ans.
3. *DCS*, p. 301.
4. Niels Soelberg, *« Un amour de Swann », Recherche et narration*, Museum Tusculanum Press, University of Copenhagen, 2000, p. 92.

récit « matériellement uni » viendrait « contrebalancer l'instance purement mémorielle par une narration évoluant *en dépit* des associations de souvenirs personnels ». Parallèlement, il « n'est en aucun cas la transcription fidèle d'un récit fait par X ». Il aboutit à « la démonstration narrative de l'amour et de la jalousie dans leur essence ». Pour prouver qu'« Un amour de Swann » a valeur de vérité générale et non de récit singulier, Niels Soelberg relève un certain nombre d'incohérences temporelles. Dans une parenthèse, le narrateur précise : « […] c'est vers l'époque de ma naissance que commença la grande liaison de Swann […] » (p. 56), alors que Swann a été invité au mariage de ses parents, après la rupture avec les Verdurin. Cette liaison se situe en fait une quinzaine d'années avant la naissance du héros. Autre invraisemblance : ce dernier a approximativement le même âge que Gilberte (quatorze ou quinze ans) ; pourtant, lorsqu'il a rencontré chez l'oncle Adolphe la « Dame en rose » (qui n'était autre qu'Odette de Crécy, pas encore mère de Gilberte), il était au collège [1]. On pourrait trouver d'autres exemples de cette incohérence narrative sans importance pour l'auteur.

« Un amour de Swann » a une fonction particulière : il constitue une mise en abyme [2] de l'œuvre entière. La relation entre Swann et Odette, où l'amour se définit par la jalousie, annonce celle du narrateur et d'Albertine, clef de voûte de l'œuvre. La sonate de Vinteuil, hymne de l'amour entre les deux protagonistes, n'acquiert tout son sens que confrontée au sep-

---

1. *DCS*, p. 177.

2. Nous reprenons ici la définition de Lucien Dällenbach : « est mise en abyme toute enclave entretenant une relation de similitude avec l'œuvre qui la contient » (*Le Récit spéculaire. Essai sur la mise en abyme*, Seuil, 1977, p. 18). La mise en abyme est un procédé propre au blason, que l'on retrouve aussi bien en peinture qu'en littérature : Gide avait déjà cité l'exemple des *Ménines* de Vélasquez et de différents tableaux où « un petit miroir convexe et sombre reflète, à son tour, l'intérieur de la pièce où se joue la scène peinte » (André Gide, *Journal 1889-1939*, Gallimard, coll. « Bibliothèque de la Pléiade », 1948, p. 41 ; cité par Lucien Dällenbach, p. 15).

tuor qui se déploie, dans *La Prisonnière*, pour Albertine et le narrateur. De même, les réflexions éparses
sur la représentation picturale dans son rapport au réel
prennent toute leur ampleur dans *À l'ombre des
jeunes filles en fleurs*. De façon plus générale, la question fondamentale de l'esthétique qui parcourt toute la
Recherche a sa source dans « Un amour de Swann ».
L'auteur, qui dans ses brouillons a très longtemps con-
fondu Swann et le narrateur, a choisi de faire du premier un critique d'art [1], réintroduisant ainsi la problématique du *Contre Sainte-Beuve*.

L'approche génétique confirme cette volonté de
faire d'« Un amour de Swann » un miroir de l'œuvre
entière : le manuscrit de ce récit se terminait par
l'annonce du mariage de Swann ; à partir de la dactylographie, Swann retourne à Combray. Ce dénouement préfigure le mouvement de la *Recherche* : à la
fin d'*Albertine disparue* (dans les premières éditions
de la *Recherche*, il s'agissait de l'ouverture du *Temps
retrouvé*), le narrateur revient aussi à Combray et
rencontre Gilberte à Tansonville. Par ailleurs, dans la
version dite « courte » d'*Albertine disparue* [2], Albertine ne meurt pas en Touraine mais sur les rives de la
Vivonne. Proust tient donc à multiplier les effets de
circularité dans son œuvre, et « Un amour de
Swann » en fournit le premier exemple.

Enfin, si l'on considère la *Recherche* dans une
perspective intertextuelle [3], l'intérêt de Proust pour
Flaubert – dont plusieurs critiques ont démontré la
permanence [4] – se condense ici. Nous indiquerons

---

1. Swann continue néanmoins à ressembler étrangement au narrateur,
notamment dans la non-réalisation de son projet d'écriture.
2. *Albertine disparue*, éd. Nathalie Mauriac et Étienne Wolff, Grasset,
1987 (édition originale de la dernière version revue par l'auteur).
Nathalie Mauriac, arrière-petite-nièce de Proust, représente les ayants
droit de l'écrivain.
3. Selon Julia Kristeva (*Sèméiôtikè*, Seuil, 1969), tout texte littéraire
s'écrirait en référence, implicite ou explicite, à un autre texte. Gérard
Genette, dans *Palimpsestes* (Seuil, 1982, p. 8), définit cette notion de
façon plus restrictive : « une relation de coprésence entre deux ou
plusieurs textes ».
4. Voir notre bibliographie, p. 333 à 335.

différents indices qui nous permettent de lire « Un amour de Swann » comme une nouvelle *Éducation sentimentale* [1].

AMOUR ET JALOUSIE

Comme le suggère le titre singulier « Un amour de Swann », le thème de l'amour (indissolublement lié à la jalousie), sujet du récit, est uniquement perçu du point de vue de Swann. La psychologie complexe de ce protagoniste à part entière détermine le rapport qu'il entretient avec les femmes et, par conséquent, sa conception de l'amour.

Le personnage de Swann fait partie des familiers de « Combray » et joue un rôle important dans la scène du baiser du soir. Il en est le déclencheur puisque c'est sa venue qui prive l'enfant du baiser maternel. Son arrivée annoncée, le récit se fragmente entre la soirée des adultes dans le jardin et le drame du coucher de l'enfant, parsemé de brèves annotations sur l'ami de la famille. Le lecteur est donc amené à rassembler les diverses pièces du puzzle et à reconstituer l'itinéraire de Swann pour tenter de cerner sa personnalité. Avant même que Swann arrive, la première information donnée au lecteur, au détour d'une parenthèse, est celle de son « mauvais mariage [2] » et elle sera le leit-motiv – discret mais déterminant – de l'épisode. À Combray, circule la rumeur selon laquelle l'épouse de Swann vivrait avec un certain monsieur de Charlus [3]. Ce mariage avec « une femme de la pire société, presque une cocotte [4] » est sévèrement condamné par la famille du héros. (Seule la mère de ce dernier se préoccupe de la fille de Swann et essaie de s'entretenir avec lui à son sujet.)

---

1. Parmi les œuvres de Flaubert, *L'Éducation sentimentale* est celle que Proust préférait.
2. *DCS*, p. 107.
3. *Ibid.*, p. 130.
4. *Ibid.*, p. 115.

Swann, qu'on reconnaît, dans la semi-obscurité du jardin, à la voix, est néanmoins pourvu de quelques traits physiques : nez busqué, yeux verts, cheveux blonds presque roux, coiffés à la Bressant [1]. Ce portrait est d'ailleurs repris dans « Un amour de Swann », créant ainsi l'un de ces échos que Proust affectionne : « chaque soir, après qu'un léger crépelage ajouté à la brosse de ses cheveux roux avait tempéré de quelque douceur la vivacité de ses yeux verts, il choisissait une fleur pour sa boutonnière » (p. 58) [2]. Le narrateur affirme sa ressemblance avec Swann, tout en confirmant le caractère rapporté de son histoire : « Je me suis souvent fait raconter [les requêtes de Swann] bien des années plus tard, quand je commençai à m'intéresser à son caractère à cause des ressemblances qu'en de tout autres parties il offrait avec le mien […] » (p. 56). D'origine juive mais converti, fils d'un agent de change, il appartient, pour la famille du narrateur, à la bourgeoisie, et ce comme à une caste, alors qu'il est connu à Paris pour être l'« un des membres les plus élégants du Jockey-Club, ami préféré du Comte de Paris et du Prince de Galles, un des hommes les plus choyés de la haute société du faubourg Saint-Germain [3] ». Contre-exemple de ce déterminisme social auquel adhère la famille du narrateur, notamment la grand-tante, il habite quai d'Orléans.

Dans le jardin de Combray, il parle peu mais prend la parole pour citer les *Mémoires* de Saint-Simon [4]. Il se montre alors sensible à la réussite stylistique du volume qui se différencie, par sa richesse, du genre auquel il appartient. Collectionneur de tableaux, il prête un Corot pour une exposition ; il

---

1. *DCS*, p. 108.
2. Ce portrait physique ressemble étrangement à l'un des plus singuliers de Proust (coiffé à la Bressant) à l'âge de vingt ans.
3. *DCS*, p. 109.
4. *Ibid.*, p. 120. *Les Mille et Une Nuits* et les *Mémoires* de Saint-Simon sont les deux modèles d'*À la recherche du temps perdu*. Dans *Le Temps retrouvé*, le narrateur ayant découvert sa vocation les réécrira « en les oubliant » (p. 458).

donne au héros des photographies des figures symboliques de Giotto qui sont appelées à jouer un rôle
important dans le récit. Charles Swann est donc un
esthète et son goût pour la peinture se double d'un
intérêt pour la littérature qui influencera le héros. Sa
parole est déterminante dans l'éveil esthétique de
l'adolescent : lors d'une visite à Combray, il vante
le talent d'actrice de la Berma et les mérites de
l'écrivain Bergotte que le héros a découvert grâce à
Bloch. Et c'est à partir de l'univers de cet écrivain
fétiche, notamment celui des cathédrales gothiques,
que le héros construit sa représentation de la femme
rêvée dont Gilberte, la fille de Swann, idéalisée pour
sa connaissance intime de Bergotte, est précisément
la première incarnation.

Dans « Un amour de Swann », Swann apparaît
comme un amateur de femmes. Il est prêt à tout pour
assouvir ses désirs, et notamment à oublier toute
convenance sociale, tout principe moral. Il suit son
instinct et apprécie les femmes pour leur physique,
pour leur seule sensualité ; il a un faible pour les
amours ancillaires, méprisant ainsi les titres de
noblesse que lui avait octroyés, « par naturalisation »,
le faubourg Saint-Germain. L'amour – ou du moins le
désir – semble intensifié par le non-respect des
valeurs sociales. Homme sans préjugés, Swann rappelle, par certains aspects, le Dom Juan de Molière,
notamment lorsqu'il se met en quête de la fille de
l'intendant sur les terres d'une duchesse (p. 55).
Néanmoins, ce qui l'en différencie, c'est sa constante référence à l'art et, lorsqu'il s'en éloigne, il
semble éprouver une certaine culpabilité. Il ne
commence à s'intéresser à Odette [1] que lorsqu'il per-
çoit en elle une ressemblance avec la Zéphora de
Botticelli [2] : « Swann avait toujours eu ce goût particulier d'aimer à retrouver dans la peinture des

---

1. Odette, qui pour Swann est la Zéphora de Botticelli, incarnera, pour
Biche devenu Elstir, un personnage de travesti dans un tableau intitulé
Miss Sacripant, dans *À l'ombre des jeunes filles en fleurs*.
2. Voir ci-contre.

Zéphora, fille de Jéthro et épouse de Moïse, représentée à la chapelle Sixtine dans la fresque de Botticelli, *Scènes de la vie de Moïse* (1481-1482). Les sentiments de Swann à l'égard d'Odette naissent lorsqu'il établit une ressemblance entre elle et cette représentation de Zéphora : « [...] le plaisir fut plus profond et devait exercer sur Swann une influence durable, qu'il trouva à ce moment-là dans la ressemblance d'Odette avec la Zéphora de ce Sandro di Mariano auquel on donne plus volontiers son surnom populaire de Botticelli » (p. 90).

maîtres [...] les traits individuels des visages que nous connaissons » (p. 89). Le réel n'est que la confirmation d'une vérité première qui est délivrée par l'art. Dans *L'Indifférent* [1], l'héroïne établissait déjà une ressemblance entre celui qu'elle aime et les portraits Louis XIII ; elle en commandait un pour contempler, à travers lui, l'objet de son amour. Ce qui renforçait les sentiments de l'héroïne à l'égard de l'être aimé, c'est qu'il entrait « dans le système de ses goûts artistiques » :

[...] Elle remarqua aussi qu'il était bien plus beau qu'elle n'avait cru, avec une figure Louis XIII délicate et noble. Tous les souvenirs d'art qui se rapportaient aux portraits de cette époque s'associèrent dès lors à la pensée de son amour, lui donnèrent une existence nouvelle en le faisant entrer dans le système de ses goûts artistiques. Elle fit venir d'Amsterdam la photographie d'un portrait de jeune homme qui lui ressemblait.
[...] Elle lui raconta qu'elle avait maintenant sur sa table un portrait qui le lui rappelait. Il se montra touché, mais froid [2].

Swann, de la même façon, « pla[ce] sur sa table de travail, comme une photographie d'Odette, une reproduction de la fille de Jéthro » (p. 92). Et au moment où il a des soupçons sur le passé d'Odette, il se l'imagine en « femme entretenue – chatoyant amalgame d'éléments inconnus et diaboliques, serti comme une apparition de Gustave Moreau, de fleurs vénéneuses entrelacées à des joyaux précieux » (p. 141).

Ainsi, l'amour est contemplation esthétique, mais pas uniquement. Il provoque un phénomène

---

1. *L'Indifférent* est une nouvelle que Proust avait publiée en mars 1896 dans la revue *La Vie contemporaine* et que Philip Kolb a éditée, pour la première fois, chez Gallimard, en 1978. Cette nouvelle est un avant-texte d'« Un amour de Swann » dans la mesure où la problématique est la même, mais dans un rapport inversé : l'héroïne, Madeleine de Gouvres, « la femme la plus gâtée de Paris », s'éprend d'un certain Lepré qui finit par lui avouer qu'il n'aime que les femmes ignobles.
2. *Ibid.*, p. 53-54.

de « cristallisation », tel que Stendhal l'a défini [1], qui touche aussi bien le milieu fréquenté que la femme aimée. Cependant le héros de *Jean Santeuil* émettait déjà des réserves sur le caractère absolu que Stendhal attribue à l'amour. Chez Proust, l'amour se définit par la souffrance qui l'accompagne et par l'angoisse qu'il provoque. Celle-ci est donnée à lire à travers un intéressant parallélisme établi par le héros-narrateur entre lui et Swann. À l'idée torturante que sa mère, retenue dans le jardin par l'invité, ne viendra pas l'embrasser avant son sommeil, répond la douleur de Swann de savoir la femme aimée dans un lieu de plaisir où il n'est pas :

L'angoisse que je venais d'éprouver, je pensais que Swann s'en serait bien moqué s'il avait lu ma lettre et en avait deviné le but ; or, au contraire, comme je l'ai appris plus tard, une angoisse semblable fut le tourment de longues années de sa vie et personne, aussi bien que lui peut-être, n'aurait pu me comprendre ; lui, cette angoisse qu'il y a à ressentir l'être qu'on aime dans un lieu de plaisir où l'on n'est pas, où l'on ne peut pas le rejoindre, c'est l'amour qui la lui a fait connaître […] [2].

Cette thématique de l'angoisse liée à l'amour est l'une des principales composantes d'« Un amour de Swann ». Ainsi, c'est lorsque, pour la première fois, Swann ne retrouve pas Odette chez les Verdurin, et qu'il se met à la rechercher dans tout Paris, qu'il découvre qu'il en est amoureux. L'amour est vécu

---

1. Dans *De l'amour* (1822), chapitre II, Stendhal définit ainsi la cristallisation : « Laissez travailler la tête d'un amant pendant vingt-quatre heures, et voici ce que vous trouverez : Aux mines de sel de Saltzbourg, on jette dans les profondeurs abandonnées de la mine un rameau d'arbre effeuillé par l'hiver ; deux ou trois mois après, on le retire couvert de cristallisations brillantes : les plus petites branches, celles qui ne sont pas plus grosses que la patte d'une mésange, sont garnies d'une infinité de diamants mobiles et éblouissants ; on ne peut plus reconnaître le rameau primitif.
Ce que j'appelle cristallisation, c'est l'opération de l'esprit, qui tire de tout ce qui se présente la découverte que l'objet aimé a de nouvelles perfections. »
2. *DCS*, p. 125-126.

comme une maladie, un « mal sacré » (p. 98) qui crée un besoin anxieux et douloureux.

Le deuxième critère de définition de l'amour est la jalousie. Elle en est le déclencheur et, lorsqu'elle ne se manifeste plus, c'est que l'amour est mort. Ce lien entre amour et jalousie apparaît dès les premiers textes de Proust : dans *Les Plaisirs et les jours*, la longue nouvelle intitulée « La Fin de la jalousie [1] » présente de nombreuses similitudes avec « Un amour de Swann ». Elle met en scène deux protagonistes, Honoré et Françoise, qui ont bien des points communs avec Proust et Reynaldo Hahn [2]. Honoré apprend par monsieur de Buivres que Françoise est une femme facile et qu'un certain François de Gouvres « se l'est fortement payée [3] ». Il est profondément jaloux (notamment du plaisir que Françoise a pu éprouver auprès d'un autre et qu'il se représente visuellement) ; sa jalousie ne s'éteint qu'avec la mort. Au chapitre III, on apprend de façon curieuse que Françoise est en fait le prénom de Mme Seaune, née princesse de Galaise-Orlandes, et que celle-ci tient un des salons les plus recherchés de Paris. Elle est à la fois princesse et femme facile [4].

Dans *Jean Santeuil*, de nombreux passages de la partie intitulée [De l'amour] [5] illustrent la thématique de la jalousie : [Tourments de la jalousie], [Jalousie], [Réveil de la jalousie dans un rêve]. Jean,

---

1. « La Fin de la jalousie », *Les Plaisirs et les jours*, dans *Jean Santeuil*, Gallimard, coll. « Bibliothèque de la Pléiade », p. 146 à 165.
2. Ils ont « leur langue à eux », comme Proust et son ami Reynaldo Hahn.
3. « La Fin de la jalousie », *op. cit.*, p. 150.
4. Certains noms propres de cette nouvelle se retrouvent affectés à d'autres êtres dans *L'Indifférent* (l'héroïne s'appelle Madeleine de Gouvres et elle éprouve un amour inconvenant). Ainsi, dans l'œuvre de Proust, non seulement les prénoms circulent d'un personnage à un autre – dans la *Recherche*, Françoise désignera la domestique, après avoir été la femme aimée dans *Jean Santeuil* –, mais aussi les personnages se métamorphosent.
5. Ces titres signalés entre crochets sont ceux donnés aux différents passages par l'édition Gallimard.

alors qu'il se détache insensiblement de Françoise, la revoit en rêve et connaît, une dernière fois, la jalousie. Ce fragment est un avant-texte de l'épisode du rêve qui clôt « Un amour de Swann », et dans lequel Swann se libère de son amour pour Odette et, par conséquent, des tourments de la jalousie [1]. Ce sentiment obsessionnel et destructeur est celui qu'éprouvera ensuite le narrateur à l'égard d'Albertine. Comme dans la relation de Swann et d'Odette, ses plus douloureux soupçons porteront sur les éventuelles liaisons gomorrhéennes d'Albertine.

LANGAGE SOCIAL

Le rapprochement de Swann et d'Odette s'opère grâce au salon Verdurin, monde des apparences et du faux-semblant, théâtre de marionnettes dont la « Patronne » tire seule les ficelles, régnant à la fois sur les cœurs et sur les esprits [2]. L'adhésion à une certaine pratique linguistique définit l'appartenance à cette communauté ; elle semble également être une clé d'accès au « monde », comme le confirmera la soirée Saint-Euverte.

« Combray » s'ouvrait sur l'espace intime de la chambre et sur l'univers intérieur du dormeur éveillé. « Un amour de Swann » introduit le lecteur dans le salon Verdurin, un milieu social donné à voir à travers le discours rapporté et dominé par la silhouette autoritaire de Mme Verdurin [3], double antithétique de la figure maternelle. L'ouverture par une plongée directe dans « le petit clan », défini par ses habitudes langagières, est un choix très tardif : sur

---

1. Voir « Le rêve de Swann » dans le dossier, p. 299 à 312.
2. Ainsi, le portrait de Cottard qu'elle commande à Biche – fait déjà comique – doit être réalisé en fonction de *ses* consignes.
3. Proust se serait inspiré de Madeleine Lemaire pour créer le personnage de Mme Verdurin. Artiste-peintre, elle tenait salon et était appelée la « Patronne » par l'un des « fidèles ». C'est elle qui a présenté Reynaldo Hahn à Proust. Voir la caricature ci-après.

© Adagp, Paris 2002

Le salon de Madeleine Lemaire (caricature de SEM). Reynaldo Hahn est au piano ; derrière lui figurent Madeleine Lemaire et Robert de Montesquiou. Cette caricature réunit trois des modèles de Proust : ceux de Mme Verdurin, du musicien Vinteuil et de Charlus.

les premières épreuves, l'auteur supprime la description panoramique et métaphorique du milieu Verdurin comparé à Venise et à l'Orient. Puis, sur les deuxièmes épreuves [1], il fait du premier paragraphe le troisième pour que l'idée de « clan », mise en valeur par un rythme ternaire – « petit noyau », « petit groupe », « petit clan » –, constitue l'incipit :

Pour faire partie du « petit noyau », du « petit groupe », du « petit clan » des Verdurin, une condition était suffisante mais elle était nécessaire : il fallait adhérer tacitement à un Credo dont un des articles était que le jeune pianiste, protégé par Mme Verdurin cette année-là et dont elle disait : « Ça ne devrait pas être permis de savoir jouer Wagner comme ça ! », « enfonçait » à la fois Planté et Rubinstein et que le docteur Cottard avait plus de diagnostic que Potain (p. 49).

À partir du mot « Credo » la phrase s'amplifie par une cascade de relatives qui ont pour effet de souligner la valeur du pianiste puis de suggérer celle du médecin. Ce gonflement de la phrase, qui prend ainsi une dimension et une complexité caractéristiques du style de Proust, se fait aussi par l'actualisation des références – Planté, Rubinstein, Wagner, Potain – et par l'introduction du discours rapporté très présent ensuite.

Dès les premières lignes d'« Un amour de Swann », on sait que le jeune pianiste sera le centre d'attraction et que la musique jouera un rôle essentiel. Deux personnages masculins s'imposent, ou plutôt sont « imposés », par la maîtresse des lieux : le pianiste, au nom inconnu, et le docteur Cottard. L'esthétique et le social seront les deux lignes de force de ce récit d'une liaison amoureuse. À ces personnages masculins triomphants, répondent les deux seules femmes admises dans ce cercle d'intimes : l'ancienne concierge (tante du pianiste) et la cocotte (Odette de Crécy), personnages stéréotypés qui pla-

---

1. Voir « Les documents de rédaction » dans le dossier, p. 286.

cent déjà le récit du côté de la caricature sociale.
Toute la *Recherche* est construite selon un mode
binaire [1]. La distribution des personnages, dans
l'ouverture d'« Un amour de Swann », illustre ce
principe : le pianiste et le peintre, la demi-mondaine
et la tante du pianiste, le docteur Cottard et Swann,
M. et Mme Verdurin (le premier n'étant que l'ombre
de la seconde) ; la modalité binaire repose sur l'identité, la complicité ou l'antinomie.

Dans ce début de récit, nous découvrons le milieu
social de la petite bourgeoisie. Chacun des habitués
est définitivement figé dans le statut social qui est le
sien : Odette de Crécy ne sera plus que « la demi-
mondaine » ; Cottard, lui, n'est rien d'autre que « le
docteur ». C'est un personnage digne des romans de
Flaubert : par sa profession, par la bêtise qu'il
incarne, et surtout par la vacuité de son discours qui
rappelle celui de Lieuvain dans la scène des Comices
agricoles de *Madame Bovary* [2]. Le jeune pianiste et
le peintre (qui par la suite répondra au surnom de
Biche et plus tard se révélera être Elstir) représentent
l'art, de leur pâle silhouette, jusqu'à l'arrivée de
Swann. Les seuls propos que tient le peintre le
ridiculisent : il aime à réaliser des mariages, qui plus
est entre femmes – clin d'œil à la future Gomorrhe
qu'incarneront Mme Verdurin et Odette. Quant à
Swann, deux détails suggèrent qu'il est un esthète :
son occupation d'abord – il prépare une étude critique sur Vermeer, ce peintre appelé à jouer un rôle si
important dans la *Recherche* (dans *La Prisonnière*,
l'écrivain Bergotte mourra en contemplant le petit
pan de mur jaune de la *Vue de Delft*) – et le jugement
qu'il porte sur les femmes. Ses critères d'apprécia-
tion ne sont pas les mêmes selon qu'il s'agit de
femmes réelles ou de femmes peintes ou sculptées.

---

1. Voir note 1, p. 22.
2. Tout le contexte est flaubertien : l'expression « un nouveau » qui,
mise en italique chez Flaubert, désigne Charles Bovary lorsqu'il fait
son entrée dans la salle d'études, est ici utilisée pour désigner toute
nouvelle recrue.

Attraction physique et purement sensuelle pour les premières, expressivité pour les secondes.

Swann, lui, ne cherchait pas à trouver jolies les femmes avec qui il passait son temps, mais à passer son temps avec les femmes qu'il avait d'abord trouvées jolies. Et c'étaient souvent des femmes de beauté assez vulgaire, car les qualités physiques qu'il recherchait sans s'en rendre compte étaient en complète opposition avec celles qui lui rendaient admirables les femmes sculptées ou peintes par les maîtres qu'il préférait. La profondeur, la mélancolie de l'expression, glaçaient ses sens que suffisait au contraire à éveiller une chair saine, plantureuse et rose (p. 54).

Le jardin de Combray était déjà un milieu clos qui ne s'ouvrait que pour laisser entrer Swann ; le salon Verdurin l'est encore plus, devenant synonyme d'enfermement. Le langage est le reflet de ce repli sur soi : l'appartenance à cette communauté, à sa philosophie, ne peut se faire sans l'adhésion à un certain code linguistique. Une nouvelle langue est pratiquement créée ; Françoise Rullier-Theuret lui a donné un nom : le « verdurin [1] ». Elle permet de se reconnaître, de se désigner : d'un côté les « ennuyeux », de l'autre les « fidèles ». Ce langage parlé repose sur la familiarité et aboutit à un paradoxe : une langue qui se construit en déconstruisant le fonctionnement du signe linguistique. Ainsi les expressions figurées sont prises « au pied de la lettre » ; l'illustration la plus manifeste en est donnée par Mme Verdurin qui se décroche (réellement) la mâchoire en riant trop :

S'il ne jouait pas, on causait, et l'un des amis, le plus souvent leur peintre favori d'alors, « lâchait », comme disait M. Verdurin, « une grosse faribole [2] qui faisait s'esclaffer tout le monde », Mme Verdurin surtout, à qui, – tant elle avait l'habitude de prendre au propre les expressions figurées des émotions qu'elle éprouvait – le

---

1. Françoise Rullier-Theuret, « Apprendre le verdurin : les bons et les mauvais élèves », *L'Information littéraire*, n° 3, juillet-septembre 2000, p. 16 à 22.
2. Une faribole est un propos ou une chose vain(e) et frivole.

docteur Cottard (un jeune débutant à cette époque) dut un
jour remettre sa mâchoire qu'elle avait décrochée pour
avoir trop ri (p. 51).

Le répertoire d'expressions figées s'accompagne
d'une réflexion métalinguistique sur leur fonctionnement ; mais elle est, elle aussi, caricaturale, étant
menée par le docteur Cottard :

Pour les locutions, il était insatiable de renseignements,
car, leur supposant parfois un sens plus précis qu'elles
n'ont, il eût désiré savoir ce qu'on voulait dire exactement par celles qu'il entendait le plus souvent employer :
la beauté du diable, du sang bleu, une vie de bâton de
chaise, le quart d'heure de Rabelais, être le prince des
élégances, donner carte blanche, être réduit à quia, etc.,
et dans quels cas déterminés il pouvait à son tour les faire
figurer dans ses propos. À leur défaut il plaçait des jeux
de mots qu'il avait appris (p. 64).

Ne comprenant rien au code linguistique ni au
code social, le docteur Cottard commet des impairs
qui le discréditent même aux yeux des Verdurin
– notamment dans les propos qu'il tient à l'égard
de Sarah Bernhardt (p. 64) –, et il est condamné à
des attitudes stéréotypées. Incapable d'avoir un
jugement personnel, de saisir les allusions, il
adopte un comportement d'« attente », prêt à se
conformer à toute nouvelle indication donnée par
un tiers. Il se situe souvent dans le contresens,
verbal ou gestuel. Lorsqu'il cligne de l'œil pour
accueillir Swann, ce dernier pense qu'il lui signale
leur rencontre dans un lieu de plaisir. Or cette
mimique est vide de sens.

Soucieux de suivre les conseils donnés par sa
mère, le docteur Cottard essaie de progresser dans sa
maîtrise des expressions figées ; d'une réception
passive, faite de prudence et de curiosité explicative,
il passe à un timide usage :

Vous voulez dire qu'elle est du dernier bien avec lui,
qu'elle lui a fait voir l'heure du berger, dit le docteur,

expérimentant avec prudence le sens de ces expressions (p. 94).

La maîtrise du linguistique – dans ce qu'il a de plus stéréotypé – semble être une clé d'accès au « monde », sur le mode de la connivence. Monde de la superficialité qui contraste avec l'univers de la musique.

Tous les fidèles sont gagnés par cette sensibilité au « linguistique ». Aux expressions figées s'ajoutent des calembredaines [1] et des calembours [2] : « blanche ? Blanche de Castille ? », s'exclame le docteur Cottard (p. 121). C'est ainsi que la robe blanche de madame Verdurin provoque un long développement sur Blanche de Castille. Le calembour fait boule de neige ; le docteur est relayé par monsieur de Forcheville, puis par le professeur Brichot qui saisit l'occasion pour faire étalage de son savoir. Le discours universitaire, à la fois érudit et emphatique, se veut humoristique mais il est caricatural.

Dans l'épisode du « Serpent à Sonates », Cottard est encore une fois victime de sa naïveté linguistique (p. 137) :

– Je vais jouer la phrase de la Sonate pour M. Swann ? dit le pianiste.
– Ah ! bigre ! ce n'est pas au moins le « Serpent à Sonates » ? demanda M. de Forcheville pour faire de l'effet.

---

1. Une calembredaine est un propos extravagant et vain, une plaisanterie cocasse. Ainsi, le commentaire que Swann fait sur les dernières œuvres d'un peintre qui vient de mourir provoque une calembredaine du docteur Cottard (p. 125) :
« À ce point de vue-là, c'était extraordinaire, mais cela ne semblait pas d'un art, comme on dit, très "élevé", dit Swann en souriant.
– Élevé… à la hauteur d'une institution, interrompit Cottard en levant les bras avec une gravité simulée.
Toute la table éclata de rire.
– Quand je vous disais qu'on ne peut pas garder son sérieux avec lui, dit Mme Verdurin à Forcheville. Au moment où on s'y attend le moins, il vous sort une calembredaine. »
2. Un calembour est un jeu de mots fondé sur une similitude de sons recouvrant une différence de sens.

Mais le docteur Cottard, qui n'avait jamais entendu ce calembour, ne le comprit pas et crut à une erreur de M. de Forcheville. Il s'approcha vivement pour la rectifier :
– Mais non, ce n'est pas serpent à sonates qu'on dit, c'est serpent à sonnettes, dit-il d'un ton zélé, impatient et triomphal.
Forcheville lui expliqua le calembour. Le docteur rougit.
– Avouez qu'il est drôle, Docteur ?
– Oh ! je le connais depuis si longtemps, répondit Cottard.

Ce calembour s'inscrit à l'intérieur d'une séquence consacrée à la musique dont il retarde la manifestation. Il est provoqué par la proposition du pianiste de jouer la phrase de la sonate pour Swann. Au calembour facile et grotesque s'oppose la mystérieuse et poétique petite phrase : « la petite phrase venait d'apparaître, lointaine, gracieuse, protégée par le long déferlement du rideau transparent, incessant et sonore » (p. 137). Les deux types de langage – langage social et langage musical – sont réunis dans cet épisode, le premier servant à valoriser le second.

En comparant les différentes versions d'« Un amour de Swann », il apparaît que le traitement du « linguistique » a été renforcé pour mettre en évidence la vacuité des discours. Seul Swann échappe à cette dernière. Lorsqu'il formule quelques remarques pertinentes et fines à propos de la sonate de Vinteuil, il entraîne une réaction de mépris de la part de Mme Verdurin qui compense son manque de perspicacité par un flot d'expressions figées, suscitant l'émerveillement du docteur Cottard (p. 77) :

« [...] Tiens, c'est amusant, je n'avais jamais fait attention ; je vous dirai que je n'aime pas beaucoup chercher la petite bête et m'égarer dans des pointes d'aiguilles ; on ne perd pas son temps à couper les cheveux en quatre ici, ce n'est pas le genre de la maison », répondit Mme Verdurin, que le docteur Cottard regardait avec une admiration béate et un zèle studieux se jouer au milieu de ce flot d'expressions toutes faites.

Swann est celui qui donne « chair » aux mots ; en créant l'expression « faire catleya », il les rend pleine-

ment signifiants. Il commence par replacer les catleyas du corsage d'Odette dans la voiture qui les
ramène chez eux et finit par la posséder. « Arranger
les catleyas » devient un rituel et « faire catleya »
un simple vocable qui, pour eux, signifie « faire
l'amour » (p. 102) [1].

[…] il disait : […] « Oh ! pas de catleyas ce soir, pas
moyen de me livrer à mes petits arrangements. » […] et
bien plus tard, quand l'arrangement (ou le simulacre
rituel d'arrangement) des catleyas fut depuis longtemps
tombé en désuétude, la métaphore « faire catleya »
devenue un simple vocable qu'ils employaient sans y
penser quand ils voulaient signifier l'acte de la possession physique – où d'ailleurs l'on ne possède rien – survécut dans leur langage, où elle le commémorait, à cet
usage oublié. Et peut-être cette manière particulière de
dire « faire l'amour » ne signifiait-elle pas exactement la
même chose que ses synonymes.

Quand le signifié [2] a disparu, l'expression métaphorique survit, en tant que vocable, dans un souci
de « commémoration ».
Nous sommes donc à l'opposé de la situation linguistique précédente : aux expressions figées que
chacun se réapproprie, sans en comprendre le sens,
se substitue une langue propre à deux individus (un
idiolecte à deux voix, si l'on peut dire), qui est la
langue de l'intimité, de la rencontre amoureuse, et
qui repose sur l'adéquation entre le signifiant et le
signifié. La création lexicale est d'autant plus intéressante qu'elle revivifie le thème traditionnel de la
fleur, symbole de l'amour. Le catleya est une fleur
mauve (couleur de l'érotisme dans la *Recherche*),
rare et symbolique ; elle appartient à l'espèce des
orchidées que Proust chérissait et qui a pour étymo-
logie un mot grec signifiant « petit testicule ».

---

1. Voir « Les catleyas » dans le dossier, p. 289 à 299.
2. En linguistique, on distingue le signifiant et le signifié. Le signifiant
désigne la manifestation matérielle du signe, la suite de phonèmes ou de
lettres, de caractères, qui constitue le support d'un sens. Le signifié
désigne le contenu du signe.

Dans la soirée Saint-Euverte, qui est le pendant aristocratique de la soirée Verdurin (la princesse des Laumes joue le rôle de Mme Verdurin et la réflexion sur les noms propres, notamment sur celui de Cambremer [1], fait écho aux pratiques linguistiques du clan), Swann est connu et reconnu pour la subtilité de son langage. Ses « habitudes galantes de langage » lui donnent le privilège d'appartenir à la « coterie Guermantes », puisqu'il en possède l'*esprit*. L'esprit Guermantes affecte d'abord la prononciation : « on » est sensible à « l'euphonie », comme l'indique la princesse des Laumes (et comme aurait dit Flaubert, dans un tout autre registre) en reprochant au nom de « Cambremer » de ne pas être euphonique (p. 218), et une « petite affectation de débit » est de mise (p. 219). Cet esprit excelle dans le comique. Ce dernier repose essentiellement sur les jeux de mots – ils peuvent aller jusqu'à friser l'obscénité : cela donne l'impresion de vivre dangereusement et accroît la jubilation. Faire preuve d'un tel esprit est vivifiant et s'apparente à un bain de jouvence. La duchesse pense être la seule à le posséder mais il peut être partagé par des personnes extérieures aux Guermantes qui ont renoncé à une carrière brillante pour appartenir à une « coterie ».

À ce langage oral et superficiel, qui permet de briller en société et qui divertit, s'oppose le langage musical, secret et troublant, qui a besoin d'être déchiffré. Le premier passage sur la phrase de la

---

1. Nous nous référons au passage suivant (p. 223) :
« Enfin ces Cambremer ont un nom bien étonnant.
Il finit juste à temps, mais il finit mal ! dit-elle en riant.
– Il ne commence pas mieux, répondit Swann.
– En effet cette double abréviation !…
– C'est quelqu'un de très en colère et de très convenable qui n'a pas osé aller jusqu'au bout du premier mot.
– Mais puisqu'il ne devait pas pouvoir s'empêcher de commencer le second, il aurait mieux fait d'achever le premier pour en finir une bonne fois. Nous sommes en train de faire des plaisanteries d'un goût charmant, mon petit Charles, mais comme c'est ennuyeux de ne plus vous voir, ajouta-t-elle d'un ton câlin, j'aime tant causer avec vous. »

sonate (p. 73 à 76), entendue précédemment et « perdue », se termine précisément par « il pourrait l'avoir chez lui aussi souvent qu'il voudrait, essayer d'apprendre son langage et son secret ».

LANGAGE MUSICAL

La conception de la musique mise en évidence dans « Un amour de Swann » est le pur reflet de celle de Schopenhauer, telle qu'il l'a exprimée dans son œuvre majeure, *Le Monde comme volonté et comme représentation* (1818) :

La musique, considérée comme expression du monde, est donc au plus haut point un langage universel qui est à la généralité des concepts à peu près ce que les concepts sont eux-mêmes aux choses particulières. Mais la généralité de la musique ne ressemble en rien à la généralité creuse de l'abstraction ; elle est d'une tout autre nature ; elle s'allie à une précision et à une clarté absolues. Elle ressemble en cela aux figures géométriques et aux nombres ; ceux-ci, en effet, ont beau être les formes générales de tous les objets possibles de l'expérience, applicables *a priori* à toute chose ; ils n'en sont pas moins nullement abstraits, mais au contraire intuitifs et parfaitement déterminés. Toutes les aspirations de la volonté, tout ce qui la stimule, toutes ses manifestations possibles, tout ce qui agite notre cœur, tout ce que la raison range sous le concept vaste et négatif de « sentiment », peut être exprimé par les innombrables mélodies possibles ; malgré tout, il n'y aura jamais là que la généralité de la forme pure, la matière en sera absente ; cette expression sera fournie toujours quant à la chose en soi, non quant au phénomène ; elle donnera en quelque sorte l'âme sans le corps. Ce rapport étroit entre la musique et l'être vrai des choses nous explique le fait suivant : si, en présence d'un spectacle quelconque, d'une action, d'un événement, de quelque circonstance, nous percevons les sons d'une musique appropriée, cette musique semble nous en révéler le sens le plus profond, nous en donner l'illustration la plus exacte et la plus claire. Ce même rapport explique également cet autre fait : pendant que nous sommes tous occupés à écouter l'exécution d'une symphonie, il nous semble voir défiler devant nous tous les événements possibles de la vie et du monde ; pourtant, si nous y réfléchissons, nous ne pouvons découvrir aucune analogie entre les airs exécutés et nos visions. Car, nous l'avons dit, ce qui distingue la musique des autres arts, c'est qu'elle n'est pas une reproduction du phénomène ou, pour mieux dire, de l'objectivité adéquate de la volonté ; elle est la reproduction immédiate de la volonté elle-même et exprime ce qu'il y a de métaphysique dans le monde physique, la chose en soi de chaque phénomène [1].

Selon ce philosophe, l'être humain est soumis au « vouloir-vivre », à la volonté qui régit le monde, synonyme d'ennui et de souffrance. L'art permet d'y échapper, de façon transitoire : il est regard porté sur la volonté, autrement dit sur la vie ; il est de nature *contemplative*. (L'affranchissement ultime, selon Schopenhauer – et auquel n'adhère pas Proust –, se situe dans un idéal d'ascétisme, rejoignant à la fois le christianisme et l'hindouisme.) L'art permet d'appréhender le monde à travers le processus de la *représentation* et non plus à travers celui de la volonté. L'originalité de Schopenhauer est de situer l'art dans le quotidien, et non dans une perspective transcendentale. L'art vise l'essence du quotidien qui est de nature répétitive ; il repose lui-même sur l'idée de *répétition*. Il recherche ce qui est antérieur à la volonté, ce qui en est l'*origine* et que lui seul peut retrouver. Alors que la vie est répétition, l'art est *réminiscence* : réminiscence de ce qui est à l'origine des répétitions. La sonate de Vinteuil entendue d'abord chez les Verdurin et réécoutée lors de la soirée Saint-Euverte en est la parfaite démonstration :

Il y avait là d'admirables idées que Swann n'avait pas distinguées à la première audition et qu'il percevait maintenant, comme si elles se fussent, dans le vestiaire

---

1. Arthur Schopenhauer, *Le Monde comme volonté et comme représentation*, trad. A. Burdeau, revue et corrigée par R. Roos, PUF, 1966, p. 335.

de sa mémoire, débarrassées du déguisement uniforme de la nouveauté (p. 234).

Au sommet des arts, Schopenhauer place la musique qui fait apparaître un thème originel dont la volonté produit des répétitions. Proust partage, avec Schopenhauer, l'idée d'une primauté accordée à l'*esthétique* et d'une consécration de la musique.

[…] Swann trouvait en lui, dans le souvenir de la phrase qu'il avait entendue, dans certaines sonates qu'il s'était fait jouer, pour voir s'il ne l'y découvrirait pas, la présence d'une de ces réalités invisibles auxquelles il avait cessé de croire et auxquelles, comme si la musique avait eu sur la sécheresse morale dont il souffrait une sorte d'influence élective, il se sentait de nouveau le désir et presque la force de consacrer sa vie (p. 75).

Les deux idées maîtresses de l'esthétique de Schopenhauer se retrouvent chez Proust, dans le passage sur la sonate de Vinteuil : l'idée d'une *contemplation* esthétique, et celle de la découverte d'une origine, oubliée dans un premier temps. La contemplation échappe aux mécanismes habituels de la connaissance et elle vise l'*essence* des choses. Elle permet, dit Proust, de retrouver « tout ce qui de ce bonheur perdu avait fixé à jamais la spécifique et volatile essence », et d'abord, pour Swann, « les pétales neigeux et frisés du chrysanthème qu'elle lui avait jeté dans sa voiture, qu'il avait gardé contre ses lèvres » (p. 228). La musique occupe une place à part ; elle est un absolu qui apporte la révélation d'un savoir enfoui sans passer par la connaissance.

Mais depuis plus d'une année que lui révélant à lui-même bien des richesses de son âme, l'amour de la musique était pour quelque temps au moins né en lui, Swann tenait les motifs musicaux pour de véritables idées, d'un autre monde, d'un autre ordre, idées voilées de ténèbres, inconnues, impénétrables à l'intelligence, mais qui n'en sont pas moins parfaitement distinctes les unes des autres, inégales entre elles de valeur et de signification (p. 231).

Un certain nombre de ces considérations sont partagées par Wagner, le pessimisme notamment et la pratique du leitmotiv qui est une manifestation du principe de répétition reprise par Proust. La richesse et l'importance de la représentation de la musique, sensibles dans les passage de la sonate et du septuor, méritent qu'on s'y arrête et qu'on analyse le texte dans toute sa subtilité et sa profondeur [1].

Les épisodes du « clan Verdurin » et de la « soirée Saint-Euverte » se font écho et encadrent le récit. En passant du salon bourgeois au salon aristocratique, la sonate – hymne de l'amour entre Swann et Odette – est entendue puis réécoutée et déchiffrée. Cette parfaite clôture n'empêche pas une large ouverture sur la suite de l'œuvre. Si la sonate en effet, suggérant déjà une correspondance entre la musique et la littérature, appelle le septuor et, par conséquent, *La Prisonnière*, la représentation du fait linguistique et le comique qu'il suscite ont, eux, leur pendant dans *Le Côté de Guermantes* II. Dans le « Dîner Guermantes [2] », le narrateur assiste à une soirée mondaine qui est une nouvelle démonstration de l'*esprit* Guermantes. Les facéties verbales fusent. Cependant, elles ne concernent plus le langage lui-même ; elles mettent en cause la critique littéraire. Ce texte offre une caricature de la prétention au savoir, comme *Bouvard et Pécuchet*. « Un amour de Swann » est bien un récit-miroir, qui renvoie une image de « Combray » et qui annonce un faisceau de thèmes à venir.

Mireille Naturel.

---

1. Voir « La sonate de Vinteuil » dans le dossier, p. 312 à 331.
2. *Le Côté de Guermantes* II, p. 168 à 310.

Un amour de Swann

Pour faire partie du « petit noyau », du « petit groupe », du « petit clan [1] » des Verdurin, une condition était suffisante mais elle était nécessaire : il fallait adhérer tacitement à un Credo [2] dont un des articles était que le jeune pianiste, protégé par Mme Verdurin cette année-là et dont elle disait : « Ça ne devrait pas être permis de savoir jouer Wagner [3] comme ça ! », « enfonçait » à la fois Planté [4] et Rubinstein [5] et que le docteur Cottard avait plus de dia-

---

1. Sur le folio 15 du Cahier 7, se détache le paragraphe : « Le tout *pour* <selon> les Verdurin c'était de savoir se faire ce qu'ils appelaient un "petit noyau agréable" un petit "clan" sans qu'on vît une raison spéciale à ce nom écossais. » Certains critiques ont vu dans cette désignation un clin d'œil à la communauté juive. (Voir « Les documents de rédaction » dans le dossier, p. 284 ; les soufflets <...> signalent les ajouts, et l'italique les suppressions.)

2. Mot latin, signifiant « je crois », par lequel commence le Symbole des apôtres, contenant les articles fondamentaux de la foi catholique. Par extension, le terme « credo » désigne l'ensemble des principes sur lesquels on fonde son opinion.

3. Wagner, Richard (1813-1883) : compositeur allemand, très en vogue à l'époque, considéré comme l'une des grandes figures du romantisme. Détesté de Reynaldo Hahn, il est un des compositeurs les plus appréciés de Proust et il est très présent dans la *Recherche*, en particulier dans *La Prisonnière*. Dans la première version du passage (Cahier 31, folio 19), le jeune pianiste joue du Chopin (voir « Les documents de rédaction » dans le dossier, p. 284).

4. Planté, Francis (1839-1934) : pianiste français qui s'imposa à Paris à partir de 1872 et qui interpréta surtout le répertoire romantique.

5. Rubinstein, Anton Grigorievitch (1829-1894) : pianiste russe qui fut l'un des plus grands de son époque.

gnostic que Potain [1]. Toute « nouvelle recrue » à qui les
10 Verdurin ne pouvaient pas persuader que les soirées des
gens qui n'allaient pas chez eux étaient ennuyeuses
comme la pluie, se voyait immédiatement exclue. Les
femmes étant à cet égard plus rebelles que les hommes à
déposer toute curiosité mondaine et l'envie de se renseigner par soi-même sur l'agrément des autres salons, et
les Verdurin sentant d'autre part que cet esprit d'examen
et ce démon de frivolité pouvaient par contagion devenir
fatals à l'orthodoxie de la petite église, ils avaient été
amenés à rejeter successivement tous les « fidèles » du
20 sexe féminin.

En dehors de la jeune femme du docteur, ils étaient
réduits presque uniquement cette année-là (bien que
Mme Verdurin fût elle-même vertueuse et d'une respec-
table famille bourgeoise, excessivement riche et entièrement obscure, avec laquelle elle avait peu à peu cessé
volontairement toute relation) à une personne presque du
demi-monde, Mme de Crécy, que Mme Verdurin appelait
par son petit nom, Odette, et déclarait être « un amour » et
à la tante du pianiste, laquelle devait avoir tiré le cordon [2] ;
30 personnes ignorantes du monde et à la naïveté de qui il
avait été si facile de faire accroire que la Princesse de
Sagan [3] et la Duchesse de Guermantes [4] étaient obligées
de payer des malheureux pour avoir du monde à leurs
dîners, que si on leur avait offert de les faire inviter chez
ces deux grandes dames, l'ancienne concierge et la cocotte
eussent dédaigneusement refusé.

---

1. Potain, Pierre Carl Édouard (1825-1901) : illustre médecin, professeur
de pathologie interne et membre de l'Académie de médecine. Sur les
dactylographies, il est appelé « Dieulafoy », nom d'un professeur de
médecine (1839-1911) attribué dans *Le Côté de Guermantes* II au
médecin qui vient au chevet de la grand-mère agonisante (p. 78).
2. « Tirer le cordon » renvoie à une ancienne pratique des concierges qui
ouvraient la porte d'entrée à partir de leur loge.
3. La princesse de Sagan avait une villa à Trouville où elle recevait
Proust.
4. La duchesse de Guermantes est apparue dans « Combray ». Le héros,
qui ne l'a jamais vue, l'idéalise en l'associant au paysage fluviatile et aux
fleurs en grappes violettes. Lorsqu'il l'aperçoit pour la première fois
dans l'église de Combray, avec sa cravate en soie mauve et son « petit
bouton au coin du nez », il est déçu (p. 287).

Les Verdurin n'invitaient pas à dîner : on avait chez eux
« son couvert mis ». Pour la soirée, il n'y avait pas de programme. Le jeune pianiste jouait, mais seulement si « ça
lui chantait », car on ne forçait personne et comme disait
M. Verdurin : « Tout pour les amis, vivent les camarades ! » Si le pianiste voulait jouer la chevauchée de la
Walkyrie [1] ou le prélude de *Tristan* [2], Mme Verdurin protestait, non que cette musique lui déplût, mais au contraire
parce qu'elle lui causait trop d'impression. « Alors vous
tenez à ce que j'aie ma migraine ? Vous savez bien que
c'est la même chose chaque fois qu'il joue ça. Je sais ce
qui m'attend ! Demain quand je voudrai me lever, bonsoir,
plus personne ! » S'il ne jouait pas, on causait, et l'un des
amis, le plus souvent leur peintre favori d'alors, « lâchait »,
comme disait M. Verdurin, « une grosse faribole qui faisait s'esclaffer tout le monde », Mme Verdurin surtout, à
qui, – tant elle avait l'habitude de prendre au propre les
expressions figurées des émotions qu'elle éprouvait – le
docteur Cottard (un jeune débutant à cette époque) dut un
jour remettre sa mâchoire qu'elle avait décrochée pour
avoir trop ri.

L'habit noir était défendu parce qu'on était entre
« copains » et pour ne pas ressembler aux « ennuyeux »
dont on se garait comme de la peste et qu'on n'invitait
qu'aux grandes soirées, données le plus rarement possible
et seulement si cela pouvait amuser le peintre ou faire
connaître le musicien. Le reste du temps on se contentait
de jouer des charades, de souper en costume, mais entre
soi, en ne mêlant aucun étranger au petit « noyau ».

Mais au fur et à mesure que les « camarades » avaient
pris plus de place dans la vie de Mme Verdurin, les

---

1. *La Walkyrie* : opéra de Wagner qui fait partie de la *Tétralogie*. Celle-ci
ne put être représentée intégralement qu'en 1876, dans le théâtre de Bayreuth (en Bavière), que Wagner fit édifier à partir de 1872 et dont la construction fut achevée cette année-là. L'opéra *Parsifal* que Proust cite y fut
triomphalement donné en 1882.
2. *Tristan et Isolde* : drame lyrique en trois actes – poème et musique de
Richard Wagner. Il fut composé entre 1854 et 1857 et représenté à Paris,
en version française, en 1900. Proust affectionnait ce drame librement
inspiré de la légende médiévale de *Tristan et Iseult*, le mythe de la passion vouée à la mort.

ennuyeux, les réprouvés, ce fut tout ce qui retenait les
amis loin d'elle, ce qui les empêchait quelquefois d'être
70 libres, ce fut la mère de l'un, la profession de l'autre, la
maison de campagne ou la mauvaise santé d'un troisième.
Si le docteur Cottard croyait devoir partir en sortant de
table pour retourner auprès d'un malade en danger : « Qui
sait, lui disait Mme Verdurin, cela lui fera peut-être beaucoup plus de bien que vous n'alliez pas le déranger ce
soir ; il passera une bonne nuit sans vous ; demain matin
vous irez de bonne heure et vous le trouverez guéri. » Dès
le commencement de décembre elle était malade à la
pensée que les fidèles « lâcheraient » pour le jour de Noël
80 et le 1er janvier. La tante du pianiste exigeait qu'il vînt
dîner ce jour-là en famille chez sa mère à elle :

« Vous croyez qu'elle en mourrait, votre mère, s'écria
durement Mme Verdurin, si vous ne dîniez pas avec elle le
jour de l'an, comme en *province* !

Ses inquiétudes renaissaient à la semaine sainte :

– Vous, Docteur, un savant, un esprit fort, vous venez
naturellement le Vendredi saint comme un autre jour ? dit-
elle à Cottard la première année, d'un ton assuré comme si
elle ne pouvait douter de la réponse. Mais elle tremblait en
90 attendant qu'il l'eût prononcée, car s'il n'était pas venu,
elle risquait de se trouver seule.

– Je viendrai le Vendredi saint… vous faire mes adieux
car nous allons passer les fêtes de Pâques en Auvergne.

– En Auvergne ? pour vous faire manger par les puces et
la vermine, grand bien vous fasse !

Et après un silence :

– Si vous nous l'aviez dit au moins, nous aurions tâché
d'organiser cela et de faire le voyage ensemble dans des
conditions confortables. »

100   De même si un « fidèle » avait un ami, ou une « habituée » un flirt qui serait capable de le faire « lâcher » quelquefois, les Verdurin qui ne s'effrayaient pas qu'une
femme eût un amant pourvu qu'elle l'eût chez eux, l'aimât
en eux, et ne le leur préférât pas, disaient : « Eh bien !
amenez-le votre ami. » Et on l'engageait à l'essai, pour
voir s'il était capable de ne pas avoir de secrets pour
Mme Verdurin, s'il était susceptible d'être agrégé au « petit
clan ». S'il ne l'était pas on prenait à part le fidèle qui

l'avait présenté et on lui rendait le service de le brouiller
avec son ami ou avec sa maîtresse. Dans le cas contraire, le 110
« nouveau » devenait à son tour un fidèle. Aussi quand
cette année-là, la demi-mondaine raconta à M. Verdurin
qu'elle avait fait la connaissance d'un homme charmant,
M. Swann, et insinua qu'il serait très heureux d'être reçu
chez eux, M. Verdurin transmit-il séance tenante la requête
à sa femme. (Il n'avait jamais d'avis qu'après sa femme,
dont son rôle particulier était de mettre à exécution les
désirs, ainsi que les désirs des fidèles, avec de grandes res-
sources d'ingéniosité.)

« Voici Mme de Crécy qui a quelque chose à te deman- 120
der. Elle désirerait te présenter un de ses amis, M. Swann.
Qu'en dis-tu ?

– Mais voyons, est-ce qu'on peut refuser quelque chose
à une petite perfection comme ça ? Taisez-vous, on ne
vous demande pas votre avis, je vous dis que vous êtes une
perfection.

– Puisque vous le voulez, répondit Odette sur un ton de
marivaudage, et elle ajouta : vous savez que je ne suis pas
fishing for compliments [1].

– Eh bien ! amenez-le votre ami, s'il est agréable. » 130

Certes le « petit noyau » n'avait aucun rapport avec la
société où fréquentait Swann, et de purs mondains
auraient trouvé que ce n'était pas la peine d'y occuper
comme lui une situation exceptionnelle pour se faire présenter chez les Verdurin. Mais Swann aimait tellement les
femmes, qu'à partir du jour où il avait connu à peu près
toutes celles de l'aristocratie et où elles n'avaient plus rien
eu à lui apprendre, il n'avait plus tenu à ces lettres de naturalisation, presque des titres de noblesse, que lui avait
octroyées le faubourg Saint-Germain, que comme à une 140
sorte de valeur d'échange, de lettre de crédit dénuée de
prix en elle-même, mais lui permettant de s'improviser
une situation dans tel petit trou de province ou tel milieu
obscur de Paris, où la fille du hobereau ou du greffier lui
avait semblé jolie. Car le désir ou l'amour lui rendait alors
un sentiment de vanité dont il était maintenant exempt

---

1. « *Fishing for compliments* » : expression anglaise qui signifie « à la
quête des compliments ».

dans l'habitude de la vie (bien que ce fût lui sans doute qui
autrefois l'avait dirigé vers cette carrière mondaine où il
avait gaspillé dans les plaisirs frivoles les dons de son
150 esprit et fait servir son érudition en matière d'art à
conseiller les dames de la société dans leurs achats de
tableaux et pour l'ameublement de leurs hôtels), et qui lui
faisait désirer de briller, aux yeux d'une inconnue dont
il s'était épris, d'une élégance que le nom de Swann à
lui tout seul n'impliquait pas. Il le désirait surtout si
l'inconnue était d'humble condition. De même que ce
n'est pas à un autre homme intelligent qu'un homme intelligent aura peur de paraître bête, ce n'est pas par un grand
seigneur, c'est par un rustre qu'un homme élégant craindra
160 de voir son élégance méconnue. Les trois quarts des frais
d'esprit et des mensonges de vanité qui ont été prodigués
depuis que le monde existe par des gens qu'ils ne faisaient
que diminuer, l'ont été pour des inférieurs. Et Swann qui
était simple et négligent avec une duchesse, tremblait
d'être méprisé, posait, quand il était devant une femme de
chambre.

Il n'était pas comme tant de gens qui par paresse, ou
sentiment résigné de l'obligation que crée la grandeur
sociale de rester attaché à un certain rivage, s'abstiennent
170 des plaisirs que la réalité leur présente en dehors de la
position mondaine où ils vivent cantonnés jusqu'à leur
mort, se contentant de finir par appeler plaisirs, faute de
mieux, une fois qu'ils sont parvenus à s'y habituer, les
divertissements médiocres ou les supportables ennuis
qu'elle renferme. Swann, lui, ne cherchait pas à trouver
jolies les femmes avec qui il passait son temps, mais à
passer son temps avec les femmes qu'il avait d'abord trouvées jolies. Et c'étaient souvent des femmes de beauté
assez vulgaire, car les qualités physiques qu'il recherchait
180 sans s'en rendre compte étaient en complète opposition
avec celles qui lui rendaient admirables les femmes sculptées ou peintes par les maîtres qu'il préférait. La profondeur, la mélancolie de l'expression, glaçaient ses sens que
suffisait au contraire à éveiller une chair saine, plantureuse
et rose.

Si en voyage il rencontrait une famille qu'il eût été plus
élégant de ne pas chercher à connaître, mais dans laquelle

une femme se présentait à ses yeux parée d'un charme qu'il n'avait pas encore connu, rester dans son « quant à soi » et tromper le désir qu'elle avait fait naître, substituer un plaisir différent au plaisir qu'il eût pu connaître avec elle, en écrivant à une ancienne maîtresse de venir le rejoindre, lui eût semblé une aussi lâche abdication devant la vie, un aussi stupide renoncement à un bonheur nouveau, que si au lieu de visiter le pays, il s'était confiné dans sa chambre en regardant des vues de Paris. Il ne s'enfermait pas dans l'édifice de ses relations, mais en avait fait, pour pouvoir le reconstruire à pied d'œuvre sur de nouveaux frais partout où une femme lui avait plu, une de ces tentes démontables comme les explorateurs en emportent avec eux. Pour ce qui n'en était pas transportable ou échangeable contre un plaisir nouveau, il l'eût donné pour rien, si enviable que cela parût à d'autres. Que de fois son crédit auprès d'une duchesse, fait du désir accumulé depuis des années que celle-ci avait eu de lui être agréable sans en avoir trouvé l'occasion, il s'en était défait d'un seul coup en réclamant d'elle par une indiscrète dépêche une recommandation télégraphique qui le mît en relation, sur l'heure, avec un de ses intendants dont il avait remarqué la fille à la campagne, comme ferait un affamé qui troquerait un diamant contre un morceau de pain. Même, après coup, il s'en amusait, car il y avait en lui, rachetée par de rares délicatesses, une certaine muflerie. Puis, il appartenait à cette catégorie d'hommes intelligents qui ont vécu dans l'oisiveté et qui cherchent une consolation et peut-être une excuse dans l'idée que cette oisiveté offre à leur intelligence des objets aussi dignes d'intérêt que pourrait faire l'art ou l'étude, que la « Vie » contient des situations plus intéressantes, plus romanesques que tous les romans. Il l'assurait du moins et le persuadait aisément aux plus affinés de ses amis du monde, notamment au Baron de Charlus [1] qu'il s'amusait à égayer par le récit des aventures piquantes qui lui arri-

---

1. Le baron de Charlus, entrevu à Combray, est un Guermantes ; il incarnera l'« inversion masculine », principalement à partir de *Sodome et Gomorrhe* (l'« inversion » étant un terme utilisé à la fin du XIXᵉ siècle pour désigner l'homosexualité).

vaient, soit qu'ayant rencontré en chemin de fer une
femme qu'il avait ensuite ramenée chez lui, il eût découvert qu'elle était la sœur d'un souverain entre les mains de
qui se mêlaient en ce moment tous les fils de la politique
européenne, au courant de laquelle il se trouvait ainsi tenu
d'une façon très agréable, soit que par le jeu complexe des
230 circonstances, il dépendît du choix qu'allait faire le
conclave, s'il pourrait ou non devenir l'amant d'une cuisinière.

Ce n'était pas seulement d'ailleurs la brillante phalange
de vertueuses douairières, de généraux, d'académiciens,
avec lesquels il était particulièrement lié, que Swann forçait avec tant de cynisme à lui servir d'entremetteurs. Tous
ses amis avaient l'habitude de recevoir de temps en temps
des lettres de lui où un mot de recommandation ou d'introduction leur était demandé avec une habileté diplomatique
240 qui, persistant à travers les amours successives et les pré-
textes différents, accusait plus que n'eussent fait des mala-
dresses un caractère permanent et des buts identiques. Je
me suis souvent fait raconter bien des années plus tard,
quand je commençai à m'intéresser à son caractère à cause
des ressemblances qu'en de tout autres parties il offrait
avec le mien, que quand il écrivait à mon grand-père (qui
ne l'était pas encore, car c'est vers l'époque de ma naissance que commença la grande liaison de Swann, et elle
interrompit longtemps ces pratiques), celui-ci, en recon-
250 naissant sur l'enveloppe l'écriture de son ami, s'écriait :
« Voilà Swann qui va demander quelque chose : à la
garde ! » Et soit méfiance, soit par le sentiment inconsciemment diabolique qui nous pousse à n'offrir une chose
qu'aux gens qui n'en ont pas envie, mes grands-parents
opposaient une fin de non-recevoir absolue aux prières les
plus faciles à satisfaire qu'il leur adressait, comme de le
présenter à une jeune fille qui dînait tous les dimanches à
la maison, et qu'ils étaient obligés, chaque fois que Swann
leur en reparlait, de faire semblant de ne plus voir, alors
260 que pendant toute la semaine on se demandait qui on pourrait bien inviter avec elle, finissant souvent par ne trouver
personne, faute de faire signe à celui qui en eût été si
heureux.

Quelquefois tel couple ami de mes grands-parents et qui jusque-là s'était plaint de ne jamais voir Swann, leur annonçait avec satisfaction et peut-être un peu le désir d'exciter l'envie, qu'il était devenu tout ce qu'il y a de plus charmant pour eux, qu'il ne les quittait plus. Mon grand-père ne voulait pas troubler leur plaisir mais regardait ma grand-mère en fredonnant :

270

> *Quel est donc ce mystère ?*
> *Je n'y puis rien comprendre.*

ou :

> *Vision fugitive...*

ou :

> *Dans ces affaires*
> *Le mieux est de ne rien voir* [1].

Quelques mois après, si mon grand-père demandait au nouvel ami de Swann : « Et Swann, le voyez-vous toujours beaucoup ? » la figure de l'interlocuteur s'allongeait : « Ne prononcez jamais son nom devant moi ! – Mais je croyais que vous étiez si liés... » Il avait été ainsi pendant quelques mois le familier de cousins de ma grand-mère, dînant presque chaque jour chez eux. Brusquement il cessa de venir, sans avoir prévenu. On le crut malade, et la cousine de ma grand-mère allait envoyer demander de ses nouvelles quand à l'office elle trouva une lettre de lui qui traînait par mégarde dans le livre de comptes de la cuisinière. Il y annonçait à cette femme qu'il allait quitter Paris, qu'il ne pourrait plus venir. Elle était sa maîtresse, et au moment de rompre, c'était elle seule qu'il avait jugé utile d'avertir.

280

290

---

1. Les deux premières citations sont extraites respectivement de deux opéras : *La Dame blanche* de Boieldieu (final de l'acte I) et *Hérodiade* de Massenet (acte II). La troisième est inspirée des deux derniers vers de la comédie de Molière, *Amphitryon* (« Sur telles affaires, toujours/ Le meilleur est de ne rien dire »).

Quand sa maîtresse du moment était au contraire une personne mondaine ou du moins une personne qu'une extraction trop humble ou une situation trop irrégulière n'empêchait pas qu'il fît recevoir dans le monde, alors pour elle il y retournait, mais seulement dans l'orbite particulier où elle se mouvait ou bien où il l'avait entraînée. « Inutile de compter sur Swann ce soir, disait-on, vous savez bien que c'est le jour d'Opéra de son Américaine. » Il la faisait inviter dans les salons particulièrement fermés où il avait ses habitudes, ses dîners hebdomadaires, son poker ; chaque soir, après qu'un léger crêpelage ajouté à la brosse de ses cheveux roux avait tempéré de quelque douceur la vivacité de ses yeux verts, il choisissait une fleur pour sa boutonnière et partait pour retrouver sa maîtresse à dîner chez l'une ou l'autre des femmes de sa coterie ; et alors, pensant à l'admiration et à l'amitié que les gens à la mode pour qui il faisait la pluie et le beau temps et qu'il allait retrouver là, lui prodigueraient devant la femme qu'il aimait, il retrouvait du charme à cette vie mondaine sur laquelle il s'était blasé, mais dont la matière, pénétrée et colorée chaudement d'une flamme insinuée qui s'y jouait, lui semblait précieuse et belle depuis qu'il y avait incorporé un nouvel amour.

Mais tandis que chacune de ces liaisons, ou chacun de ces flirts, avait été la réalisation plus ou moins complète d'un rêve né de la vue d'un visage ou d'un corps que Swann avait, spontanément, sans s'y efforcer, trouvés charmants, en revanche quand un jour au théâtre il fut présenté à Odette de Crécy par un de ses amis d'autrefois, qui lui avait parlé d'elle comme d'une femme ravissante avec qui il pourrait peut-être arriver à quelque chose, mais en la lui donnant pour plus difficile qu'elle n'était en réalité afin de paraître lui-même avoir fait quelque chose de plus aimable en la lui faisant connaître, elle était apparue à Swann non pas certes sans beauté, mais d'un genre de beauté qui lui était indifférent, qui ne lui inspirait aucun désir, lui causait même une sorte de répulsion physique, de ces femmes comme tout le monde a les siennes, différentes pour chacun, et qui sont l'opposé du type que nos sens réclament. Pour lui plaire elle avait un profil trop accusé, la peau trop fragile, les pommettes trop saillantes,

les traits trop tirés. Ses yeux étaient beaux mais si grands
qu'ils fléchissaient sous leur propre masse, fatiguaient le
reste de son visage et lui donnaient toujours l'air d'avoir
mauvaise mine ou d'être de mauvaise humeur. Quelque
temps après cette présentation au théâtre, elle lui avait
écrit pour lui demander à voir ses collections qui l'intéres-
seraient tant, « elle, ignorante qui avait le goût des jolies
choses », disant qu'il lui semblait qu'elle le connaîtrait
mieux, quand elle l'aurait vu dans « son home » où elle
l'imaginait « si confortable avec son thé et ses livres »,
quoiqu'elle ne lui eût pas caché sa surprise qu'il habitât ce
quartier qui devait être si triste et « qui était si peu *smart* [1]
pour lui qui l'était tant ». Et après qu'il l'eut laissée venir,
en le quittant, elle lui avait dit son regret d'être restée si
peu dans cette demeure où elle avait été heureuse de pénétrer, parlant de lui comme s'il avait été pour elle quelque
chose de plus que les autres êtres qu'elle connaissait et
semblant établir entre leurs deux personnes une sorte de
trait d'union romanesque qui l'avait fait sourire. Mais à
l'âge déjà un peu désabusé dont approchait Swann et où
l'on sait se contenter d'être amoureux pour le plaisir de
l'être sans trop exiger de réciprocité, ce rapprochement
des cœurs s'il n'est plus comme dans la première jeunesse
le but vers lequel tend nécessairement l'amour, lui reste
uni en revanche par une association d'idées si forte, qu'il
peut en devenir la cause, s'il se présente avant lui. Autrefois on rêvait de posséder le cœur de la femme dont on
était amoureux ; plus tard sentir qu'on possède le cœur
d'une femme peut suffire à vous en rendre amoureux.
Ainsi, à l'âge où il semblerait, comme on cherche surtout
dans l'amour un plaisir subjectif, que la part du goût pour
la beauté d'une femme devait y être la plus grande,
l'amour peut naître, l'amour le plus physique, sans qu'il y
ait eu, à sa base, un désir préalable. À cette époque de la
vie, on a déjà été atteint plusieurs fois par l'amour ; il
n'évolue plus seul suivant ses propres lois inconnues et
fatales, devant notre cœur étonné et passif. Nous venons à
son aide, nous le faussons par la mémoire, par la suggestion. En reconnaissant un de ses symptômes, nous nous

----

1. Emploi familier d'un mot anglais qui signifie « élégant ».

rappelons, nous faisons renaître les autres. Comme nous
possédons sa chanson, gravée en nous tout entière, nous
n'avons pas besoin qu'une femme nous en dise le début
– rempli par l'admiration qu'inspire la beauté – pour en
trouver la suite. Et si elle commence au milieu – là où les
cœurs se rapprochent, où l'on parle de n'exister plus que
l'un pour l'autre – nous avons assez l'habitude de cette
380   musique pour rejoindre tout de suite notre partenaire au
passage où elle nous attend.

Odette de Crécy retourna voir Swann, puis rapprocha
ses visites ; et sans doute chacune d'elles renouvelait pour
lui la déception qu'il éprouvait à se retrouver devant ce
visage dont il avait un peu oublié les particularités dans
l'intervalle, et qu'il ne s'était rappelé ni si expressif ni,
malgré sa jeunesse, si fané ; il regrettait, pendant qu'elle
causait avec lui, que la grande beauté qu'elle avait ne fût
pas du genre de celles qu'il aurait spontanément préférées.
390   Il faut d'ailleurs dire que le visage d'Odette paraissait plus
maigre et plus proéminent parce que le front et le haut des
joues, cette surface unie et plus plane était recouverte par
la masse de cheveux qu'on portait, alors, prolongés en
« devants », soulevés en « crêpés », répandus en mèches
folles le long des oreilles ; et quant à son corps qui était
admirablement fait, il était difficile d'en apercevoir la
continuité (à cause des modes de l'époque et quoiqu'elle
fût une des femmes de Paris qui s'habillaient le mieux),
tant le corsage, s'avançant en saillie comme sur un ventre
400   imaginaire et finissant brusquement en pointe pendant que
par en dessous commençait à s'enfler le ballon des doubles
jupes, donnait à la femme l'air d'être composée de pièces
différentes mal emmanchées les unes dans les autres ; tant
les ruchés, les volants, le gilet suivaient en toute indépendance, selon la fantaisie de leur dessin ou la consistance de
leur étoffe, la ligne qui les conduisait aux nœuds, aux
bouillons de dentelle, aux effilés de jais perpendiculaires,
ou qui les dirigeait le long du busc, mais ne s'attachaient
nullement à l'être vivant, qui selon que l'architecture de
410   ces fanfreluches se rapprochait ou s'écartait trop de la
sienne, s'y trouvait engoncé ou perdu.

Mais, quand Odette était partie, Swann souriait en pensant qu'elle lui avait dit combien le temps lui durerait

jusqu'à ce qu'il lui permît de revenir ; il se rappelait l'air inquiet, timide avec lequel elle l'avait une fois prié que ce ne fût pas dans trop longtemps, et les regards qu'elle avait eus à ce moment-là, fixés sur lui en une imploration craintive, et qui la faisaient touchante sous le bouquet de fleurs de pensées artificielles fixé devant son chapeau rond de paille blanche, à brides de velours noir. « Et vous, avait- 420 elle dit, vous ne viendriez pas une fois chez moi prendre le thé ? » Il avait allégué des travaux en train, une étude – en réalité abandonnée depuis des années – sur Ver Meer de Delft [1]. « Je comprends que je ne peux rien faire, moi chétive, à côté de grands savants comme vous autres, lui avait-elle répondu. Je serais comme la grenouille devant l'aréopage [2]. Et pourtant j'aimerais tant m'instruire, savoir, être initiée. Comme cela doit être amusant de bouquiner, de fourrer son nez dans de vieux papiers », avait-elle ajouté avec l'air de contentement de soi-même que 430 prend une femme élégante pour affirmer que sa joie est de se livrer sans crainte de se salir à une besogne malpropre, comme de faire la cuisine en « mettant elle-même les mains à la pâte ». « Vous allez vous moquer de moi, ce peintre qui vous empêche de me voir (elle voulait parler de Ver Meer), je n'avais jamais entendu parler de lui ; vit-il encore ? Est-ce qu'on peut voir de ses œuvres à Paris, pour que je puisse me représenter ce que vous aimez, deviner un peu ce qu'il y a sous ce grand front qui travaille tant, dans cette tête qu'on sent toujours en train de réfléchir, me 440 dire voilà : c'est à cela qu'il est en train de penser. Quel rêve ce serait d'être mêlée à vos travaux ! » Il s'était excusé sur sa peur des amitiés nouvelles, ce qu'il avait appelé, par galanterie, sa peur d'être malheureux. « Vous avez peur d'une affection ? comme c'est drôle, moi qui ne cherche que cela, qui donnerais ma vie pour en trouver une, avait-elle dit d'une voix si naturelle, si convaincue,

---

1. Vermeer de Delft, Vermeer, Jan, dit (1632-1675) : peintre hollandais qui fascinait Proust. L'écrivain appréciait particulièrement son tableau *Vue de Delft*, qu'il avait admiré au musée de La Haye (1902). Dans *La Prisonnière*, l'écrivain Bergotte meurt en contemplant le petit pan de mur jaune de ce tableau (p. 285).
2. Citation qui ne renvoie à aucun texte connu. Proust l'attribue à Florian (1755-1794), auteur notamment de fables.

qu'il en avait été remué. Vous avez dû souffrir par une femme. Et vous croyez que les autres sont comme elle.
450 Elle n'a pas su vous comprendre ; vous êtes un être si à part. C'est cela que j'ai aimé d'abord en vous, j'ai bien senti que vous n'étiez pas comme tout le monde. – Et puis d'ailleurs vous aussi, lui avait-il dit, je sais bien ce que c'est que les femmes, vous devez avoir des tas d'occupations, être peu libre. – Moi, je n'ai jamais rien à faire ! Je suis toujours libre, je le serai toujours pour vous. À n'importe quelle heure du jour ou de la nuit où il pourrait vous être commode de me voir, faites-moi chercher, et je serai trop heureuse d'accourir. Le ferez-vous ? Savez-vous
460 ce qui serait gentil, ce serait de vous faire présenter à Mme Verdurin chez qui je vais tous les soirs. Croyez-vous ! si on s'y retrouvait et si je pensais que c'est un peu pour moi que vous y êtes ! »

Et sans doute, en se rappelant ainsi leurs entretiens, en pensant ainsi à elle quand il était seul, il faisait seulement jouer son image entre beaucoup d'autres images de femmes dans des rêveries romanesques ; mais si, grâce à une circonstance quelconque (ou même peut-être sans que ce fût grâce à elle, la circonstance qui se présente au
470 moment où un état, latent jusque-là, se déclare, pouvant n'avoir influé en rien sur lui) l'image d'Odette de Crécy venait à absorber toutes ces rêveries, si celles-ci n'étaient plus séparables de son souvenir, alors l'imperfection de son corps ne garderait plus aucune importance, ni qu'il eût été, plus ou moins qu'un autre corps, selon le goût de Swann, puisque devenu le corps de celle qu'il aimait, il serait désormais le seul qui fût capable de lui causer des joies et des tourments.

Mon grand-père avait précisément connu, ce qu'on
480 n'aurait pu dire d'aucun de leurs amis actuels, la famille de ces Verdurin. Mais il avait perdu toute relation avec celui qu'il appelait le « jeune Verdurin » et qu'il considérait, un peu en gros, comme tombé – tout en gardant de nombreux millions – dans la bohème et la racaille. Un jour, il reçut une lettre de Swann lui demandant s'il ne pourrait pas le mettre en rapport avec les Verdurin : « À la garde ! à la garde ! s'était écrié mon grand-père, ça ne m'étonne pas du tout, c'est bien par là que devait finir

Swann. Joli milieu ! D'abord je ne peux pas faire ce qu'il me demande parce que je ne connais plus ce monsieur. Et puis ça doit cacher une histoire de femme, je ne me mêle pas de ces affaires-là. Ah bien ! nous allons avoir de l'agrément, si Swann s'affuble des petits Verdurin. »

Et sur la réponse négative de mon grand-père, c'est Odette qui avait amené elle-même Swann chez les Verdurin.

Les Verdurin avaient eu à dîner, le jour où Swann y fit ses débuts, le docteur et Mme Cottard, le jeune pianiste et sa tante, et le peintre qui avait alors leur faveur, auxquels s'étaient joints dans la soirée quelques autres fidèles.

Le docteur Cottard ne savait jamais d'une façon certaine de quel ton il devait répondre à quelqu'un, si son interlocuteur voulait rire ou était sérieux. Et à tout hasard il ajoutait à toutes ses expressions de physionomie l'offre d'un sourire conditionnel et provisoire dont la finesse expectante le disculperait du reproche de naïveté, si le propos qu'on lui avait tenu se trouvait avoir été facétieux. Mais comme pour faire face à l'hypothèse opposée il n'osait pas laisser ce sourire s'affirmer nettement sur son visage, on y voyait flotter perpétuellement une incertitude où se lisait la question qu'il n'osait pas poser : « Dites-vous cela pour de bon ? » Il n'était pas plus assuré de la façon dont il devait se comporter dans la rue, et même en général dans la vie, que dans un salon, et on le voyait opposer aux passants, aux voitures, aux événements un malicieux sourire qui ôtait d'avance à son attitude toute impropriété, puisqu'il prouvait, si elle n'était pas de mise, qu'il le savait bien et que s'il avait adopté celle-là, c'était par plaisanterie.

Sur tous les points cependant où une franche question lui semblait permise, le docteur ne se faisait pas faute de s'efforcer de restreindre le champ de ses doutes et de compléter son instruction.

C'est ainsi que, sur les conseils qu'une mère prévoyante lui avait donnés quand il avait quitté sa province, il ne laissait jamais passer soit une locution ou un nom propre qui lui étaient inconnus, sans tâcher de se faire documenter sur eux.

Pour les locutions, il était insatiable de renseignements,
530 car, leur supposant parfois un sens plus précis qu'elles
n'ont, il eût désiré savoir ce qu'on voulait dire exactement
par celles qu'il entendait le plus souvent employer : la
beauté du diable, du sang bleu, une vie de bâton de chaise,
le quart d'heure de Rabelais [1] etc, être le prince des élégances, donner carte blanche, être réduit à quia [2], etc., et
dans quels cas déterminés il pouvait à son tour les faire
figurer dans ses propos. À leur défaut il plaçait des jeux de
mots qu'il avait appris. Quant aux noms de personnes nouveaux qu'on prononçait devant lui il se contentait seulement de les répéter sur un ton interrogatif qu'il pensait suf-
540 fisant pour lui valoir des explications qu'il n'aurait pas
l'air de demander.

Comme le sens critique qu'il croyait exercer sur tout lui
faisait complètement défaut, le raffinement de politesse
qui consiste à affirmer, à quelqu'un qu'on oblige [3], sans
souhaiter d'en être cru, que c'est à lui qu'on a obligation,
était peine perdue avec lui, il prenait tout au pied de la
lettre. Quel que fût l'aveuglement de Mme Verdurin à son
égard, elle avait fini, tout en continuant à le trouver très fin,
par être agacée de voir que quand elle l'invitait dans une
550 avant-scène à entendre Sarah Bernhardt [4], lui disant, pour
plus de grâce : « Vous êtes trop aimable d'être venu, Docteur, d'autant plus que je suis sûre que vous avez déjà souvent entendu Sarah Bernhardt, et puis nous sommes peut-
être trop près de la scène », le docteur Cottard, qui était
entré dans la loge avec un sourire qui attendait pour se pré-
ciser ou pour disparaître que quelqu'un d'autorisé le ren-
seignât sur la valeur du spectacle, lui répondait : « En effet
on est beaucoup trop près et on commence à être fatigué

---

1. « Le quart d'heure de Rabelais » renvoie à une mésaventure de l'auteur
de *Gargantua*. Celui-ci se retrouva sans un sou à Rome. Arrêté et recon-
duit à Paris, il fut libéré par François Ier. Par extension, cette expression
désigne tout moment désagréable (« un mauvais quart d'heure »).
2. « Être réduit à quia » : n'avoir rien à répondre.
3. « Obliger quelqu'un » : Rendre service à quelqu'un, lui être utile ou
agréable et, pour cela, avoir droit à sa reconnaissance (littéraire et vieilli).
4. Bernhardt, Sarah (1844-1923) : tragédienne française restée célèbre
pour ses interprétations de *Phèdre* (1874), de *La Dame aux camélias* et
de *L'Aiglon* (1900). Elle était très appréciée de Proust qui s'en inspira
pour composer son personnage de la Berma.

de Sarah Bernhardt. Mais vous m'avez exprimé le désir
que je vienne. Pour moi vos désirs sont des ordres. Je suis
trop heureux de vous rendre ce petit service. Que ne ferait-
on pas pour vous être agréable, vous êtes si bonne. » Et il
ajoutait : « Sarah Bernhardt, c'est bien la Voix d'Or, n'est-
ce pas ? On écrit souvent aussi qu'elle brûle les planches.
C'est une expression bizarre, n'est-ce pas ? » dans l'espoir
de commentaires qui ne venaient point.

« Tu sais, avait dit Mme Verdurin à son mari, je crois
que nous faisons fausse route quand par modestie nous
déprécions ce que nous offrons au docteur. C'est un savant
qui vit en dehors de l'existence pratique, il ne connaît pas
par lui-même la valeur des choses et il s'en rapporte à ce
que nous lui en disons. – Je n'avais pas osé te le dire, mais
je l'avais remarqué », répondit M. Verdurin. Et au Jour de
l'an suivant, au lieu d'envoyer au docteur Cottard un rubis
de trois mille francs en lui disant que c'était bien peu de
chose, M. Verdurin acheta pour trois cents francs une
pierre reconstituée en laissant entendre qu'on pouvait difficilement en voir d'aussi belle.

Quand Mme Verdurin avait annoncé qu'on aurait, dans
la soirée, M. Swann : « Swann ? » s'était écrié le docteur
d'un accent rendu brutal par la surprise, car la moindre nouvelle prenait toujours plus au dépourvu que quiconque cet
homme qui se croyait perpétuellement préparé à tout. Et
voyant qu'on ne lui répondait pas : « Swann ? Qui ça,
Swann ! » hurla-t-il au comble d'une anxiété qui se déten-
dit soudain quand Mme Verdurin eut dit : « Mais l'ami dont
Odette nous avait parlé. – Ah ! bon ; bon ; ça va bien »,
répondit le docteur apaisé. Quant au peintre il se réjouissait de l'introduction de Swann chez Mme Verdurin, parce
qu'il le supposait amoureux d'Odette et qu'il aimait à favo-
riser les liaisons. « Rien ne m'amuse comme de faire des
mariages, confia-t-il, dans l'oreille, au docteur Cottard, j'en
ai déjà réussi beaucoup, même entre femmes ! »

En disant aux Verdurin que Swann était très « smart »,
Odette leur avait fait craindre un « ennuyeux ». Il leur fit
au contraire une excellente impression dont à leur insu, sa
fréquentation dans la société élégante était une des causes
indirectes. Il avait en effet sur les hommes même intelligents qui ne sont jamais allés dans le monde, une des

600 supériorités de ceux qui y ont un peu vécu, qui est de ne
plus le transfigurer par le désir ou par l'horreur qu'il inspire à l'imagination, de le considérer comme sans aucune
importance. Leur amabilité, séparée de tout snobisme et
de la peur de paraître trop aimable, devenue indépendante,
a cette aisance, cette grâce des mouvements de ceux dont
les membres assouplis exécutent exactement ce qu'ils veulent, sans participation indiscrète et maladroite du reste du
corps. La simple gymnastique élémentaire de l'homme du
monde tendant la main avec bonne grâce au jeune homme
610 inconnu qu'on lui présente et s'inclinant avec réserve
devant l'ambassadeur à qui on le présente, avait fini par
passer sans qu'il en fût conscient dans toute l'attitude
sociale de Swann, qui vis-à-vis de gens d'un milieu inférieur au sien comme étaient les Verdurin et leurs amis, fit
instinctivement montre d'un empressement, se livra à des
avances, dont, selon eux, un ennuyeux se fût abstenu. Il
n'eut un moment de froideur qu'avec le docteur Cottard :
en le voyant lui cligner de l'œil et lui sourire d'un air
ambigu avant qu'ils se fussent encore parlé (mimique que
620 Cottard appelait « laisser venir »), Swann crut que le docteur le connaissait sans doute pour s'être trouvé avec lui en
quelque lieu de plaisir, bien que lui-même y allât pourtant
fort peu, n'ayant jamais vécu dans le monde de la noce.
Trouvant l'allusion de mauvais goût, surtout en présence
d'Odette qui pourrait en prendre une mauvaise idée de lui,
il affecta un air glacial. Mais quand il apprit qu'une dame
qui se trouvait près de lui était Mme Cottard, il pensa
qu'un mari aussi jeune n'aurait pas cherché à faire allusion
devant sa femme à des divertissements de ce genre ; et il
630 cessa de donner à l'air entendu du docteur la signification
qu'il redoutait. Le peintre invita tout de suite Swann à
venir avec Odette à son atelier, Swann le trouva gentil.
« Peut-être qu'on vous favorisera plus que moi, dit
Mme Verdurin, sur un ton qui feignait d'être piqué, et
qu'on vous montrera le portrait de Cottard (elle l'avait
commandé au peintre). Pensez bien « monsieur » Biche,
rappela-t-elle au peintre, à qui c'était une plaisanterie
consacrée de dire monsieur, à rendre le joli regard, le petit
côté fin, amusant, de l'œil. Vous savez que ce que je veux
640 surtout avoir, c'est son sourire, ce que je vous ai demandé,

c'est le portrait de son sourire. » Et comme cette expression lui sembla remarquable elle la répéta très haut pour être sûre que plusieurs invités l'eussent entendue, et même, sous un prétexte vague, en fit d'abord rapprocher quelques-uns. Swann demanda à faire la connaissance de tout le monde, même d'un vieil ami des Verdurin, Saniette, à qui sa timidité, sa simplicité et son bon cœur avaient fait perdre partout la considération que lui avaient value sa science d'archiviste, sa grosse fortune, et la famille distinguée dont il sortait. Il avait dans la bouche, en parlant, une bouillie qui était adorable parce qu'on sentait qu'elle trahissait moins un défaut de la langue qu'une qualité de l'âme, comme un reste de l'innocence du premier âge qu'il n'avait jamais perdue. Toutes les consonnes qu'il ne pouvait prononcer figuraient comme autant de duretés dont il était incapable. En demandant à être présenté à M. Saniette, Swann fit à Mme Verdurin l'effet de renverser les rôles (au point qu'en réponse, elle dit en insistant sur la différence : « Monsieur Swann, voudriez-vous avoir la bonté de me permettre de vous présenter notre ami Saniette »), mais excita chez Saniette une sympathie ardente que d'ailleurs les Verdurin ne révélèrent jamais à Swann, car Saniette les agaçait un peu et ils ne tenaient pas à lui faire des amis. Mais en revanche Swann les toucha infiniment en croyant devoir demander tout de suite à faire la connaissance de la tante du pianiste. En robe noire comme toujours, parce qu'elle croyait qu'en noir on est toujours bien et que c'est ce qu'il y a de plus distingué, elle avait le visage excessivement rouge comme chaque fois qu'elle venait de manger. Elle s'inclina devant Swann avec respect, mais se redressa avec majesté. Comme elle n'avait aucune instruction et avait peur de faire des fautes de français, elle prononçait exprès d'une manière confuse, pensant que si elle lâchait un cuir il serait estompé d'un tel vague qu'on ne pourrait le distinguer avec certitude, de sorte que sa conversation n'était qu'un graillonnement indistinct duquel émergeaient de temps à autre les rares vocables dont elle se sentait sûre. Swann crut pouvoir se moquer légèrement d'elle en parlant à M. Verdurin lequel au contraire fut piqué.

« C'est une si excellente femme, répondit-il. Je vous accorde qu'elle n'est pas étourdissante ; mais je vous assure qu'elle est agréable quand on cause seul avec elle. – Je n'en doute pas, s'empressa de concéder Swann. Je voulais dire qu'elle ne me semblait pas "éminente" ajouta-t-il en détachant cet adjectif, et en somme c'est plutôt un compliment ! – Tenez, dit M. Verdurin, je vais vous étonner, elle écrit d'une manière charmante. Vous n'avez jamais entendu son neveu ? c'est admirable, n'est-ce pas,
690   Docteur ? Voulez-vous que je lui demande de jouer quelque chose, monsieur Swann ? – Mais ce sera un bonheur… », commençait à répondre Swann, quand le docteur l'interrompit d'un air moqueur. En effet ayant retenu que dans la conversation l'emphase, l'emploi de formes solennelles, était suranné, dès qu'il entendait un mot grave dit sérieusement comme venait de l'être le mot « bonheur », il croyait que celui qui l'avait prononcé venait de se montrer prudhommesque [1]. Et si, de plus, ce mot se trouvait figurer par hasard dans ce qu'il appelait un
700   vieux cliché, si courant que ce mot fût d'ailleurs, le docteur supposait que la phrase commencée était ridicule et la terminait ironiquement par le lieu commun qu'il semblait accuser son interlocuteur d'avoir voulu placer, alors que celui-ci n'y avait jamais pensé.

« Un bonheur pour la France ! s'écria-t-il malicieusement en levant les bras avec emphase.

M. Verdurin ne put s'empêcher de rire.

– Qu'est-ce qu'ils ont à rire toutes ces bonnes gens-là, on a l'air de ne pas engendrer la mélancolie dans votre
710   petit coin là-bas, s'écria Mme Verdurin. Si vous croyez que je m'amuse, moi, à rester toute seule en pénitence », ajouta-t-elle sur un ton dépité, en faisant l'enfant.

Mme Verdurin était assise sur un haut siège suédois en sapin ciré, qu'un violoniste de ce pays lui avait donné et qu'elle conservait quoiqu'il rappelât la forme d'un escabeau et jurât avec les beaux meubles anciens qu'elle avait, mais elle tenait à garder en évidence les cadeaux que les

---

1. Du nom d'un personnage d'Henri Monnier, « Joseph Prudhomme » (1853) : bourgeois qui incarne la sottise, par son discours sentencieux et creux.

fidèles avaient l'habitude de lui faire de temps en temps, afin que les donateurs eussent le plaisir de les reconnaître quand ils venaient. Aussi tâchait-elle de persuader qu'on s'en tînt aux fleurs et aux bonbons, qui du moins se détruisent ; mais elle n'y réussissait pas et c'était chez elle une collection de chauffe-pieds, de coussins, de pendules, de paravents, de baromètres, de potiches, dans une accumulation, des redites et un disparate d'étrennes.

De ce poste élevé elle participait avec entrain à la conversation des fidèles et s'égayait de leurs « fumisteries [1] », mais depuis l'accident qui était arrivé à sa mâchoire, elle avait renoncé à prendre la peine de pouffer effectivement et se livrait à la place à une mimique conventionnelle qui signifiait sans fatigue ni risques pour elle qu'elle riait aux larmes. Au moindre mot que lâchait un habitué contre un ennuyeux ou contre un ancien habitué rejeté au camp des ennuyeux – et pour le plus grand désespoir de M. Verdurin qui avait eu longtemps la prétention d'être aussi aimable que sa femme, mais qui riant pour de bon s'essoufflait vite et avait été distancé et vaincu par cette ruse d'une incessante et fictive hilarité – elle poussait un petit cri, fermait entièrement ses yeux d'oiseau qu'une taie commençait à voiler, et brusquement, comme si elle n'eût eu que le temps de cacher un spectacle indécent ou de parer à un accès mortel, plongeant sa figure dans ses mains qui la recouvraient et n'en laissaient plus rien voir, elle avait l'air de s'efforcer de réprimer, d'anéantir un rire qui, si elle s'y fût abandonnée, l'eût conduite à l'évanouissement. Telle, étourdie par la gaieté des fidèles, ivre de camaraderie, de médisance et d'assentiment, Mme Verdurin, juchée sur son perchoir, pareille à un oiseau dont on eût trempé le colifichet dans du vin chaud, sanglotait d'amabilité.

Cependant M. Verdurin, après avoir demandé à Swann la permission d'allumer sa pipe (« ici on ne se gêne pas, on est entre camarades »), priait le jeune artiste de se mettre au piano.

« Allons, voyons ne l'ennuie pas, il n'est pas ici pour être tourmenté, s'écria Mme Verdurin, je ne veux pas qu'on le tourmente moi !

---

1. Terme familier qui signifie « plaisanteries, farces ».

– Mais pourquoi veux-tu que ça l'ennuie ? dit M. Verdurin, M. Swann ne connaît peut-être pas la sonate en *fa*
dièse que nous avons découverte ; il va nous jouer l'arran-
760   gement pour piano.

– Ah ! non, non, pas ma sonate ! cria Mme Verdurin, je
n'ai pas envie à force de pleurer de me fiche un rhume de
cerveau avec névralgies faciales, comme la dernière fois ;
merci du cadeau, je ne tiens pas à recommencer ; vous êtes
bons vous autres, on voit bien que ce n'est pas vous qui
garderez le lit huit jours ! »

Cette petite scène qui se renouvelait chaque fois que le
pianiste allait jouer enchantait les amis aussi bien que si
elle avait été nouvelle, comme une preuve de la séduisante
770   originalité de la « Patronne » et de sa sensibilité musicale.
Ceux qui étaient près d'elle faisaient signe à ceux qui plus
loin fumaient ou jouaient aux cartes, de se rapprocher,
qu'il se passait quelque chose, leur disant, comme on fait
au Reichstag [1] dans les moments intéressants : « Écoutez,
écoutez. » Et le lendemain on donnait des regrets à ceux
qui n'avaient pas pu venir en leur disant que la scène avait
été encore plus amusante que d'habitude.

« Eh bien ! voyons, c'est entendu, dit M. Verdurin, il ne
jouera que l'andante [2].

780   – Que l'andante, comme tu y vas, s'écria Mme Verdurin. C'est justement l'andante qui me casse bras et
jambes. Il est vraiment superbe, le Patron ! C'est comme
si dans la *Neuvième* [3] il disait : nous n'entendrons que le
finale, ou dans *Les Maîtres* [4] que l'ouverture. »

Le docteur cependant, poussait Mme Verdurin à laisser
jouer le pianiste, non pas qu'il crût feints les troubles que
la musique lui donnait – il y reconnaissait certains états
neurasthéniques – mais par cette habitude qu'ont beau-

---

1. L'une des deux assemblées législatives allemandes, de 1866 à 1933.
2. Morceau exécuté dans un tempo modéré, intermédiaire entre l'adagio
et l'allegro.
3. La *Neuvième Symphonie* de Beethoven, connue pour son finale,
« L'ode à la joie ».
4. *Les Maîtres chanteurs de Nuremberg* (1868) : opéra de Wagner, qui
doit son originalité à la fois à son caractère comique et à son sujet
emprunté à l'Histoire. Le héros Hans Sachs, le poète-cordonnier, y
défend l'art allemand.

coup de médecins de faire fléchir immédiatement la sévérité de leurs prescriptions dès qu'est en jeu, chose qui leur 790
semble beaucoup plus importante, quelque réunion mondaine dont ils font partie et dont la personne à qui ils
conseillent d'oublier pour une fois sa dyspepsie, ou sa
grippe, est un des facteurs essentiels.

« Vous ne serez pas malade cette fois-ci, vous verrez, lui
dit-il en cherchant à la suggestionner [1] du regard. Et si
vous êtes malade, nous vous soignerons.

– Bien vrai ? » répondit Mme Verdurin, comme si devant
l'espérance d'une telle faveur il n'y avait plus qu'à capi-
tuler. Peut-être aussi à force de dire qu'elle serait malade, 800
y avait-il des moments où elle ne se rappelait plus que
c'était un mensonge et prenait une âme de malade. Or
ceux-ci, fatigués d'être toujours obligés de faire dépendre
de leur sagesse la rareté de leurs accès, aiment se laisser
aller à croire qu'ils pourront faire impunément tout ce qui
leur plaît et leur fait mal d'habitude, à condition de se
remettre en les mains d'un être puissant, qui, sans qu'ils
aient aucune peine à prendre, d'un mot ou d'une pilule les
remettra sur pied.

Odette était allée s'asseoir sur un canapé de tapisserie 810
qui était près du piano :

« Vous savez, j'ai ma petite place », dit-elle à Mme Verdurin.

Celle-ci, voyant Swann sur une chaise, le fit lever :

« Vous n'êtes pas bien là, allez donc vous mettre à côté
d'Odette, n'est-ce pas Odette, vous ferez bien une place à
M. Swann ?

– Quel joli Beauvais [2], dit avant de s'asseoir Swann qui
cherchait à être aimable.

---

1. Influencer, faire penser par suggestion. Renvoie également à la pratique de l'hypnose : volonté provoquée chez une personne en état d'hypnose. Proust a déjà utilisé le mot « suggestion » (« nous le faussons par
la mémoire, par la suggestion », p. 59) au sujet de l'amour : le terme
désigne un moyen de faire renaître une étape du processus amoureux.
2. Un Beauvais désigne un fauteuil ou un canapé tapissé par la manufacture de Beauvais, manufacture nationale créée au XVIIe siècle à l'initiative
de Colbert pour représenter le style royal français. Au XVIIIe siècle,
Oudry, qui en était le directeur, adapta des œuvres littéraires, et fit composer notamment la tenture *Les Fables de La Fontaine*.

820   – Ah ! je suis contente que vous appréciiez mon canapé,
répondit Mme Verdurin. Et je vous préviens que si vous
voulez en voir d'aussi beau, vous pouvez y renoncer tout
de suite. Jamais ils n'ont rien fait de pareil. Les petites
chaises aussi sont des merveilles. Tout à l'heure vous
regarderez cela. Chaque bronze correspond comme attribut au petit sujet du siège ; vous savez, vous avez de quoi
vous amuser si vous voulez regarder cela, je vous promets
un bon moment. Rien que les petites frises des bordures,
tenez là, la petite vigne sur fond rouge de *L'Ours et les*
830 *Raisins* [1]. Est-ce dessiné ? Qu'est-ce que vous en dites, je
crois qu'ils le savaient plutôt, dessiner ! Est-elle assez
appétissante cette vigne ? Mon mari prétend que je n'aime
pas les fruits parce que j'en mange moins que lui. Mais
non, je suis plus gourmande que vous tous, mais je n'ai
pas besoin de me les mettre dans la bouche puisque je
jouis par les yeux. Qu'est-ce que vous avez tous à rire ?
Demandez au docteur, il vous dira que ces raisins-là me
purgent. D'autres font des cures de Fontainebleau [2], moi je
fais ma petite cure de Beauvais. Mais, monsieur Swann,
840 vous ne partirez pas sans avoir touché les petits bronzes
des dossiers. Est-ce assez doux comme patine ? Mais non
à pleines mains, touchez-les bien.

   – Ah ! si Mme Verdurin commence à peloter les bronzes,
nous n'entendrons pas de musique ce soir, dit le peintre.

   – Taisez-vous, vous êtes un vilain. Au fond, dit-elle en se
tournant vers Swann, on nous défend à nous autres femmes
des choses moins voluptueuses que cela. Mais il n'y a pas
une chair comparable à cela ! Quand M. Verdurin me faisait
l'honneur d'être jaloux de moi – allons, sois poli au moins,
850 ne dis pas que tu ne l'as jamais été…

   – Mais je ne dis absolument rien. Voyons Docteur je vous
prends à témoin : est-ce que j'ai dit quelque chose ? »

---

1. Titre erroné d'une fable de La Fontaine. Confusion sans doute avec
« Le Renard et les Raisins » (livre troisième, XI).
2. Variété de chasselas doré, très réputée, qui se cultivait près de Fontainebleau. Dans cette confrontation constante entre le pragmatique et l'art,
Fontainebleau peut aussi évoquer l'école du même nom (école de peinture de la Renaissance qui a notamment décoré le château de Fontainebleau).

Swann palpait les bronzes par politesse et n'osait pas cesser tout de suite.

« Allons, vous les caresserez plus tard ; maintenant c'est vous qu'on va caresser, qu'on va caresser dans l'oreille ; vous aimez cela, je pense ; voilà un petit jeune homme qui va s'en charger. »

Or quand le pianiste eut joué, Swann fut plus aimable encore avec lui qu'avec les autres personnes qui se trou- 860 vaient là. Voici pourquoi :

L'année précédente, dans une soirée, il avait entendu une œuvre musicale exécutée au piano et au violon. D'abord, il n'avait goûté que la qualité matérielle des sons sécrétés par les instruments. Et ç'avait déjà été un grand plaisir quand au-dessous de la petite ligne du violon mince, résistante, dense et directrice, il avait vu tout d'un coup chercher à s'élever en un clapotement liquide, la masse de la partie de piano, multiforme, indivise, plane et entrechoquée comme la mauve agitation des flots que 870 charme et bémolise le clair de lune. Mais à un moment donné, sans pouvoir nettement distinguer un contour, donner un nom à ce qui lui plaisait, charmé tout d'un coup, il avait cherché à recueillir la phrase ou l'harmonie – il ne savait lui-même – qui passait et qui lui avait ouvert plus largement l'âme, comme certaines odeurs de roses circulant dans l'air humide du soir ont la propriété de dilater nos narines. Peut-être est-ce parce qu'il ne savait pas la musique qu'il avait pu éprouver une impression aussi confuse, une de ces impressions qui sont peut-être pour- 880 tant les seules purement musicales, inétendues, entièrement originales, irréductibles à tout autre ordre d'impressions. Une impression de ce genre pendant un instant, est pour ainsi dire *sine materia* [1]. Sans doute les notes que nous entendons alors, tendent déjà, selon leur hauteur et leur quantité, à couvrir devant nos yeux des surfaces de dimensions variées, à tracer des arabesques, à nous donner des sensations de largeur, de ténuité, de stabilité, de caprice. Mais les notes sont évanouies avant que ces sensations soient assez formées en nous pour ne pas être sub- 890

---

1. « *Sine materia* » : expression latine qui signifie « sans référent », « sans objet ».

mergées par celles qu'éveillent déjà les notes suivantes ou même simultanées. Et cette impression continuerait à envelopper de sa liquidité et de son « fondu » les motifs qui par instants en émergent, à peine discernables, pour plonger aussitôt et disparaître, connus seulement par le plaisir particulier qu'ils donnent, impossibles à décrire, à se rappeler, à nommer, ineffables – si la mémoire, comme un ouvrier qui travaille à établir des fondations durables au milieu des flots, en fabriquant pour nous des fac-similés de ces phrases fugitives, ne nous permettait de les comparer à celles qui leur succèdent et de les différencier. Ainsi à peine la sensation délicieuse que Swann avait ressentie était-elle expirée, que sa mémoire lui en avait fourni séance tenante une transcription sommaire et provisoire, mais sur laquelle il avait jeté les yeux tandis que le morceau continuait, si bien que quand la même impression était tout d'un coup revenue, elle n'était déjà plus insaisissable. Il s'en représentait l'étendue, les groupements symétriques, la graphie, la valeur expressive ; il avait devant lui cette chose qui n'est plus de la musique pure, qui est du dessin, de l'architecture, de la pensée, et qui permet de se rappeler la musique. Cette fois il avait distingué nettement une phrase s'élevant pendant quelques instants au-dessus des ondes sonores. Elle lui avait proposé aussitôt des voluptés particulières, dont il n'avait jamais eu l'idée avant de l'entendre, dont il sentait que rien autre qu'elle ne pourrait les lui faire connaître, et il avait éprouvé pour elle comme un amour inconnu.

D'un rythme lent elle le dirigeait ici d'abord, puis là, puis ailleurs, vers un bonheur noble, inintelligible et précis. Et tout d'un coup au point où elle était arrivée et d'où il se préparait à la suivre, après une pause d'un instant, brusquement elle changeait de direction, et d'un mouvement nouveau, plus rapide, menu, mélancolique, incessant et doux, elle l'entraînait avec elle vers des perspectives inconnues. Puis elle disparut. Il souhaita passionnément la revoir une troisième fois. Et elle reparut en effet, mais sans lui parler plus clairement, en lui causant même une volupté moins profonde. Mais rentré chez lui il eut besoin d'elle : il était comme un homme dans la vie de qui une passante qu'il a aperçue un moment vient de faire entrer l'image d'une beauté nouvelle qui donne à sa propre sensibilité une valeur plus grande, sans qu'il sache seulement s'il pourra revoir jamais celle qu'il aime déjà et dont il ignore jusqu'au nom.

Même cet amour pour une phrase musicale sembla un instant devoir amorcer chez Swann la possibilité d'une sorte de rajeunissement. Depuis si longtemps il avait renoncé à appliquer sa vie à un but idéal et la bornait à la poursuite de satisfactions quotidiennes, qu'il croyait, sans jamais se le dire formellement, que cela ne changerait plus jusqu'à sa mort ; bien plus, ne se sentant plus d'idées élevées dans l'esprit, il avait cessé de croire à leur réalité, sans pouvoir non plus la nier tout à fait. Aussi avait-il pris l'habitude de se réfugier dans des pensées sans importance qui lui permettaient de laisser de côté le fond des choses. De même qu'il ne se demandait pas s'il n'eût pas mieux fait de ne pas aller dans le monde, mais en revanche savait avec certitude que s'il avait accepté une invitation il devait s'y rendre et que s'il ne faisait pas de visite après il lui fallait laisser des cartes, de même dans sa conversation il s'efforçait de ne jamais exprimer avec cœur une opinion intime sur les choses, mais de fournir des détails matériels qui valaient en quelque sorte par eux-mêmes et lui permettaient de ne pas donner sa mesure. Il était extrêmement précis pour une recette de cuisine, pour la date de la naissance ou de la mort d'un peintre, pour la nomenclature de ses œuvres. Parfois malgré tout il se laissait aller à émettre un jugement sur une œuvre, sur une manière de comprendre la vie, mais il donnait alors à ses paroles un ton ironique comme s'il n'adhérait pas tout entier à ce qu'il disait. Or, comme certains valétudinaires chez qui tout d'un coup un pays où ils sont arrivés, un régime différent, quelquefois une évolution organique, spontanée et mystérieuse, semblent amener une telle régression de leur mal qu'ils commencent à envisager la possibilité inespérée de commencer sur le tard une vie toute différente, Swann trouvait en lui, dans le souvenir de la phrase qu'il avait entendue, dans certaines sonates qu'il s'était fait jouer, pour voir s'il ne l'y découvrirait pas, la présence d'une de ces réalités invisibles auxquelles il avait cessé de croire et auxquelles, comme si la musique avait eu sur la sécheresse morale dont il souffrait une sorte d'influence élective, il se

sentait de nouveau le désir et presque la force de consacrer
sa vie. Mais, n'étant pas arrivé à savoir de qui était l'œuvre
qu'il avait entendue, il n'avait pu se la procurer et avait fini
par l'oublier. Il avait bien rencontré dans la semaine
quelques personnes qui se trouvaient comme lui à cette
soirée et les avait interrogées ; mais plusieurs étaient arrivées après la musique ou parties avant ; certaines pourtant
980   étaient là pendant qu'on l'exécutait mais étaient allées
causer dans un autre salon, et d'autres restées à écouter
n'avaient pas entendu plus que les premières. Quant aux
maîtres de maison ils savaient que c'était une œuvre nouvelle que les artistes qu'ils avaient engagés avaient
demandé à jouer ; ceux-ci étant partis en tournée, Swann
ne put pas en savoir davantage. Il avait bien des amis musiciens, mais tout en se rappelant le plaisir spécial et intra-
duisible que lui avait fait la phrase, en voyant devant ses
yeux les formes qu'elle dessinait, il était pourtant inca-
990   pable de la leur chanter. Puis il cessa d'y penser.

Or, quelques minutes à peine après que le petit pianiste
avait commencé de jouer chez Mme Verdurin, tout d'un
coup après une note haute longuement tenue pendant deux
mesures, il vit approcher, s'échappant de sous cette sonorité prolongée et tendue comme un rideau sonore pour
cacher le mystère de son incubation, il reconnut, secrète,
bruissante et divisée, la phrase aérienne et odorante qu'il
aimait. Et elle était si particulière, elle avait un charme si
individuel et qu'aucun autre n'aurait pu remplacer, que ce
1000   fut pour Swann comme s'il eût rencontré dans un salon
ami une personne qu'il avait admirée dans la rue et désespérait de jamais retrouver. À la fin, elle s'éloigna, indica-
trice, diligente, parmi les ramifications de son parfum,
laissant sur le visage de Swann le reflet de son sourire.
Mais maintenant il pouvait demander le nom de son
inconnue (on lui dit que c'était l'andante de la *Sonate pour
piano et violon* de Vinteuil) [1], il la tenait, il pourrait l'avoir
chez lui aussi souvent qu'il voudrait, essayer d'apprendre
son langage et son secret.

---

1. Vinteuil, le compositeur de la *Recherche*, a une demeure près de
Combray : c'est à Montjouvain que le héros aperçoit Mlle Vinteuil avec
son amie (*DCS*, p. 256).

Aussi quand le pianiste eut fini, Swann s'approcha-t-il de lui pour lui exprimer une reconnaissance dont la vivacité plut beaucoup à Mme Verdurin.

« Quel charmeur, n'est-ce pas, dit-elle à Swann ; la comprend-il assez, sa sonate, le petit misérable ? Vous ne saviez pas que le piano pouvait atteindre à ça. C'est tout excepté du piano, ma parole ! Chaque fois j'y suis reprise, je crois entendre un orchestre. C'est même plus beau que l'orchestre, plus complet.

Le jeune pianiste s'inclina, et, souriant, soulignant les mots comme s'il avait fait un trait d'esprit :

– Vous êtes très indulgente pour moi », dit-il.

Et tandis que Mme Verdurin disait à son mari : « Allons, donne-lui de l'orangeade, il l'a bien méritée ». Swann racontait à Odette comment il avait été amoureux de cette petite phrase. Quand Mme Verdurin, ayant dit d'un peu loin : « Eh bien ! il me semble qu'on est en train de vous dire de belles choses, Odette », elle répondit : « Oui, de très belles » et Swann trouva délicieuse sa simplicité. Cependant il demandait des renseignements sur Vinteuil, sur son œuvre, sur l'époque de sa vie où il avait composé cette sonate, sur ce qu'avait pu signifier pour lui la petite phrase, c'est cela surtout qu'il aurait voulu savoir.

Mais tous ces gens qui faisaient profession d'admirer ce musicien (quand Swann avait dit que sa sonate était vraiment belle, Mme Verdurin s'était écriée : « Je vous crois un peu qu'elle est belle ! Mais on n'avoue pas qu'on ne connaît pas la sonate de Vinteuil, on n'a pas le droit de ne pas la connaître », et le peintre avait ajouté : « Ah ! c'est tout à fait une très grande machine, n'est-ce pas ? Ce n'est pas si vous voulez la chose "cher" et "public", n'est-ce pas ? mais c'est la très grosse impression pour les artistes »), ces gens semblaient ne s'être jamais posé ces questions, car ils furent incapables d'y répondre.

Même à une ou deux remarques particulières que fit Swann sur sa phrase préférée :

« Tiens, c'est amusant, je n'avais jamais fait attention ; je vous dirai que je n'aime pas beaucoup chercher la petite bête et m'égarer dans des pointes d'aiguilles ; on ne perd pas son temps à couper les cheveux en quatre ici, ce n'est pas le genre de la maison », répondit Mme Verdurin, que le docteur Cottard regardait avec une admiration béate et un zèle studieux se jouer au milieu de ce flot d'expressions toutes faites. D'ailleurs lui et Mme Cottard avec une sorte de bon sens comme en ont aussi certaines gens du peuple se gardaient bien de donner une opinion ou de feindre l'admiration pour une musique qu'ils s'avouaient l'un à l'autre, une fois rentrés chez eux, ne pas plus comprendre que la peinture de « M. Biche ». Comme le public ne connaît du charme, de la grâce, des formes de la nature

1060   que ce qu'il en a puisé dans les poncifs d'un art lentement assimilé, et qu'un artiste original commence par rejeter ces poncifs, M. et Mme Cottard, image en cela du public, ne trouvaient ni dans la sonate de Vinteuil, ni dans les portraits du peintre, ce qui faisait pour eux l'harmonie de la musique et la beauté de la peinture. Il leur semblait quand le pianiste jouait la sonate qu'il accrochait au hasard sur le piano des notes que ne reliaient pas en effet les formes auxquelles ils étaient habitués, et que le peintre jetait au hasard des couleurs sur ses toiles. Quand, dans celles-ci,

1070   ils pouvaient reconnaître une forme, ils la trouvaient alourdie et vulgarisée (c'est-à-dire dépourvue de l'élégance de l'école de peinture à travers laquelle ils voyaient dans la rue même les êtres vivants), et sans vérité, comme si M. Biche n'eût pas su comment était construite une épaule et que les femmes n'ont pas les cheveux mauves.

Pourtant les fidèles s'étant dispersés, le docteur sentit qu'il y avait là une occasion propice et pendant que Mme Verdurin disait un dernier mot sur la sonate de Vinteuil, comme un nageur débutant qui se jette à l'eau pour

1080   apprendre mais choisit un moment où il n'y a pas trop de monde pour le voir :

« Alors, c'est ce qu'on appelle un musicien *di primo cartello* [1] ! » s'écria-t-il avec une brusque résolution.

Swann apprit seulement que l'apparition récente de la sonate de Vinteuil avait produit une grande impression dans une école de tendances très avancées mais était entièrement inconnue du grand public.

1. « *Di primo cartello* » : expression italienne qui désigne les musiciens et chanteurs de première importance.

« Je connais bien quelqu'un qui s'appelle Vinteuil, dit Swann, en pensant au professeur de piano des sœurs de ma grand-mère.

– C'est peut-être lui, s'écria Mme Verdurin.

– Oh ! non, répondit Swann en riant. Si vous l'aviez vu deux minutes, vous ne vous poseriez pas la question.

– Alors poser la question c'est la résoudre ? dit le docteur.

– Mais ce pourrait être un parent, reprit Swann, cela serait assez triste, mais enfin un homme de génie peut être le cousin d'une vieille bête. Si cela était, j'avoue qu'il n'y a pas de supplice que je ne m'imposerais pour que la vieille bête me présentât à l'auteur de la sonate : d'abord le supplice de fréquenter la vieille bête, et qui doit être affreux. »

Le peintre savait que Vinteuil était à ce moment très malade et que le docteur Potain craignait de ne pouvoir le sauver.

« Comment, s'écria Mme Verdurin il y a encore des gens qui se font soigner par Potain !

– Ah ! madame Verdurin, dit Cottard, sur un ton de marivaudage, vous oubliez que vous parlez d'un de mes confrères, je devrais dire un de mes maîtres. »

Le peintre avait entendu dire que Vinteuil était menacé d'aliénation mentale. Et il assurait qu'on pouvait s'en apercevoir à certains passages de sa sonate. Swann ne trouva pas cette remarque absurde, mais elle le troubla ; car une œuvre de musique pure ne contenant aucun des rapports logiques dont l'altération dans le langage dénonce la folie, la folie reconnue dans une sonate lui paraissait quelque chose d'aussi mystérieux que la folie d'une chienne, la folie d'un cheval, qui pourtant s'observent en effet.

« Laissez-moi donc tranquille avec vos maîtres, vous en savez dix fois autant que lui, répondit Mme Verdurin au docteur Cottard, du ton d'une personne qui a le courage de ses opinions et tient bravement tête à ceux qui ne sont pas du même avis qu'elle. Vous ne tuez pas vos malades, vous, au moins !

– Mais, Madame, il est de l'Académie, répliqua le docteur d'un ton ironique. Si un malade préfère mourir de la

main d'un des princes de la science… C'est beaucoup plus
1130 chic de pouvoir dire : "C'est Potain qui me soigne."

– Ah ! c'est plus chic ? dit Mme Verdurin. Alors il y a
du chic dans les maladies, maintenant ? je ne savais pas
ça… Ce que vous m'amusez ! s'écria-t-elle tout à coup en
plongeant sa figure dans ses mains. Et moi, bonne bête qui
discutais sérieusement sans m'apercevoir que vous me fai-
siez monter à l'arbre. »

Quant à M. Verdurin, trouvant que c'était un peu fati-
gant de se mettre à rire pour si peu, il se contenta de tirer
une bouffée de sa pipe en songeant avec tristesse qu'il ne
1140 pouvait plus rattraper sa femme sur le terrain de l'amabilité.

« Vous savez que votre ami nous plaît beaucoup, dit
Mme Verdurin à Odette au moment où celle-ci lui souhaitait le bonsoir. Il est simple, charmant ; si vous n'avez
jamais à nous présenter que des amis comme cela, vous
pouvez les amener.

M. Verdurin fit remarquer que pourtant Swann n'avait
pas apprécié la tante du pianiste.

– Il s'est senti un peu dépaysé, cet homme, répondit
1150 Mme Verdurin, tu ne voudrais pourtant pas que la première fois, il ait déjà le ton de la maison comme Cottard
qui fait partie de notre petit clan depuis plusieurs années.
La première fois ne compte pas, c'était utile pour prendre
langue [1]. Odette, il est convenu qu'il viendra nous retrouver demain au Châtelet [2]. Si vous alliez le prendre ?

– Mais non, il ne veut pas.

– Ah ! enfin, comme vous voudrez. Pourvu qu'il n'aille
pas lâcher au dernier moment ! »

À la grande surprise de Mme Verdurin, il ne lâcha
1160 jamais. Il allait les rejoindre n'importe où, quelquefois
dans les restaurants de banlieue où on allait peu encore,
car ce n'était pas la saison, plus souvent au théâtre, que
Mme Verdurin aimait beaucoup ; et comme un jour, chez
elle, elle dit devant lui que pour les soirs de premières, de
galas, un coupe-file [3] leur eût été fort utile, que cela les

1. « Prendre langue » : prendre contact, s'informer.
2. Théâtre situé place du Châtelet, construit au XIXe siècle.
3. Laissez-passer officiel qui permet de couper une file.

avait beaucoup gênés de ne pas en avoir le jour de l'enterrement de Gambetta [1], Swann qui ne parlait jamais de ses
relations brillantes, mais seulement de celles mal cotées
qu'il eût jugé peu délicat de cacher, et au nombre desquelles
il avait pris dans le faubourg Saint-Germain l'habitude de   1170
ranger les relations avec le monde officiel, répondit :

« Je vous promets de m'en occuper, vous l'aurez à
temps pour la reprise des *Danicheff* [2], je déjeune justement
demain avec le Préfet de police à l'Élysée.

– Comment ça, à l'Élysée ? cria le docteur Cottard
d'une voix tonnante.

– Oui, chez M. Grévy [3], répondit Swann, un peu gêné
de l'effet que sa phrase avait produit.

Et le peintre dit au docteur en manière de plaisanterie :

– Ça vous prend souvent ? »   1180

Généralement, une fois l'explication donnée, Cottard
disait : « Ah ! bon, bon, ça va bien » et ne montrait plus
trace d'émotion.

Mais, cette fois-ci, les derniers mots de Swann, au lieu
de lui procurer l'apaisement habituel, portèrent au comble
son étonnement qu'un homme avec qui il dînait, qui
n'avait ni fonctions officielles, ni illustration d'aucune
sorte, frayât avec le Chef de l'État.

« Comment ça, M. Grévy ? vous connaissez M. Grévy ?
dit-il à Swann de l'air stupide et incrédule d'un munici-   1190
pal à qui un inconnu demande à voir le Président de la
République, et qui, comprenant par ces mots « à qui il a
affaire », comme disent les journaux, assure au pauvre
dément qu'il va être reçu à l'instant et le dirige sur l'Infir-
merie spéciale du Dépôt [4].

---

1. Gambetta, Léon (1838-1882) : homme politique français, aux idées
républicaines avancées, qui dénonça le régime de Napoléon III et celui de
Mac-Mahon. Il mourut le 31 décembre 1882 et ses funérailles nationales
eurent lieu le 6 janvier 1883. Il était un ami intime de Sarah Bernhardt.
2. *Danicheff* : comédie en prose de Pierre Newski (pseudonyme de Pierre
de Corvin-Kroukowsky) à laquelle collabora Alexandre Dumas fils. Elle
fut jouée à l'Odéon, le 8 janvier 1876, avec beaucoup de succès, puis fut
reprise ultérieurement.
3. Grévy, Jules (1807-1891) : homme politique français. Avocat de tendance républicaine, il devint président de la République en 1879, succé-
dant à Mac-Mahon. Réélu en 1885, il démissionna en 1887.
4. Lieu où l'on détient les prévenus (préfecture de Police de Paris).

– Je le connais un peu, nous avons des amis communs (il n'osa pas dire que c'était le Prince de Galles)[1], du reste il invite très facilement et je vous assure que ces déjeuners n'ont rien d'amusant, ils sont d'ailleurs très simples, on n'est jamais plus de huit à table », répondit Swann qui tâchait d'effacer ce que semblaient avoir de trop éclatant aux yeux de son interlocuteur, des relations avec le Président de la République.

Aussitôt Cottard, s'en rapportant aux paroles de Swann, adopta cette opinion, au sujet de la valeur d'une invitation chez M. Grévy, que c'était chose fort peu recherchée et qui courait les rues. Dès lors, il ne s'étonna plus que Swann, aussi bien qu'un autre, fréquentât l'Élysée, et même il le plaignait un peu d'aller à des déjeuners que l'invité avouait lui-même être ennuyeux.

« Ah ! bien, bien, ça va bien, dit-il sur le ton d'un douanier, méfiant tout à l'heure, mais qui, après vos explications, vous donne son visa et vous laisse passer sans ouvrir vos malles.

– Ah ! je vous crois qu'ils ne doivent pas être amusants ces déjeuners, vous avez de la vertu d'y aller, dit Mme Verdurin, à qui le Président de la République apparaissait comme un ennuyeux particulièrement redoutable parce qu'il disposait de moyens de séduction et de contrainte qui, employés à l'égard des fidèles, eussent été capables de les faire lâcher. Il paraît qu'il est sourd comme un pot et qu'il mange avec ses doigts.

– En effet, alors, cela ne doit pas beaucoup vous amuser d'y aller, dit le docteur avec une nuance de commisération ; et, se rappelant le chiffre de huit convives : « Sont-ce des déjeuners intimes ? » demanda-t-il vivement avec un zèle de linguiste plus encore qu'une curiosité de badaud.

Mais le prestige qu'avait à ses yeux le Président de la République finit pourtant par triompher et de l'humilité de

---

1. Titre porté par le fils aîné du roi d'Angleterre. Il s'agit alors du futur Édouard VII qui succéda à la reine Victoria à partir de 1901 et régna jusqu'en 1910. Il fut l'une des personnalités les plus en vue du Paris de la Belle Époque. Il était notamment l'ami de Charles Haas, l'un des modèles de Swann.

Swann et de la malveillance de Mme Verdurin, et à chaque dîner, Cottard demandait avec intérêt : « Verrons-nous ce soir M. Swann ? Il a des relations personnelles avec M. Grévy. C'est bien ce qu'on appelle un gentleman ? » Il alla même jusqu'à lui offrir une carte d'invitation pour l'exposition dentaire.

« Vous serez admis avec les personnes qui seront avec vous, mais on ne laisse pas entrer les chiens. Vous comprenez je vous dis cela parce que j'ai eu des amis qui ne le savaient pas et qui s'en sont mordu les doigts. »

Quant à M. Verdurin il remarqua le mauvais effet qu'avait produit sur sa femme cette découverte que Swann avait des amitiés puissantes dont il n'avait jamais parlé.

Si l'on n'avait pas arrangé une partie au dehors, c'est chez les Verdurin que Swann retrouvait le petit noyau, mais il ne venait que le soir et n'acceptait presque jamais à dîner malgré les instances d'Odette.

« Je pourrais même dîner seule avec vous, si vous aimiez mieux cela, lui disait-elle.

– Et Mme Verdurin ?

– Oh ! ce serait bien simple. Je n'aurais qu'à dire que ma robe n'a pas été prête, que mon cab [1] est venu en retard. Il y a toujours moyen de s'arranger.

– Vous êtes gentille. »

Mais Swann se disait que s'il montrait à Odette (en consentant seulement à la retrouver après dîner) qu'il y avait des plaisirs qu'il préférait à celui d'être avec elle, le goût qu'elle ressentait pour lui ne connaîtrait pas de longtemps la satiété. Et, d'autre part, préférant infiniment à celle d'Odette la beauté d'une petite ouvrière fraîche et bouffie comme une rose et dont il était épris, il aimait mieux passer le commencement de la soirée avec elle, étant sûr de voir Odette ensuite. C'est pour les mêmes raisons qu'il n'acceptait jamais qu'Odette vînt le chercher pour aller chez les Verdurin. La petite ouvrière l'attendait près de chez lui à un coin de rue que son cocher Rémi connaissait, elle montait à côté de Swann et restait dans ses bras jusqu'au moment où la voiture l'arrêtait devant

1. Mot anglais qui désigne une variété de cabriolet où le cocher est placé derrière.

chez les Verdurin. À son entrée, tandis que Mme Verdurin
1270 montrant des roses qu'il avait envoyées le matin lui disait :
« Je vous gronde » et lui indiquait une place à côté
d'Odette, le pianiste jouait pour eux deux, la petite phrase
de Vinteuil qui était comme l'air national de leur amour. Il
commençait par la tenue des trémolos de violon que pendant quelques mesures on entend seuls, occupant tout le
premier plan, puis tout d'un coup ils semblaient s'écarter
et comme dans ces tableaux de Pieter de Hooch [1], qu'ap-
profondit le cadre étroit d'une porte entrouverte, tout au
loin, d'une couleur autre, dans le velouté d'une lumière
1280 interposée, la petite phrase apparaissait, dansante, pastorale, intercalée, épisodique, appartenant à un autre monde.
Elle passait à plis simples et immortels, distribuant çà et là
les dons de sa grâce, avec le même ineffable sourire ; mais
Swann y croyait distinguer maintenant du désenchan-
tement. Elle semblait connaître la vanité de ce bonheur
dont elle montrait la voie. Dans sa grâce légère, elle avait
quelque chose d'accompli, comme le détachement qui
succède au regret. Mais peu lui importait, il la considérait
moins en elle-même – en ce qu'elle pouvait exprimer pour
1290 un musicien qui ignorait l'existence et de lui et d'Odette
quand il l'avait composée, et pour tous ceux qui l'enten-
draient dans des siècles – que comme un gage, un souvenir
de son amour qui, même pour les Verdurin, pour le petit
pianiste, faisait penser à Odette en même temps qu'à lui,
les unissait ; c'était au point que, comme Odette, par
caprice, l'en avait prié, il avait renoncé à son projet de se
faire jouer par un artiste la sonate entière, dont il continua
à ne connaître que ce passage. « Qu'avez-vous besoin
du reste ? lui avait-elle dit. C'est ça *notre* morceau. » Et
1300 même, souffrant de songer, au moment où elle passait si
proche et pourtant à l'infini, que tandis qu'elle s'adressait
à eux, elle ne les connaissait pas, il regrettait presque
qu'elle eût une signification, une beauté intrinsèque et
fixe, étrangère à eux, comme en des bijoux donnés, ou

---

1. Hooch, Pieter de (1629-1683) : peintre hollandais. Ses œuvres offrent
des affinités très nettes avec celles de Vermeer – effets de lumière, jeux
de perspective (fenêtres ouvertes). Elles représentent des scènes d'intérieur avec une grande sensibilité.

même en des lettres écrites par une femme aimée, nous en voulons à l'eau de la gemme, et aux mots du langage, de ne pas être faits uniquement de l'essence d'une liaison passagère et d'un être particulier.

Souvent il se trouvait qu'il s'était tant attardé avec la jeune ouvrière avant d'aller chez les Verdurin, qu'une fois la petite phrase jouée par le pianiste, Swann s'apercevait qu'il était bientôt l'heure qu'Odette rentrât. Il la reconduisait jusqu'à la porte de son petit hôtel, rue La Pérouse [1], derrière l'Arc de Triomphe. Et c'était peut-être à cause de cela, pour ne pas lui demander toutes les faveurs, qu'il sacrifiait le plaisir moins nécessaire pour lui de la voir plus tôt, d'arriver chez les Verdurin avec elle, à l'exercice de ce droit qu'elle lui reconnaissait de partir ensemble et auquel il attachait plus de prix, parce que, grâce à cela, il avait l'impression que personne ne la voyait, ne se mettait entre eux, ne l'empêchait d'être encore avec lui, après qu'il l'avait quittée.

Ainsi revenait-elle dans la voiture de Swann ; un soir comme elle venait d'en descendre et qu'il lui disait à demain, elle cueillit précipitamment dans le petit jardin qui précédait la maison un dernier chrysanthème et le lui donna avant qu'il fût reparti. Il le tint serré contre sa bouche pendant le retour, et quand au bout de quelques jours la fleur fut fanée, il l'enferma précieusement dans son secrétaire.

Mais il n'entrait jamais chez elle. Deux fois seulement dans l'après-midi, il était allé participer à cette opération capitale pour elle : « prendre le thé [2] ». L'isolement et le vide de ces courtes rues (faites presque toutes de petits hôtels contigus, dont tout à coup venait rompre la monotonie quelque sinistre échoppe, témoignage historique et reste sordide du temps où ces quartiers étaient encore mal

---

1. Laure Hayman, principal modèle d'Odette, habitait au 4, rue La Pérouse, quartier composé essentiellement d'hôtels particuliers, dans le XVIᵉ arrondissement. Proust prenait plaisir à lui offrir des bouquets de ses fleurs préférées, les chrysanthèmes. Swann habite quai d'Orléans (pour le choix de ces lieux, voir Schinichi Saiki, *Paris dans le roman de Proust*, SEDES, 1996).
2. Certes, le thé est une boisson commune, mais son origine asiatique n'est sans doute pas indifférente à Odette. La manière dont elle entoure sa préparation rappelle « la cérémonie du thé » des Japonais.

famés), la neige qui était restée dans le jardin et aux
arbres, le négligé de la saison, le voisinage de la nature,
1340 donnaient quelque chose de plus mystérieux à la chaleur,
aux fleurs qu'il avait trouvées en entrant.

   Laissant à gauche, au rez-de-chaussée surélevé, la
chambre à coucher d'Odette qui donnait derrière sur une
petite rue parallèle, un escalier droit, entre des murs peints
de couleur sombre et d'où tombaient des étoffes orien-
tales, des fils de chapelets turcs et une grande lanterne
japonaise suspendue à une cordelette de soie (mais qui,
pour ne pas priver les visiteurs des derniers conforts de la
civilisation occidentale, s'éclairait au gaz), montait au
1350 salon et au petit salon. Ils étaient précédés d'un étroit vestibule dont le mur quadrillé d'un treillage de jardin, mais
doré, était bordé dans toute sa longueur d'une caisse rec-
tangulaire où fleurissaient comme dans une serre une
rangée de ces gros chrysanthèmes [1] encore rares à cette
époque, mais bien éloignés cependant de ceux que les hor-
ticulteurs réussirent plus tard à obtenir. Swann était agacé
par la mode qui depuis l'année dernière se portait sur eux,
mais il avait eu plaisir, cette fois, à voir la pénombre de la
pièce zébrée de rose, d'orangé et de blanc par les rayons
1360 odorants de ces astres éphémères qui s'allument dans les
jours gris. Odette l'avait reçu en robe de chambre de soie
rose, le cou et les bras nus. Elle l'avait fait asseoir près
d'elle dans un des nombreux retraits mystérieux qui
étaient ménagés dans les enfoncements du salon, protégés
par d'immenses palmiers contenus dans des cache-pot de
Chine, ou par des paravents auxquels étaient fixés des photographies, des nœuds de rubans et des éventails. Elle lui
avait dit : « Vous n'êtes pas confortable comme cela,
attendez, moi je vais bien vous arranger », et avec le petit
1370 rire vaniteux qu'elle aurait eu pour quelque invention particulière à elle, avait installé derrière la tête de Swann,
sous ses pieds, des coussins de soie japonaise qu'elle
pétrissait comme si elle avait été prodigue de ces richesses

---

1. Le chrysanthème, originaire du Japon et de Chine, fut introduit en
France en 1789 par le capitaine Blancard, et se répandit au XIXe siècle.
Pierre Loti, que Proust a beaucoup lu, a publié, en 1887, un roman inti-
tulé *Madame Chrysanthème* dont l'histoire se déroule au Japon.

et insoucieuse de leur valeur. Mais quand le valet de chambre était venu apporter successivement les nombreuses lampes qui, presque toutes enfermées dans des potiches chinoises, brûlaient isolées ou par couples, toutes sur des meubles différents comme sur des autels et qui dans le crépuscule déjà presque nocturne de cette fin d'après-midi d'hiver avaient fait reparaître un coucher de soleil plus durable, plus rose et plus humain – faisant peut-être rêver dans la rue quelque amoureux arrêté devant le mystère de la présence que décelaient et cachaient à la fois les vitres rallumées – elle avait surveillé sévèrement du coin de l'œil le domestique pour voir s'il les posait bien à leur place consacrée. Elle pensait qu'en en mettant une seule là où il ne fallait pas, l'effet d'ensemble de son salon eût été détruit, et son portrait, placé sur un chevalet oblique drapé de peluche, mal éclairé. Aussi suivait-elle avec fièvre les mouvements de cet homme grossier et le réprimanda-t-elle vivement parce qu'il avait passé trop près de deux jardinières qu'elle se réservait de nettoyer elle-même dans sa peur qu'on ne les abîmât et qu'elle alla regarder de près pour voir s'il ne les avait pas écornées. Elle trouvait à tous ses bibelots chinois des formes « amusantes », et aussi aux orchidées, aux catleyas [1] surtout, qui étaient, avec les chrysanthèmes, ses fleurs préférées, parce qu'ils avaient le grand mérite de ne pas ressembler à des fleurs, mais d'être en soie, en satin. « Celle-là a l'air d'être découpée dans la doublure de mon manteau [2] », dit-elle à Swann en lui montrant une orchidée, avec une nuance d'estime pour cette fleur si « chic », pour cette sœur élégante et imprévue que la nature lui donnait, si loin d'elle dans l'échelle des êtres et pourtant raffinée, plus digne que bien des femmes qu'elle lui fît une place dans son salon. En lui montrant tour à tour des chimères à langues de feu décorant une potiche ou brodées sur un écran, les corolles d'un bouquet d'orchidées, un droma-

---

1. Le catleya (du nom du botaniste anglais Cattley, XIXe siècle) est une orchidée cultivée en serre pour ses très belles fleurs. Voir « Les catleyas » dans le dossier, p. 289 à 299.
2. Il s'agit peut-être d'un souvenir de Laure Hayman, qui offrit à Proust un livre de Paul Bourget dont elle était l'inspiratrice, relié avec la soie d'un de ses jupons.

daire d'argent niellé aux yeux incrustés de rubis qui voisi-
1410 nait sur la cheminée avec un crapaud de jade, elle affectait
tour à tour d'avoir peur de la méchanceté, ou de rire de la
cocasserie des monstres, de rougir de l'indécence des fleurs
et d'éprouver un irrésistible désir d'aller embrasser le dro-
madaire et le crapaud qu'elle appelait : « chéris ». Et ces
affectations contrastaient avec la sincérité de certaines de
ses dévotions, notamment à Notre-Dame de Laghet [1] qui
l'avait jadis, quand elle habitait Nice, guérie d'une maladie
mortelle et dont elle portait toujours sur elle une médaille
d'or à laquelle elle attribuait un pouvoir sans limites.
1420 Odette fit à Swann « son » thé, lui demanda : « Citron ou
crème ? » et comme il répondit « crème », lui dit en riant :
« Un nuage ! » Et comme il le trouvait bon : « Vous voyez
que je sais ce que vous aimez. » Ce thé en effet avait paru
à Swann quelque chose de précieux comme à elle-même, et
l'amour a tellement besoin de se trouver une justification,
une garantie de durée, dans des plaisirs qui au contraire
sans lui n'en seraient pas et finissent avec lui, que quand il
l'avait quittée à sept heures pour rentrer chez lui s'habiller,
pendant tout le trajet qu'il fit dans son coupé, ne pouvant
1430 contenir la joie que cet après-midi lui avait causée, il se
répétait : « Ce serait bien agréable d'avoir ainsi une petite
personne chez qui on pourrait trouver cette chose si rare, du
bon thé. » Une heure après, il reçut un mot d'Odette, et
reconnut tout de suite cette grande écriture dans laquelle
une affectation de raideur britannique imposait une apparence de discipline à des caractères informes qui eussent
signifié peut-être pour des yeux moins prévenus le désordre
de la pensée, l'insuffisance de l'éducation, le manque de
franchise et de volonté. Swann avait oublié son étui à ciga-
1440 rettes chez Odette. « Que n'y avez-vous oublié aussi votre
cœur, je ne vous aurais pas laissé le reprendre. »

Une seconde visite qu'il lui fit eut plus d'importance
peut-être. En se rendant chez elle ce jour-là, comme chaque
fois qu'il devait la voir, d'avance il se la représentait ; et la
nécessité où il était pour trouver jolie sa figure de limiter
aux seules pommettes roses et fraîches les joues qu'elle

---

1. Site des Alpes-Maritimes, lieu de pèlerinage (la Madone de Laghet)
qui possède une riche collection d'ex-voto.

avait si souvent jaunes, languissantes, parfois piquées de petits points rouges, l'affligeait comme une preuve que l'idéal est inaccessible et le bonheur médiocre. Il lui apportait une gravure qu'elle désirait voir. Elle était un peu souffrante ; elle le reçut en peignoir de crêpe de Chine mauve, ramenant sur sa poitrine, comme un manteau, une étoffe richement brodée. Debout à côté de lui, laissant couler le long de ses joues ses cheveux qu'elle avait dénoués, fléchissant une jambe dans une attitude légèrement dansante pour pouvoir se pencher sans fatigue vers la gravure qu'elle regardait, en inclinant la tête, de ses grands yeux, si fatigués et maussades quand elle ne s'animait pas, elle frappa Swann par sa ressemblance avec cette figure de Zéphora [1], la fille de Jéthro, qu'on voit dans une fresque de la chapelle Sixtine. Swann avait toujours eu ce goût particulier d'aimer à retrouver dans la peinture des maîtres non pas seulement les caractères généraux de la réalité qui nous entoure, mais ce qui semble au contraire le moins susceptible de généralité, les traits individuels des visages que nous connaissons : ainsi, dans la matière d'un buste du doge Lorédan par Antoine Rizzo [2], la saillie des pommettes, l'obliquité des sourcils, enfin la ressemblance criante de son cocher Rémi ; sous les couleurs d'un Ghirlandajo [3], le nez de M. de Palancy [4] ; dans un portrait de Tintoret [5],

1450

1460

1470

---

1. Zéphora, personnage biblique, fille de Jéthro et épouse de Moïse, peinte au XVe siècle par Botticelli dans une fresque de la chapelle Sixtine, au Vatican (voir notre présentation, p. 31). Une gravure intitulée « Zipporah » illustrait une édition de *Mornings in Florence* de Ruskin, que Proust venait de recevoir.
2. Rizzo, Antonio (1471-1532) : sculpteur et architecte italien du XVe siècle. Lorédan est le nom d'une famille vénitienne. Proust a pu voir le buste d'un Lorédan (qui n'était pas doge) au musée Correr de Venise.
3. Ghirlandaio, Domenico di Tommaso Bigordi, dit (1449-1494) : peintre italien qui participa au décor de la chapelle Sixtine et réalisa, à Florence, de multiples fresques d'inspiration religieuse. Le musée du Louvre possède de lui un *Portrait d'un vieillard avec un enfant*, d'un réalisme minutieux.
4. Personnage secondaire qui apparaîtra lors de la soirée de Mme de Saint-Euverte (p. 207).
5. Le Tintoret (1518-1594) : peintre vénitien. Auteur de grandes compositions à l'expression dramatique intense, aux effets de lumière violemment contrastés ; il décora le palais des Doges à Venise et réalisa aussi des portraits.

l'envahissement du gras de la joue par l'implantation des premiers poils des favoris, la cassure du nez, la pénétration du regard, la congestion des paupières du docteur du Boulbon [1]. Peut-être ayant toujours gardé un remords d'avoir borné sa vie aux relations mondaines, à la conversation, croyait-il trouver une sorte d'indulgent pardon à lui accordé par les grands artistes, dans ce fait qu'ils avaient eux aussi considéré avec plaisir, fait entrer dans leur œuvre, de tels visages qui donnent à celle-ci un singulier certificat de réalité et de vie, une saveur moderne ; peut-être aussi s'était-il tellement laissé gagner par la frivolité des gens du monde qu'il éprouvait le besoin de trouver dans une œuvre ancienne ces allusions anticipées et rajeunissantes à des noms propres d'aujourd'hui. Peut-être au contraire avait-il gardé suffisamment une nature d'artiste pour que ces caractéristiques individuelles lui causassent du plaisir en prenant une signification plus générale, dès qu'il les apercevait déracinées, délivrées, dans la ressemblance d'un portrait plus ancien avec un original qu'il ne représentait pas. Quoi qu'il en soit et peut-être parce que la plénitude d'impressions qu'il avait depuis quelque temps et bien qu'elle lui fût venue plutôt avec l'amour de la musique, avait enrichi même son goût pour la peinture, le plaisir fut plus profond et devait exercer sur Swann une influence durable, qu'il trouva à ce moment-là dans la ressemblance d'Odette avec la Zéphora de ce Sandro di Mariano [2] auquel on donne plus volontiers son surnom populaire de Botticelli depuis que celui-ci évoque au lieu de l'œuvre véritable du peintre l'idée banale et fausse qui s'en est vulgarisée. Il n'estima plus le visage d'Odette selon la plus ou moins bonne qualité de ses joues et

---

1. Médecin de la *Recherche* qui admire Bergotte, en particulier son style (*DCS*, p 198). Il donne des conseils à la grand-mère souffrante (*Le Côté de Guermantes* I, p. 401).
2. Botticelli, Sandro di Mariano Filipepi, dit (1445-1510) : peintre et graveur italien. Après avoir réalisé trois fresques dans la chapelle Sixtine – *Scènes de la vie de Moïse*, *Tentation de Jésus*, *Châtiment des Lévites* –, Botticelli poursuivit sa carrière à Florence où il réalisa des œuvres pour les Médicis. Inspirée par l'inquiétude, sa peinture est plus qu'une simple reproduction de la réalité : elle exprime l'intensité, le raffinement et le mouvement, une façon de sentir et une rêverie poétique. (Voir note 1, p. 89.)

d'après la douceur purement carnée qu'il supposait devoir
leur trouver en les touchant avec ses lèvres si jamais il
osait l'embrasser, mais comme un écheveau de lignes sub-
tiles et belles que ses regards dévidèrent, poursuivant la
courbe de leur enroulement, rejoignant la cadence de la
nuque à l'effusion des cheveux et à la flexion des paupières, comme en un portrait d'elle en lequel son type
devenait intelligible et clair.

Il la regardait ; un fragment de la fresque apparaissait 1510
dans son visage et dans son corps, que dès lors il chercha
toujours à y retrouver soit qu'il fût auprès d'Odette, soit
qu'il pensât seulement à elle, et bien qu'il ne tînt sans
doute au chef-d'œuvre florentin que parce qu'il le retrouvait en elle, pourtant cette ressemblance lui conférait à elle
aussi une beauté, la rendait plus précieuse. Swann se
reprocha d'avoir méconnu le prix d'un être qui eût paru
adorable au grand Sandro, et il se félicita que le plaisir
qu'il avait à voir Odette trouvât une justification dans sa
propre culture esthétique. Il se dit qu'en associant la 1520
pensée d'Odette à ses rêves de bonheur il ne s'était pas
résigné à un pis-aller aussi imparfait qu'il l'avait cru
jusqu'ici, puisqu'elle contenait en lui ses goûts d'art les
plus raffinés. Il oubliait qu'Odette n'était pas plus pour
cela une femme selon son désir, puisque précisément son
désir avait toujours été orienté dans un sens opposé à ses
goûts esthétiques. Le mot d'« œuvre florentine » rendit un
grand service à Swann. Il lui permit, comme un titre, de
faire pénétrer l'image d'Odette dans un monde de rêves,
où elle n'avait pas eu accès jusqu'ici et où elle s'imprégna 1530
de noblesse. Et tandis que la vue purement charnelle qu'il
avait eue de cette femme, en renouvelant perpétuellement
ses doutes sur la qualité de son visage, de son corps, de
toute sa beauté, affaiblissait son amour, ces doutes furent
détruits, cet amour assuré quand il eut à la place pour base
les données d'une esthétique certaine ; sans compter que
le baiser et la possession qui semblaient naturels et
médiocres s'ils lui étaient accordés par une chair abîmée,
venant couronner l'adoration d'une pièce de musée, lui
parurent devoir être surnaturels, et délicieux. 1540

Et quand il était tenté de regretter que depuis des mois
il ne fît plus que voir Odette, il se disait qu'il était raison-

nable de donner beaucoup de son temps à un chef-d'œuvre inestimable, coulé pour une fois dans une matière différente et particulièrement savoureuse, en un exemplaire rarissime qu'il contemplait tantôt avec l'humilité, la spiritualité et le désintéressement d'un artiste, tantôt avec l'orgueil, l'égoïsme et la sensualité d'un collectionneur.

Il plaça sur sa table de travail, comme une photographie
1550 d'Odette, une reproduction de la fille de Jéthro. Il admirait les grands yeux, le délicat visage qui laissait deviner la peau imparfaite, les boucles merveilleuses des cheveux le long des joues fatiguées, et adaptant ce qu'il trouvait beau jusque-là d'une façon esthétique à l'idée d'une femme vivante, il le transformait en mérites physiques qu'il se félicitait de trouver réunis dans un être qu'il pourrait posséder. Cette vague sympathie qui nous porte vers un chef-d'œuvre que nous regardons, maintenant qu'il connaissait l'original charnel de la fille de Jéthro, elle devenait un
1560 désir qui suppléa désormais à celui que le corps d'Odette ne lui avait pas d'abord inspiré. Quand il avait regardé longtemps ce Botticelli, il pensait à son Botticelli à lui qu'il trouvait plus beau encore et, approchant de lui la photographie de Zéphora, il croyait serrer Odette contre son cœur.

Et cependant ce n'était pas seulement la lassitude d'Odette qu'il s'ingéniait à prévenir, c'était quelquefois aussi la sienne propre ; sentant que depuis qu'Odette avait toutes facilités pour le voir, elle semblait n'avoir pas
1570 grand-chose à lui dire, il craignait que les façons un peu insignifiantes, monotones, et comme définitivement fixées, qui étaient maintenant les siennes quand ils étaient ensemble, ne finissent par tuer en lui cet espoir romanesque d'un jour où elle voudrait déclarer sa passion, qui seul l'avait rendu et gardé amoureux. Et pour renouveler un peu l'aspect moral, trop figé, d'Odette, et dont il avait peur de se fatiguer, il lui écrivait tout d'un coup une lettre pleine de déceptions feintes et de colères simulées qu'il lui faisait porter avant le dîner. Il savait qu'elle allait être
1580 effrayée, lui répondre et il espérait que dans la contraction que la peur de le perdre ferait subir à son âme, jailliraient des mots qu'elle ne lui avait encore jamais dits ; – et en effet c'est de cette façon qu'il avait obtenu les lettres les

plus tendres qu'elle lui eût encore écrites dont l'une, qu'elle lui avait fait porter à midi de la « Maison Dorée [1] » (c'était le jour de la fête de Paris-Murcie donnée pour les inondés de Murcie) [2] commençait par ces mots : « Mon ami – ma main tremble si fort que je peux à peine écrire », et qu'il avait gardée dans le même tiroir que la fleur séchée du chrysanthème. Ou bien si elle n'avait pas eu le temps de lui écrire, quand il arriverait chez les Verdurin, elle irait vivement à lui et lui dirait : « J'ai à vous parler », et il contemplerait avec curiosité sur son visage et dans ses paroles ce qu'elle lui avait caché jusque-là de son cœur.

Rien qu'en approchant de chez les Verdurin quand il apercevait, éclairées par des lampes, les grandes fenêtres dont on ne fermait jamais les volets, il s'attendrissait en pensant à l'être charmant qu'il allait voir épanoui dans leur lumière d'or. Parfois les ombres des invités se détachaient minces et noires, en écran, devant les lampes, comme ces petites gravures qu'on intercale de place en place dans un abat-jour translucide dont les autres feuillets ne sont que clarté. Il cherchait à distinguer la silhouette d'Odette. Puis, dès qu'il était arrivé, sans qu'il s'en rendît compte, ses yeux brillaient d'une telle joie que M. Verdurin disait au peintre : « Je crois que ça chauffe. » Et la présence d'Odette ajoutait en effet pour Swann à cette maison ce dont n'était pourvue aucune de celles où il était reçu : une sorte d'appareil sensitif, de réseau nerveux qui se ramifiait dans toutes les pièces et apportait des excitations constantes à son cœur.

Ainsi le simple fonctionnement de cet organisme social qu'était le petit « clan », prenait automatiquement pour Swann des rendez-vous quotidiens avec Odette et lui permettait de feindre une indifférence à la voir, ou même un désir de ne plus la voir, qui ne lui faisait pas courir de grands risques, puisque, quoi qu'il lui eût écrit dans la

_____

1. Café-restaurant, situé boulevard des Italiens, célèbre à l'époque, et qui recevait une clientèle élégante.
2. La province espagnole de Murcie avait été dévastée par une inondation en octobre 1879. Une fête fut donnée à Paris, le 18 décembre 1879, au profit des sinistrés. Cette précision révèle l'incohérence chronologique du récit : il indique précédemment (p. 81) que les Verdurin sont allés à l'enterrement de Gambetta (qui eut lieu en janvier 1883).

journée, il la verrait forcément le soir et la ramènerait chez elle.

1620   Mais une fois qu'ayant songé avec maussaderie à cet inévitable retour ensemble, il avait emmené jusqu'au Bois sa jeune ouvrière pour retarder le moment d'aller chez les Verdurin, il arriva chez eux si tard qu'Odette, croyant qu'il ne viendrait plus, était partie. En voyant qu'elle n'était plus dans le salon, Swann ressentit une souffrance au cœur ; il tremblait d'être privé d'un plaisir qu'il mesurait pour la première fois, ayant eu jusque-là cette certitude de le trouver quand il le voulait qui pour tous les plaisirs nous diminue ou même nous empêche d'apercevoir aucune-
1630   ment leur grandeur.

« As-tu vu la tête qu'il a fait quand il s'est aperçu qu'elle n'était pas là ? dit M. Verdurin à sa femme, je crois qu'on peut dire qu'il est pincé !

– La tête qu'il a fait ? demanda avec violence le docteur Cottard qui, étant allé un instant voir un malade, revenait chercher sa femme et ne savait pas de qui on parlait.

– Comment, vous n'avez pas rencontré devant la porte le plus beau des Swann…

– Non. M. Swann est venu ?

1640   – Oh ! un instant seulement. Nous avons eu un Swann très agité, très nerveux. Vous comprenez, Odette était partie.

– Vous voulez dire qu'elle est du dernier bien avec lui, qu'elle lui a fait voir l'heure du berger [1], dit le docteur, expérimentant avec prudence le sens de ces expressions.

– Mais non, il n'y a absolument rien, et entre nous, je trouve qu'elle a bien tort et qu'elle se conduit comme une fameuse cruche, qu'elle est du reste.

– Ta, ta, ta, dit M. Verdurin, qu'est-ce que tu en sais
1650   qu'il n'y a rien ? nous n'avons pas été y voir, n'est-ce pas ?

– À moi, elle me l'aurait dit, répliqua fièrement Mme Verdurin. Je vous dis qu'elle me raconte toutes ses petites affaires ! Comme elle n'a plus personne en ce moment, je

---

1. « Voir l'heure du berger » : locution proverbiale qui désigne le moment où l'amant trouve celle qu'il aime favorable à ses vœux. Par extension, le moment propice à la réussite d'une affaire.

lui ai dit qu'elle devrait coucher avec lui. Elle prétend qu'elle ne peut pas, qu'elle a bien eu un fort béguin pour lui, mais qu'il est timide avec elle, que cela l'intimide à son tour, et puis qu'elle ne l'aime pas de cette manière-là, que c'est un être idéal, qu'elle a peur de déflorer le sentiment qu'elle a pour lui, est-ce que je sais, moi. Ce serait pourtant absolument ce qu'il lui faut.

– Tu me permettras de ne pas être de ton avis, dit M. Verdurin, il ne me revient qu'à demi ce monsieur ; je le trouve poseur. »

Mme Verdurin s'immobilisa, prit une expression inerte comme si elle était devenue une statue, fiction qui lui permit d'être censée ne pas avoir entendu ce mot insupportable de poseur [1] qui avait l'air d'impliquer qu'on pouvait « poser [2] » avec eux, donc qu'on était « plus qu'eux ».

« Enfin, s'il n'y a rien, je ne pense pas que ce soit que ce monsieur la croit *vertueuse*, dit ironiquement M. Verdurin. Et après tout, on ne peut rien dire, puisqu'il a l'air de la croire intelligente. Je ne sais si tu as entendu ce qu'il lui débitait l'autre soir sur la sonate de Vinteuil ; j'aime Odette de tout mon cœur, mais pour lui faire des théories d'esthétique, il faut tout de même être un fameux jobard [3] !

– Voyons, ne dites pas du mal d'Odette, dit Mme Verdurin en faisant l'enfant. Elle est charmante.

– Mais cela ne l'empêche pas d'être charmante ; nous ne disons pas du mal d'elle, nous disons que ce n'est pas une vertu ni une intelligence. Au fond, dit-il au peintre, tenez-vous tant que ça à ce qu'elle soit vertueuse ? Elle serait peut-être beaucoup moins charmante, qui sait ? »

Sur le palier, Swann avait été rejoint par le maître d'hôtel qui ne se trouvait pas là au moment où il était arrivé et avait été chargé par Odette de lui dire – mais il y avait bien une heure déjà – au cas où il viendrait encore, qu'elle irait probablement prendre du chocolat chez Prévost [4] avant de rentrer. Swann partit chez Prévost, mais

1660

1670

1680

---

1. Pédant, snob.
2. Prendre une attitude affectée pour se faire remarquer.
3. Terme familier désignant un individu naïf, voire niais.
4. Café-restaurant célèbre à l'époque, qui était situé boulevard Bonne-Nouvelle.

1690 à chaque pas sa voiture était arrêtée par d'autres ou par des
gens qui traversaient, odieux obstacles qu'il eût été heureux de renverser si le procès-verbal de l'agent ne l'eût
retardé plus encore que le passage du piéton. Il comptait le
temps qu'il mettait, ajoutait quelques secondes à toutes les
minutes pour être sûr de ne pas les avoir faites trop
courtes, ce qui lui eût laissé croire plus grande qu'elle
n'était en réalité sa chance d'arriver assez tôt et de trouver
encore Odette. Et à un moment, comme un fiévreux qui
vient de dormir et qui prend conscience de l'absurdité des
1700 rêvasseries qu'il ruminait sans se distinguer nettement
d'elles, Swann tout d'un coup aperçut en lui l'étrangeté
des pensées qu'il roulait depuis le moment où on lui avait
dit chez les Verdurin qu'Odette était déjà partie, la nouveauté de la douleur au cœur dont il souffrait, mais qu'il
constata seulement comme s'il venait de s'éveiller. Quoi ?
toute cette agitation parce qu'il ne verrait Odette que
demain, ce que précisément il avait souhaité, il y a une
heure, en se rendant chez Mme Verdurin. Il fut bien obligé
de constater que dans cette même voiture qui l'emmenait
1710 chez Prévost, il n'était plus le même, et qu'il n'était plus
seul, qu'un être nouveau était là avec lui, adhérent, amal-
gamé à lui, duquel il ne pourrait peut-être pas se débarrasser, avec qui il allait être obligé d'user de ménagements
comme avec un maître ou avec une maladie. Et pourtant
depuis un moment qu'il sentait qu'une nouvelle personne
s'était ainsi ajoutée à lui, sa vie lui paraissait plus intéressante. C'est à peine s'il se disait que cette rencontre possible chez Prévost (de laquelle l'attente saccageait, dénu-
dait à ce point les moments qui la précédaient qu'il ne
1720 trouvait plus une seule idée, un seul souvenir derrière
lequel il pût faire reposer son esprit), il était probable
pourtant, si elle avait lieu, qu'elle serait comme les autres,
fort peu de chose. Comme chaque soir, dès qu'il serait
avec Odette, jetant furtivement sur son changeant visage
un regard aussitôt détourné de peur qu'elle n'y vît l'avance
d'un désir et ne crût plus à son désintéressement, il cesserait de pouvoir penser à elle, trop occupé à trouver des pré-
textes qui lui permissent de ne pas la quitter tout de suite
et de s'assurer, sans avoir l'air d'y tenir, qu'il la retrouve-
1730 rait le lendemain chez les Verdurin : c'est-à-dire de pro-

longer pour l'instant et de renouveler un jour de plus la déception et la torture que lui apportait la vaine présence de cette femme qu'il approchait sans oser l'étreindre.

Elle n'était pas chez Prévost ; il voulut chercher dans tous les restaurants des boulevards. Pour gagner du temps, pendant qu'il visitait les uns, il envoya dans les autres son cocher Rémi (le doge Lorédan de Rizzo) [1] qu'il alla attendre ensuite – n'ayant rien trouvé lui-même – à l'endroit qu'il lui avait désigné. La voiture ne revenait pas et Swann se représentait le moment qui approchait, à la fois 1740 comme celui où Rémi lui dirait : « Cette dame est là », et comme celui où Rémi lui dirait : « Cette dame n'était dans aucun des cafés. » Et ainsi il voyait la fin de sa soirée devant lui, une et pourtant alternative, précédée soit par la rencontre d'Odette qui abolirait son angoisse, soit par le renoncement forcé à la trouver ce soir, par l'acceptation de rentrer chez lui sans l'avoir vue.

Le cocher revint, mais, au moment où il s'arrêta devant Swann, celui-ci ne lui dit pas : « Avez-vous trouvé cette dame ? » mais : « Faites-moi donc penser demain à com- 1750 mander du bois, je crois que la provision doit commencer à s'épuiser. » Peut-être se disait-il que si Rémi avait trouvé Odette dans un café où elle l'attendait, la fin de la soirée néfaste était déjà anéantie par la réalisation commencée de la fin de soirée bienheureuse et qu'il n'avait pas besoin de se presser d'atteindre un bonheur capturé et en lieu sûr, qui ne s'échapperait plus. Mais aussi c'était par force d'inertie ; il avait dans l'âme le manque de souplesse que certains êtres ont dans le corps, ceux-là qui au moment d'éviter un choc, d'éloigner une flamme de leur habit, 1760 d'accomplir un mouvement urgent, prennent leur temps, commencent par rester une seconde dans la situation où ils étaient auparavant comme pour y trouver leur point d'appui, leur élan. Et sans doute si le cocher l'avait interrompu en lui disant : « Cette dame est là », il eût répondu : « Ah ! oui, c'est vrai, la course que je vous avais donnée, tiens je n'aurais pas cru », et aurait continué à lui parler provision de bois pour lui cacher l'émotion qu'il avait eue

---

1. Voir note 2, p. 89.

et se laisser à lui-même le temps de rompre avec l'inquié-
1770 tude et de se donner au bonheur.

Mais le cocher revint lui dire qu'il ne l'avait trouvée
nulle part, et ajouta son avis, en vieux serviteur :

« Je crois que Monsieur n'a plus qu'à rentrer.

Mais l'indifférence que Swann jouait facilement quand
Rémi ne pouvait plus rien changer à la réponse qu'il
apportait tomba, quand il le vit essayer de le faire renoncer
à son espoir et à sa recherche :

— Mais pas du tout, s'écria-t-il, il faut que nous trouvions cette dame ; c'est de la plus haute importance. Elle
1780 serait extrêmement ennuyée, pour une affaire, et froissée,
si elle ne m'avait pas vu.

— Je ne vois pas comment cette dame pourrait être
froissée, répondit Rémi, puisque c'est elle qui est partie
sans attendre Monsieur, qu'elle a dit qu'elle allait chez
Prévost et qu'elle n'y était pas. »

D'ailleurs on commençait à éteindre partout. Sous les
arbres des boulevards, dans une obscurité mystérieuse, les
passants plus rares erraient, à peine reconnaissables. Parfois l'ombre d'une femme qui s'approchait de lui, lui mur-
1790 murant un mot à l'oreille, lui demandant de la ramener, fit
tressaillir Swann. Il frôlait anxieusement tous ces corps
obscurs comme si parmi les fantômes des morts, dans le
royaume sombre, il eût cherché Eurydice [1].

De tous les modes de production de l'amour, de tous les
agents de dissémination du mal sacré, il est bien l'un des
plus efficaces, ce grand souffle d'agitation qui parfois
passe sur nous. Alors l'être avec qui nous nous plaisons à
ce moment-là, le sort en est jeté, c'est lui que nous aime-
rons. Il n'est même pas besoin qu'il nous plût jusque-là
1800 plus ou même autant que d'autres. Ce qu'il fallait c'est
que notre goût pour lui devînt exclusif. Et cette condition-
là est réalisée quand — à ce moment où il nous fait défaut —
à la recherche des plaisirs que son agrément nous donnait,

---

1. Épouse d'Orphée, Eurydice meurt d'une piqûre de serpent. Orphée
descend la chercher aux Enfers. Il obtient la permission de remonter au
jour suivi de sa femme, à condition de ne pas se retourner pour la
regarder. Mais il se retourne et la perd définitivement. (Voir « Le rêve de
Swann » dans le dossier, p. 304-305.)

s'est brusquement substitué en nous un besoin anxieux, qui a pour objet cet être même, un besoin absurde, que les lois de ce monde rendent impossible à satisfaire et difficile à guérir – le besoin insensé et douloureux de le posséder.

Swann se fit conduire dans les derniers restaurants ; c'est la seule hypothèse du bonheur qu'il avait envisagée avec calme ; il ne cachait plus maintenant son agitation, le prix qu'il attachait à cette rencontre et il promit en cas de succès une récompense à son cocher, comme si en lui inspirant le désir de réussir qui viendrait s'ajouter à celui qu'il en avait lui-même, il pouvait faire qu'Odette, au cas où elle fût déjà rentrée se coucher, se trouvât pourtant dans un restaurant du boulevard. Il poussa jusqu'à la Maison Dorée, entra deux fois chez Tortoni et, sans l'avoir vue davantage, venait de ressortir du Café Anglais [1], marchant à grands pas, l'air hagard, pour rejoindre sa voiture qui l'attendait au coin du boulevard des Italiens, quand il heurta une personne qui venait en sens contraire : c'était Odette ; elle lui expliqua plus tard que n'ayant pas trouvé de place chez Prévost, elle était allée souper à la Maison Dorée dans un enfoncement où il ne l'avait pas découverte, et elle regagnait sa voiture.

Elle s'attendait si peu à le voir qu'elle eut un mouvement d'effroi. Quant à lui, il avait couru Paris non parce qu'il croyait possible de la rejoindre, mais parce qu'il lui était trop cruel d'y renoncer. Mais cette joie que sa raison n'avait cessé d'estimer, pour ce soir, irréalisable, ne lui en paraissait maintenant que plus réelle ; car, il n'y avait pas collaboré par la prévision des vraisemblances, elle lui restait extérieure ; il n'avait pas besoin de tirer de son esprit pour la lui fournir, c'est d'elle-même qu'émanait, c'est elle-même qui projetait vers lui, cette vérité qui rayonnait au point de dissiper comme un songe l'isolement qu'il avait redouté, et sur laquelle il appuyait, il reposait, sans penser, sa rêverie heureuse. Ainsi un voyageur arrivé par un beau temps au bord de la Méditerranée, incertain de l'existence des pays qu'il vient de quitter, laisse éblouir sa

1810

1820

1830

1840

---

1. Comme la Maison Dorée, Tortoni et le Café Anglais étaient des cafés-restaurants célèbres à l'époque, sur le boulevard des Italiens, où se retrouvaient hommes politiques, écrivains et élégantes.

vue, plutôt qu'il ne leur jette des regards, par les rayons qu'émet vers lui l'azur lumineux et résistant des eaux.

Il monta avec elle dans la voiture qu'elle avait et dit à la sienne de suivre.

Elle tenait à la main un bouquet de catleyas et Swann vit, sous sa fanchon de dentelle, qu'elle avait dans les cheveux des fleurs de cette même orchidée attachées à une aigrette en plumes de cygne. Elle était habillée sous sa mantille, d'un flot de velours noir qui, par un rattrapé oblique, découvrait en un large triangle le bas d'une jupe de faille blanche et laissait voir un empiècement, également de faille blanche, à l'ouverture du corsage décolleté, où étaient enfoncées d'autres fleurs de catleyas. Elle était à peine remise de la frayeur que Swann lui avait causée quand un obstacle fit faire un écart au cheval. Ils furent vivement déplacés, elle avait jeté un cri et restait toute palpitante, sans respiration.

« Ce n'est rien, lui dit-il, n'ayez pas peur.

Et il la tenait par l'épaule, l'appuyant contre lui pour la maintenir ; puis il lui dit :

– Surtout, ne me parlez pas, ne me répondez que par signes pour ne pas vous essouffler encore davantage. Cela ne vous gêne pas que je remette droites les fleurs de votre corsage qui ont été déplacées par le choc ? J'ai peur que vous ne les perdiez, je voudrais les enfoncer un peu.

Elle, qui n'avait pas été habituée à voir les hommes faire tant de façons avec elle, dit en souriant :

– Non, pas du tout, ça ne me gêne pas.

Mais lui, intimidé par sa réponse, peut-être aussi pour avoir l'air d'avoir été sincère quand il avait pris ce prétexte, ou même, commençant déjà à croire qu'il l'avait été, s'écria :

– Oh ! non, surtout, ne parlez pas, vous allez encore vous essouffler, vous pouvez bien me répondre par gestes, je vous comprendrai bien. Sincèrement je ne vous gêne pas ? Voyez, il y a un peu… je pense que c'est du pollen qui s'est répandu sur vous ; vous permettez que je l'essuie avec ma main ? Je ne vais pas trop fort, je ne suis pas trop brutal ? Je vous chatouille peut-être un peu ? mais c'est que je ne voudrais pas toucher le velours de la robe pour ne pas le friper. Mais, voyez-vous, il était vraiment nécessaire de les fixer, ils seraient tombés ; et, comme cela, en les enfonçant un peu moi-même. Sérieusement je ne suis pas désagréable ? Et en les respirant pour voir s'ils n'ont vraiment pas d'odeur non plus ? Je n'en ai jamais senti, je peux ? dites la vérité. »

Souriant, elle haussa légèrement les épaules, comme pour dire « vous êtes fou, vous voyez bien que ça me plaît ».

Il élevait son autre main le long de la joue d'Odette ; elle le regarda fixement, de l'air languissant et grave 1890 qu'ont les femmes du maître florentin avec lesquelles il lui avait trouvé de la ressemblance ; amenés au bord des paupières, ses yeux brillants, larges et minces, comme les leurs, semblaient prêts à se détacher ainsi que deux larmes. Elle fléchissait le cou comme on leur voit faire à toutes, dans les scènes païennes comme dans les tableaux religieux. Et, en une attitude qui sans doute lui était habituelle, qu'elle savait convenable à ces moments-là et qu'elle faisait attention à ne pas oublier de prendre, elle semblait avoir besoin de toute sa force pour retenir son 1900 visage, comme si une force invisible l'eût attiré vers Swann. Et ce fut Swann, qui, avant qu'elle le laissât tomber, comme malgré elle, sur ses lèvres, le retint un instant, à quelque distance, entre ses deux mains. Il avait voulu laisser à sa pensée le temps d'accourir, de reconnaître le rêve qu'elle avait si longtemps caressé et d'assister à sa réalisation, comme une parente qu'on appelle pour prendre sa part du succès d'un enfant qu'elle a beaucoup aimé. Peut-être aussi Swann attachait-il sur ce visage d'Odette non encore possédée, ni même encore 1910 embrassée par lui, qu'il voyait pour la dernière fois, ce regard avec lequel, un jour de départ, on voudrait emporter un paysage qu'on va quitter pour toujours.

Mais il était si timide avec elle, qu'ayant fini par la posséder ce soir-là, en commençant par arranger ses catleyas, soit crainte de la froisser, soit peur de paraître rétrospectivement avoir menti, soit manque d'audace pour formuler une exigence plus grande que celle-là (qu'il pouvait renouveler puisqu'elle n'avait pas fâché Odette la première fois), les jours suivants il usa du même prétexte. Si elle avait des cat- 1920 leyas à son corsage, il disait : « C'est malheureux, ce soir, les catleyas n'ont pas besoin d'être arrangés, ils n'ont pas été déplacés comme l'autre soir ; il me semble pourtant que celui-ci n'est pas très droit. Je peux voir s'ils ne sentent pas plus que les autres ? » Ou bien, si elle n'en avait pas : « Oh ! pas de catleyas ce soir, pas moyen de me livrer à mes petits arrangements. » De sorte que, pendant quelque temps, ne fut pas changé l'ordre qu'il avait suivi le premier soir, en débutant par des attouchements de doigts et de lèvres sur la gorge d'Odette et que ce fut par eux encore que commençaient chaque fois ses caresses ; et bien plus tard, quand l'arrangement (ou le simulacre rituel d'arrangement) des catleyas fut depuis longtemps tombé en désuétude, la métaphore « faire catleya » devenue un simple vocable qu'ils employaient sans y penser quand ils voulaient signifier l'acte de la possession physique – où d'ailleurs l'on ne possède rien – survécut dans leur langage, où elle le commémorait, à cet usage oublié. Et peut-être cette manière particulière de dire « faire l'amour » ne signifiait-elle pas exactement la même chose que ses synonymes. On a beau être blasé sur les femmes, considérer la possession des plus différentes comme toujours la même et connue d'avance, elle devient au contraire un plaisir nouveau s'il s'agit de femmes assez difficiles – ou crues telles par nous – pour que nous soyons obligés de la faire naître de quelque épisode imprévu de nos relations avec elles, comme avait été la première fois pour Swann l'arrangement des catleyas. Il espérait en tremblant, ce soir-là (mais Odette, se disait-il, si elle était la dupe de sa ruse, ne pouvait le deviner), que c'était la possession de cette femme qui allait sortir d'entre leurs larges pétales mauves ; et le plaisir qu'il éprouvait déjà et qu'Odette ne tolérait peut-être, pensait-il, que parce qu'elle ne l'avait pas reconnu, lui semblait, à cause de cela – comme il put paraître au premier homme qui le goûta parmi les fleurs du paradis terrestre –, un plaisir qui n'avait pas existé jusque-là, qu'il cherchait à créer, un plaisir – ainsi que le nom spécial qu'il lui donna en garda la trace – entièrement particulier et nouveau.

Maintenant, tous les soirs, quand il l'avait ramenée chez elle, il fallait qu'il entrât et souvent elle ressortait en robe de chambre et le conduisait jusqu'à sa voiture, l'embrassait aux yeux du cocher, disant : « Qu'est-ce que cela peut me faire, que me font les autres ? » Les soirs où il n'allait pas chez les Verdurin (ce qui arrivait parfois depuis qu'il pouvait la voir autrement), les soirs de plus en plus rares où il allait dans le monde, elle lui demandait de venir chez elle avant de rentrer, quelque heure qu'il fût. C'était le printemps, un printemps pur et glacé. En sortant de soirée, il montait dans sa victoria [1], étendait une couverture sur ses jambes, répondait aux amis qui s'en allaient en même temps que lui et lui demandaient de revenir avec eux qu'il ne pouvait pas, qu'il n'allait pas du même côté, et le cocher partait au grand trot sachant où on allait. Eux s'étonnaient, et de fait, Swann n'était plus le même. On ne recevait plus jamais de lettre de lui où il demandât à connaître une femme. Il ne faisait plus attention à aucune, s'abstenait d'aller dans les endroits où on en rencontre. Dans un restaurant, à la campagne, il avait l'attitude inverse de celle à quoi, hier encore, on l'eût reconnu et qui avait semblé devoir toujours être la sienne. Tant une passion est en nous comme un caractère momentané et différent qui se substitue à l'autre et abolit les signes jusque-là invariables par lesquels il s'exprimait ! En revanche ce qui était invariable maintenant, c'était que où que Swann se trouvât, il ne manquât pas d'aller rejoindre Odette. Le trajet qui le séparait d'elle était celui qu'il parcourait inévitablement et comme la pente même irrésistible et rapide de sa vie. À vrai dire, souvent resté tard dans le monde, il aurait mieux aimé rentrer directement chez lui sans faire cette longue course et ne la voir que le lendemain ; mais le fait même de se déranger à une heure anormale pour aller chez elle, de deviner que les amis qui le quittaient se disaient : « Il est très tenu, il y a certainement une femme qui le force à aller chez elle à n'importe quelle heure » lui faisait sentir qu'il menait la vie des hommes qui ont une affaire amoureuse dans leur existence, et en qui le sacrifice qu'ils font de leur repos et de leurs intérêts à une rêverie voluptueuse fait naître un charme intérieur. Puis sans qu'il s'en rendît compte, cette certitude qu'elle l'attendait, qu'elle n'était pas ailleurs avec d'autres, qu'il ne reviendrait pas sans l'avoir vue, neutralisait cette angoisse oubliée mais toujours prête à

1970

1980

1990

2000

1. Du nom de la reine Victoria : voiture découverte à quatre roues, tirée par des chevaux, fine et élégante.

renaître qu'il avait éprouvée le soir où Odette n'était plus chez les Verdurin et dont l'apaisement actuel était si doux que cela pouvait s'appeler du bonheur. Peut-être était-ce à cette angoisse qu'il était redevable de l'importance qu'Odette avait prise pour lui. Les êtres nous sont d'habitude si indifférents que quand nous avons mis dans l'un d'eux de telles possibilités de souffrance et de joie pour nous il nous semble appartenir à un autre univers, il s'entoure de poésie, il fait de notre vie comme une étendue émouvante où il sera plus ou moins rapproché de nous. Swann ne pouvait se demander sans trouble ce qu'Odette deviendrait pour lui dans les années qui allaient venir. Parfois, en voyant, de sa victoria, dans ces belles nuits froides, la lune brillante qui répandait sa clarté entre ses yeux et les rues désertes, il pensait à cette autre figure claire et légèrement rosée comme celle de la lune, qui, un jour, avait surgi devant sa pensée et, depuis, projetait sur le monde la lumière mystérieuse dans laquelle il le voyait. S'il arrivait après l'heure où Odette envoyait ses domestiques se coucher, avant de sonner à la porte du petit jardin, il allait d'abord dans la rue, où donnait au rez-de-chaussée, entre les fenêtres toutes pareilles, mais obscures, des hôtels contigus, la fenêtre, seule éclairée, de sa chambre. Il frappait au carreau, et elle, avertie, répondait et allait l'attendre de l'autre côté, à la porte d'entrée. Il trouvait ouverts sur son piano quelques-uns des morceaux qu'elle préférait : la *Valse des Roses* ou *Pauvre Fou* de Tagliafico [1] (qu'on devait, selon sa volonté écrite, faire exécuter à son enterrement), il lui demandait de jouer à la place la petite phrase de la sonate de Vinteuil, bien qu'Odette jouât fort mal, mais la vision la plus belle qui nous reste d'une œuvre est souvent celle qui s'éleva au-dessus des sons faux tirés par des doigts malhabiles, d'un piano désaccordé. La petite phrase continuait à s'associer pour Swann à l'amour qu'il avait pour Odette. Il sentait bien que cet amour, c'était quelque chose qui ne correspondait à rien d'extérieur, de constatable par d'autres que lui ; il se rendait compte que

---

1. *La Valse des roses* est d'Olivier Métra (1830-1889), compositeur et directeur d'orchestre de l'Opéra et des Folies-Bergère, figure populaire de la musique légère. Tagliafico (1821-1900) est un chanteur-compositeur d'origine italienne.

les qualités d'Odette ne justifiaient pas qu'il attachât tant de prix aux moments passés auprès d'elle. Et souvent, quand c'était l'intelligence positive qui régnait seule en Swann, il voulait cesser de sacrifier tant d'intérêts intellectuels et sociaux à ce plaisir imaginaire. Mais la petite phrase, dès qu'il l'entendait, savait rendre libre en lui l'espace qui pour elle était nécessaire, les proportions de l'âme de Swann s'en trouvaient changées ; une marge y était réservée à une jouissance qui elle non plus ne correspondait à aucun objet extérieur et qui pourtant au lieu d'être purement individuelle comme celle de l'amour, s'imposait à Swann comme une réalité supérieure aux choses concrètes. Cette soif d'un charme inconnu, la petite phrase l'éveillait en lui, mais ne lui apportait rien de précis pour l'assouvir. De sorte que ces parties de l'âme de Swann où la petite phrase avait effacé le souci des intérêts matériels, les considérations humaines et valables pour tous, elle les avait laissées vacantes et en blanc, et il était libre d'y inscrire le nom d'Odette. Puis à ce que l'affection d'Odette pouvait avoir d'un peu court et décevant, la petite phrase venait ajouter, amalgamer son essence mystérieuse. À voir le visage de Swann pendant qu'il écoutait la phrase, on aurait dit qu'il était en train d'absorber un anesthésique qui donnait plus d'amplitude à sa respiration. Et le plaisir que lui donnait la musique et qui allait bientôt créer chez lui un véritable besoin, ressemblait en effet, à ces moments-là, au plaisir qu'il aurait eu à expérimenter des parfums, à entrer en contact avec un monde pour lequel nous ne sommes pas faits, qui nous semble sans forme parce que nos yeux ne le perçoivent pas, sans signification parce qu'il échappe à notre intelligence, que nous n'atteignons que par un seul sens. Grand repos, mystérieuse rénovation pour Swann – pour lui dont les yeux quoique délicats amateurs de peinture, dont l'esprit quoique fin observateur de mœurs, portaient à jamais la trace indélébile de la sécheresse de sa vie – de se sentir transformé en une créature étrangère à l'humanité, aveugle, dépourvue de facultés logiques, presque une fantastique licorne [1], une créature

---

1. Animal fabuleux qu'on représente avec un corps de cheval et une corne unique au milieu du front. La licorne est très présente dans les légendes du Moyen Âge.

chimérique ne percevant le monde que par l'ouïe. Et comme dans la petite phrase il cherchait cependant un sens où son intelligence ne pouvait descendre, quelle étrange ivresse il avait à dépouiller son âme la plus intérieure de tous les secours du raisonnement et à la faire passer seule dans le
2080 couloir, dans le filtre obscur du son. Il commençait à se rendre compte de tout ce qu'il y avait de douloureux, peut-être même de secrètement inapaisé au fond de la douceur de cette phrase, mais il ne pouvait pas en souffrir. Qu'importait qu'elle lui dît que l'amour est fragile, le sien était si fort ! Il jouait avec la tristesse qu'elle répandait, il la sentait passer sur lui, mais comme une caresse qui rendait plus profond et plus doux le sentiment qu'il avait de son bonheur. Il la faisait rejouer dix fois, vingt fois à Odette, exigeant qu'en même temps elle ne cessât pas de
2090 l'embrasser. Chaque baiser appelle un autre baiser. Ah ! dans ces premiers temps où l'on aime, les baisers naissent si naturellement ! Ils foisonnent si pressés les uns contre les autres ; et l'on aurait autant de peine à compter les baisers qu'on s'est donnés pendant une heure que les fleurs d'un champ au mois de mai. Alors elle faisait mine de s'arrêter, disant : « Comment veux-tu que je joue comme cela si tu me tiens, je ne peux tout faire à la fois, sache au moins ce que tu veux, est-ce que je dois jouer la phrase ou faire des petites caresses », lui se fâchait et elle
2100 éclatait d'un rire qui se changeait et retombait sur lui, en une pluie de baisers. Ou bien elle le regardait d'un air maussade, il revoyait un visage digne de figurer dans la *Vie de Moïse* de Botticelli [1], il l'y situait, il donnait au cou d'Odette l'inclinaison nécessaire ; et quand il l'avait bien peinte à la détrempe [2], au XVe siècle, sur la muraille de la Sixtine, l'idée qu'elle était cependant restée là, près du piano, dans le moment actuel, prête à être embrassée et possédée, l'idée de sa matérialité et de sa vie venait l'enivrer avec une telle force que, l'œil égaré, les mâchoires
2110 tendues comme pour dévorer, il se précipitait sur cette vierge de Botticelli et se mettait à lui pincer les joues.

---

1. Voir note 2, p. 90.
2. Couleur délayée dans de l'eau additionnée d'un agglutinant. « Peindre à la détrempe. »

Puis, une fois qu'il l'avait quittée, non sans être rentré pour l'embrasser encore parce qu'il avait oublié d'emporter dans son souvenir quelque particularité de son odeur ou de ses traits, tandis qu'il revenait dans sa victoria, il bénissait Odette de lui permettre ces visites quotidiennes, dont il sentait qu'elles ne devaient pas lui causer à elle une bien grande joie, mais qui en le préservant de devenir jaloux – en lui ôtant l'occasion de souffrir de nouveau du mal qui s'était déclaré en lui le soir où il ne l'avait pas trouvée chez les Verdurin – l'aideraient à arriver, sans avoir plus d'autres de ces crises dont la première avait été si douloureuse et resterait la seule, au bout de ces heures singulières de sa vie, heures presque enchantées, à la façon de celles où il traversait Paris au clair de lune. Et, remarquant, pendant ce retour, que l'astre était maintenant déplacé par rapport à lui, et presque au bout de l'horizon, sentant que son amour obéissait, lui aussi, à des lois immuables et naturelles, il se demandait si cette période où il était entré durerait encore longtemps, si bientôt sa pensée ne verrait plus le cher visage qu'occupant une position lointaine et diminuée, et près de cesser de répandre du charme. Car Swann en trouvait aux choses, depuis qu'il était amoureux, comme au temps où, adolescent, il se croyait artiste ; mais ce n'était plus le même charme, celui-ci, c'est Odette seule qui le leur conférait. Il sentait renaître en lui les inspirations de sa jeunesse qu'une vie frivole avait dissipées, mais elles portaient toutes le reflet, la marque d'un être particulier ; et, dans les longues heures qu'il prenait maintenant un plaisir délicat à passer chez lui, seul avec son âme en convalescence, il redevenait peu à peu lui-même, mais à une autre.

Il n'allait chez elle que le soir, et il ne savait rien de l'emploi de son temps pendant le jour, pas plus que de son passé, au point qu'il lui manquait même ce petit renseignement initial qui, en nous permettant de nous imaginer ce que nous ne savons pas, nous donne envie de le connaître. Aussi ne se demandait-il pas ce qu'elle pouvait faire, ni quelle avait été sa vie. Il souriait seulement quelquefois en pensant qu'il y a quelques années, quand il ne la connaissait pas, on lui avait parlé d'une femme qui, s'il se rappelait bien, devait certainement être elle, comme

d'une fille, d'une femme entretenue, une de ces femmes auxquelles il attribuait encore, comme il avait peu vécu dans leur société, le caractère entier, foncièrement pervers, dont les dota longtemps l'imagination de certains romanciers. Il se disait qu'il n'y a souvent qu'à prendre le contrepied des réputations que fait le monde pour juger exactement une personne, quand, à un tel caractère, il opposait
2160 celui d'Odette, bonne, naïve, éprise d'idéal, presque si incapable de ne pas dire la vérité, que, l'ayant un jour priée, pour pouvoir dîner seul avec elle, d'écrire aux Verdurin qu'elle était souffrante, le lendemain, il l'avait vue, devant Mme Verdurin qui lui demandait si elle allait mieux, rougir, balbutier et refléter malgré elle, sur son visage, le chagrin, le supplice que cela lui était de mentir, et, tandis qu'elle multipliait dans sa réponse les détails inventés sur sa prétendue indisposition de la veille, avoir l'air de faire demander pardon par ses regards suppliants
2170 et sa voix désolée de la fausseté de ses paroles.

Certains jours pourtant, mais rares, elle venait chez lui dans l'après-midi, interrompre sa rêverie ou cette étude sur Ver Meer à laquelle il s'était remis dernièrement. On venait lui dire que Mme de Crécy était dans son petit salon. Il allait l'y retrouver, et quand il ouvrait la porte, au visage rosé d'Odette, dès qu'elle avait aperçu Swann, venait – changeant la forme de sa bouche, le regard de ses yeux, le modelé de ses joues – se mélanger un sourire. Une fois seul, il revoyait ce sourire, celui qu'elle avait eu
2180 la veille, un autre dont elle l'avait accueilli telle ou telle fois, celui qui avait été sa réponse, en voiture, quand il lui avait demandé s'il lui était désagréable en redressant les catleyas ; et la vie d'Odette pendant le reste du temps, comme il n'en connaissait rien, lui apparaissait, avec son fond neutre et sans couleurs, semblable à ces feuilles d'études de Watteau [1], où on voit çà et là, à toutes les

---

1. Watteau, Antoine (1684-1721) : peintre français connu pour ses « fêtes galantes », ses atmosphères mélancoliques, oniriques, intimes (*L'Embarquement pour Cythère*). Il est également l'auteur de remarquables dessins à la sanguine et aux trois crayons. Proust lui témoigna son admiration en lui consacrant un de ses « Portraits de peintres », dans *Les Plaisirs et les jours*, et en donnant à l'une de ses nouvelles le titre de l'un de ses tableaux, *L'Indifférent*.

places, dans tous les sens, dessinés aux trois crayons sur le papier chamois, d'innombrables sourires. Mais, parfois, dans un coin de cette vie que Swann voyait toute vide, si même son esprit lui disait qu'elle ne l'était pas, parce qu'il ne pouvait pas l'imaginer, quelque ami, qui, se doutant qu'ils s'aimaient, ne se fût pas risqué à lui rien dire d'elle que d'insignifiant, lui décrivait la silhouette d'Odette, qu'il avait aperçue, le matin même, montant à pied la rue Abbattucci [1] dans une « visite [2] » garnie de skunks [3], sous un chapeau « à la Rembrandt [4] » et un bouquet de violettes à son corsage. Ce simple croquis bouleversait Swann parce qu'il lui faisait tout d'un coup apercevoir qu'Odette avait une vie qui n'était pas tout entière à lui ; il voulait savoir à qui elle avait cherché à plaire par cette toilette qu'il ne lui connaissait pas ; il se promettait de lui demander où elle allait, à ce moment-là, comme si dans toute la vie incolore – presque inexistante, parce qu'elle lui était invisible – de sa maîtresse, il n'y avait qu'une seule chose en dehors de tous ces sourires adressés à lui : sa démarche sous un chapeau à la Rembrandt, avec un bouquet de violettes au corsage.

Sauf en lui demandant la petite phrase de Vinteuil au lieu de la *Valse des Roses* [5], Swann ne cherchait pas à lui faire jouer plutôt des choses qu'il aimât, et pas plus en musique qu'en littérature, à corriger son mauvais goût. Il se rendait bien compte qu'elle n'était pas intelligente. En lui disant qu'elle aimerait tant qu'il lui parlât des grands poètes, elle s'était imaginée qu'elle allait connaître tout de suite des couplets héroïques et romanesques dans le genre de ceux du Vicomte de Borelli [6], en plus émouvant encore.

---

1. Ancien nom de la rue La Boétie, dans le VIIIe arrondissement, du nom d'un ministre de Napoléon III.
2. Terme vieilli qui désigne un petit manteau de femme pour sortir.
3. Skunks ou sconse : fourrure de la mouffette, noire à bandes blanches.
4. Rembrandt (1606-1669) : peintre et graveur hollandais, célèbre pour son clair-obscur et ses portraits qui mettent en valeur le modelé du visage, l'intensité du regard et certains attributs vestimentaires ou bijoux (ainsi, son *Portrait de jeune fille au collier d'or*). Proust retient ici le chapeau.
5. Voir note 1, p. 104.
6. Borelli, vicomte de (1837-1906) : auteur de poésies et de pièces de théâtre, à la fin du XIXe siècle, sans postérité.

Pour Ver Meer de Delft, elle lui demanda s'il avait souffert par une femme, si c'était une femme qui l'avait inspiré, et Swann lui ayant avoué qu'on n'en savait rien, elle s'était
2220 désintéressée de ce peintre. Elle disait souvent : « Je crois bien, la poésie, naturellement, il n'y aurait rien de plus beau si c'était vrai, si les poètes pensaient tout ce qu'ils disent. Mais bien souvent, il n'y a pas plus intéressé que ces gens-là. J'en sais quelque chose, j'avais une amie qui a aimé une espèce de poète. Dans ses vers il ne parlait que de l'amour, du ciel, des étoiles. Ah ! ce qu'elle a été refaite ! Il lui a croqué plus de trois cent mille francs. » Si alors Swann cherchait à lui apprendre en quoi consistait la beauté artistique, comment il fallait admirer les vers ou les
2230 tableaux, au bout d'un instant elle cessait d'écouter, disant : « Oui… je ne me figurais pas que c'était comme cela. » Et il sentait qu'elle éprouvait une telle déception qu'il préférait mentir en lui disant que tout cela n'était rien, que ce n'était encore que des bagatelles, qu'il n'avait pas le temps d'aborder le fond, qu'il y avait autre chose. Mais elle lui disait vivement : « Autre chose ? quoi ?… Dis-le alors », mais il ne le disait pas, sachant combien cela lui paraîtrait mince et différent de ce qu'elle espérait, moins sensationnel et moins touchant, et craignant que,
2240 désillusionnée de l'art, elle ne le fût en même temps de l'amour.

Et en effet elle trouvait Swann, intellectuellement, inférieur à ce qu'elle aurait cru. « Tu gardes toujours ton sang-froid, je ne peux te définir. » Elle s'émerveillait davantage de son indifférence à l'argent, de sa gentillesse pour chacun, de sa délicatesse. Et il arrive en effet souvent pour de plus grands que n'était Swann, pour un savant, pour un artiste, quand il n'est pas méconnu par ceux qui l'entourent, que celui de leurs sentiments qui prouve que la supé
2250 riorité de son intelligence s'est imposée à eux, ce n'est pas leur admiration pour ses idées car elles leur échappent, mais leur respect pour sa bonté. C'est aussi du respect qu'inspirait à Odette la situation qu'avait Swann dans le monde, mais elle ne désirait pas qu'il cherchât à l'y faire recevoir. Peut-être sentait-elle qu'il ne pourrait pas y réussir, et même craignait-elle, que rien qu'en parlant d'elle il ne provoquât des révélations qu'elle redoutait.

Toujours est-il qu'elle lui avait fait promettre de ne jamais
prononcer son nom. La raison pour laquelle elle ne voulait
pas aller dans le monde, lui avait-elle dit, était une brouille
qu'elle avait eue autrefois avec une amie qui, pour se
venger, avait ensuite dit du mal d'elle. Swann objectait :
« Mais tout le monde n'a pas connu ton amie. – Mais si, ça
fait la tache d'huile, le monde est si méchant. » D'une part
Swann ne comprit pas cette histoire, mais d'autre part il
savait que ces propositions : « Le monde est si méchant »,
« un propos calomnieux fait la tache d'huile », sont généralement tenues pour vraies ; il devait y avoir des cas auxquels elles s'appliquaient. Celui d'Odette était-il l'un de
ceux-là ? Il se le demandait, mais pas longtemps, car il
était sujet, lui aussi, à cette lourdeur d'esprit qui s'appe-
santissait sur son père, quand il se posait un problème difficile. D'ailleurs ce monde qui faisait si peur à Odette, ne
lui inspirait peut-être pas de grands désirs, car pour qu'elle
se le représentât bien nettement, il était trop éloigné de
celui qu'elle connaissait. Pourtant, tout en étant restée à
certains égards vraiment simple (elle avait par exemple
gardé pour amie une petite couturière retirée dont elle
grimpait presque chaque jour l'escalier raide, obscur et
fétide), elle avait soif de chic, mais ne s'en faisait pas la
même idée que les gens du monde. Pour eux, le chic est
une émanation de quelques personnes peu nombreuses qui
le projettent jusqu'à un degré assez éloigné – et plus ou
moins affaibli dans la mesure où l'on est distant du centre
de leur intimité – dans le cercle de leurs amis ou des amis
de leurs amis dont les noms forment une sorte de répertoire. Les gens du monde le possèdent dans leur mémoire,
ils ont sur ces matières une érudition d'où ils ont extrait
une sorte de goût, de tact, si bien que Swann par exemple,
sans avoir besoin de faire appel à son savoir mondain, s'il
lisait dans un journal les noms des personnes qui se trouvaient à un dîner pouvait dire immédiatement la nuance du
chic de ce dîner, comme un lettré, à la simple lecture d'une
phrase, apprécie exactement la qualité littéraire de son
auteur. Mais Odette faisait partie des personnes (extrêmement nombreuses quoi qu'en pensent les gens du monde,
et comme il y en a dans toutes les classes de la société) qui
ne possèdent pas ces notions, imaginent un chic tout autre,

qui revêt divers aspects selon le milieu auquel elles appar-
2300 tiennent, mais a pour caractère particulier – que ce soit
celui dont rêvait Odette, ou celui devant lequel s'inclinait Mme Cottard – d'être directement accessible à tous.
L'autre, celui des gens du monde, l'est à vrai dire aussi,
mais il y faut quelque délai. Odette disait de quelqu'un :

« Il ne va jamais que dans les endroits chics.

Et si Swann lui demandait ce qu'elle entendait par là,
elle lui répondait avec un peu de mépris :

– Mais les endroits chics, parbleu ! Si, à ton âge, il faut
t'apprendre ce que c'est que les endroits chics, que veux-
2310 tu que je te dise moi, par exemple, le matin, l'avenue de
l'Impératrice [1], à cinq heures le tour du Lac [2], le jeudi
l'Eden Théâtre [3], le vendredi l'Hippodrome [4], les bals…

– Mais quels bals ?

– Mais les bals qu'on donne à Paris, les bals chics, je
veux dire. Tiens, Herbinger, tu sais, celui qui est chez un
coulissier [5] ? mais si, tu dois savoir, c'est un des hommes les
plus lancés de Paris, ce grand jeune homme blond qui est tellement snob, il a toujours une fleur à la boutonnière, une raie
dans le dos, des paletots clairs ; il est avec ce vieux tableau
2320 qu'il promène à toutes les premières. Eh bien ! il a donné un
bal, l'autre soir, il y avait tout ce qu'il y a de chic à Paris. Ce
que j'aurais aimé y aller ! mais il fallait présenter sa carte
d'invitation à la porte et je n'avais pas pu en avoir. Au fond
j'aime autant ne pas y être allée, c'était une tuerie, je n'aurais
rien vu. C'est plutôt pour pouvoir dire qu'on était chez Herbinger. Et tu sais, moi, la gloriole ! Du reste, tu peux bien te
dire que sur cent qui racontent qu'elles y étaient, il y a bien
la moitié dont ça n'est pas vrai… Mais ça m'étonne que toi,
un homme si "pschutt [6]", tu n'y étais pas. »

---

1. À la chute de l'Empire, cette artère est devenue l'avenue du Bois, puis
l'avenue Foch.
2. Lac du bois de Boulogne.
3. Situé près de l'Opéra, ce théâtre, qui fut remplacé par le théâtre de
l'Athénée, était très célèbre à l'époque.
4. Dans la seconde moitié du XIXᵉ siècle, plusieurs établissements pari-
siens portaient le nom d'« hippodrome ». Celui-ci était situé près du pont
de l'Alma ; ouvert en 1877 et détruit en 1892, il présentait des spectacles
de cirque et de grandes pantomimes.
5. Courtier qui s'occupe des transactions boursières.
6. Mondain (terme usité au XIXᵉ siècle).

Mais Swann ne cherchait nullement à lui faire modifier cette conception du chic ; pensant que la sienne n'était pas plus vraie, était aussi sotte, dénuée d'importance, il ne trouvait aucun intérêt à en instruire sa maîtresse, si bien qu'après des mois elle ne s'intéressait aux personnes chez qui il allait que pour les cartes de pesage [1], de concours hippique, les billets de première qu'il pouvait avoir par elles. Elle souhaitait qu'il cultivât des relations si utiles mais elle était par ailleurs, portée à les croire peu chic, depuis qu'elle avait vu passer dans la rue la Marquise de Villeparisis [2] en robe de laine noire, avec un bonnet à brides.

« Mais elle a l'air d'une ouvreuse, d'une vieille concierge, darling [3] ! Ça, une marquise ! Je ne suis pas marquise, mais il faudrait me payer bien cher pour me faire sortir nippée [4] comme ça ! »

Elle ne comprenait pas que Swann habitât l'hôtel du quai d'Orléans [5] que, sans oser le lui avouer, elle trouvait indigne de lui.

Certes, elle avait la prétention d'aimer les « antiquités » et prenait un air ravi et fin pour dire qu'elle adorait passer toute une journée à « bibeloter », à chercher « du bric-à-brac », des choses « du temps ». Bien qu'elle s'entêtât dans une sorte de point d'honneur (et semblât pratiquer quelque précepte familial) en ne répondant jamais aux questions et en ne « rendant pas de comptes » sur l'emploi de ses journées, elle parla une fois à Swann d'une amie qui l'avait invitée et chez qui tout était « de l'époque ». Mais Swann ne put arriver à lui faire dire quelle était cette époque. Pourtant, après avoir réfléchi, elle répondit que c'était « moyenâgeux ». Elle entendait par là qu'il y avait des boiseries. Quelque temps après, elle lui reparla de son amie et ajouta, sur le ton hésitant et de l'air entendu dont on cite quelqu'un avec qui on a dîné la veille et dont on n'avait jamais entendu le nom, mais que vos amphi-

---

1. Enceinte la plus confortable d'un champ de courses.
2. Tante du duc de Guermantes, amie de la grand-mère du narrateur qu'elle retrouve à Balbec, dans *À l'ombre des jeunes filles en fleurs* II.
3. Mot anglais qui signifie « chéri ».
4. Terme familier qui signifie « habillée ».
5. Dans l'île Saint-Louis, quartier alors sans prestige.

tryons [1] avaient l'air de considérer comme quelqu'un de si
célèbre qu'on espère que l'interlocuteur saura bien de qui
vous voulez parler : « Elle a une salle à manger… du…
dix-huitième ! » Elle trouvait du reste cela affreux, nu,
comme si la maison n'était pas finie, les femmes y parais-
2370 saient affreuses et la mode n'en prendrait jamais. Enfin,
une troisième fois, elle en reparla et montra à Swann
l'adresse de l'homme qui avait fait cette salle à manger et
qu'elle avait envie de faire venir, quand elle aurait de
l'argent, pour voir s'il ne pourrait pas lui en faire, non pas
certes une pareille, mais celle qu'elle rêvait et que, malheureusement, les dimensions de son petit hôtel ne com-
portaient pas, avec de hauts dressoirs, des meubles Renaissance et des cheminées comme au château de Blois. Ce
jour-là, elle laissa échapper devant Swann ce qu'elle pen-
2380 sait de son habitation du quai d'Orléans ; comme il avait
critiqué que l'amie d'Odette donnât non pas dans le
Louis XVI [2], car, disait-il, bien que cela ne se fasse pas,
cela peut être charmant, mais dans le faux ancien : « Tu ne
voudrais pas qu'elle vécût comme toi au milieu de
meubles cassés et de tapis usés », lui dit-elle, le respect
humain de la bourgeoise l'emportant encore chez elle sur
le dilettantisme de la cocotte.

De ceux qui aimaient à bibeloter, qui aimaient les
vers, méprisaient les bas calculs, rêvaient d'honneur et
2390 d'amour, elle faisait une élite supérieure au reste de
l'humanité. Il n'y avait pas besoin qu'on eût réellement
ces goûts pourvu qu'on les proclamât ; d'un homme qui
lui avait avoué à dîner qu'il aimait à flâner, à se salir les
doigts dans les vieilles boutiques, qu'il ne serait jamais
apprécié par ce siècle commercial, car il ne se souciait pas
de ses intérêts et qu'il était pour cela d'un autre temps, elle
revenait en disant : « Mais c'est une âme adorable, un sensible, je ne m'en étais jamais doutée ! » et elle se sentait
pour lui une immense et soudaine amitié. Mais, en
2400 revanche ceux qui, comme Swann, avaient ces goûts, mais
n'en parlaient pas, la laissaient froide. Sans doute elle était
obligée d'avouer que Swann ne tenait pas à l'argent, mais

---

1. Un amphitryon est un hôte qui offre à dîner.
2. Mobilier de style Louis XVI.

elle ajoutait d'un air boudeur : « Mais lui, ça n'est pas la même chose » ; et en effet, ce qui parlait à son imagination, ce n'était pas la pratique du désintéressement, c'en était le vocabulaire.

Sentant que souvent il ne pouvait pas réaliser ce qu'elle rêvait, il cherchait du moins à ce qu'elle se plût avec lui, à ne pas contrecarrer ces idées vulgaires, ce mauvais goût qu'elle avait en toutes choses, et qu'il aimait d'ailleurs 2410 comme tout ce qui venait d'elle, qui l'enchantaient même, car c'était autant de traits particuliers grâce auxquels l'essence de cette femme lui apparaissait, devenait visible. Aussi, quand elle avait l'air heureux parce qu'elle devait aller à la *Reine Topaze* [1], ou que son regard devenait sérieux, inquiet et volontaire, si elle avait peur de manquer la fête des fleurs ou simplement l'heure du thé, avec muffins et toasts, au « Thé de la Rue Royale [2] » où elle croyait que l'assiduité était indispensable pour consacrer la réputation d'élégance d'une femme, Swann, transporté comme 2420 nous le sommes par le naturel d'un enfant ou par la vérité d'un portrait qui semble sur le point de parler, sentait si bien l'âme de sa maîtresse affleurer à son visage qu'il ne pouvait résister à venir l'y toucher avec ses lèvres. « Ah ! elle veut qu'on la mène à la fête des fleurs, la petite Odette, elle veut se faire admirer, eh bien, on l'y mènera, nous n'avons qu'à nous incliner. » Comme la vue de Swann était un peu basse, il dut se résigner à se servir de lunettes pour travailler chez lui, et à adopter, pour aller dans le monde, le monocle qui le défigurait moins. La pre- 2430 mière fois qu'elle lui en vit un dans l'œil, elle ne put contenir sa joie : « Je trouve que pour un homme, il n'y a pas à dire, ça a beaucoup de chic ! Comme tu es bien ainsi ! tu as l'air d'un vrai gentleman. Il ne te manque qu'un titre ! » ajouta-t-elle, avec une nuance de regret. Il aimait qu'Odette fût ainsi, de même que, s'il avait été épris d'une Bretonne, il aurait été heureux de la voir en coiffe et de lui entendre dire qu'elle croyait aux revenants. Jusque-

---

1. Opéra-comique, musique de Victor Massé (1822-1884). Ce composi-teur fut chef des chœurs de l'Opéra et écrivit surtout pour le théâtre (*Galathée*, *Paul et Virginie*).
2. Maison de thé, située rue Royale, en vogue à l'époque.

là, comme beaucoup d'hommes chez qui leur goût pour
2440 les arts se développe indépendamment de la sensualité, un
disparate bizarre avait existé entre les satisfactions qu'il
accordait à l'un et à l'autre, jouissant, dans la compagnie
de femmes de plus en plus grossières, des séductions
d'œuvres de plus en plus raffinées, emmenant une petite
bonne dans une baignoire grillée à la représentation
d'une pièce décadente qu'il avait envie d'entendre ou à
une exposition de peinture impressionniste, et persuadé
d'ailleurs qu'une femme du monde cultivée n'y eût pas
compris davantage, mais n'aurait pas su se taire aussi gen-
2450 timent. Mais, au contraire, depuis qu'il aimait Odette,
sympathiser avec elle, tâcher de n'avoir qu'une âme à eux
deux lui était si doux, qu'il cherchait à se plaire aux choses
qu'elle aimait, et il trouvait un plaisir d'autant plus profond non seulement à imiter ses habitudes, mais à adopter
ses opinions, que comme elles n'avaient aucune racine
dans sa propre intelligence, elles lui rappelaient seulement
son amour, à cause duquel il les avait préférées. S'il
retournait à *Serge Panine* [1], s'il recherchait les occasions
d'aller voir conduire Olivier Métra [2], c'était pour la dou-
2460 ceur d'être initié dans toutes les conceptions d'Odette, de
se sentir de moitié dans tous ses goûts. Ce charme de le
rapprocher d'elle, qu'avaient les ouvrages ou les lieux
qu'elle aimait, lui semblait plus mystérieux que celui qui
est intrinsèque à de plus beaux, mais qui ne la lui rappelaient pas. D'ailleurs, ayant laissé s'affaiblir les croyances
intellectuelles de sa jeunesse, et son scepticisme d'homme
du monde ayant à son insu pénétré jusqu'à elles, il pensait
(ou du moins il avait si longtemps pensé cela qu'il le disait
encore) que les objets de nos goûts n'ont pas en eux une
2470 valeur absolue, mais que tout est affaire d'époque, de
classe, consiste en modes, dont les plus vulgaires valent
celles qui passent pour les plus distinguées. Et comme il
jugeait que l'importance attachée par Odette à avoir des
cartes pour le vernissage n'était pas en soi quelque chose
de plus ridicule que le plaisir qu'il avait autrefois à

---

1. *Serge Panine* : roman de Georges Ohnet (1881), adapté pour le
théâtre ; il fut joué en 1882, 1883 et 1886.
2. Voir note 1, p. 104.

déjeuner chez le Prince de Galles, de même, il ne pensait pas que l'admiration qu'elle professait pour Monte-Carlo ou pour le Righi [1] fût plus déraisonnable que le goût qu'il avait, lui, pour la Hollande qu'elle se figurait laide et pour Versailles [2] qu'elle trouvait triste. Aussi, se privait-il d'y aller, ayant plaisir à se dire que c'était pour elle, qu'il voulait ne sentir, n'aimer qu'avec elle.

Comme tout ce qui environnait Odette et n'était en quelque sorte que le mode selon lequel il pouvait la voir, causer avec elle, il aimait la société des Verdurin. Là, comme au fond de tous les divertissements, repas, musique, jeux, soupers costumés, parties de campagne, parties de théâtre, même les rares « grandes soirées » données pour les « ennuyeux », il y avait la présence d'Odette, la vue d'Odette, la conversation avec Odette, dont les Verdurin faisaient à Swann, en l'invitant, le don inestimable, il se plaisait mieux que partout ailleurs dans le « petit noyau », et cherchait à lui attribuer des mérites réels, car il s'imaginait ainsi que par goût, il le fréquenterait toute sa vie. Or, n'osant pas se dire, par peur de ne pas le croire, qu'il aimerait toujours Odette, du moins en supposant qu'il fréquenterait toujours les Verdurin (proposition qui, *a priori*, soulevait moins d'objections de principe de la part de son intelligence), il se voyait dans l'avenir continuant à rencontrer chaque soir Odette ; cela ne revenait peut-être pas tout à fait au même que l'aimer toujours, mais, pour le moment, pendant qu'il aimait, croire qu'il ne cesserait pas un jour de la voir, c'est tout ce qu'il demandait. « Quel charmant milieu, se disait-il. Comme c'est au fond la vraie vie qu'on mène là ! Comme on y est plus intelligent, plus artiste que dans le monde. Comme Mme Verdurin, malgré de petites exagérations un peu risibles, a un amour sincère de la peinture, de la musique ! quelle passion pour les œuvres, quel désir de faire plaisir aux artistes ! Elle se fait une idée inexacte des gens du monde ; mais avec cela que

2480

2490

2500

2510

1. Montagne suisse.
2. Proust connaissait la Hollande. En 1902, il y fit un voyage avec Bertrand de Fénelon, au cours duquel il put admirer la *Vue de Delft* de Vermeer. Il connaissait également Versailles pour y avoir séjourné à l'hôtel des Réservoirs, d'août à décembre 1906, après le décès de sa mère.

le monde n'en a pas une plus fausse encore des milieux artistes ! Peut-être n'ai-je pas de grands besoins intellectuels à assouvir dans la conversation, mais je me plais parfaitement bien avec Cottard, quoiqu'il fasse des calembours ineptes. Et quant au peintre, si sa prétention est déplaisante quand il cherche à étonner, en revanche c'est une des plus belles intelligences que j'aie connues. Et puis surtout là, on se sent libre, on fait ce qu'on veut sans contrainte, sans cérémonie. Quelle dépense de bonne
2520 humeur il se fait par jour dans ce salon-là ! Décidément, sauf quelques rares exceptions, je n'irai plus jamais que dans ce milieu. C'est là que j'aurai de plus en plus mes habitudes et ma vie. »

Et comme les qualités qu'il croyait intrinsèques aux Verdurin n'étaient que le reflet sur eux de plaisirs qu'avait goûtés chez eux son amour pour Odette, ces qualités devenaient plus sérieuses, plus profondes, plus vitales, quand ces plaisirs l'étaient aussi. Comme Mme Verdurin donnait parfois à Swann ce qui seul pouvait constituer pour lui le
2530 bonheur ; comme, tel soir où il se sentait anxieux parce qu'Odette avait causé avec un invité plus qu'avec un autre, et où, irrité contre elle, il ne voulait pas prendre l'initiative de lui demander si elle reviendrait avec lui, Mme Verdurin lui apportait la paix et la joie en disant spontanément : « Odette, vous allez ramener M. Swann, n'est-ce pas ? » ; comme cet été qui venait et où il s'était d'abord demandé avec inquiétude si Odette ne s'absenterait pas sans lui, s'il pourrait continuer à la voir tous les jours, Mme Verdurin allait les inviter à le passer tous deux chez elle à la cam-
2540 pagne, – Swann, laissant à son insu la reconnaissance et l'intérêt s'infiltrer dans son intelligence et influer sur ses idées, allait jusqu'à proclamer que Mme Verdurin était une grande âme. De quelques gens exquis ou éminents que tel de ses anciens camarades de l'école du Louvre [1] lui parlât : « Je préfère cent fois les Verdurin », lui répondait-il. Et, avec une solennité qui était nouvelle chez lui : « Ce sont des êtres magnanimes, et la magnanimité est, au fond, la seule

---

1. L'école du Louvre, installée dans le palais du même nom, fondée en 1881, enseigne l'histoire de l'art et l'archéologie, et forme le personnel scientifique des musées.

chose qui importe et qui distingue ici-bas. Vois-tu, il n'y a que deux classes d'êtres : les magnanimes et les autres ; et je suis arrivé à un âge où il faut prendre parti, décider une fois pour toutes qui on veut aimer et qui on veut dédaigner, se tenir à ceux qu'on aime et, pour réparer le temps qu'on a gâché avec les autres, ne plus les quitter jusqu'à sa mort. Eh bien ! ajoutait-il avec cette légère émotion qu'on éprouve quand même sans bien s'en rendre compte, on dit une chose non parce qu'elle est vraie, mais parce qu'on a plaisir à la dire et qu'on l'écoute dans sa propre voix comme si elle venait d'ailleurs que de nous-mêmes, le sort en est jeté, j'ai choisi d'aimer les seuls cœurs magnanimes et de ne plus vivre que dans la magnanimité. Tu me demandes si Mme Verdurin est véritablement intelligente. Je t'assure qu'elle m'a donné les preuves d'une noblesse de cœur, d'une hauteur d'âme où, que veux-tu, on n'atteint pas sans une hauteur égale de pensée. Certes elle a la profonde intelligence des arts. Mais ce n'est peut-être pas là qu'elle est le plus admirable ; et telle petite action ingénieusement, exquisement bonne, qu'elle a accomplie pour moi, telle géniale attention, tel geste familièrement sublime, révèlent une compréhension plus profonde de l'existence que tous les traités de philosophie. »

Il aurait pourtant pu se dire qu'il y avait des anciens amis de ses parents aussi simples que les Verdurin, des camarades de sa jeunesse aussi épris d'art, qu'il connaissait d'autres êtres d'un grand cœur, et que, pourtant, depuis qu'il avait opté pour la simplicité, les arts et la magnanimité, il ne les voyait plus jamais. Mais ceux-là ne connaissaient pas Odette, et, s'ils l'avaient connue, ne se seraient pas souciés de la rapprocher de lui.

Ainsi il n'y avait sans doute pas, dans tout le milieu Verdurin, un seul fidèle qui les aimât ou crût les aimer autant que Swann. Et pourtant, quand M. Verdurin avait dit que Swann ne lui revenait pas, non seulement il avait exprimé sa propre pensée, mais il avait deviné celle de sa femme. Sans doute Swann avait pour Odette une affection trop particulière et dont il avait négligé de faire de Mme Verdurin la confidente quotidienne ; sans doute la discrétion même avec laquelle il usait de l'hospitalité des Verdurin, s'abstenant

souvent de venir dîner pour une raison qu'ils ne soupçon-
naient pas et à la place de laquelle ils voyaient le désir de ne
2590 pas manquer une invitation chez des « ennuyeux », sans
doute aussi, et malgré toutes les précautions qu'il avait
prises pour la leur cacher, la découverte progressive qu'ils
faisaient de sa brillante situation mondaine, tout cela contri-
buait à leur irritation contre lui. Mais la raison profonde en
était autre. C'est qu'ils avaient très vite senti en lui un
espace réservé, impénétrable, où il continuait à professer
silencieusement pour lui-même que la Princesse de Sagan [1]
n'était pas grotesque et que les plaisanteries de Cottard
n'étaient pas drôles, enfin et bien que jamais il ne se départît
2600 de son amabilité et ne se révoltât contre leurs dogmes, une
impossibilité de les lui imposer, de l'y convertir entièrement, comme ils n'en avaient jamais rencontré une pareille
chez personne. Ils lui auraient pardonné de fréquenter des
ennuyeux (auxquels d'ailleurs, dans le fond de son cœur, il
préférait mille fois les Verdurin et tout le petit noyau), s'il
avait consenti, pour le bon exemple, à les renier en présence
des fidèles. Mais c'est une abjuration qu'ils comprirent
qu'on ne pourrait pas lui arracher.

Quelle différence avec un « nouveau » qu'Odette leur
2610 avait demandé d'inviter, quoiqu'elle ne l'eût rencontré que
peu de fois, et sur lequel ils fondaient beaucoup d'espoir,
le Comte de Forcheville ! (Il se trouva qu'il était justement
le beau-frère de Saniette, ce qui remplit d'étonnement les
fidèles : le vieil archiviste avait des manières si humbles
qu'ils l'avaient toujours cru d'un rang social inférieur au
leur et ne s'attendaient pas à apprendre qu'il appartenait à
un monde riche et relativement aristocratique.) Sans doute
Forcheville était grossièrement snob, alors que Swann ne
l'était pas ; sans doute il était bien loin de placer, comme
2620 lui, le milieu des Verdurin au-dessus de tous les autres.
Mais il n'avait pas cette délicatesse de nature qui empêchait Swann de s'associer aux critiques trop manifestement fausses que dirigeait Mme Verdurin contre des gens
qu'il connaissait. Quant aux tirades prétentieuses et vulgaires que le peintre lançait à certains jours, aux plaisanteries de commis voyageur que risquait Cottard et aux-

---

1. Voir note 3, p. 50.

quelles Swann, qui les aimait l'un et l'autre, trouvait facilement des excuses mais n'avait pas le courage et l'hypocrisie d'applaudir, Forcheville était au contraire d'un niveau intellectuel qui lui permettait d'être abasourdi, émerveillé par les unes, sans d'ailleurs les comprendre, et de se délecter aux autres. Et justement le premier dîner chez les Verdurin auquel assista Forcheville, mit en lumière toutes ces différences, fit ressortir ses qualités et précipita la disgrâce de Swann.

Il y avait, à ce dîner, en dehors des habitués, un professeur de la Sorbonne, Brichot, qui avait rencontré M. et Mme Verdurin aux eaux et si ses fonctions universitaires et ses travaux d'érudition n'avaient pas rendu très rares ses moments de liberté, serait volontiers venu souvent chez eux. Car il avait cette curiosité, cette superstition de la vie qui, unie à un certain scepticisme relatif à l'objet de leurs études, donne dans n'importe quelle profession, à certains hommes intelligents, médecins qui ne croient pas à la médecine, professeurs de lycée qui ne croient pas au thème latin, la réputation d'esprits larges, brillants, et même supérieurs. Il affectait, chez Mme Verdurin, de chercher ses comparaisons dans ce qu'il y avait de plus actuel quand il parlait de philosophie et d'histoire, d'abord parce qu'il croyait qu'elles ne sont qu'une préparation à la vie et qu'il s'imaginait trouver en action dans le petit clan ce qu'il n'avait connu jusqu'ici que dans les livres, puis peut-être aussi parce que, s'étant vu inculquer autrefois, et ayant gardé à son insu, le respect de certains sujets, il croyait dépouiller l'universitaire en prenant avec eux des hardiesses qui, au contraire, ne lui paraissaient telles, que parce qu'il l'était resté.

Dès le commencement du repas, comme M. de Forcheville, placé à la droite de Mme Verdurin qui avait fait pour le « nouveau » de grands frais de toilette, lui disait : « C'est original, cette robe blanche », le docteur qui n'avait cessé de l'observer, tant il était curieux de savoir comment était fait ce qu'il appelait un « de », et qui cherchait une occasion d'attirer son attention et d'entrer plus en contact avec lui, saisit au vol le mot « blanche » et, sans lever le nez de son assiette, dit : « blanche ? Blanche de Castille ? », puis sans bouger la tête lança furtivement de droite et de gauche des regards incertains et souriants.

Tandis que Swann, par l'effort douloureux et vain qu'il fit
pour sourire, témoigna qu'il jugeait ce calembour stupide,
2670 Forcheville avait montré à la fois qu'il en goûtait la finesse
et qu'il savait vivre, en contenant dans de justes limites
une gaieté dont la franchise avait charmé Mme Verdurin.

« Qu'est-ce que vous dites d'un savant comme cela ?
avait-elle demandé à Forcheville. Il n'y a pas moyen de
causer sérieusement deux minutes avec lui. Est-ce que
vous leur en dites comme cela, à votre hôpital ? avait-elle
ajouté en se tournant vers le docteur, ça ne doit pas être
ennuyeux tous les jours, alors. Je vois qu'il va falloir que
je demande à m'y faire admettre.

2680   – Je crois avoir entendu que le docteur parlait de cette
vieille chipie de Blanche de Castille [1], si j'ose m'exprimer
ainsi. N'est-il pas vrai, Madame ? demanda Brichot à
Mme Verdurin qui, pâmant, les yeux fermés, précipita sa
figure dans ses mains d'où s'échappèrent des cris étouffés.

Mon Dieu, Madame, je ne voudrais pas alarmer les
âmes respectueuses s'il y en a autour de cette table, *sub
rosa...* [2]. Je reconnais d'ailleurs que notre ineffable république athénienne [3] – ô combien ! – pourrait honorer en

---

1. Blanche de Castille (1188-1252) : reine de France. Fille du roi
Alphonse VIII de Castille et d'Éléonore d'Angleterre, petite-fille d'Alié-
nor d'Aquitaine. Elle épousa le futur Louis VIII de France (1200), dont
elle eut onze enfants. Elle eut une forte influence sur son mari, et devint
régente à la mort de ce dernier pour son fils Louis IX (Saint Louis). Elle
dut alors affronter un soulèvement de barons, opposés au gouvernement
d'une femme. Puis elle mit fin à la guerre contre les Albigeois. Elle laissa
à son fils un royaume pacifié. Elle assura à nouveau la régence quand son
fils entreprit la septième croisade.
2. « *Sub rosa* » : expression latine qui signifie « sous la rose ». Selon
Michel Raimond, elle désigne « une chose qui doit être tenue secrète et
rester dans le privé. « Sous la rose » vient de l'ancienne coutume de suspendre une rose au-dessus d'une réunion comme symbole de discrétion et
de secret. (*Un amour de Swann*, Imprimerie nationale, coll. « Lettres
françaises », 1987, note 187, p. 378). On peut aussi y lire une allusion aux
têtes couronnées des convives dans les banquets, chez les Latins.
3. La IIIᵉ République a succédé au second Empire, en 1870 ; après la
démission de Mac-Mahon, fut instaurée une république laïque, démocra-
tique et parlementaire (Grévy, Ferry). C'est en 1793 que fut créé le corps
des préfets pour assurer la centralisation du pouvoir politique. La fonction de préfet de police date de 1800. Aristote avait composé un ouvrage
où il étudiait la constitution de divers États, et notamment la constitution
d'Athènes. Cet ouvrage précieux fut découvert en 1891.

cette capétienne [1] obscurantiste le premier des préfets de police à poigne. Si fait, mon cher hôte, si fait, reprit-il de sa voix bien timbrée qui détachait chaque syllabe, en réponse à une objection de M. Verdurin. La *Chronique de Saint-Denis* [2] dont nous ne pouvons contester la sûreté d'information ne laisse aucun doute à cet égard. Nulle ne pourrait être mieux choisie comme patronne par un prolétariat laïcisateur que cette mère d'un saint à qui elle en fit d'ailleurs voir de saumâtres, comme dit Suger [3] et autres saint Bernard [4] ; car avec elle chacun en prenait pour son grade.

– Quel est ce monsieur ? demanda Forcheville à Mme Verdurin, il a l'air d'être de première force.

– Comment, vous ne connaissez pas le fameux Brichot, il est célèbre dans toute l'Europe.

– Ah ! c'est Bréchot, s'écria Forcheville qui n'avait pas bien entendu, vous m'en direz tant, ajouta-t-il tout en attachant sur l'homme célèbre des yeux écarquillés. C'est toujours intéressant de dîner avec un homme en vue. Mais, dites-moi, vous nous invitez là avec des convives de choix. On ne s'ennuie pas chez vous.

---

1. Dynastie des rois de France qui succéda aux Carolingiens en 987, avec Hugues Capet, et régna en ligne directe jusqu'à Charles IV le Bel (1328). Les Capétiens s'employèrent à agrandir le domaine peu étendu dont ils avaient hérité.
2. Les *Chroniques de Saint-Denis* ou *Grandes Chroniques de France* relatent l'histoire officielle des rois de France, des origines à la fin du XVe siècle. Le travail fut commencé à l'abbaye de Saint-Denis dès le début du XIIe siècle. Aux chroniques latines initiales furent ajoutés l'histoire du XIIIe siècle (jusqu'à l'avènement de Louis VIII), puis les règnes de Saint Louis et de Philippe III. Au XIVe siècle, le texte fut traduit en français. Il en existe un manuscrit enluminé par Jean Fouquet.
3. Suger (1081-1151) : moine et homme politique français. Ami et conseiller de Louis VI, puis de Louis VII qui lui confia la régence du royaume à son départ pour la croisade (1147-1149), il développa l'autorité royale. Abbé de Saint-Denis, il fit reconstruire l'abbatiale et est l'auteur d'ouvrages historiques dont une vie de Louis VI et une vie de Louis VII.
4. Bernard de Clairvaux, saint (1091-1153) : moine de Cîteaux (1112), fondateur de l'abbaye de Clairvaux (1115). Il joua un rôle politique et religieux très important. Il est l'auteur d'ouvrages polémiques et religieux.

2710   – Oh ! vous savez, ce qu'il y a surtout, dit modestement
Mme Verdurin, c'est qu'ils se sentent en confiance. Ils
parlent de ce qu'ils veulent, et la conversation rejaillit en
fusées. Ainsi Brichot, ce soir, ce n'est rien : je l'ai vu, vous
savez, chez moi, éblouissant, à se mettre à genoux devant ;
eh bien ! chez les autres, ce n'est plus le même homme, il
n'a plus d'esprit, il faut lui arracher les mots, il est même
ennuyeux.

– C'est curieux ! » dit Forcheville étonné.

Un genre d'esprit comme celui de Brichot aurait été tenu
2720 pour stupidité pure dans la coterie où Swann avait passé sa
jeunesse, bien qu'il soit compatible avec une intelligence
réelle. Et celle du professeur, vigoureuse et bien nourrie,
aurait probablement pu être enviée par bien des gens du
monde que Swann trouvait spirituels. Mais ceux-ci avaient
fini par lui inculquer si bien leurs goûts et leurs répu-
gnances, au moins en tout ce qui touche à la vie mondaine
et même en celle de ses parties annexes qui devrait plutôt
relever du domaine de l'intelligence : la conversation, que
Swann ne put trouver les plaisanteries de Brichot que
2730 pédantesques, vulgaires et grasses à écœurer. Puis il était
choqué, dans l'habitude qu'il avait des bonnes manières, par
le ton rude et militaire qu'affectait, en s'adressant à chacun,
l'universitaire cocardier. Enfin, peut-être avait-il surtout
perdu, ce soir-là, de son indulgence en voyant l'amabilité
que Mme Verdurin déployait pour ce Forcheville qu'Odette
avait eu la singulière idée d'amener. Un peu gênée vis-à-vis
de Swann, elle lui avait demandé en arrivant :

« Comment trouvez-vous mon invité ? »

Et lui, s'apercevant pour la première fois que Forche-
2740 ville qu'il connaissait depuis longtemps pouvait plaire à
une femme et était assez bel homme, avait répondu :
« Immonde ! » Certes, il n'avait pas l'idée d'être jaloux
d'Odette, mais il ne se sentait pas aussi heureux que
d'habitude et quand Brichot, ayant commencé à raconter
l'histoire de la mère de Blanche de Castille qui « avait
été avec Henri Plantagenet [1] des années avant de l'épou-

---

1. Surnom de Geoffroi V (1113-1151), comte d'Anjou, qui portait une
branche de genêt à son casque. Il fonda une dynastie qui régna sur
l'Angleterre de 1154 à 1485.

ser », voulut s'en faire demander la suite par Swann en
lui disant : « n'est-ce pas, monsieur Swann ? » sur le ton
martial qu'on prend pour se mettre à la portée d'un
paysan ou pour donner du cœur à un troupier, Swann
coupa l'effet de Brichot à la grande fureur de la maîtresse
de la maison, en répondant qu'on voulût bien l'excuser
de s'intéresser si peu à Blanche de Castille, mais qu'il
avait quelque chose à demander au peintre. Celui-ci, en
effet, était allé dans l'après-midi visiter l'exposition d'un
artiste, ami de Mme Verdurin qui était mort récemment,
et Swann aurait voulu savoir par lui (car il appréciait son
goût) si vraiment il y avait dans ces dernières œuvres
plus que la virtuosité qui stupéfiait déjà dans les précédentes.

« À ce point de vue-là, c'était extraordinaire, mais cela
ne semblait pas d'un art, comme on dit, très "élevé", dit
Swann en souriant.

– Élevé… à la hauteur d'une institution, interrompit
Cottard en levant les bras avec une gravité simulée.

Toute la table éclata de rire.

– Quand je vous disais qu'on ne peut pas garder son
sérieux avec lui, dit Mme Verdurin à Forcheville. Au
moment où on s'y attend le moins, il vous sort une
calembredaine [1]. »

Mais elle remarqua que seul Swann ne s'était pas
déridé. Du reste il n'était pas très content que Cottard fît
rire de lui devant Forcheville. Mais le peintre, au lieu de
répondre d'une façon intéressante à Swann, ce qu'il eût
probablement fait s'il eût été seul avec lui, préféra se faire
admirer des convives en plaçant un morceau sur l'habileté
du maître disparu.

« Je me suis approché, dit-il, pour voir comment c'était
fait, j'ai mis le nez dessus. Ah ! bien ouiche ! on ne pourrait pas dire si c'est fait avec de la colle, avec du rubis,
avec du savon, avec du bronze, avec du soleil, avec du
caca !

– Et un font douze, s'écria trop tard le docteur dont personne ne comprit l'interruption.

1. Voir « Langage social » dans la présentation, note 1, p. 41.

– Ça a l'air fait avec rien, reprit le peintre, pas plus moyen de découvrir le truc que dans *La Ronde* [1] ou *Les Régentes* [2] et c'est encore plus fort comme patte que Rembrandt et que Hals. Tout y est, mais non, je vous jure.

Et comme les chanteurs parvenus à la note la plus haute
2790 qu'ils puissent donner continuent en voix de tête, piano, il se contenta de murmurer, et en riant, comme si en effet cette peinture eût été dérisoire à force de beauté :

– Ça sent bon, ça vous prend à la tête, ça vous coupe la respiration, ça vous fait des chatouilles, et pas mèche de savoir avec quoi c'est fait, c'en est sorcier, c'est de la rouerie, c'est du miracle (éclatant tout à fait de rire) : c'en est malhonnête ! » Et s'arrêtant, redressant gravement la tête, prenant une note de basse profonde qu'il tâcha de rendre harmonieuse, il ajouta : « et c'est si loyal ! »

2800 Sauf au moment où il avait dit : « plus fort que *La Ronde* », blasphème qui avait provoqué une protestation de Mme Verdurin qui tenait *La Ronde* pour le plus grand chef-d'œuvre de l'univers avec la *Neuvième* [3] et la *Samothrace* [4], et à : « fait avec du caca », qui avait fait jeter à Forcheville un coup d'œil circulaire sur la table pour voir si le mot passait et avait ensuite amené sur sa bouche un sourire prude et conciliant, tous les convives, excepté Swann, avaient attaché sur le peintre des regards fascinés par l'admiration.

2810 « Ce qu'il m'amuse quand il s'emballe comme ça, s'écria, quand il eut terminé, Mme Verdurin, ravie que la table fût justement si intéressante le jour où M. de Forcheville venait pour la première fois. Et toi, qu'est-ce que tu as à rester comme cela, bouche bée comme une grande bête ? dit-elle à son mari. Tu sais pourtant qu'il parle

1. *La Ronde de nuit* : tableau de Rembrandt exposé au musée d'Amsterdam. Le sujet en est une ronde de miliciens.
2. *Les Régentes* : tableau de Frans Hals (1581 ou 1585-1666) qui se spécialisa dans le portrait individuel puis collectif. Ainsi *Les Régents de l'hôpital Sainte-Élisabeth* (1641) et *Le Portrait des régentes de l'hospice des vieillards* (1664).
3. Voir note 3, p. 70.
4. Abréviation pour *La Victoire de Samothrace*, statue grecque représentant une femme ailée, posée sur une proue de galère et qui devait commémorer une victoire navale. Elle fut trouvée en 1863 dans l'île de Samothrace. Elle est conservée au musée du Louvre.

bien ; on dirait que c'est la première fois qu'il vous entend. Si vous l'aviez vu pendant que vous parliez, il vous buvait. Et demain il nous récitera tout ce que vous avez dit sans manger un mot.

– Mais non, c'est pas de la blague, dit le peintre, 2820 enchanté de son succès, vous avez l'air de croire que je fais le boniment [1], que c'est du chiqué [2] ; je vous y mènerai voir, vous direz si j'ai exagéré, je vous fiche mon billet que vous revenez plus emballée que moi !

– Mais nous ne croyons pas que vous exagérez, nous voulons seulement que vous mangiez, et que mon mari mange aussi ; redonnez de la sole normande à Monsieur, vous voyez bien que la sienne est froide. Nous ne sommes pas si pressés, vous servez comme s'il y avait le feu, attendez donc un peu pour donner la salade. 2830

Mme Cottard qui était modeste et parlait peu, savait pourtant ne pas manquer d'assurance quand une heureuse inspiration lui avait fait trouver un mot juste. Elle sentait qu'il aurait du succès, cela la mettait en confiance, et ce qu'elle en faisait était moins pour briller que pour être utile à la carrière de son mari. Aussi ne laissa-t-elle pas échapper le mot de salade que venait de prononcer Mme Verdurin.

– Ce n'est pas de la salade japonaise [3] ? » dit-elle à mi-voix en se tournant vers Odette.

Et ravie et confuse de l'à-propos et de la hardiesse qu'il 2840 y avait à faire ainsi une allusion discrète, mais claire, à la nouvelle et retentissante pièce de Dumas, elle éclata d'un rire charmant d'ingénue, peu bruyant, mais si irrésistible qu'elle resta quelques instants sans pouvoir le maîtriser. « Qui est cette dame ? elle a de l'esprit, dit Forcheville.

– Non, mais nous vous en ferons si vous venez tous dîner vendredi. »

---

1. Discours trompeur, comme celui des charlatans et des bateleurs, pour vanter une marchandise, séduire le client.
2. Expression familière désignant l'attitude affectée de celui qui cherche à se faire valoir, « bluff ».
3. La recette de la salade japonaise est donnée dans la pièce d'Alexandre Dumas fils, *Francillon*. (Elle se compose principalement de pommes de terre et de moules cuites dans un bouillon très aromatisé.) La première de cette pièce eut lieu au Théâtre-Français le 17 janvier 1887. *Francillon* trompera son mari si ce dernier la trompe…

« Je vais vous paraître bien provinciale, Monsieur, dit
Mme Cottard à Swann, mais je n'ai pas encore vu cette
2850 fameuse *Francillon* dont tout le monde parle. Le docteur y
est déjà allé (je me rappelle même qu'il m'a dit avoir eu le
très grand plaisir de passer la soirée avec vous) et j'avoue
que je n'ai pas trouvé raisonnable qu'il louât des places
pour y retourner avec moi. Évidemment, au Théâtre-Français, on ne regrette jamais sa soirée, c'est toujours si bien
joué, mais comme nous avons des amis très aimables
(Mme Cottard prononçait rarement un nom propre et se
contentait de dire "des amis à nous", "une de mes amies",
par "distinction", sur un ton factice, et avec l'air d'impor-
2860 tance d'une personne qui ne nomme que qui elle veut) qui
ont souvent des loges et ont la bonne idée de nous
emmener à toutes les nouveautés qui en valent la peine, je
suis toujours sûre de voir *Francillon* un peu plus tôt ou un
peu plus tard, et de pouvoir me former une opinion. Je dois
pourtant confesser que je me trouve assez sotte, car, dans
tous les salons où je vais en visite, on ne parle naturellement que de cette malheureuse salade japonaise. On commence même à en être un peu fatigué, ajouta-t-elle en
voyant que Swann n'avait pas l'air aussi intéressé qu'elle
2870 aurait cru par une si brûlante actualité. Il faut avouer pourtant que cela donne quelquefois prétexte à des idées assez
amusantes. Ainsi j'ai une de mes amies qui est très originale, quoique très jolie femme, très entourée, très lancée,
et qui prétend qu'elle a fait faire chez elle cette salade
japonaise, mais en faisant mettre tout ce qu'Alexandre
Dumas fils dit dans la pièce. Elle avait invité quelques
amies à venir en manger. Malheureusement je n'étais pas
des élues. Mais elle nous l'a raconté tantôt, à son jour ; il
paraît que c'était détestable, elle nous a fait rire aux
2880 larmes. Mais vous savez, tout est dans la manière de
raconter, dit-elle en voyant que Swann gardait un air
grave.

Et supposant que c'était peut-être parce qu'il n'aimait
pas *Francillon* :

– Du reste je crois que j'aurai une déception. Je ne crois
pas que cela vaille *Serge Panine* [1], l'idole de Mme de Crécy.

---

1. Voir note 1, p. 116.

Voilà au moins des sujets qui ont du fond, qui font réfléchir ; mais donner une recette de salade sur la scène du Théâtre-Français ! Tandis que *Serge Panine* ! Du reste, c'est comme tout ce qui vient de la plume de Georges Ohnet [1], c'est toujours si bien écrit. Je ne sais pas si vous connaissez *Le Maître de Forges* que je préférerais encore à *Serge Panine*.

— Pardonnez-moi, lui dit Swann d'un air ironique, mais j'avoue que mon manque d'admiration est à peu près égal pour ces deux chefs-d'œuvre.

— Vraiment, qu'est-ce que vous leur reprochez ? Est-ce un parti pris ? Trouvez-vous peut-être que c'est un peu triste ? D'ailleurs, comme je dis toujours, il ne faut jamais discuter sur les romans ni sur les pièces de théâtre. Chacun a sa manière de voir et vous pouvez trouver détestable ce que j'aime le mieux. »

Elle fut interrompue par Forcheville qui interpellait Swann. En effet, tandis que Mme Cottard parlait de *Francillon*, Forcheville avait exprimé à Mme Verdurin son admiration pour ce qu'il avait appelé le petit « speech » du peintre.

« Monsieur a une facilité de parole, une mémoire ! avait-il dit à Mme Verdurin quand le peintre eut terminé, comme j'en ai rarement rencontré. Bigre ! Je voudrais bien en avoir autant. Il ferait un excellent prédicateur. On peut dire qu'avec M. Bréchot, vous avez là deux numéros qui se valent, je ne sais même pas si comme platine [2], celui-ci ne damerait pas encore le pion [3] au professeur. Ça vient plus naturellement, c'est moins recherché. Quoiqu'il ait chemin faisant quelques mots un peu réalistes, mais c'est le goût du jour, je n'ai pas souvent vu tenir le crachoir avec une pareille dextérité, comme nous disions au

---

1. Ohnet, Georges (1848-1918) : écrivain français, feuilletoniste à succès, il reste surtout connu par son *Maître de forges* (1882) qui fut adapté pour la scène en 1883 et qui est représentatif du roman populaire du XIXᵉ siècle. Une jeune fille noble est séduite par les qualités de cœur d'un jeune roturier, fils méprisé d'un maître de forges.
2. « Avoir une bonne platine » signifie « avoir du bagout » (expression vieillie).
3. « Damer » : au jeu, transformer le pion en dame. « Damer le pion à quelqu'un » : l'emporter sur lui, le surpasser.

régiment, où pourtant j'avais un camarade que justement
2920 Monsieur me rappelait un peu. À propos de n'importe
quoi, je ne sais que vous dire, sur ce verre, par exemple, il
pouvait dégoiser pendant des heures, non, pas à propos de
ce verre, ce que je dis est stupide ; mais à propos de la
bataille de Waterloo [1], de tout ce que vous voudrez et il
nous envoyait chemin faisant des choses auxquelles vous
n'auriez jamais pensé. Du reste Swann était dans le même
régiment ; il a dû le connaître.

– Vous voyez souvent M. Swann ? demanda Mme Verdurin.

2930   – Mais non, répondit M. de Forcheville et comme pour
se rapprocher plus aisément d'Odette, il désirait être
agréable à Swann, voulant saisir cette occasion, pour le
flatter, de parler de ses belles relations, mais d'en parler en
homme du monde, sur un ton de critique cordiale et
n'avoir pas l'air de l'en féliciter comme d'un succès
inespéré : N'est-ce pas, Swann ? je ne vous vois jamais.
D'ailleurs, comment faire pour le voir ? Cet animal-là est
tout le temps fourré chez les La Trémoïlle [2], chez les
Laumes [3], chez tout ça !... » Imputation d'autant plus
2940 fausse d'ailleurs que depuis un an Swann n'allait plus
guère que chez les Verdurin. Mais le seul nom de personnes qu'ils ne connaissaient pas était accueilli chez eux
par un silence réprobateur. M. Verdurin, craignant la
pénible impression que ces noms d'« ennuyeux », surtout
lancés ainsi sans tact à la face de tous les fidèles, avaient
dû produire sur sa femme, jeta sur elle à la dérobée un
regard plein d'inquiète sollicitude. Il vit alors que dans sa
résolution de ne pas prendre acte, de ne pas avoir été touchée par la nouvelle qui venait de lui être notifiée, de ne
2950 pas seulement rester muette, mais d'avoir été sourde

---

1. Célèbre défaite de Napoléon Ier. Elle inspira de nombreux écrivains.
2. La Trémoille, prononcé « Trémouille », est une vieille famille noble
du Poitou. Elle s'est fondue, au XVIe siècle, dans la maison de Montmorency. Charles Louis La Trémoille (1838-1911) était un érudit qui publia
un grand nombre d'ouvrages historiques et qui fut très généreux pour les
chercheurs, le Louvre et la Bibliothèque nationale. Charles Haas, modèle
de Swann, le fréquentait.
3. Le duc de Guermantes a d'abord été, du vivant de son père,
prince des Laumes.

comme nous l'affectons, quand un ami fautif essaye de glisser dans la conversation une excuse que ce serait avoir l'air d'admettre que de l'avoir écoutée sans protester, ou quand on prononce devant nous le nom défendu d'un ingrat, Mme Verdurin, pour que son silence n'eût pas l'air d'un consentement, mais du silence ignorant des choses inanimées, avait soudain dépouillé son visage de toute vie, de toute motilité [1] ; son front bombé n'était plus qu'une belle étude de ronde bosse où le nom de ces La Trémoïlle chez qui était toujours fourré Swann, n'avait pu pénétrer ; son nez légèrement froncé laissait voir une échancrure qui semblait calquée sur la vie. On eût dit que sa bouche entrouverte allait parler. Ce n'était plus qu'une cire perdue, qu'un masque de plâtre, qu'une maquette pour un monument, qu'un buste pour le Palais de l'Industrie [2] devant lequel le public s'arrêterait certainement pour admirer comment le sculpteur, en exprimant l'imprescriptible dignité des Verdurin opposée à celle des La Trémoïlle et des Laumes qu'ils valent certes ainsi que tous les ennuyeux de la terre, était arrivé à donner une majesté presque papale à la blancheur et à la rigidité de la pierre. Mais le marbre finit par s'animer et fit entendre qu'il fallait ne pas être dégoûté pour aller chez ces gens-là, car la femme était toujours ivre et le mari si ignorant qu'il disait collidor pour corridor.

« On me paierait bien cher que je ne laisserais pas entrer ça chez moi », conclut Mme Verdurin, en regardant Swann d'un air impérieux.

Sans doute elle n'espérait pas qu'il se soumettrait jusqu'à imiter la sainte simplicité de la tante du pianiste qui venait de s'écrier : « Voyez-vous ça ? Ce qui m'étonne, c'est qu'ils trouvent encore des personnes qui consentent à leur causer ; il me semble que j'aurais peur : un mauvais coup est si vite reçu ! Comment y a-t-il encore du peuple assez brute pour leur courir après ? » Que ne

1. Faculté de se mouvoir.
2. Il fut construit sur les Champs-Élysées pour l'Exposition de 1855, puis servit pour des expositions de peinture, notamment pour le Salon annuel de l'art moderne. Il fut remplacé par le Grand et le Petit Palais pour l'Exposition de 1900.

répondait-il du moins comme Forcheville : « Dame, c'est une duchesse ; il y a des gens que ça impressionne encore », ce qui aurait permis au moins à Mme Verdurin de répliquer : « Grand bien leur fasse ! » Au lieu de cela, Swann se 2990 contenta de rire d'un air qui signifiait qu'il ne pouvait même pas prendre au sérieux une pareille extravagance. M. Verdurin, continuant à jeter sur sa femme des regards furtifs, voyait avec tristesse et comprenait trop bien qu'elle éprouvait la colère d'un grand inquisiteur qui ne parvient pas à extirper l'hérésie ; et pour tâcher d'amener Swann à une rétractation, comme le courage de ses opinions paraît toujours un calcul et une lâcheté aux yeux de ceux à l'encontre de qui il s'exerce, M. Verdurin l'interpella :

« Dites donc franchement votre pensée, nous n'irons 3000 pas le leur répéter.

À quoi Swann répondit :

– Mais ce n'est pas du tout par peur de la Duchesse (si c'est des La Trémoïlle que vous parlez). Je vous assure que tout le monde aime aller chez elle. Je ne vous dis pas qu'elle soit "profonde" (il prononça profonde, comme si ç'avait été un mot ridicule, car son langage gardait la trace d'habitudes d'esprit qu'une certaine rénovation marquée par l'amour de la musique, lui avait momentanément fait perdre – il exprimait parfois ses opinions avec chaleur –) 3010 mais, très sincèrement, elle est intelligente et son mari est un véritable lettré. Ce sont des gens charmants.

Si bien que Mme Verdurin sentant que, par ce seul infidèle, elle serait empêchée de réaliser l'unité morale du petit noyau, ne put pas s'empêcher dans sa rage contre cet obstiné qui ne voyait pas combien ses paroles la faisaient souffrir, de lui crier du fond du cœur :

– Trouvez-le si vous voulez, mais du moins ne nous le dites pas.

– Tout dépend de ce que vous appelez intelligence, dit 3020 Forcheville qui voulait briller à son tour. Voyons, Swann, qu'entendez-vous par intelligence ?

– Voilà ! s'écria Odette, voilà les grandes choses dont je lui demande de me parler, mais il ne veut jamais.

– Mais si… protesta Swann.

– Cette blague ! dit Odette.

– Blague à tabac ? demanda le docteur.

– Pour vous, reprit Forcheville, l'intelligence, est-ce le bagout du monde, les personnes qui savent s'insinuer ? »

« Finissez votre entremets qu'on puisse enlever votre assiette », dit Mme Verdurin d'un ton aigre en s'adressant à Saniette, lequel absorbé dans des réflexions, avait cessé de manger. Et peut-être un peu honteuse du ton qu'elle avait pris : « Cela ne fait rien, vous avez votre temps, mais si je vous le dis, c'est pour les autres parce que cela empêche de servir. »

« Il y a, dit Brichot en martelant les syllabes, une définition bien curieuse de l'intelligence dans ce doux anarchiste de Fénelon… [1].

– Écoutez ! dit à Forcheville et au docteur Mme Verdurin, il va nous dire la définition de l'intelligence par Fénelon, c'est intéressant, on n'a pas toujours l'occasion d'apprendre cela.

Mais Brichot attendait que Swann eût donné la sienne. Celui-ci ne répondit pas et en se dérobant fit manquer la brillante joute que Mme Verdurin se réjouissait d'offrir à Forcheville.

– Naturellement, c'est comme avec moi, dit Odette d'un ton boudeur, je ne suis pas fâchée de voir que je ne suis pas la seule qu'il ne trouve pas à la hauteur.

– Ces de La Trémouaille [2] que Mme Verdurin nous a montrés comme si peu recommandables, demanda Brichot, en articulant avec force, descendent-ils de ceux que cette bonne snob de Mme de Sévigné [3] avouait être heureuse de connaître parce que cela faisait bien pour ses paysans ? Il est vrai que la Marquise avait une autre raison,

---

1. Fénelon (1651-1715) : prélat français et écrivain. Il fut gagné par le quiétisme (doctrine mystique qui prône un état continuel de quiétude et d'union avec Dieu) professé par Mme Guyon. Il avait une conception de l'éducation et de la politique très avancée pour son époque, ce qui déplut. Il annonce, par ses idées (notamment dans *Les Aventures de Télémaque*), les utopistes du XVIIIe siècle et, par sa prose poétique, Rousseau.
2. Déformation de la prononciation autorisée pour ce nom à deux orthographes.
3. Sévigné, marquise de (1626-1696) : épistolière qui fréquentait la cour, elle recevait effectivement Mme de La Trémoille. Proust cite ici les auteurs préférés de la grand-mère du narrateur et de sa propre grand-mère – Mme de Sévigné et George Sand –, mais « profanés » par ceux qui s'y réfèrent de façon superficielle.

et qui pour elle devait primer celle-là, car gendelettre [1] dans l'âme, elle faisait passer la copie avant tout. Or dans le journal qu'elle envoyait régulièrement à sa fille, c'est Mme de la Trémouaille, bien documentée par ses grandes
3060 alliances, qui faisait la politique étrangère.

– Mais non, je ne crois pas que ce soit la même famille, dit à tout hasard Mme Verdurin. »

Saniette qui, depuis qu'il avait rendu précipitamment au maître d'hôtel son assiette encore pleine, s'était replongé dans un silence méditatif, en sortit enfin pour raconter en riant l'histoire d'un dîner qu'il avait fait avec le Duc de La Trémoïlle et d'où il résultait que celui-ci ne savait pas que George Sand était le pseudonyme d'une femme. Swann qui avait de la sympathie pour Saniette crut devoir
3070 lui donner sur la culture du Duc des détails montrant qu'une telle ignorance de la part de celui-ci était matériellement impossible ; mais tout d'un coup il s'arrêta, il venait de comprendre que Saniette n'avait pas besoin de ces preuves et savait que l'histoire était fausse pour la raison qu'il venait de l'inventer il y avait un moment. Cet excellent homme souffrait d'être trouvé si ennuyeux par les Verdurin ; et ayant conscience d'avoir été plus terne encore à ce dîner que d'habitude, il n'avait voulu le laisser finir sans avoir réussi à amuser. Il capitula si vite, eut l'air
3080 si malheureux de voir manqué l'effet sur lequel il avait compté et répondit d'un ton si lâche à Swann pour que celui-ci ne s'acharnât pas à une réfutation désormais inutile : « C'est bon, c'est bon ; en tout cas, même si je me trompe, ce n'est pas un crime, je pense », que Swann aurait voulu pouvoir dire que l'histoire était vraie et délicieuse. Le docteur qui les avait écoutés eut l'idée que c'était le cas de dire : *Se non è vero* [2], mais il n'était pas assez sûr des mots et craignit de s'embrouiller.

Après le dîner, Forcheville alla de lui-même vers le
3090 docteur.

« Elle n'a pas dû être mal, Mme Verdurin, et puis c'est une femme avec qui on peut causer, pour moi tout est là.

---

1. Terme familier et vieilli qui désigne un homme ou une femme de lettres. Les gendelettres ont été raillés par Balzac.
2. Début d'un proverbe italien : « Si ce n'est pas vrai, c'est bien trouvé… »

Évidemment elle commence à avoir un peu de bouteille. Mais Mme de Crécy voilà une petite femme qui a l'air intelligente, ah ! saperlipopette, on voit tout de suite qu'elle a l'œil américain [1], celle-là ! Nous parlons de Mme de Crécy, dit-il à M. Verdurin qui s'approchait, la pipe à la bouche. Je me figure que comme corps de femme…

– J'aimerais mieux l'avoir dans mon lit que le tonnerre », dit précipitamment Cottard qui depuis quelques instants attendait en vain que Forcheville reprît haleine pour placer cette vieille plaisanterie dont il craignait que ne revînt pas l'à-propos si la conversation changeait de cours, et qu'il débita avec cet excès de spontanéité et d'assurance qui cherche à masquer la froideur et l'émoi inséparables d'une récitation. Forcheville la connaissait, il la comprit et s'en amusa. Quant à M. Verdurin, il ne marchanda pas sa gaieté, car il avait trouvé depuis peu pour la signifier un symbole autre que celui dont usait sa femme, mais aussi simple et aussi clair. À peine avait-il commencé à faire le mouvement de tête et d'épaules de quelqu'un qui s'esclaffe qu'aussitôt il se mettait à tousser comme si, en riant trop fort, il avait avalé la fumée de sa pipe. Et la gardant toujours au coin de sa bouche, il prolongeait indéfiniment le simulacre de suffocation et d'hilarité. Ainsi lui et Mme Verdurin, qui en face, écoutant le peintre qui lui racontait une histoire, fermait les yeux avant de précipiter son visage dans ses mains, avaient l'air de deux masques de théâtre qui figuraient différemment la gaieté.

M. Verdurin avait d'ailleurs fait sagement en ne retirant pas sa pipe de sa bouche, car Cottard qui avait besoin de s'éloigner un instant fit à mi-voix une plaisanterie qu'il avait apprise depuis peu et qu'il renouvelait chaque fois qu'il avait à aller au même endroit : « Il faut que j'aille entretenir un instant le duc d'Aumale [2], de sorte que la quinte de M. Verdurin recommença.

---

1. « Avoir l'œil américain » : remarquer du premier coup d'œil.
2. Aumale, duc d' (1822-1897) : quatrième fils de Louis-Philippe. Militaire, il participa à la campagne d'Algérie. L'origine de l'expression figurée reste incertaine. Pour des critiques, elle désigne une position sexuelle ; pour d'autres, elle renverrait à une pratique, rapportée dans *L'Immortel* de Daudet, qui consistait à utiliser les toilettes privées du secrétaire perpétuel de l'Académie.

– Voyons, enlève donc ta pipe de ta bouche, tu vois bien que tu vas t'étouffer à te retenir de rire comme ça, lui dit Mme Verdurin qui venait offrir des liqueurs.

3130   – Quel homme charmant que votre mari, il a de l'esprit comme quatre, déclara Forcheville à Mme Cottard. Merci Madame. Un vieux troupier comme moi, ça ne refuse jamais la goutte.

– M. de Forcheville trouve Odette charmante, dit M. Verdurin à sa femme.

– Mais justement elle voudrait déjeuner une fois avec vous. Nous allons combiner ça, mais il ne faut pas que Swann le sache. Vous savez, il met un peu de froid. Ça ne vous empêchera pas de venir dîner, naturellement, nous
3140   espérons vous avoir très souvent. Avec la belle saison qui vient, nous allons souvent dîner en plein air. Cela ne vous ennuie pas les petits dîners au Bois ? bien, bien, ce sera très gentil. Est-ce que vous n'allez pas travailler de votre métier, vous ! cria-t-elle au petit pianiste, afin de faire montre, devant un nouveau de l'importance de Forcheville, à la fois de son esprit et de son pouvoir tyrannique sur les fidèles.

– M. de Forcheville était en train de me dire du mal de toi, dit Mme Cottard à son mari quand il rentra au salon.

3150   Et lui, poursuivant l'idée de la noblesse de Forcheville qui l'occupait depuis le commencement du dîner, lui dit :

– Je soigne en ce moment une baronne, la Baronne Putbus [1], les Putbus étaient aux Croisades, n'est-ce pas ? Ils ont, en Poméranie, un lac qui est grand comme dix fois la place de la Concorde. Je la soigne pour de l'arthrite sèche, c'est une femme charmante. Elle connaît du reste Mme Verdurin, je crois.

Ce qui permit à Forcheville, quand il se retrouva, un
3160   moment après, seul avec Mme Cottard, de compléter le jugement favorable qu'il avait porté sur son mari :

---

1. Famille aristocratique qui figurait encore dans l'*Almanach de Gotha* en 1905. Ses origines remontent au XIIᵉ siècle, au temps des croisades, et elle tire son nom du château dont elle hérita, en Poméranie (actuelle Pologne). Le héros-narrateur est amoureux de la femme de chambre de la baronne qu'il ne parvient pas à rencontrer.

– Et puis il est intéressant, on voit qu'il connaît du monde. Dame, ça sait tant de choses, les médecins.

– Je vais jouer la phrase de la Sonate pour M. Swann ? dit le pianiste.

– Ah ! bigre ! ce n'est pas au moins le « Serpent [1] à Sonates » ? demanda M. de Forcheville pour faire de l'effet.

Mais le docteur Cottard, qui n'avait jamais entendu ce calembour, ne le comprit pas et crut à une erreur de M. de Forcheville. Il s'approcha vivement pour la rectifier : 3170

– Mais non, ce n'est pas serpent à sonates qu'on dit, c'est serpent à sonnettes, dit-il d'un ton zélé, impatient et triomphal.

Forcheville lui expliqua le calembour. Le docteur rougit.

– Avouez qu'il est drôle, Docteur ?

– Oh ! je le connais depuis si longtemps », répondit Cottard.

Mais ils se turent ; sous l'agitation des trémolos de violon qui la protégeaient de leur tenue frémissante à deux 3180 octaves de là – et comme dans un pays de montagne, derrière l'immobilité apparente et vertigineuse d'une cascade, on aperçoit, deux cents pieds plus bas, la forme minuscule d'une promeneuse – la petite phrase venait d'apparaître, lointaine, gracieuse, protégée par le long déferlement du rideau transparent, incessant et sonore. Et Swann, en son cœur, s'adressa à elle comme à une confidente de son amour, comme à une amie d'Odette qui devrait bien lui dire de ne pas faire attention à ce Forcheville.

« Ah ! vous arrivez tard, dit Mme Verdurin à un fidèle 3190 qu'elle n'avait invité qu'en "cure-dents", nous avons eu "un" Brichot incomparable, d'une éloquence ! Mais il est parti. N'est-ce pas, monsieur Swann ? Je crois que c'est la première fois que vous vous rencontriez avec lui, dit-elle pour lui faire remarquer que c'était à elle qu'il devait de le connaître. N'est-ce pas, il a été délicieux, notre Brichot ?

Swann s'inclina poliment.

---

1. Surnom donné à une pianiste, la marquise de Saint-Paul, connue pour sa médisance.

– Non ? il ne vous a pas intéressé ? lui demanda sèche-
3200 ment Mme Verdurin.

– Mais si, Madame, beaucoup, j'ai été ravi. Il est peut-
être un peu péremptoire et un peu jovial pour mon goût. Je
lui voudrais parfois un peu d'hésitations et de douceur,
mais on sent qu'il sait tant de choses et il a l'air d'un bien
brave homme. »

Tout le monde se retira fort tard. Les premiers mots de
Cottard à sa femme furent :

« J'ai rarement vu Mme Verdurin aussi en verve que ce
soir. »

3210 « Qu'est-ce que c'est exactement que cette Mme Verdurin, un demi-castor [1] ? » dit Forcheville au peintre à qui
il proposa de revenir avec lui.

Odette le vit s'éloigner avec regret, elle n'osa pas ne pas
revenir avec Swann, mais fut de mauvaise humeur en voiture, et quand il lui demanda s'il devait entrer chez elle,
elle lui dit « Bien entendu », en haussant les épaules avec
impatience. Quand tous les invités furent partis, Mme Verdurin dit à son mari :

« As-tu remarqué comme Swann a ri d'un rire niais
3220 quand nous avons parlé de Mme La Trémoïlle ? »

Elle avait remarqué que devant ce nom Swann et Forcheville avaient plusieurs fois supprimé la particule. Ne
doutant pas que ce fût pour montrer qu'ils n'étaient pas
intimidés par les titres, elle souhaitait d'imiter leur fierté,
mais n'avait pas bien saisi par quelle forme grammaticale
elle se traduisait. Aussi sa vicieuse façon de parler l'emportant sur son intransigeance républicaine, elle disait
encore les de La Trémoïlle ou plutôt par une abréviation
en usage dans les paroles des chansons de café-concert
3230 et les légendes des caricaturistes et qui dissimulait le
de, les d'La Trémoïlle, mais elle se rattrapait en disant :
« Madame La Trémoïlle. » « La *Duchesse*, comme dit
Swann », ajouta-t-elle ironiquement avec un sourire qui

---

1. Vieux mot d'argot qui désigne une fille galante qui exerçait au Palais-
Royal, d'un train de vie plus modeste que le « castor » ou le « castor
fin ». À l'origine, « le demi-castor » désigne un chapeau de feutre en poil
de castor mélangé à d'autres poils ou à de la laine.

prouvait qu'elle ne faisait que citer et ne prenait pas à son compte une dénomination aussi naïve et ridicule.

« Je te dirai que je l'ai trouvé extrêmement bête.

Et M. Verdurin lui répondit :

– Il n'est pas franc, c'est un monsieur cauteleux, toujours entre le zist et le zest [1]. Il veut toujours ménager la chèvre et le chou [2]. Quelle différence avec Forcheville. Voilà au moins un homme qui vous dit carrément sa façon de penser. Ça vous plaît ou ça ne vous plaît pas. Ce n'est pas comme l'autre qui n'est jamais ni figue ni raisin [3]. Du reste Odette a l'air de préférer joliment le Forcheville, et je lui donne raison. Et puis enfin puisque Swann veut nous la faire à l'homme du monde, au champion des duchesses, au moins l'autre a son titre ; il est toujours Comte de Forcheville, ajouta-t-il d'un air délicat, comme si, au courant de l'histoire de ce comté, il en soupesait minutieusement la valeur particulière.

– Je te dirai, dit Mme Verdurin, qu'il a cru devoir lancer contre Brichot quelques insinuations venimeuses et assez ridicules. Naturellement, comme il a vu que Brichot était aimé dans la maison, c'était une manière de nous atteindre, de bêcher [4] notre dîner. On sent le bon petit camarade qui vous débinera en sortant.

– Mais je te l'ai dit, répondit M. Verdurin, c'est le raté, le petit individu envieux de tout ce qui est un peu grand. »

En réalité il n'y avait pas un fidèle qui ne fût plus malveillant que Swann ; mais tous ils avaient la précaution d'assaisonner leurs médisances de plaisanteries connues, d'une petite pointe d'émotion et de cordialité ; tandis que la moindre réserve que se permettait Swann, dépouillée des formules de convention telles que : « Ce n'est pas du mal que nous disons », et auxquelles il dédaignait de s'abaisser, paraissait une perfidie. Il y a des auteurs originaux dont la moindre hardiesse révolte parce qu'ils n'ont

---

1. Agir de façon à être en bons termes avec des personnes aux intérêts divergents.

2. « Ménager la chèvre et le chou » : locution familière signifiant « qui hésite ou qui est difficile à cerner ».

3. Déformation de l'expression « mi-figue, mi-raisin » : qui est partagé, ambigu.

4. Terme familier qui signifie « critiquer avec malveillance ».

pas d'abord flatté les goûts du public et ne lui ont pas servi
les lieux communs auxquels il est habitué ; c'est de la
3270 même manière que Swann indignait M. Verdurin. Pour
Swann comme pour eux, c'était la nouveauté de son langage qui faisait croire à la noirceur de ses intentions.

Swann ignorait encore la disgrâce dont il était menacé
chez les Verdurin et continuait à voir leurs ridicules en
beau, au travers de son amour.

Il n'avait de rendez-vous avec Odette, au moins le plus
souvent, que le soir ; mais le jour, ayant peur de la fatiguer
de lui en allant chez elle, il aurait aimé du moins ne pas
cesser d'occuper sa pensée, et à tous moments il cherchait
3280 à trouver une occasion d'y intervenir, mais d'une façon
agréable pour elle. Si, à la devanture d'un fleuriste ou d'un
joaillier, la vue d'un arbuste ou d'un bijou le charmait,
aussitôt il pensait à les envoyer à Odette, imaginant le
plaisir qu'ils lui avaient procuré, ressenti par elle, venant
accroître la tendresse qu'elle avait pour lui, et les faisait
porter immédiatement rue La Pérouse, pour ne pas retarder l'instant où, comme elle recevrait quelque chose de
lui, il se sentirait en quelque sorte près d'elle. Il voulait
surtout qu'elle les reçût avant de sortir pour que la recon-
3290 naissance qu'elle éprouverait lui valût un accueil plus
tendre quand elle le verrait chez les Verdurin, ou même,
qui sait ? si le fournisseur faisait assez diligence, peut-être
une lettre qu'elle lui enverrait avant le dîner, ou sa venue
à elle en personne chez lui, en une visite supplémentaire,
pour le remercier. Comme jadis quand il expérimentait sur
la nature d'Odette les réactions du dépit, il cherchait par
celles de la gratitude à tirer d'elle des parcelles intimes de
sentiment qu'elle ne lui avait pas révélées encore.

Souvent elle avait des embarras d'argent et, pressée par
3300 une dette, le priait de lui venir en aide. Il en était heureux
comme de tout ce qui pouvait donner à Odette une grande
idée de l'amour qu'il avait pour elle, ou simplement une
grande idée de son influence, de l'utilité dont il pouvait lui
être. Sans doute si on lui avait dit au début : « c'est ta
situation qui lui plaît », et maintenant : « c'est pour ta fortune qu'elle t'aime », il ne l'aurait pas cru, et n'aurait pas
été d'ailleurs très mécontent qu'on se figurât tenant à lui
– qu'on les sentît unis l'un à l'autre – par quelque chose

d'aussi fort que le snobisme ou l'argent. Mais, même s'il avait pensé que c'était vrai, peut-être n'eût-il pas souffert de découvrir à l'amour d'Odette pour lui cet étai plus durable que l'agrément ou les qualités qu'elle pouvait lui trouver : l'intérêt, l'intérêt qui empêcherait de venir jamais le jour où elle aurait pu être tentée de cesser de le voir. Pour l'instant, en la comblant de présents, en lui rendant des services, il pouvait se reposer sur des avantages extérieurs à sa personne, à son intelligence, du soin épuisant de lui plaire par lui-même. Et cette volupté d'être amoureux, de ne vivre que d'amour, de la réalité de laquelle il doutait parfois, le prix dont en somme il la payait, en dilettante de sensations immatérielles, lui en augmentait la valeur – comme on voit des gens incertains si le spectacle de la mer et le bruit de ses vagues sont délicieux, s'en convaincre ainsi que de la rare qualité de leurs goûts désintéressés, en louant cent francs par jour la chambre d'hôtel qui leur permet de les goûter.

Un jour que des réflexions de ce genre le ramenaient encore au souvenir du temps où on lui avait parlé d'Odette comme d'une femme entretenue, et où une fois de plus il s'amusait à opposer cette personnification étrange : la femme entretenue – chatoyant amalgame d'éléments inconnus et diaboliques, serti, comme une apparition de Gustave Moreau, de fleurs vénéneuses entrelacées à des joyaux précieux – et cette Odette sur le visage de qui il avait vu passer les mêmes sentiments de pitié pour un malheureux, de révolte contre une injustice, de gratitude pour un bienfait, qu'il avait vu éprouver autrefois par sa propre mère, par ses amis, cette Odette dont les propos avaient si souvent trait aux choses qu'il connaissait le mieux luimême, à ses collections, à sa chambre, à son vieux domestique, au banquier chez qui il avait ses titres, il se trouva que cette dernière image du banquier lui rappela qu'il aurait à y prendre de l'argent. En effet, si ce mois-ci il venait moins largement à l'aide d'Odette dans ses difficultés matérielles qu'il n'avait fait le mois dernier où il lui avait donné cinq mille francs, et s'il ne lui offrait pas une rivière de diamants qu'elle désirait, il ne renouvellerait pas en elle cette admiration qu'elle avait pour sa générosité, cette reconnaissance, qui le rendaient si heureux, et même

3350 il risquerait de lui faire croire que son amour pour elle,
comme elle en verrait les manifestations devenir moins
grandes, avait diminué. Alors, tout d'un coup, il se
demanda si cela, ce n'était pas précisément l'« entretenir »
(comme si, en effet, cette notion d'entretenir pouvait être
extraite d'éléments non pas mystérieux ni pervers, mais
appartenant au fond quotidien et privé de sa vie, tels que
ce billet de mille francs, domestique et familier, déchiré et
recollé, que son valet de chambre, après lui avoir payé les
comptes du mois et le terme, avait serré dans le tiroir du
3360 vieux bureau où Swann l'avait repris pour l'envoyer avec
quatre autres à Odette) et si on ne pouvait pas appliquer à
Odette, depuis qu'il la connaissait (car il ne soupçonna pas
un instant qu'elle eût jamais pu recevoir d'argent de personne avant lui), ce mot qu'il avait cru si inconciliable
avec elle, de « femme entretenue ». Il ne put approfondir
cette idée, car un accès d'une paresse d'esprit qui était
chez lui congénitale, intermittente et providentielle, vint à
ce moment éteindre toute lumière dans son intelligence,
aussi brusquement que, plus tard, quand on eut installé
3370 partout l'éclairage électrique, on put couper l'électricité
dans une maison. Sa pensée tâtonna un instant dans l'obscurité, il retira ses lunettes, en essuya les verres, se passa
la main sur les yeux, et ne revit la lumière que quand il se
retrouva en présence d'une idée toute différente, à savoir
qu'il faudrait tâcher d'envoyer le mois prochain six ou
sept mille francs à Odette au lieu de cinq, à cause de la surprise et de la joie que cela lui causerait.

Le soir, quand il ne restait pas chez lui à attendre l'heure
de retrouver Odette chez les Verdurin ou plutôt dans un
3380 des restaurants d'été qu'ils affectionnaient au Bois et surtout à Saint-Cloud [1], il allait dîner dans quelqu'une de ces
maisons élégantes dont il était jadis le convive habituel. Il
ne voulait pas perdre contact avec des gens qui – savait-
on ? – pourraient peut-être un jour être utiles à Odette et
grâce auxquels en attendant il réussissait souvent à lui être
agréable. Puis l'habitude qu'il avait eue longtemps du
monde, du luxe, lui en avait donné, en même temps que le

---

1. Situés à l'ouest de Paris, le bois de Boulogne et Saint-Cloud désignent
une périphérie élégante.

dédain, le besoin, de sorte qu'à partir du moment où les réduits les plus modestes lui étaient apparus exactement sur le même pied que les plus princières demeures, ses sens étaient tellement accoutumés aux secondes qu'il eût éprouvé quelque malaise à se trouver dans les premiers. Il avait la même considération – à un degré d'identité qu'ils n'auraient pu croire – pour des petits bourgeois qui faisaient danser au cinquième étage d'un escalier D, palier à gauche, que pour la Princesse de Parme [1] qui donnait les plus belles fêtes de Paris ; mais il n'avait pas la sensation d'être au bal en se tenant avec les pères dans la chambre à coucher de la maîtresse de la maison et la vue des lavabos recouverts de serviettes, des lits transformés en vestiaires, sur le couvre-pied desquels s'entassaient les pardessus et les chapeaux lui donnait la même sensation d'étouffement que peut causer aujourd'hui à des gens habitués à vingt ans d'électricité l'odeur d'une lampe qui charbonne ou d'une veilleuse qui file. Le jour où il dînait en ville, il faisait atteler pour sept heures et demie ; il s'habillait tout en songeant à Odette et ainsi il ne se trouvait pas seul, car la pensée constante d'Odette donnait aux moments où il était loin d'elle, le même charme particulier qu'à ceux où elle était là. Il montait en voiture, mais il sentait que cette pensée y avait sauté en même temps et s'installait sur ses genoux comme une bête aimée qu'on emmène partout et qu'il garderait avec lui à table, à l'insu des convives. Il la caressait, se réchauffait à elle, et éprouvant une sorte de langueur, se laissait aller à un léger frémissement qui crispait son cou et son nez, et était nouveau chez lui, tout en fixant à sa boutonnière le bouquet d'ancolies. Se sentant souffrant et triste depuis quelque temps, surtout depuis qu'Odette avait présenté Forcheville aux Verdurin, Swann aurait aimé aller se reposer un peu à la campagne. Mais il n'aurait pas eu le courage de quitter Paris un seul jour pendant qu'Odette y était. L'air était chaud ; c'étaient les plus beaux jours du printemps. Et il avait beau traverser une ville de pierre pour se rendre en quelque hôtel clos, ce qui

---

1. La princesse de Parme séduit le narrateur par son nom. On la voit évoluer au cours de la *Recherche* : rencontrée chez les Guermantes, elle entretiendra des liens avec la famille du narrateur.

était sans cesse devant ses yeux, c'était un parc qu'il possédait près de Combray, où, dès quatre heures, avant
d'arriver au plant d'asperges, grâce au vent qui vient des
champs de Méséglise, on pouvait goûter sous une char-
mille autant de fraîcheur qu'au bord de l'étang cerné de
3430   myosotis et de glaïeuls, et où, quand il dînait, enlacées par
son jardinier, couraient autour de la table les groseilles et
les roses.

Après dîner, si le rendez-vous au Bois ou à Saint-Cloud
était de bonne heure, il partait si vite en sortant de table
– surtout si la pluie menaçait de tomber et de faire rentrer
plus tôt les « fidèles » – qu'une fois la Princesse des
Laumes (chez qui on avait dîné tard et que Swann avait
quittée avant qu'on servît le café pour rejoindre les Verdurin dans l'île du Bois) dit :

3440   « Vraiment, si Swann avait trente ans de plus et une
maladie de la vessie, on l'excuserait de filer ainsi. Mais
tout de même il se moque du monde. »

Il se disait que le charme du printemps qu'il ne pouvait
pas aller goûter à Combray, il le trouverait du moins dans
l'île des Cygnes [1] ou à Saint-Cloud. Mais comme il ne
pouvait penser qu'à Odette, il ne savait même pas s'il avait
senti l'odeur des feuilles, s'il y avait eu du clair de lune. Il
était accueilli par la petite phrase de la Sonate jouée dans
le jardin sur le piano du restaurant. S'il n'y en avait pas là,
3450   les Verdurin prenaient une grande peine pour en faire descendre un d'une chambre ou d'une salle à manger : ce
n'est pas que Swann fût rentré en faveur auprès d'eux, au
contraire. Mais l'idée d'organiser un plaisir ingénieux
pour quelqu'un, même pour quelqu'un qu'ils n'aimaient
pas, développait chez eux, pendant les moments nécessaires à ces préparatifs, des sentiments éphémères et occa-
sionnels de sympathie et de cordialité. Parfois il se disait
que c'était un nouveau soir de printemps de plus qui passait, il se contraignait à faire attention aux arbres, au ciel.
3460   Mais l'agitation où le mettait la présence d'Odette, et aussi
un léger malaise fébrile qui ne le quittait guère depuis
quelque temps, le privait du calme et du bien-être qui sont

---

1. Île sur le lac du bois de Boulogne.

le fond indispensable aux impressions que peut donner la nature.

Un soir où Swann avait accepté de dîner avec les Verdurin, comme pendant le dîner il venait de dire que le lendemain il avait un banquet d'anciens camarades, Odette lui avait répondu en pleine table, devant Forcheville, qui était maintenant un des fidèles, devant le peintre, devant Cottard :

« Oui, je sais que vous avez votre banquet, je ne vous verrai donc que chez moi, mais ne venez pas trop tard. »

Bien que Swann n'eût encore jamais pris bien sérieusement ombrage de l'amitié d'Odette pour tel ou tel fidèle, il éprouvait une douceur profonde à l'entendre avouer ainsi devant tous, avec cette tranquille impudeur, leurs rendez-vous quotidiens du soir, la situation privilégiée qu'il avait chez elle et la préférence pour lui qui y était impliquée. Certes Swann avait souvent pensé qu'Odette n'était à aucun degré une femme remarquable ; et la suprématie qu'il exerçait sur un être qui lui était si inférieur n'avait rien qui dût lui paraître si flatteur à voir proclamer à la face des « fidèles », mais depuis qu'il s'était aperçu qu'à beaucoup d'hommes Odette semblait une femme ravissante et désirable, le charme qu'avait pour eux son corps avait éveillé en lui un besoin douloureux de la maîtriser entièrement dans les moindres parties de son cœur. Et il avait commencé d'attacher un prix inestimable à ces moments passés chez elle le soir, où il l'asseyait sur ses genoux, lui faisait dire ce qu'elle pensait d'une chose, d'une autre, où il recensait les seuls biens à la possession desquels il tînt maintenant sur terre. Aussi, après ce dîner, la prenant à part, il ne manqua pas de la remercier avec effusion, cherchant à lui enseigner selon les degrés de la reconnaissance qu'il lui témoignait, l'échelle des plaisirs qu'elle pouvait lui causer, et dont le suprême était de le garantir, pendant le temps que son amour durerait et l'y rendait vulnérable, des atteintes de la jalousie.

Quand il sortit le lendemain du banquet, il pleuvait à verse, il n'avait à sa disposition que sa victoria ; un ami lui proposa de le reconduire chez lui en coupé, et comme Odette, par le fait qu'elle lui avait demandé de venir, lui avait donné la certitude qu'elle n'attendait personne, c'est l'esprit tranquille et le cœur content que, plutôt que de partir ainsi dans la pluie, il serait rentré chez lui se coucher. Mais peut-être, si elle voyait qu'il n'avait pas l'air de tenir à passer toujours avec elle, sans aucune exception, la fin de la soirée, négligerait-elle de la lui réserver, justement une fois où il l'aurait particulièrement désiré.

3510   Il arriva chez elle après onze heures, et, comme il s'excusait de n'avoir pu venir plus tôt, elle se plaignit que ce fût en effet bien tard, l'orage l'avait rendue souffrante, elle se sentait mal à la tête et le prévint qu'elle ne le garderait pas plus d'une demi-heure, qu'à minuit elle le renverrait ; et, peu après, elle se sentit fatiguée et désira s'endormir.

« Alors, pas de catleyas ce soir ? lui dit-il, moi qui espérais un bon petit catleya.

Et d'un air un peu boudeur et nerveux, elle lui répondit :

3520   – Mais non, mon petit, pas de catleyas ce soir, tu vois bien que je suis souffrante !

– Cela t'aurait peut-être fait du bien, mais enfin je n'insiste pas. »

Elle le pria d'éteindre la lumière avant de s'en aller, il referma lui-même les rideaux du lit et partit. Mais, quand il fut rentré chez lui, l'idée lui vint brusquement que peut-être Odette attendait quelqu'un ce soir, qu'elle avait seulement simulé la fatigue et qu'elle ne lui avait demandé d'éteindre que pour qu'il crût qu'elle allait s'endormir,

3530   qu'aussitôt qu'il avait été parti, elle avait rallumé, et fait rentrer celui qui devait passer la nuit auprès d'elle. Il regarda l'heure. Il y avait à peu près une heure et demie qu'il l'avait quittée, il ressortit, prit un fiacre et se fit arrêter tout près de chez elle, dans une petite rue perpendiculaire à celle sur laquelle donnait derrière son hôtel et où il allait quelquefois frapper à la fenêtre de sa chambre à coucher pour qu'elle vînt lui ouvrir ; il descendit de voiture, tout était désert et noir dans ce quartier, il n'eut que quelques pas à faire à pied et déboucha presque devant

3540   chez elle. Parmi l'obscurité de toutes les fenêtres éteintes depuis longtemps dans la rue, il en vit une seule d'où débordait – entre les volets qui en pressaient la pulpe mystérieuse et dorée – la lumière qui remplissait la chambre et qui, tant d'autres soirs, du plus loin qu'il l'apercevait en arrivant dans la rue le réjouissait et lui annonçait : « elle est là qui t'attend » et qui maintenant, le torturait en lui disant : « elle est là avec celui qu'elle attendait ». Il voulait savoir qui ; il se glissa le long du mur jusqu'à la fenêtre, mais entre les lames obliques des volets il ne pouvait rien voir ; il entendait seulement dans le silence de la nuit le murmure d'une conversation.

Certes, il souffrait de voir cette lumière dans l'atmosphère d'or de laquelle se mouvait derrière le châssis le couple invisible et détesté, d'entendre ce murmure qui révélait la présence de celui qui était venu après son départ, la fausseté d'Odette, le bonheur qu'elle était en train de goûter avec lui. Et pourtant il était content d'être venu : le tourment qui l'avait forcé de sortir de chez lui avait perdu de son acuité en perdant de son vague, maintenant que l'autre vie d'Odette, dont il avait eu, à ce moment-là, le brusque et impuissant soupçon, il la tenait là, éclairée en plein par la lampe, prisonnière sans le savoir dans cette chambre où, quand il le voudrait, il entrerait la surprendre et la capturer ; ou plutôt il allait frapper aux volets comme il faisait souvent quand il venait très tard ; ainsi du moins, Odette apprendrait qu'il avait su, qu'il avait vu la lumière et entendu la causerie et lui, qui, tout à l'heure, se la représentait comme se riant avec l'autre de ses illusions, maintenant, c'était eux qu'il voyait, confiants dans leur erreur, trompés en somme par lui qu'ils croyaient bien loin d'ici et qui, lui, savait déjà qu'il allait frapper aux volets. Et peut-être, ce qu'il ressentait en ce moment de presque agréable, c'était autre chose aussi que l'apaisement d'un doute et d'une douleur : un plaisir de l'intelligence. Si, depuis qu'il était amoureux, les choses avaient repris pour lui un peu de l'intérêt délicieux qu'il leur trouvait autrefois, mais seulement là où elles étaient éclairées par le souvenir d'Odette, maintenant, c'était une autre faculté de sa studieuse jeunesse que sa jalousie ranimait, la passion de la vérité, mais d'une vérité, elle aussi, interposée entre lui et sa maîtresse, ne recevant sa lumière que d'elle, vérité tout individuelle qui avait pour objet unique, d'un prix infini et presque d'une beauté désintéressée, les actions d'Odette, ses relations, ses projets, son passé. À toute autre époque de sa vie, les petits faits et

gestes quotidiens d'une personne avaient toujours paru
sans valeur à Swann ; si on lui en faisait le commérage, il
le trouvait insignifiant, et, tandis qu'il l'écoutait, ce n'était
que sa plus vulgaire attention qui y était intéressée ; c'était
3590 pour lui un des moments où il se sentait le plus médiocre.
Mais dans cette étrange période de l'amour, l'individuel
prend quelque chose de si profond, que cette curiosité
qu'il sentait s'éveiller en lui à l'égard des moindres occupations d'une femme, c'était celle qu'il avait eue autrefois
pour l'Histoire. Et tout ce dont il aurait eu honte jusqu'ici,
espionner devant une fenêtre, qui sait, demain, peut-être
faire parler habilement les indifférents, soudoyer les
domestiques, écouter aux portes, ne lui semblait plus,
aussi bien que le déchiffrement des textes, la comparaison
3600 des témoignages et l'interprétation des monuments que
des méthodes d'investigation scientifique d'une véritable
valeur intellectuelle et appropriées à la recherche de la
vérité.

Sur le point de frapper contre les volets, il eut un
moment de honte en pensant qu'Odette allait savoir qu'il
avait eu des soupçons, qu'il était revenu, qu'il s'était posté
dans la rue. Elle lui avait dit souvent l'horreur qu'elle avait
des jaloux, des amants qui espionnent. Ce qu'il allait faire
était bien maladroit, et elle allait le détester désormais,
3610 tandis qu'en ce moment encore, tant qu'il n'avait pas
frappé, peut-être, même en le trompant, l'aimait-elle. Que
de bonheurs possibles dont on sacrifie ainsi la réalisation
à l'impatience d'un plaisir immédiat. Mais le désir de
connaître la vérité était plus fort et lui sembla plus noble.
Il savait que la réalité de circonstances qu'il eût donné sa
vie pour restituer exactement, était lisible derrière cette
fenêtre striée de lumière, comme sous la couverture enlu-
minée d'or d'un de ces manuscrits précieux à la richesse
artistique elle-même desquels le savant qui les consulte ne
3620 peut rester indifférent. Il éprouvait une volupté à connaître
la vérité qui le passionnait dans cet exemplaire unique,
éphémère et précieux, d'une matière translucide, si chaude
et si belle. Et puis l'avantage qu'il se sentait – qu'il avait
tant besoin de se sentir – sur eux, était peut-être moins de
savoir, que de pouvoir leur montrer qu'il savait. Il se
haussa sur la pointe des pieds. Il frappa. On n'avait pas

entendu, il refrappa plus fort, la conversation s'arrêta. Une voix d'homme dont il chercha à distinguer auquel de ceux des amis d'Odette qu'il connaissait elle pouvait appartenir demanda : 3630

« Qui est là ? »

Il n'était pas sûr de la reconnaître. Il frappa encore une fois. On ouvrit la fenêtre, puis les volets. Maintenant, il n'y avait plus moyen de reculer, et, puisqu'elle allait tout savoir, pour ne pas avoir l'air trop malheureux, trop jaloux et curieux, il se contenta de crier d'un air négligent et gai :

« Ne vous dérangez pas, je passais par là, j'ai vu de la lumière, j'ai voulu savoir si vous n'étiez plus souffrante. »

Il regarda. Devant lui, deux vieux messieurs étaient à la fenêtre, l'un tenant une lampe, et alors, il vit la chambre, 3640 une chambre inconnue. Ayant l'habitude, quand il venait chez Odette très tard, de reconnaître sa fenêtre à ce que c'était la seule éclairée entre les fenêtres toutes pareilles, il s'était trompé et avait frappé à la fenêtre suivante qui appartenait à la maison voisine. Il s'éloigna en s'excusant et rentra chez lui, heureux que la satisfaction de sa curiosité eût laissé leur amour intact et qu'après avoir simulé depuis si longtemps vis-à-vis d'Odette une sorte d'indifférence, il ne lui eût pas donné, par sa jalousie, cette preuve qu'il l'aimait trop, qui, entre deux amants, dispense, à tout 3650 jamais, d'aimer assez, celui qui la reçoit. Il ne lui parla pas de cette mésaventure, lui-même n'y songeait plus. Mais, par moments, un mouvement de sa pensée venait en rencontrer le souvenir qu'elle n'avait pas aperçu, le heurtait, l'enfonçait plus avant et Swann avait ressenti une douleur brusque et profonde. Comme si ç'avait été une douleur physique, les pensées de Swann ne pouvaient pas l'amoindrir ; mais du moins la douleur physique, parce qu'elle est indépendante de la pensée, la pensée peut s'arrêter sur elle, constater qu'elle a diminué, qu'elle a 3660 momentanément cessé ! Mais cette douleur-là, la pensée, rien qu'en se la rappelant, la recréait. Vouloir n'y pas penser, c'était y penser encore, en souffrir encore. Et quand, causant avec des amis, il oubliait son mal, tout d'un coup un mot qu'on lui disait le faisait changer de visage, comme un blessé dont un maladroit vient de toucher sans précaution le membre douloureux. Quand il quittait

Odette, il était heureux, il se sentait calme, il se rappelait
les sourires qu'elle avait eus, railleurs en parlant de tel ou
3670 tel autre, et tendres pour lui, la lourdeur de sa tête qu'elle
avait détachée de son axe pour l'incliner, la laisser tomber,
presque malgré elle, sur ses lèvres, comme elle avait fait la
première fois en voiture, les regards mourants qu'elle lui
avait jetés pendant qu'elle était dans ses bras, tout en
contractant frileusement contre l'épaule sa tête inclinée.

Mais aussitôt sa jalousie, comme si elle était l'ombre de
son amour, se complétait du double de ce nouveau sourire
qu'elle lui avait adressé le soir même – et qui, inverse
maintenant, raillait Swann et se chargeait d'amour pour un
3680 autre –, de cette inclinaison de sa tête mais renversée vers
d'autres lèvres, et, données à un autre, de toutes les
marques de tendresse qu'elle avait eues pour lui. Et tous
les souvenirs voluptueux qu'il emportait de chez elle
étaient comme autant d'esquisses, de « projets » pareils à
ceux que vous soumet un décorateur, et qui permettaient à
Swann de se faire une idée des attitudes ardentes ou
pâmées qu'elle pouvait avoir avec d'autres. De sorte qu'il
en arrivait à regretter chaque plaisir qu'il goûtait près
d'elle, chaque caresse inventée et dont il avait eu l'impru-
3690 dence de lui signaler la douceur, chaque grâce qu'il lui
découvrait, car il savait qu'un instant après, elles allaient
enrichir d'instruments nouveaux son supplice.

Celui-ci était rendu plus cruel encore quand revenait à
Swann le souvenir d'un bref regard qu'il avait surpris, il
y avait quelques jours, et pour la première fois, dans les
yeux d'Odette. C'était après dîner, chez les Verdurin. Soit
que Forcheville sentant que Saniette, son beau-frère,
n'était pas en faveur chez eux, eût voulu le prendre
comme tête de Turc et briller devant eux à ses dépens, soit
3700 qu'il eût été irrité par un mot maladroit que celui-ci venait
de lui dire, et qui, d'ailleurs, passa inaperçu pour les
assistants qui ne savaient pas quelle allusion désobli-
geante il pouvait renfermer, bien contre le gré de celui qui
le prononçait sans malice aucune, soit enfin qu'il cherchât
depuis quelque temps une occasion de faire sortir de la
maison quelqu'un qui le connaissait trop bien et qu'il
savait trop délicat pour qu'il ne se sentît pas gêné à certains moments rien que de sa présence, Forcheville

répondit à ce propos maladroit de Saniette avec une telle
grossièreté, se mettant à l'insulter, s'enhardissant, au fur
et à mesure qu'il vociférait, de l'effroi, de la douleur, des
supplications de l'autre, que le malheureux, après avoir
demandé à Mme Verdurin s'il devait rester, et n'ayant pas
reçu de réponse, s'était retiré en balbutiant, les larmes aux
yeux. Odette avait assisté impassible à cette scène, mais
quand la porte se fut refermée sur Saniette, faisant descendre en quelque sorte de plusieurs crans l'expression
habituelle de son visage, pour pouvoir se trouver, dans la
bassesse, de plain-pied avec Forcheville, elle avait
brillanté ses prunelles d'un sourire sournois de félicita-
tions pour l'audace qu'il avait eue, d'ironie pour celui qui
en avait été victime ; elle lui avait jeté un regard de complicité dans le mal, qui voulait si bien dire : « Voilà une
exécution, ou je ne m'y connais pas. Avez-vous vu son air
penaud ? il en pleurait », que Forcheville, quand ses yeux
rencontrèrent ce regard, dégrisé soudain de la colère ou
de la simulation de colère dont il était encore chaud,
sourit, et répondit :

« Il n'avait qu'à être aimable, il serait encore ici, une
bonne correction peut être utile à tout âge. »

Un jour que Swann était sorti au milieu de l'après-midi
pour faire une visite, n'ayant pas trouvé la personne qu'il
voulait rencontrer, il eut l'idée d'entrer chez Odette à cette
heure où il n'allait jamais chez elle, mais où il savait
qu'elle était toujours à la maison à faire sa sieste ou à
écrire des lettres avant l'heure du thé, et où il aurait plaisir
à la voir un peu sans la déranger. Le concierge lui dit qu'il
croyait qu'elle était là ; il sonna, crut entendre du bruit,
entendre marcher, mais on n'ouvrit pas. Anxieux, irrité, il
alla dans la petite rue où donnait l'autre face de l'hôtel, se
mit devant la fenêtre de la chambre d'Odette ; les rideaux
l'empêchaient de rien voir, il frappa avec force aux carreaux, appela ; personne n'ouvrit. Il vit que des voisins le
regardaient. Il partit, pensant qu'après tout, il s'était peut-
être trompé en croyant entendre des pas ; mais il en resta
si préoccupé qu'il ne pouvait penser à autre chose. Une
heure après, il revint. Il la trouva ; elle lui dit qu'elle était
chez elle tantôt quand il avait sonné, mais dormait ; la sonnette l'avait éveillée, elle avait deviné que c'était Swann,

3750 elle avait couru après lui, mais il était déjà parti. Elle avait
bien entendu frapper aux carreaux. Swann reconnut tout
de suite dans ce dire un de ces fragments d'un fait exact
que les menteurs pris de court se consolent de faire entrer
dans la composition du fait faux qu'ils inventent, croyant
y faire sa part et y dérober sa ressemblance à la Vérité.
Certes quand Odette venait de faire quelque chose qu'elle
ne voulait pas révéler, elle le cachait bien au fond d'elle-
même. Mais dès qu'elle se trouvait en présence de celui à
qui elle voulait mentir, un trouble la prenait, toutes ses
3760 idées s'effondraient, ses facultés d'invention et de raisonnement étaient paralysées, elle ne trouvait plus dans sa tête
que le vide, il fallait pourtant dire quelque chose et elle
rencontrait à sa portée précisément la chose qu'elle avait
voulu dissimuler et qui, étant vraie, était seule restée là.
Elle en détachait un petit morceau, sans importance par
lui-même, se disant qu'après tout c'était mieux ainsi
puisque c'était un détail véritable qui n'offrait pas les
mêmes dangers qu'un détail faux. « Ça du moins, c'est
vrai, se disait-elle, c'est toujours autant de gagné, il peut
3770 s'informer, il reconnaîtra que c'est vrai, ce n'est toujours
pas ça qui me trahira. » Elle se trompait, c'était cela qui la
trahissait, elle ne se rendait pas compte que ce détail vrai
avait des angles qui ne pouvaient s'emboîter que dans les
détails contigus du fait vrai dont elle l'avait arbitrairement
détaché et qui, quels que fussent les détails inventés entre
lesquels elle le placerait, révéleraient toujours par la
matière excédente et les vides non remplis, que ce n'était
pas d'entre ceux-là qu'il venait. « Elle avoue qu'elle
m'avait entendu sonner, puis frapper, et qu'elle avait cru
3780 que c'était moi, qu'elle avait envie de me voir, se disait
Swann. Mais cela ne s'arrange pas avec le fait qu'elle n'ait
pas fait ouvrir. »

Mais il ne lui fit pas remarquer cette contradiction, car
il pensait que, livrée à elle-même, Odette produirait peut-
être quelque mensonge qui serait un faible indice de la
vérité ; elle parlait ; il ne l'interrompait pas, il recueillait
avec une piété avide et douloureuse ces mots qu'elle lui
disait et qu'il sentait (justement parce qu'elle la cachait
derrière eux tout en lui parlant) garder vaguement, comme
3790 le voile sacré, l'empreinte, dessiner l'incertain modelé, de

cette réalité infiniment précieuse et hélas introuvable : – ce qu'elle faisait tantôt à trois heures, quand il était venu – de laquelle il ne posséderait jamais que ces mensonges, illisibles et divins vestiges, et qui n'existait plus que dans le souvenir recéleur de cet être qui la contemplait sans savoir l'apprécier, mais ne la lui livrerait pas. Certes il se doutait bien par moments qu'en elles-mêmes les actions quotidiennes d'Odette n'étaient pas passionnément intéressantes ; et que les relations qu'elle pouvait avoir avec d'autres hommes n'exhalaient pas naturellement d'une 3800 façon universelle et pour tout être pensant, une tristesse morbide, capable de donner la fièvre du suicide. Il se rendait compte alors que cet intérêt, cette tristesse n'existaient qu'en lui comme une maladie, et que quand celle-ci serait guérie, les actes d'Odette, les baisers qu'elle aurait pu donner redeviendraient inoffensifs comme ceux de tant d'autres femmes. Mais que la curiosité douloureuse que Swann y portait maintenant n'eût sa cause qu'en lui, n'était pas pour lui faire trouver déraisonnable de considérer cette curiosité comme importante et de mettre tout 3810 en œuvre pour lui donner satisfaction. C'est que Swann arrivait à un âge dont la philosophie – favorisée par celle de l'époque, par celle aussi du milieu où Swann avait beaucoup vécu, de cette coterie de la Princesse des Laumes où il était convenu qu'on est intelligent dans la mesure où on doute de tout et où on ne trouvait de réel et d'incontestable que les goûts de chacun – n'est déjà plus celle de la jeunesse, mais une philosophie positive, presque médicale, d'hommes qui au lieu d'extérioriser les objets de leurs aspirations, essayent de dégager de leurs 3820 années déjà écoulées un résidu fixe d'habitudes, de passions qu'ils puissent considérer en eux comme caractéristiques et permanentes et auxquelles, délibérément, ils veilleront d'abord que le genre d'existence qu'ils adoptent puisse donner satisfaction. Swann trouvait sage de faire dans sa vie la part de la souffrance qu'il éprouvait à ignorer ce qu'avait fait Odette, aussi bien que la part de la recrudescence qu'un climat humide causait à son eczéma ; de prévoir dans son budget une disponibilité importante pour obtenir sur l'emploi des journées d'Odette des ren- 3830 seignements sans lesquels il se sentirait malheureux, aussi bien qu'il en réservait pour d'autres goûts dont il savait qu'il pouvait attendre du plaisir, au moins avant qu'il fût amoureux, comme celui des collections et de la bonne cuisine.

Quand il voulut dire adieu à Odette pour rentrer, elle lui demanda de rester encore et le retint même vivement, en lui prenant le bras, au moment où il allait ouvrir la porte pour sortir. Mais il n'y prit pas garde, car, dans la multi-
3840 tude des gestes, des propos, des petits incidents qui rem-plissent une conversation, il est inévitable que nous pas-sions sans y rien remarquer qui éveille notre attention près de ceux qui cachent une vérité que nos soupçons cherchent au hasard, et que nous nous arrêtions au contraire à ceux sous lesquels il n'y a rien. Elle lui redisait tout le temps : « Quel malheur que toi, qui ne viens jamais l'après-midi, pour une fois que cela t'arrive, je ne t'aie pas vu. » Il savait bien qu'elle n'était pas assez amoureuse de lui pour avoir un regret si vif d'avoir manqué sa visite, mais comme elle
3850 était bonne, désireuse de lui faire plaisir, et souvent triste quand elle l'avait contrarié, il trouva tout naturel qu'elle le fût cette fois de l'avoir privé de ce plaisir de passer une heure ensemble qui était très grand, non pour elle, mais pour lui. C'était pourtant une chose assez peu importante pour que l'air douloureux qu'elle continuait d'avoir finît par l'étonner. Elle rappelait ainsi plus encore qu'il ne le trouvait d'habitude, les figures de femmes du peintre de la Primavera [1]. Elle avait en ce moment leur visage abattu et navré qui semble succomber sous le poids d'une douleur
3860 trop lourde pour elles, simplement quand elles laissent l'enfant Jésus jouer avec une grenade ou regardent Moïse verser de l'eau dans une auge. Il lui avait déjà vu une fois une telle tristesse, mais ne savait plus quand. Et tout d'un coup, il se rappela : c'était quand Odette avait menti en parlant à Mme Verdurin le lendemain de ce dîner où elle n'était pas venue sous prétexte qu'elle était malade et en réalité pour rester avec Swann. Certes, eût-elle été la plus scrupuleuse des femmes qu'elle n'aurait pu avoir de

---

1. *Le Printemps*, en italien : célèbre tableau de Botticelli qui met en scène Zéphyr et Flore, Vénus et Cupidon, les trois Grâces et Mercure, tous évo-luant, avec beaucoup de grâce, dans leurs voiles transparents.

remords d'un mensonge aussi innocent. Mais ceux que faisait couramment Odette l'étaient moins et servaient à empêcher des découvertes qui auraient pu lui créer avec les uns ou avec les autres, de terribles difficultés. Aussi quand elle mentait, prise de peur, se sentant peu armée pour se défendre, incertaine du succès, elle avait envie de pleurer, par fatigue, comme certains enfants qui n'ont pas dormi. Puis elle savait que son mensonge lésait d'ordinaire gravement l'homme à qui elle le faisait, et à la merci duquel elle allait peut-être tomber si elle mentait mal. Alors elle se sentait à la fois humble et coupable devant lui. Et quand elle avait à faire un mensonge insignifiant et mondain, par association de sensations et de souvenirs, elle éprouvait le malaise d'un surmenage et le regret d'une méchanceté.

Quel mensonge déprimant était-elle en train de faire à Swann pour qu'elle eût ce regard douloureux, cette voix plaintive qui semblaient fléchir sous l'effort qu'elle s'imposait, et demander grâce ? Il eut l'idée que ce n'était pas seulement la vérité sur l'incident de l'après-midi qu'elle s'efforçait de lui cacher, mais quelque chose de plus actuel, peut-être de non encore survenu et de tout prochain, et qui pourrait l'éclairer sur cette vérité. À ce moment, il entendit un coup de sonnette. Odette ne cessa plus de parler, mais ses paroles n'étaient qu'un gémissement : son regret de ne pas avoir vu Swann dans l'après-midi, de ne pas lui avoir ouvert, était devenu un véritable désespoir.

On entendit la porte d'entrée se refermer et le bruit d'une voiture, comme si repartait une personne – celle probablement que Swann ne devait pas rencontrer – à qui on avait dit qu'Odette était sortie. Alors en songeant que rien qu'en venant à une heure où il n'en avait pas l'habitude, il s'était trouvé déranger tant de choses qu'elle ne voulait pas qu'il sût, il éprouva un sentiment de découragement, presque de détresse. Mais comme il aimait Odette, comme il avait l'habitude de tourner vers elle toutes ses pensées, la pitié qu'il eût pu s'inspirer à lui-même ce fut pour elle qu'il la ressentit, et il murmura : « Pauvre chérie ! » Quand il la quitta, elle prit plusieurs lettres qu'elle avait sur sa table et lui demanda s'il ne

3910 pourrait pas les mettre à la poste. Il les emporta et, une fois rentré, s'aperçut qu'il avait gardé les lettres sur lui. Il retourna jusqu'à la poste, les tira de sa poche et avant de les jeter dans la boîte regarda les adresses. Elles étaient toutes pour des fournisseurs, sauf une pour Forcheville. Il la tenait dans sa main. Il se disait : « Si je voyais ce qu'il y a dedans, je saurais comment elle l'appelle, comment elle lui parle, s'il y a quelque chose entre eux. Peut-être même qu'en ne la regardant pas, je commets une indélicatesse à l'égard d'Odette, car c'est 3920 la seule manière de me délivrer d'un soupçon peut-être calomnieux pour elle, destiné en tous cas à la faire souffrir et que rien ne pourrait plus détruire, une fois la lettre partie. »

Il rentra chez lui en quittant la poste, mais il avait gardé sur lui cette dernière lettre. Il alluma une bougie et en approcha l'enveloppe qu'il n'avait pas osé ouvrir. D'abord il ne put rien lire, mais l'enveloppe était mince, et en la faisant adhérer à la carte dure qui y était incluse, il put à travers sa transparence lire les derniers mots. C'était une for- 3930 mule finale très froide. Si, au lieu que ce fût lui qui regardât une lettre adressée à Forcheville, c'eût été Forcheville qui eût lu une lettre adressée à Swann, il aurait pu voir des mots autrement tendres ! Il maintint immobile la carte qui dansait dans l'enveloppe plus grande qu'elle, puis, la faisant glisser avec le pouce, en amena successivement les différentes lignes sous la partie de l'enveloppe qui n'était pas doublée, la seule à travers laquelle on pouvait lire.

Malgré cela il ne distinguait pas bien. D'ailleurs cela ne 3940 faisait rien car il en avait assez vu pour se rendre compte qu'il s'agissait d'un petit événement sans importance et qui ne touchait nullement à des relations amoureuses ; c'était quelque chose qui se rapportait à un oncle d'Odette. Swann avait bien lu au commencement de la ligne : « J'ai eu raison », mais ne comprenait pas ce qu'Odette avait eu raison de faire, quand soudain, un mot qu'il n'avait pas pu déchiffrer d'abord apparut et éclaira le sens de la phrase tout entière : « J'ai eu raison d'ouvrir, c'était mon oncle. » D'ouvrir ! alors Forcheville était là tantôt quand Swann

avait sonné et elle l'avait fait partir, d'où le bruit qu'il avait 3950
entendu.

Alors il lut toute la lettre, à la fin elle s'excusait d'avoir
agi aussi sans façon avec lui et lui disait qu'il avait oublié
ses cigarettes chez elle, la même phrase qu'elle avait écrite
à Swann une des premières fois qu'il était venu. Mais pour
Swann elle avait ajouté : « puissiez-vous y avoir laissé
votre cœur, je ne vous aurais pas laissé le reprendre ».
Pour Forcheville rien de tel ; aucune allusion qui pût faire
supposer une intrigue entre eux. À vrai dire d'ailleurs,
Forcheville était en tout ceci plus trompé que lui puisque 3960
Odette lui écrivait pour lui faire croire que le visiteur était
son oncle. En somme, c'était lui, Swann, l'homme à qui
elle attachait de l'importance et pour qui elle avait congé-
dié l'autre. Et pourtant, s'il n'y avait rien entre Odette et
Forcheville, pourquoi n'avoir pas ouvert tout de suite,
pourquoi avoir dit : « J'ai bien fait d'ouvrir, c'était mon
oncle » ; si elle ne faisait rien de mal à ce moment-là, comment Forcheville pourrait-il même s'expliquer qu'elle eût
pu ne pas ouvrir ? Swann restait là, désolé, confus et pourtant heureux, devant cette enveloppe qu'Odette lui avait 3970
remise sans crainte, tant était absolue la confiance qu'elle
avait en sa délicatesse, mais à travers le vitrage transparent
de laquelle se dévoilait à lui, avec le secret d'un incident
qu'il n'aurait jamais cru possible de connaître, un peu de
la vie d'Odette, comme dans une étroite section lumineuse
pratiquée à même l'inconnu. Puis sa jalousie s'en réjouissait, comme si cette jalousie eût eu une vitalité indépendante, égoïste, vorace de tout ce qui la nourrirait, fût-ce
aux dépens de lui-même. Maintenant elle avait un aliment
et Swann allait pouvoir commencer à s'inquiéter chaque 3980
jour des visites qu'Odette avait reçues vers cinq heures, à
chercher à apprendre où se trouvait Forcheville à cette
heure-là. Car la tendresse de Swann continuait à garder le
même caractère que lui avait imprimé dès le début à la fois
l'ignorance où il était de l'emploi des journées d'Odette et
la paresse cérébrale qui l'empêchait de suppléer à l'ignorance par l'imagination. Il ne fut pas jaloux d'abord de
toute la vie d'Odette, mais des seuls moments où une circonstance, peut-être mal interprétée, l'avait amené à supposer qu'Odette avait pu le tromper. Sa jalousie, comme 3990

une pieuvre qui jette une première, puis une seconde, puis une troisième amarre, s'attacha solidement à ce moment de cinq heures du soir, puis à un autre, puis à un autre encore. Mais Swann ne savait pas inventer ses souffrances. Elles n'étaient que le souvenir, la perpétuation d'une souffrance qui lui était venue du dehors.

Mais là tout lui en apportait. Il voulut éloigner Odette de Forcheville, l'emmener quelques jours dans le Midi. Mais il croyait qu'elle était désirée par tous les hommes qui se trouvaient dans l'hôtel et qu'elle-même les désirait. Aussi lui qui jadis en voyage recherchait les gens nouveaux, les assemblées nombreuses, on le voyait sauvage, fuyant la société des hommes comme si elle l'eût cruellement blessé. Et comment n'aurait-il pas été misanthrope quand dans tout homme il voyait un amant possible pour Odette ? Et ainsi sa jalousie, plus encore que n'avait fait le goût voluptueux et riant qu'il avait eu d'abord pour Odette, altérait le caractère de Swann et changeait du tout au tout, aux yeux des autres, l'aspect même des signes extérieurs par lesquels ce caractère se manifestait.

Un mois après le jour où il avait lu la lettre adressée par Odette à Forcheville, Swann alla à un dîner que les Verdurin donnaient au Bois. Au moment où on se préparait à partir il remarqua des conciliabules entre Mme Verdurin et plusieurs des invités et crut comprendre qu'on rappelait au pianiste de venir le lendemain à une partie à Chatou [1] ; or, lui, Swann, n'y était pas invité.

Les Verdurin n'avaient parlé qu'à demi-voix et en termes vagues, mais le peintre, distrait sans doute, s'écria :
« Il ne faudra aucune lumière et qu'il joue la sonate *Clair de lune* [2] dans l'obscurité pour mieux voir s'éclairer les choses. »

Mme Verdurin, voyant que Swann était à deux pas, prit cette expression où le désir de faire taire celui qui parle et de garder un air innocent aux yeux de celui qui entend, se

---

1. Dans la banlieue ouest de Paris, sur la Seine, lieu qu'affectionnaient les impressionnistes (Monet, *La Grenouillère*, Renoir, *Le Déjeuner des canotiers*).
2. *Clair de lune* : sonate de Beethoven (1802) dite aussi *Sonate quasi una fantasia*, de la période la plus brillante du compositeur.

neutralise en une nullité intense du regard, où l'immobile signe d'intelligence du complice se dissimule sous les sourires de l'ingénu et qui enfin, commune à tous ceux qui s'aperçoivent d'une gaffe, la révèle instantanément sinon à ceux qui la font, du moins à celui qui en est l'objet. Odette eut soudain l'air d'une désespérée qui renonce à lutter contre les difficultés écrasantes de la vie, et Swann comptait anxieusement les minutes qui le séparaient du moment où, après avoir quitté ce restaurant, pendant le retour avec elle, il allait pouvoir lui demander des explications, obtenir qu'elle n'allât pas le lendemain à Chatou ou qu'elle l'y fît inviter et apaiser dans ses bras l'angoisse qu'il ressentait. Enfin on demanda leurs voitures. Mme Verdurin dit à Swann :

« Alors, adieu, à bientôt, n'est-ce pas ? » tâchant par l'amabilité du regard et la contrainte du sourire de l'empêcher de penser qu'elle ne lui disait pas, comme elle eût toujours fait jusqu'ici : « À demain à Chatou, à après-demain chez moi. »

M. et Mme Verdurin firent monter avec eux Forcheville, la voiture de Swann s'était rangée derrière la leur dont il attendait le départ pour faire monter Odette dans la sienne.

« Odette, nous vous ramenons, dit Mme Verdurin, nous avons une petite place pour vous à côté de M. de Forcheville.

– Oui, Madame, répondit Odette.

– Comment, mais je croyais que je vous reconduisais, s'écria Swann, disant sans dissimulation, les mots nécessaires, car la portière était ouverte, les secondes étaient comptées, et il ne pouvait rentrer sans elle dans l'état où il était.

– Mais Mme Verdurin m'a demandé…

– Voyons, vous pouvez bien revenir seul, nous vous l'avons laissée assez de fois, dit Mme Verdurin.

– Mais c'est que j'avais une chose importante à dire à Madame.

– Eh bien ! vous la lui écrirez…

– Adieu », lui dit Odette en lui tendant la main.

Il essaya de sourire, mais il avait l'air atterré.

« As-tu vu les façons que Swann se permet maintenant avec nous ? dit Mme Verdurin à son mari quand ils furent rentrés. J'ai cru qu'il allait me manger, parce que nous ramenions Odette. C'est d'une inconvenance, vraiment ! Alors, qu'il dise tout de suite que nous tenons une maison de rendez-vous ! Je ne comprends pas qu'Odette supporte des manières pareilles. Il a absolument l'air de dire : vous m'appartenez. Je dirai ma manière de penser à Odette, j'espère qu'elle comprendra.

Et elle ajouta encore, un instant après, avec colère :

– Non, mais voyez-vous, cette sale bête ! » employant sans s'en rendre compte, et peut-être en obéissant au même besoin obscur de se justifier – comme Françoise à Combray quand le poulet ne voulait pas mourir [1] –, les mots qu'arrachent les derniers sursauts d'un animal inoffensif qui agonise, au paysan qui est en train de l'écraser.

Et quand la voiture de Mme Verdurin fut partie et que celle de Swann s'avança, son cocher le regardant lui demanda s'il n'était pas malade ou s'il n'était pas arrivé de malheur.

Swann le renvoya, il voulait marcher et ce fut à pied, par le Bois, qu'il rentra. Il parlait seul, à haute voix, et sur le même ton un peu factice qu'il avait pris jusqu'ici quand il détaillait les charmes du petit noyau et exaltait la magnanimité des Verdurin. Mais de même que les propos, les sourires, les baisers d'Odette lui devenaient aussi odieux qu'il les avait trouvés doux, s'ils étaient adressés à d'autres que lui, de même, le salon des Verdurin, qui tout à l'heure encore lui semblait amusant, respirant un goût vrai pour l'art et même une sorte de noblesse morale, maintenant que c'était un autre que lui qu'Odette allait y rencontrer, y aimer librement, lui exhibait ses ridicules, sa sottise, son ignominie.

Il se représentait avec dégoût la soirée du lendemain à Chatou. « D'abord cette idée d'aller à Chatou ! Comme des merciers qui viennent de fermer leur boutique ! Vraiment ces gens sont sublimes de bourgeoisisme, ils ne

---

1. Voir dans « Combray » (*DCS*, p. 228) l'épisode savoureux qui fait apparaître toute la cruauté de Françoise, la cuisinière de tante Léonie. À la mort de cette dernière, Françoise passe au service des parents du narrateur.

doivent pas exister réellement, ils doivent sortir du théâtre de Labiche [1] ! »

Il y aurait là les Cottard, peut-être Brichot. « Est-ce assez grotesque cette vie de petites gens qui vivent les uns sur les autres, qui se croiraient perdus, ma parole, s'ils ne se retrouvaient pas tous demain *à Chatou* ! » Hélas ! il y aurait aussi le peintre, le peintre qui aimait « à faire des mariages », qui inviterait Forcheville à venir avec Odette à son atelier. Il voyait Odette avec une toilette trop habillée pour cette partie de campagne, « car elle est si vulgaire et surtout, la pauvre petite, elle est tellement bête ! ! ! ».

Il entendait les plaisanteries que ferait Mme Verdurin après dîner, les plaisanteries qui, quel que fût l'ennuyeux qu'elles eussent pour cible, l'avaient toujours amusé parce qu'il voyait Odette en rire, en rire avec lui, presque en lui. Maintenant il sentait que c'était peut-être de lui qu'on allait faire rire Odette. « Quelle gaieté fétide ! disait-il en donnant à sa bouche une expression de dégoût si forte qu'il avait lui-même la sensation musculaire de sa grimace jusque dans son cou révulsé contre le col de sa chemise. Et comment une créature dont le visage est fait à l'image de Dieu peut-elle trouver matière à rire dans ces plaisanteries nauséabondes ? Toute narine un peu délicate se détourne-rait avec horreur pour ne pas se laisser offusquer par de tels relents. C'est vraiment incroyable de penser qu'un être humain peut ne pas comprendre qu'en se permettant un sourire à l'égard d'un semblable qui lui a tendu loyale-ment la main, il se dégrade jusqu'à une fange d'où il ne sera plus possible à la meilleure volonté du monde de jamais le relever. J'habite à trop de milliers de mètres d'altitude au-dessus des bas-fonds où clapotent et clabau-dent de tels sales papotages, pour que je puisse être écla-boussé par les plaisanteries d'une Verdurin, s'écria-t-il, en relevant la tête, en redressant fièrement son corps en arrière. Dieu m'est témoin que j'ai sincèrement voulu tirer Odette de là, et l'élever dans une atmosphère plus noble et plus pure. Mais la patience humaine a des bornes, et la

---

1. Labiche, Eugène (1815-1888) : célèbre auteur de comédies de mœurs et de vaudevilles qui dépeint la société bourgeoise et ses travers (*Le Voyage de M. Perrichon*).

mienne est à bout », se dit-il, comme si cette mission
4140 d'arracher Odette à une atmosphère de sarcasmes datait de
plus longtemps que de quelques minutes, et comme s'il ne
se l'était pas donnée seulement depuis qu'il pensait que
ces sarcasmes l'avaient peut-être lui-même pour objet et
tentaient de détacher Odette de lui.

Il voyait le pianiste prêt à jouer la sonate *Clair de lune*
et les mines de Mme Verdurin s'effrayant du mal que la
musique de Beethoven allait faire à ses nerfs : « Idiote,
menteuse ! s'écria-t-il, et ça croit aimer l'*Art* ! » Elle dirait
à Odette, après lui avoir insinué adroitement quelques
4150 mots louangeurs pour Forcheville, comme elle avait fait si
souvent pour lui : « Vous allez faire une petite place à
côté de vous à M. de Forcheville. » « Dans l'obscurité !
maquerelle, entremetteuse ! » « Entremetteuse », c'était le
nom qu'il donnait aussi à la musique qui les convierait à
se taire, à rêver ensemble, à se regarder, à se prendre la
main. Il trouvait du bon à la sévérité contre les arts, de
Platon [1], de Bossuet, et de la vieille éducation française.

En somme la vie qu'on menait chez les Verdurin et qu'il
avait appelée si souvent « la vraie vie » lui semblait la
4160 pire de toutes, et leur petit noyau le dernier des milieux.
« C'est vraiment, disait-il, ce qu'il y a de plus bas dans
l'échelle sociale, le dernier cercle de Dante [2]. Nul doute
que le texte auguste ne se réfère aux Verdurin ! Au fond,
comme les gens du monde dont on peut médire, mais qui
tout de même sont autre chose que ces bandes de voyous,
montrent leur profonde sagesse en refusant de les
connaître, d'y salir même le bout de leurs doigts. Quelle
divination dans ce *Noli me tangere* [3] du faubourg Saint-
Germain. » Il avait quitté depuis bien longtemps les allées
4170 du Bois, il était presque arrivé chez lui, que, pas encore

---

1. Allusion au livre X de *La République* de Platon, qui condamne les
artistes et que Bossuet cite dans ses *Maximes et réflexions sur la comédie*
(1694).
2. Dans son poème *La Divine Comédie*, écrit de 1306 à 1321, Dante tra-
verse, avec Virgile, les sept cercles concentriques de l'enfer, puis les sept
terrasses du purgatoire avant de s'envoler, avec Béatrice, dans les neuf
ciels du paradis.
3. « Ne me touche pas » : premiers mots adressés par le Christ à Marie-
Madeleine, lors de sa résurrection (Évangile selon saint Jean).

dégrisé de sa douleur et de la verve d'insincérité dont les intonations menteuses, la sonorité artificielle de sa propre voix lui versaient d'instant en instant plus abondamment l'ivresse, il continuait encore à pérorer tout haut dans le silence de la nuit : « Les gens du monde ont leurs défauts que personne ne reconnaît mieux que moi, mais enfin ce sont tout de même des gens avec qui certaines choses sont impossibles. Telle femme élégante que j'ai connue était loin d'être parfaite, mais enfin il y avait tout de même chez elle un fond de délicatesse, une loyauté dans les procédés qui l'auraient rendue, quoi qu'il arrivât, incapable d'une félonie et qui suffisent à mettre des abîmes entre elle et une mégère comme la Verdurin. Verdurin ! quel nom ! Ah ! on peut dire qu'ils sont complets, qu'ils sont beaux dans leur genre ! Dieu merci, il n'était que temps de ne plus condescendre à la promiscuité avec cette infamie, avec ces ordures. »

Mais, comme les vertus qu'il attribuait tantôt encore aux Verdurin, n'auraient pas suffi, même s'ils les avaient vraiment possédées, mais s'ils n'avaient pas favorisé et protégé son amour, à provoquer chez Swann cette ivresse où il s'attendrissait sur leur magnanimité et qui, même propagée à travers d'autres personnes, ne pouvait lui venir que d'Odette, – de même, l'immoralité, eût-elle été réelle, qu'il trouvait aujourd'hui aux Verdurin aurait été impuissante, s'ils n'avaient pas invité Odette avec Forcheville et sans lui, à déchaîner son indignation et à lui faire flétrir « leur infamie ». Et sans doute la voix de Swann était plus clairvoyante que lui-même, quand elle se refusait à prononcer ces mots pleins de dégoût pour le milieu Verdurin et de la joie d'en avoir fini avec lui, autrement que sur un ton factice et comme s'ils étaient choisis plutôt pour assouvir sa colère que pour exprimer sa pensée. Celle-ci, en effet, pendant qu'il se livrait à ces invectives, était probablement, sans qu'il s'en aperçût, occupée d'un objet tout à fait différent, car une fois arrivé chez lui, à peine eut-il refermé la porte cochère, que brusquement il se frappa le front, et, la faisant rouvrir, ressortit en s'écriant d'une voix naturelle cette fois : « Je crois que j'ai trouvé le moyen de me faire inviter demain au dîner de Chatou ! » Mais le moyen devait être mauvais, car Swann ne fut pas invité : le docteur Cottard qui, appelé en province pour un cas grave, n'avait pas vu les Verdurin depuis plusieurs jours et n'avait pu aller à Chatou, dit, le lendemain de ce dîner, en se mettant à table chez eux :

« Mais, est-ce que nous ne verrons pas M. Swann, ce soir ? Il est bien ce qu'on appelle un ami personnel du…

– Mais j'espère bien que non ! s'écria Mme Verdurin, Dieu nous en préserve, il est assommant, bête et mal 4220 élevé. »

Cottard à ces mots manifesta en même temps son étonnement et sa soumission, comme devant une vérité contraire à tout ce qu'il avait cru jusque-là, mais d'une évidence irrésistible ; et, baissant d'un air ému et peureux son nez dans son assiette, il se contenta de répondre : « Ah ! -ah ! -ah ! -ah ! -ah ! » en traversant à reculons, dans sa retraite repliée en bon ordre jusqu'au fond de lui-même, le long d'une gamme descendante, tout le registre de sa voix. Et il ne fut plus question de Swann chez les Verdurin.

4230 Alors ce salon qui avait réuni Swann et Odette devint un obstacle à leurs rendez-vous. Elle ne lui disait plus comme au premier temps de leur amour : « Nous nous verrons en tout cas demain soir, il y a un souper chez les Verdurin » mais : « Nous ne pourrons pas nous voir demain soir, il y a un souper chez les Verdurin. » Ou bien les Verdurin devaient l'emmener à l'Opéra-Comique voir *Une nuit de Cléopâtre*[1] et Swann lisait dans les yeux d'Odette cet effroi qu'il lui demandât de n'y pas aller, que naguère il n'aurait pu se retenir de baiser au passage sur le visage de 4240 sa maîtresse, et qui maintenant l'exaspérait. « Ce n'est pas de la colère, pourtant, se disait-il à lui-même, que j'éprouve en voyant l'envie qu'elle a d'aller picorer dans cette musique stercoraire[2]. C'est du chagrin, non pas certes pour moi, mais pour elle ; du chagrin de voir qu'après avoir vécu plus de six mois en contact quotidien avec moi, elle n'a pas su devenir assez une autre pour éli-

---

1. *Une nuit de Cléopâtre* : opéra de Victor Massé, représenté de façon posthume, le 25 avril 1885, à l'Opéra-Comique.
2. Nom de la mouette pillarde et adjectif qui qualifie ce qui vit sur les excréments.

miner spontanément Victor Massé ! Surtout pour ne pas être arrivée à comprendre qu'il y a des soirs où un être d'une essence un peu délicate doit savoir renoncer à un plaisir, quand on le lui demande. Elle devrait savoir dire "je n'irai pas", ne fût-ce que par intelligence, puisque c'est sur sa réponse qu'on classera une fois pour toutes sa qualité d'âme. » Et s'étant persuadé à lui-même que c'était seulement en effet pour pouvoir porter un jugement plus favorable sur la valeur spirituelle d'Odette qu'il désirait que ce soir-là elle restât avec lui au lieu d'aller à l'Opéra-Comique, il lui tenait le même raisonnement, au même degré d'insincérité qu'à soi-même, et même, à un degré de plus, car alors il obéissait aussi au désir de la prendre par l'amour-propre.

« Je te jure, lui disait-il, quelques instants avant qu'elle partît pour le théâtre, qu'en te demandant de ne pas sortir, tous mes souhaits, si j'étais égoïste, seraient pour que tu me refuses, car j'ai mille choses à faire ce soir et je me trouverai moi-même pris au piège et bien ennuyé si contre toute attente tu me réponds que tu n'iras pas. Mais mes occupations, mes plaisirs, ne sont pas tout, je dois penser à toi. Il peut venir un jour où me voyant à jamais détaché de toi tu auras le droit de me reprocher de ne pas t'avoir avertie dans les minutes décisives où je sentais que j'allais porter sur toi un de ces jugements sévères auxquels l'amour ne résiste pas longtemps. Vois-tu, *Une nuit de Cléopâtre* (quel titre !) n'est rien dans la circonstance. Ce qu'il faut savoir c'est si vraiment tu es cet être qui est au dernier rang de l'esprit, et même du charme, l'être méprisable qui n'est pas capable de renoncer à un plaisir. Alors, si tu es cela, comment pourrait-on t'aimer, car tu n'es même pas une personne, une créature définie, imparfaite, mais du moins perfectible ? Tu es une eau informe qui coule selon la pente qu'on lui offre, un poisson sans mémoire et sans réflexion qui tant qu'il vivra dans son aquarium se heurtera cent fois par jour contre le vitrage qu'il continuera à prendre pour de l'eau. Comprends-tu que ta réponse, je ne dis pas aura pour effet que je cesserai de t'aimer immédiatement, bien entendu, mais te rendra moins séduisante à mes yeux quand je comprendrai que tu n'es pas une personne, que tu es au-dessous de toutes les

choses et ne sais te placer au-dessus d'aucune ? Évidemment j'aurais mieux aimé te demander comme une chose
4290 sans importance, de renoncer à *Une nuit de Cléopâtre*
(puisque tu m'obliges à me souiller les lèvres de ce nom
abject) dans l'espoir que tu irais cependant. Mais, décidé
à tenir un tel compte, à tirer de telles conséquences de ta
réponse, j'ai trouvé plus loyal de t'en prévenir. »

Odette depuis un moment donnait des signes d'émotion et
d'incertitude. À défaut du sens de ce discours, elle comprenait qu'il pouvait rentrer dans le genre commun des
« laïus », et scènes de reproches ou de supplications et dont
l'habitude qu'elle avait des hommes lui permettait sans
4300 s'attacher aux détails des mots, de conclure qu'ils ne les
prononceraient pas s'ils n'étaient pas amoureux, que du
moment qu'ils étaient amoureux, il était inutile de leur obéir,
qu'ils ne le seraient que plus après. Aussi aurait-elle écouté
Swann avec le plus grand calme si elle n'avait vu que l'heure
passait et que pour peu qu'il parlât encore quelque temps,
elle allait, comme elle le lui dit avec un sourire tendre, obstiné et confus, « finir par manquer l'Ouverture ! ».

D'autres fois il lui disait que ce qui plus que tout ferait
qu'il cesserait de l'aimer, c'est qu'elle ne voulût pas
4310 renoncer à mentir. « Même au simple point de vue de la
coquetterie, lui disait-il, ne comprends-tu donc pas combien tu perds de ta séduction en t'abaissant à mentir ? Par
un aveu, combien de fautes tu pourrais racheter ! Vraiment
tu es bien moins intelligente que je ne croyais ! » Mais
c'est en vain que Swann lui exposait ainsi toutes les raisons qu'elle avait de ne pas mentir ; elles auraient pu
ruiner chez Odette un système général du mensonge ; mais
Odette n'en possédait pas ; elle se contentait seulement,
dans chaque cas où elle voulait que Swann ignorât quelque
4320 chose qu'elle avait fait, de ne pas le lui dire. Ainsi le mensonge était pour elle un expédient d'ordre particulier ; et
ce qui seul pouvait décider si elle devait s'en servir ou
avouer la vérité, c'était une raison d'ordre particulier
aussi, la chance plus ou moins grande qu'il y avait pour
que Swann pût découvrir qu'elle n'avait pas dit la vérité.

Physiquement, elle traversait une mauvaise phase ; elle
épaississait ; et le charme expressif et dolent, les regards
étonnés et rêveurs qu'elle avait autrefois semblaient avoir

disparu avec sa première jeunesse. De sorte qu'elle était devenue si chère à Swann au moment pour ainsi dire où il la trouvait précisément bien moins jolie. Il la regardait longuement pour tâcher de ressaisir le charme qu'il lui avait connu, et ne le retrouvait pas. Mais savoir que sous cette chrysalide nouvelle, c'était toujours Odette qui vivait, toujours la même volonté fugace, insaisissable et sournoise, suffisait à Swann pour qu'il continuât de mettre la même passion à chercher à la capter. Puis il regardait des photographies d'il y avait deux ans, il se rappelait comme elle avait été délicieuse. Et cela le consolait un peu de se donner tant de mal pour elle.

Quand les Verdurin l'emmenaient à Saint-Germain, à Chatou, à Meulan [1], souvent, si c'était dans la belle saison, ils proposaient, sur place, de rester à coucher et de ne revenir que le lendemain. Mme Verdurin cherchait à apaiser les scrupules du pianiste dont la tante était restée à Paris.

« Elle sera enchantée d'être débarrassée de vous pour un jour. Et comment s'inquiéterait-elle, elle vous sait avec nous ; d'ailleurs je prends tout sous mon bonnet. »

Mais si elle n'y réussissait pas, M. Verdurin partait en campagne, trouvait un bureau de télégraphe ou un messager et s'informait de ceux des fidèles qui avaient quelqu'un à faire prévenir. Mais Odette le remerciait et disait qu'elle n'avait de dépêche à faire pour personne, car elle avait dit à Swann une fois pour toutes qu'en lui en envoyant une aux yeux de tous, elle se compromettait. Parfois c'était pour plusieurs jours qu'elle s'absentait, les Verdurin l'emmenaient voir les tombeaux de Dreux [2], ou à Compiègne [3] admirer, sur le conseil du peintre, des couchers de soleil en forêt et on poussait jusqu'au château de Pierrefonds [4].

---

1. Ville des Yvelines.
2. Ville située dans l'Eure-et-Loir, où se trouve aussi Illiers-Combray. La chapelle Saint-Louis renferme les sépultures de la maison d'Orléans, de Louis-Philippe notamment ; le duc d'Aumale y fut enterré en 1897.
3. Ville située dans l'Oise, connue pour son château et sa forêt. Le château, résidence royale et impériale, fut notamment très apprécié par Napoléon III.
4. Village proche de Compiègne. Les ruines du château féodal furent rachetées par Napoléon Ier et Napoléon III en confia la restauration à Viollet-le-Duc, en 1857. Elle ne fut achevée qu'en 1884.

4360   « Penser qu'elle pourrait visiter de vrais monuments
avec moi qui ai étudié l'architecture pendant dix ans et qui
suis tout le temps supplié de mener à Beauvais [1] ou à
Saint-Loup-de-Naud [2] des gens de la plus haute valeur et
ne le ferais que pour elle, et qu'à la place elle va avec les
dernières des brutes s'extasier successivement devant les
déjections de Louis-Philippe et devant celles de Viollet-le-
Duc [3] ! Il me semble qu'il n'y a pas besoin d'être artiste
pour cela et que, même sans flair particulièrement fin, on
ne choisit pas d'aller villégiaturer dans des latrines pour
4370 être plus à portée de respirer des excréments. »

Mais quand elle était partie pour Dreux ou pour Pierrefonds – hélas, sans lui permettre d'y aller, comme par
hasard, de son côté, car « cela ferait un effet déplorable »,
disait-elle – il se plongeait dans le plus enivrant des
romans d'amour, l'indicateur des chemins de fer, qui lui
apprenait les moyens de la rejoindre, l'après-midi, le soir,
ce matin même ! Le moyen ? presque davantage : l'autori-
sation. Car enfin l'indicateur et les trains eux-mêmes
n'étaient pas faits pour des chiens. Si on faisait savoir au
4380 public, par voie d'imprimés, qu'à huit heures du matin
partait un train qui arrivait à Pierrefonds à dix heures, c'est
donc qu'aller à Pierrefonds était un acte licite, pour lequel
la permission d'Odette était superflue ; et c'était aussi un
acte qui pouvait avoir un tout autre motif que le désir de
rencontrer Odette, puisque des gens qui ne la connais-

---

1. Ville de l'Oise, célèbre pour sa cathédrale et sa manufacture de tapisserie (voir note 2, p. 71).
2. Commune de Seine-et-Marne, avec une église remarquable par son
portail du XIIe siècle qui est sans doute à l'origine du porche de Saint-
André-des-Champs, dans « Combray », et dont le nom se retrouve, en
partie, dans celui d'un personnage : Robert de Saint-Loup.
3. Viollet-le-Duc, Eugène Emmanuel (1814-1879) : architecte et théori-
cien français. Il s'intéressa d'abord à l'architecture du Moyen Âge. Son
ami Prosper Mérimée, alors inspecteur des monuments historiques, lui
confia la restauration de la basilique de Vézelay, puis des plus importants
édifices du Moyen Âge : Saint-Germain-des-Prés, la cathédrale Notre-
Dame de Paris, la cité de Carcassonne. Pour la reconstitution du château
de Pierrefonds, il appliqua sa stricte conception de l'architecture féodale
et fut parfois sévèrement critiqué. Il est l'auteur d'importants ouvrages
d'architecture. Proust s'intéressa à l'architecture à travers l'ouvrage
d'Émile Mâle, *L'Art religieux de la fin du Moyen Âge en France* (1908).

saient pas l'accomplissaient chaque jour, en assez grand
nombre pour que cela valût la peine de faire chauffer des
locomotives.

En somme elle ne pouvait tout de même pas l'empêcher
d'aller à Pierrefonds s'il en avait envie ! Or, justement, il
sentait qu'il en avait envie, et que s'il n'avait pas connu
Odette, certainement il y serait allé. Il y avait longtemps
qu'il voulait se faire une idée plus précise des travaux de
restauration de Viollet-le-Duc. Et par le temps qu'il faisait,
il éprouvait l'impérieux désir d'une promenade dans la
forêt de Compiègne.

Ce n'était vraiment pas de chance qu'elle lui défendît le
seul endroit qui le tentait aujourd'hui. Aujourd'hui ! S'il y
allait malgré son interdiction, il pourrait la voir *aujour-
d'hui* même ! Mais, alors que, si elle eût retrouvé à Pierrefonds quelque indifférent, elle lui eût dit joyeusement :
« Tiens, vous ici ! », et lui aurait demandé d'aller la
voir à l'hôtel où elle était descendue avec les Verdurin, au
contraire si elle l'y rencontrait, lui, Swann, elle serait
froissée, elle se dirait qu'elle était suivie, elle l'aimerait
moins, peut-être se détournerait-elle avec colère en l'apercevant. « Alors, je n'ai plus le droit de voyager ! » lui
dirait-elle au retour, tandis qu'en somme c'était lui qui
n'avait plus le droit de voyager !

Il avait eu un moment l'idée, pour pouvoir aller à Compiègne et à Pierrefonds sans avoir l'air que ce fût pour rencontrer Odette, de s'y faire emmener par un de ses amis,
le Marquis de Forestelle, qui avait un château dans le voisinage. Celui-ci, à qui il avait fait part de son projet sans
lui en dire le motif, ne se sentait pas de joie et s'émerveillait que Swann, pour la première fois depuis quinze
ans, consentît enfin à venir voir sa propriété, et puisqu'il
ne voulait pas s'y arrêter, lui avait-il dit, lui promît au
moins de faire ensemble des promenades et des excursions
pendant plusieurs jours. Swann s'imaginait déjà là-bas
avec M. de Forestelle. Même avant d'y voir Odette, même
s'il ne réussissait pas à l'y voir, quel bonheur il aurait à
mettre le pied sur cette terre où ne sachant pas l'endroit
exact, à tel moment, de sa présence, il sentirait palpiter
partout la possibilité de sa brusque apparition : dans la
cour du château, devenu beau pour lui parce que c'était à

cause d'elle qu'il était allé le voir ; dans toutes les rues de
la ville, qui lui semblait romanesque ; sur chaque route de
la forêt, rosée par un couchant profond et tendre ; – asiles
4430 innombrables et alternatifs, où venait simultanément se
réfugier, dans l'incertaine ubiquité de ses espérances, son
cœur heureux, vagabond et multiplié. « Surtout, dirait-il à
M. de Forestelle, prenons garde de ne pas tomber sur
Odette et les Verdurin ; je viens d'apprendre qu'ils sont
justement aujourd'hui à Pierrefonds. On a assez le temps
de se voir à Paris, ce ne serait pas la peine de le quitter
pour ne pas pouvoir faire un pas les uns sans les autres. »
Et son ami ne comprendrait pas pourquoi une fois là-bas il
changerait vingt fois de projets, inspecterait les salles à
4440 manger de tous les hôtels de Compiègne sans se décider à
s'asseoir dans aucune de celles où pourtant on n'avait pas
vu trace de Verdurin, ayant l'air de rechercher ce qu'il
disait vouloir fuir et du reste le fuyant dès qu'il l'aurait
trouvé, car s'il avait rencontré le petit groupe, il s'en serait
écarté avec affectation, content d'avoir vu Odette et
qu'elle l'eût vu, surtout qu'elle l'eût vu ne se souciant pas
d'elle. Mais non, elle devinerait bien que c'était pour elle
qu'il était là. Et quand M. de Forestelle venait le chercher
pour partir, il lui disait : « Hélas ! non, je ne peux pas aller
4450 aujourd'hui à Pierrefonds, Odette y est justement. » Et
Swann était heureux malgré tout de sentir que, si seul de
tous les mortels il n'avait pas le droit en ce jour d'aller à
Pierrefonds, c'était parce qu'il était en effet pour Odette
quelqu'un de différent des autres, son amant, et que cette
restriction apportée pour lui au droit universel de libre cir-
culation, n'était qu'une des formes de cet esclavage, de cet
amour qui lui était si cher. Décidément il valait mieux ne
pas risquer de se brouiller avec elle, patienter, attendre son
retour. Il passait ses journées penché sur une carte de la
4460 forêt de Compiègne comme si ç'avait été la carte du
Tendre [1], s'entourait de photographies du château de Pierrefonds. Dès que venait le jour où il était possible qu'elle
revînt, il rouvrait l'indicateur, calculait quel train elle avait

---

1. La carte de Tendre est la représentation topographique de l'accroisse-
ment du sentiment amoureux, dans le roman *Clélie* (1654-1660) de
Madeleine de Scudéry.

dû prendre, et si elle s'était attardée, ceux qui lui restaient encore. Il ne sortait pas de peur de manquer une dépêche, ne se couchait pas, pour le cas où, revenue par le dernier train, elle aurait voulu lui faire la surprise de venir le voir au milieu de la nuit. Justement il entendait sonner à la porte cochère, il lui semblait qu'on tardait à ouvrir, il voulait éveiller le concierge, se mettait à la fenêtre pour appeler Odette si c'était elle, car malgré les recommandations qu'il était descendu faire plus de dix fois lui-même, on était capable de lui dire qu'il n'était pas là. C'était un domestique qui rentrait. Il remarquait le vol incessant des voitures qui passaient, auquel il n'avait jamais fait attention autrefois. Il écoutait chacune venir au loin, s'approcher, dépasser sa porte sans s'être arrêtée et porter plus loin un message qui n'était pas pour lui. Il attendait toute la nuit, bien inutilement, car les Verdurin ayant avancé leur retour, Odette était à Paris depuis midi ; elle n'avait pas eu l'idée de l'en prévenir ; ne sachant que faire, elle avait été passer sa soirée seule au théâtre et il y avait longtemps qu'elle était rentrée se coucher et dormait.

C'est qu'elle n'avait même pas pensé à lui. Et de tels moments où elle oubliait jusqu'à l'existence de Swann étaient plus utiles à Odette, servaient mieux à lui attacher Swann, que toute sa coquetterie. Car ainsi Swann vivait dans cette agitation douloureuse qui avait déjà été assez puissante pour faire éclore son amour le soir où il n'avait pas trouvé Odette chez les Verdurin et l'avait cherchée toute la soirée. Et il n'avait pas, comme j'eus à Combray dans mon enfance, des journées heureuses pendant lesquelles s'oublient les souffrances qui renaîtront le soir. Les journées, Swann les passait sans Odette ; et par moments il se disait que laisser une aussi jolie femme sortir ainsi seule dans Paris était aussi imprudent que de poser un écrin plein de bijoux au milieu de la rue. Alors il s'indignait contre tous les passants comme contre autant de voleurs. Mais leur visage collectif et informe échappant à son imagination ne nourrissait pas sa jalousie. Il fatiguait la pensée de Swann, lequel, se passant la main sur les yeux, s'écriait : « À la grâce de Dieu », comme ceux qui après s'être acharnés à étreindre le problème de la réalité du monde extérieur ou de l'immortalité de l'âme accordent la détente d'un acte de foi à leur cerveau lassé. Mais aujourd'hui la pensée de l'absente était indissolublement mêlée aux actes les plus simples de la vie de Swann – déjeuner, recevoir son courrier, sortir, se coucher – par la tristesse même qu'il avait à les accomplir sans elle, comme ces initiales de Philibert le Beau que dans l'église de Brou [1], à cause du regret qu'elle avait de lui, Marguerite d'Autriche entrelaça partout aux siennes. Certains jours, au lieu de rester chez lui, il allait prendre son déjeuner dans un restaurant assez voisin dont il avait apprécié autrefois la bonne cuisine et où maintenant il n'allait plus que pour une de ces raisons, à la fois mystiques et saugrenues, qu'on appelle romanesques ; c'est que ce restaurant (lequel existe encore) portait le même nom que la rue habitée par Odette : *Lapérouse* [2]. Quelquefois, quand elle avait fait un court déplacement, ce n'est qu'après plusieurs jours qu'elle songeait à lui faire savoir qu'elle était revenue à Paris. Et elle lui disait tout simplement, sans plus prendre comme autrefois la précaution de se couvrir à tout hasard d'un petit morceau emprunté à la vérité, qu'elle venait d'y rentrer à l'instant même par le train du matin. Ces paroles étaient mensongères ; du moins pour Odette elles étaient mensongères, inconsistantes, n'ayant pas, comme si elles avaient été vraies, un point d'appui dans le souvenir de son arrivée à la gare ; même elle était empêchée de se les représenter au moment où elle les prononçait, par l'image contradictoire de ce qu'elle avait fait de tout différent au moment où elle prétendait être descendue du train. Mais dans l'esprit de Swann au contraire ces paroles qui ne rencontraient aucun obstacle venaient s'incruster et prendre l'inamovibilité d'une vérité si indubitable que si un ami lui disait être venu par ce train et ne

---

1. L'église de Brou (Bourg-en-Bresse), construite de 1513 à 1532, dans le style flamboyant, fut commandée par Marguerite d'Autriche en mémoire de son mari, le duc de Savoie, Philibert le Beau, décédé à l'âge de vingt-quatre ans. Brou est aussi le nom d'une bourgade dans la région d'Illiers.
2. *Lapérouse* est le nom d'un très grand restaurant, situé au numéro 51 du quai des Grands-Augustins dans le VIe arrondissement. « Lapérouse » s'écrit bien en un seul mot, contrairement au nom de la rue où habite Odette, qui est celui du navigateur.

pas avoir vu Odette il était persuadé que c'était l'ami qui se trompait de jour ou d'heure puisque son dire ne se conciliait pas avec les paroles d'Odette. Celles-ci ne lui eussent paru mensongères que s'il s'était d'abord défié 4540 qu'elles le fussent. Pour qu'il crût qu'elle mentait, un soupçon préalable était une condition nécessaire. C'était d'ailleurs aussi une condition suffisante. Alors tout ce que disait Odette lui paraissait suspect. L'entendait-il citer un nom, c'était certainement celui d'un de ses amants ; une fois cette supposition forgée, il passait des semaines à se désoler ; il s'aboucha même une fois avec une agence de renseignements pour savoir l'adresse, l'emploi du temps de l'inconnu qui ne le laisserait respirer que quand il serait parti en voyage, et dont il finit par apprendre que c'était un 4550 oncle d'Odette mort depuis vingt ans.

Bien qu'elle ne lui permît pas en général de la rejoindre dans des lieux publics disant que cela ferait jaser, il arrivait que dans une soirée où il était invité comme elle – chez Forcheville, chez le peintre, ou à un bal de charité dans un ministère – il se trouvât en même temps qu'elle. Il la voyait mais n'osait pas rester de peur de l'irriter en ayant l'air d'épier les plaisirs qu'elle prenait avec d'autres et qui – tandis qu'il rentrait solitaire, qu'il allait se coucher anxieux comme je devais l'être moi-même quelques 4560 années plus tard les soirs où il viendrait dîner à la maison, à Combray – lui semblaient illimités parce qu'il n'en avait pas vu la fin. Et une fois ou deux il connut par de tels soirs de ces joies qu'on serait tenté, si elles ne subissaient avec tant de violence le choc en retour de l'inquiétude brusquement arrêtée, d'appeler des joies calmes, parce qu'elles consistent en un apaisement : il était allé passer un instant à un raout chez le peintre et s'apprêtait à le quitter ; il y laissait Odette muée en une brillante étrangère, au milieu d'hommes à qui ses regards et sa gaieté, qui n'étaient pas 4570 pour lui, semblaient parler de quelque volupté qui serait goûtée là ou ailleurs (peut-être au « Bal des Incohérents [1] »

---

1. Différentes sociétés artistiques se créèrent à l'époque, portant des noms extravagants et ayant pour devise commune l'anticonformisme. La Société des arts incohérents fut fondée à Paris en 1882, se fit connaître au cabaret du Chat noir et organisa son premier bal public en 1885.

où il tremblait qu'elle n'allât ensuite) et qui causait à
Swann plus de jalousie que l'union charnelle même parce
qu'il l'imaginait plus difficilement ; il était déjà prêt à
passer la porte de l'atelier quand il s'entendait rappeler par
ces mots (qui en retranchant de la fête cette fin qui l'épou-
vantait, la lui rendaient rétrospectivement innocente, faisaient du retour d'Odette une chose non plus inconcevable
4580 et terrible, mais douce et connue et qui tiendrait à côté de
lui, pareille à un peu de sa vie de tous les jours, dans sa
voiture, et dépouillaient Odette elle-même de son apparence trop brillante et gaie, montraient que ce n'était qu'un
déguisement qu'elle avait revêtu un moment, pour lui-
même, non en vue de mystérieux plaisirs, et duquel elle
était déjà lasse), par ces mots qu'Odette lui jetait, comme
il était déjà sur le seuil : « Vous ne voudriez pas m'attendre cinq minutes, je vais partir, nous reviendrions
ensemble, vous me ramèneriez chez moi. »

4590   Il est vrai qu'un jour Forcheville avait demandé à être
ramené en même temps, mais comme, arrivé devant la
porte d'Odette il avait sollicité la permission d'entrer
aussi, Odette lui avait répondu en montrant Swann : « Ah !
cela dépend de ce monsieur-là, demandez-lui. Enfin,
entrez un moment si vous voulez, mais pas longtemps
parce que je vous préviens qu'il aime causer tranquille-
ment avec moi, et qu'il n'aime pas beaucoup qu'il y ait des
visites quand il vient. Ah ! si vous connaissiez cet être-là
autant que je le connais ; n'est-ce pas, *my love*, il n'y a que
4600 moi qui vous connaisse bien ? »

Et Swann était peut-être encore plus touché de la voir
ainsi lui adresser en présence de Forcheville, non seulement ces paroles de tendresse, de prédilection, mais
encore certaines critiques comme : « Je suis sûre que vous
n'avez pas encore répondu à vos amis pour votre dîner de
dimanche. N'y allez pas si vous ne voulez pas, mais soyez
au moins poli », ou : « Avez-vous laissé seulement ici
votre essai sur Ver Meer pour pouvoir l'avancer un peu
demain ? Quel paresseux ! Je vous ferai travailler, moi ! »
4610 qui prouvaient qu'Odette se tenait au courant de ses invi-
tations dans le monde et de ses études d'art, qu'ils avaient
bien une vie à eux deux. Et en disant cela elle lui adressait
un sourire au fond duquel il la sentait toute à lui.

Alors à ces moments-là, pendant qu'elle leur faisait de l'orangeade, tout d'un coup, comme quand un réflecteur mal réglé d'abord promène autour d'un objet, sur la muraille, de grandes ombres fantastiques qui viennent ensuite se replier et s'anéantir en lui, toutes les idées terribles et mouvantes qu'il se faisait d'Odette s'évanouissaient, rejoignaient le corps charmant que Swann avait devant lui. Il avait le brusque soupçon que cette heure passée chez Odette, sous la lampe, n'était peut-être pas une heure factice, à son usage à lui (destinée à masquer cette chose effrayante et délicieuse à laquelle il pensait sans cesse sans pouvoir bien se la représenter, une heure de la vraie vie d'Odette, de la vie d'Odette quand lui n'était pas là), avec des accessoires de théâtre et des fruits de carton, mais était peut-être une heure pour de bon de la vie d'Odette, que s'il n'avait pas été là elle eût avancé à Forcheville le même fauteuil et lui eût versé non un breuvage inconnu, mais précisément cette orangeade ; que le monde habité par Odette n'était pas cet autre monde effroyable et surnaturel où il passait son temps à la situer et qui n'existait peut-être que dans son imagination, mais l'univers réel, ne dégageant aucune tristesse spéciale, comprenant cette table où il allait pouvoir écrire et cette boisson à laquelle il lui serait permis de goûter ; tous ces objets qu'il contemplait avec autant de curiosité et d'admiration que de gratitude, car si en absorbant ses rêves ils l'en avaient délivré, eux, en revanche, s'en étaient enrichis, ils lui en montraient la réalisation palpable, et ils intéressaient son esprit, ils prenaient du relief devant ses regards, en même temps qu'ils tranquillisaient son cœur. Ah ! si le destin avait permis qu'il pût n'avoir qu'une seule demeure avec Odette et que chez elle il fût chez lui, si en demandant au domestique ce qu'il y avait à déjeuner c'eût été le menu d'Odette qu'il avait appris en réponse, si quand Odette voulait aller le matin se promener avenue du Bois-de-Boulogne, son devoir de bon mari l'avait obligé, n'eût-il pas envie de sortir, à l'accompagner, portant son manteau quand elle avait trop chaud, et le soir après le dîner si elle avait envie de rester chez elle en déshabillé, s'il avait été forcé de rester là près d'elle, à faire ce qu'elle voudrait ; alors combien tous les riens de la vie de Swann

qui lui semblaient si tristes, au contraire parce qu'ils
auraient en même temps fait partie de la vie d'Odette
auraient pris, même les plus familiers – et comme cette
lampe, cette orangeade, ce fauteuil qui contenaient tant de
rêve, qui matérialisaient tant de désir –, une sorte de douceur surabondante et de densité mystérieuse.

Pourtant il se doutait bien que ce qu'il regrettait ainsi
c'était un calme, une paix qui n'auraient pas été pour son
amour une atmosphère favorable. Quand Odette cesserait
d'être pour lui une créature toujours absente, regrettée,
imaginaire, quand le sentiment qu'il aurait pour elle ne
serait plus ce même trouble mystérieux que lui causait la
phrase de la sonate, mais de l'affection, de la reconnaissance, quand s'établiraient entre eux des rapports normaux
qui mettraient fin à sa folie et à sa tristesse, alors sans
doute les actes de la vie d'Odette lui paraîtraient peu intéressants en eux-mêmes – comme il avait déjà eu plusieurs
fois le soupçon qu'ils étaient, par exemple le jour où il
avait lu à travers l'enveloppe la lettre adressée à Forcheville. Considérant son mal avec autant de sagacité que s'il
se l'était inoculé pour en faire l'étude, il se disait que,
quand il serait guéri, ce que pourrait faire Odette lui serait
indifférent. Mais du sein de son état morbide, à vrai dire il
redoutait à l'égal de la mort une telle guérison, qui eût été
en effet la mort de tout ce qu'il était actuellement.

Après ces tranquilles soirées les soupçons de Swann
étaient calmés ; il bénissait Odette et le lendemain, dès le
matin, il faisait envoyer chez elle les plus beaux bijoux,
parce que ces bontés de la veille avaient excité ou sa
gratitude, ou le désir de les voir se renouveler, ou un
paroxysme d'amour qui avait besoin de se dépenser.

Mais, à d'autres moments, sa douleur le reprenait, il
s'imaginait qu'Odette était la maîtresse de Forcheville et
que quand tous deux l'avaient vu, du fond du landau des
Verdurin, au Bois, la veille de la fête de Chatou où il
n'avait pas été invité, la prier vainement, avec cet air de
désespoir qu'avait remarqué jusqu'à son cocher, de revenir
avec lui, puis s'en retourner de son côté, seul et vaincu,
elle avait dû avoir pour le désigner à Forcheville et lui
dire : « Hein ! ce qu'il rage ! » les mêmes regards brillants,

malicieux, abaissés et sournois, que le jour où celui-ci avait chassé Saniette de chez les Verdurin.

Alors Swann la détestait. « Mais aussi, je suis trop bête, se disait-il, je paie avec mon argent le plaisir des autres. Elle fera tout de même bien de faire attention et de ne pas trop tirer sur la corde, car je pourrais bien ne plus rien donner du tout. En tout cas, renonçons provisoirement aux gentillesses supplémentaires ! Penser que pas plus tard qu'hier, comme elle disait avoir envie d'assister à la saison de Bayreuth [1], j'ai eu la bêtise de lui proposer de louer un des jolis châteaux du Roi de Bavière [2] pour nous deux dans les environs. Et d'ailleurs elle n'a pas paru plus ravie que cela, elle n'a encore dit ni oui ni non ; espérons qu'elle refusera, grand Dieu ! Entendre du Wagner pendant quinze jours avec elle qui s'en soucie comme un poisson d'une pomme, ce serait gai ! » Et sa haine, tout comme son amour, ayant besoin de se manifester et d'agir, il se plaisait à pousser de plus en plus loin ses imaginations mauvaises, parce que, grâce aux perfidies qu'il prêtait à Odette, il la détestait davantage et pourrait si – ce qu'il cherchait à se figurer – elles se trouvaient être vraies, avoir une occasion de la punir et d'assouvir sur elle sa rage grandissante. Il alla ainsi jusqu'à supposer qu'il allait recevoir une lettre d'elle où elle lui demanderait de l'argent pour louer ce château près de Bayreuth, mais en le prévenant qu'il n'y pourrait pas venir, parce qu'elle avait promis à Forcheville et aux Verdurin de les inviter. Ah ! comme il eût aimé qu'elle pût avoir cette audace ! Quelle joie il aurait à refuser, à rédiger la réponse vengeresse dont il se complaisait à choisir, à énoncer tout haut les termes, comme s'il avait reçu la lettre en réalité.

Or, c'est ce qui arriva le lendemain même. Elle lui écrivit que les Verdurin et leurs amis avaient manifesté le désir d'assister à ces représentations de Wagner et que, s'il

4700

4710

4720

---

1. Voir note 1, p. 51.
2. Louis II de Bavière (1845-1886) : roi solitaire, qui avait pour seul confident Wagner et passait son temps à écouter de la musique et à lire des romans. Il fit construire de nombreux châteaux à l'architecture inspirée des légendes allemandes reprises par Wagner ou du château de Versailles. Son excentricité fit qu'on prit la décision de l'interner. Il se noya, avec son médecin, dans des circonstances restées mystérieuses.

voulait bien lui envoyer cet argent, elle aurait enfin, après
4730 avoir été si souvent reçue chez eux, le plaisir de les inviter
à son tour. De lui, elle ne disait pas un mot, il était sous-
entendu que leur présence excluait la sienne.

Alors cette terrible réponse dont il avait arrêté chaque
mot la veille sans oser espérer qu'elle pourrait servir
jamais, il avait la joie de la lui faire porter. Hélas ! il sentait
bien qu'avec l'argent qu'elle avait, ou qu'elle trouverait
facilement, elle pourrait tout de même louer à Bayreuth
puisqu'elle en avait envie, elle qui n'était pas capable de
faire de différence entre Bach [1] et Clapisson [2]. Mais elle y
4740 vivrait malgré tout plus chichement. Pas moyen comme
s'il lui eût envoyé cette fois quelques billets de mille
francs, d'organiser chaque soir, dans un château, de ces
soupers fins après lesquels elle se serait peut-être passé la
fantaisie – qu'il était possible qu'elle n'eût jamais eue
encore – de tomber dans les bras de Forcheville. Et puis du
moins, ce voyage détesté, ce n'était pas lui, Swann, qui le
paierait ! – Ah ! s'il avait pu l'empêcher ! si elle avait pu
se fouler le pied avant de partir, si le cocher de la voiture
qui l'emmènerait à la gare avait consenti, à n'importe quel
4750 prix, à la conduire dans un lieu où elle fût restée quelque
temps séquestrée, cette femme perfide, aux yeux émail-
lés par un sourire de complicité adressé à Forcheville,
qu'Odette était pour Swann depuis quarante-huit heures.

Mais elle ne l'était jamais pour très longtemps ; au bout
de quelques jours le regard luisant et fourbe perdait de son
éclat et de sa duplicité, cette image d'une Odette exécrée
disant à Forcheville : « Ce qu'il rage ! » commençait à

---

1. Bach, Jean-Sébastien (1685-1750) : compositeur allemand dont les
plus grands chefs-d'œuvre sont les *Passions* (selon saint Jean, selon
saint Matthieu, selon saint Marc), le *Magnificat*, la *Messe en si mineur*,
l'*Oratorio de Noël* et *L'Art de la fugue*. Virtuose, Jean-Sébastien Bach
ne fut véritablement apprécié qu'au XIXe siècle et son œuvre complet fut
publié en 1900. César Franck et Gabriel Fauré ont contribué à le faire
connaître.
2. Clapisson, Antoine Louis (1808-1866) : violoniste et compositeur
français. Il fit partie de l'orchestre de l'Opéra et enseigna l'harmonie au
conservatoire de Paris. Selon Henri Béhar, « dans *À rebours*, des
Esseintes ironise, comme Swann, sur le vulgaire incapable de discerner
"un air de Beethoven d'un air de Clapisson" » (*Un amour de Swann*,
Pocket, 2000).

pâlir, à s'effacer. Alors, progressivement reparaissait et s'élevait en brillant doucement, le visage de l'autre Odette, de celle qui adressait aussi un sourire à Forche- 4760 ville, mais un sourire où il n'y avait pour Swann que de la tendresse, quand elle disait : « Ne restez pas longtemps car ce monsieur-là n'aime pas beaucoup que j'aie des visites quand il a envie d'être auprès de moi. Ah ! si vous connais- siez cet être-là autant que je le connais ! », ce même sou- rire qu'elle avait pour remercier Swann de quelque trait de sa délicatesse qu'elle prisait si fort, de quelque conseil qu'elle lui avait demandé dans une de ces circonstances graves où elle n'avait confiance qu'en lui.

Alors, à cette Odette-là, il se demandait comment il 4770 avait pu écrire cette lettre outrageante dont sans doute jusqu'ici elle ne l'eût pas cru capable, et qui avait dû le faire descendre du rang élevé, unique, que par sa bonté, sa loyauté, il avait conquis dans son estime. Il allait lui devenir moins cher, car c'était pour ces qualités-là, qu'elle ne trouvait ni à Forcheville ni à aucun autre, qu'elle l'aimait. C'était à cause d'elles qu'Odette lui témoignait si souvent une gentillesse qu'il comptait pour rien au moment où il était jaloux, parce qu'elle n'était pas une marque de désir, et prouvait même plutôt de l'affection 4780 que de l'amour, mais dont il recommençait à sentir l'im- portance au fur et à mesure que la détente spontanée de ses soupçons, souvent accentuée par la distraction que lui apportait une lecture d'art ou la conversation d'un ami, rendait sa passion moins exigeante de réciprocités.

Maintenant qu'après cette oscillation, Odette était natu- rellement revenue à la place d'où la jalousie de Swann l'avait un moment écartée, dans l'angle où il la trouvait charmante, il se la figurait pleine de tendresse, avec un regard de consentement, si jolie ainsi, qu'il ne pouvait 4790 s'empêcher d'avancer les lèvres vers elle comme si elle avait été là et qu'il eût pu l'embrasser ; et il lui gardait de ce regard enchanteur et bon autant de reconnaissance que si elle venait de l'avoir réellement et si ce n'eût pas été seulement son imagination qui venait de le peindre pour donner satisfaction à son désir.

Comme il avait dû lui faire de la peine ! Certes il trou- vait des raisons valables à son ressentiment contre elle,

mais elles n'auraient pas suffi à le lui faire éprouver s'il ne
4800 l'avait pas autant aimée. N'avait-il pas eu des griefs aussi
graves contre d'autres femmes, auxquelles il eût néanmoins volontiers rendu service aujourd'hui, étant contre
elles sans colère parce qu'il ne les aimait plus. S'il devait
jamais un jour se trouver dans le même état d'indifférence
vis-à-vis d'Odette, il comprendrait que c'était sa jalousie
seule qui lui avait fait trouver quelque chose d'atroce,
d'impardonnable, à ce désir, au fond si naturel provenant
d'un peu d'enfantillage et aussi d'une certaine délicatesse
d'âme, de pouvoir à son tour, puisqu'une occasion s'en
4810 présentait, rendre des politesses aux Verdurin, jouer à la
maîtresse de maison.

Il revenait à ce point de vue – opposé à celui de son
amour et de sa jalousie et auquel il se plaçait quelquefois
par une sorte d'équité intellectuelle et pour faire la part des
diverses probabilités – d'où il essayait de juger Odette
comme s'il ne l'avait pas aimée, comme si elle était pour
lui une femme comme les autres, comme si la vie d'Odette
n'avait pas été, dès qu'il n'était plus là, différente, tramée
en cachette de lui, ourdie contre lui.

4820   Pourquoi croire qu'elle goûterait là-bas avec Forcheville ou avec d'autres des plaisirs enivrants qu'elle n'avait
pas connus auprès de lui et que seule sa jalousie forgeait
de toutes pièces ? À Bayreuth comme à Paris, s'il arrivait
que Forcheville pensât à lui ce n'eût pu être que comme à
quelqu'un qui comptait beaucoup dans la vie d'Odette à
qui il était obligé de céder la place, quand ils se rencontraient chez elle. Si Forcheville et elle triomphaient
d'être là-bas malgré lui, c'est lui qui l'aurait voulu en
cherchant inutilement à l'empêcher d'y aller, tandis que
4830 s'il avait approuvé son projet, d'ailleurs défendable, elle
aurait eu l'air d'être là-bas d'après son avis, elle s'y serait
sentie envoyée, logée par lui, et le plaisir qu'elle aurait
éprouvé à recevoir ces gens qui l'avaient tant reçue, c'est
à Swann qu'elle en aurait su gré.

Et – au lieu qu'elle allait partir brouillée avec lui, sans
l'avoir revu – s'il lui envoyait cet argent, s'il l'encoura-
geait à ce voyage et s'occupait de le lui rendre agréable,
elle allait accourir, heureuse, reconnaissante, et il aurait
cette joie de la voir qu'il n'avait pas goûtée depuis près

d'une semaine et que rien ne pouvait lui remplacer. Car 4840
sitôt que Swann pouvait se la représenter sans horreur,
qu'il revoyait de la bonté dans son sourire, et que le désir
de l'enlever à tout autre n'était plus ajouté par la jalousie
à son amour, cet amour redevenait surtout un goût pour les
sensations que lui donnait la personne d'Odette, pour le
plaisir qu'il avait à admirer comme un spectacle ou à interroger comme un phénomène, le lever d'un de ses regards,
la formation d'un de ses sourires, l'émission d'une intonation de sa voix. Et ce plaisir différent de tous les autres,
avait fini par créer en lui un besoin d'elle et qu'elle seule 4850
pouvait assouvir par sa présence ou ses lettres, presque
aussi désintéressé, presque aussi artistique, aussi pervers,
qu'un autre besoin qui caractérisait cette période nouvelle
de la vie de Swann où à la sécheresse, à la dépression des
années antérieures avait succédé une sorte de trop-plein
spirituel, sans qu'il sût davantage à quoi il devait cet enri-
chissement inespéré de sa vie intérieure qu'une personne
de santé délicate qui à partir d'un certain moment se for-
tifie, engraisse, et semble pendant quelque temps s'ache-
miner vers une complète guérison – cet autre besoin qui se 4860
développait aussi en dehors du monde réel, c'était celui
d'entendre, de connaître de la musique.

Ainsi, par le chimisme même de son mal, après qu'il
avait fait de la jalousie avec son amour, il recommençait à
fabriquer de la tendresse, de la pitié pour Odette. Elle était
redevenue l'Odette charmante et bonne. Il avait des
remords d'avoir été dur pour elle. Il voulait qu'elle vînt
près de lui et, auparavant, il voulait lui avoir procuré
quelque plaisir, pour voir la reconnaissance pétrir son
visage et modeler son sourire. 4870

Aussi Odette, sûre de le voir venir après quelques jours,
aussi tendre et soumis qu'avant, lui demander une récon-
ciliation, prenait-elle l'habitude de ne plus craindre de lui
déplaire et même de l'irriter et lui refusait-elle, quand cela
lui était commode, les faveurs auxquelles il tenait le plus.

Peut-être ne savait-elle pas combien il avait été sincère
vis-à-vis d'elle pendant la brouille, quand il lui avait dit
qu'il ne lui enverrait pas d'argent et chercherait à lui faire
du mal. Peut-être ne savait-elle pas davantage combien il
l'était, vis-à-vis sinon d'elle, du moins de lui-même, en 4880

d'autres cas où dans l'intérêt de l'avenir de leur liaison, pour montrer à Odette qu'il était capable de se passer d'elle, qu'une rupture restait toujours possible, il décidait de rester quelque temps sans aller chez elle.

Parfois c'était après quelques jours où elle ne lui avait pas causé de souci nouveau ; et comme, des visites prochaines qu'il lui ferait, il savait qu'il ne pouvait tirer nulle bien grande joie mais plus probablement quelque chagrin qui mettrait fin au calme où il se trouvait, il lui écrivait qu'étant très occupé il ne pourrait la voir aucun des jours qu'il lui avait dit. Or une lettre d'elle, se croisant avec la sienne, le priait précisément de déplacer un rendez-vous. Il se demandait pourquoi ; ses soupçons, sa douleur le reprenaient. Il ne pouvait plus tenir, dans l'état nouveau d'agitation où il se trouvait, l'engagement qu'il avait pris dans l'état antérieur de calme relatif, il courait chez elle et exigeait de la voir tous les jours suivants. Et même si elle ne lui avait pas écrit la première, si elle répondait seulement, en y acquiesçant, à sa demande d'une courte séparation, cela suffisait pour qu'il ne pût plus rester sans la voir. Car, contrairement au calcul de Swann, le consentement d'Odette avait tout changé en lui. Comme tous ceux qui possèdent une chose, pour savoir ce qui arriverait s'il cessait un moment de la posséder il avait ôté cette chose de son esprit, en y laissant tout le reste dans le même état que quand elle était là. Or l'absence d'une chose, ce n'est pas que cela, ce n'est pas un simple manque partiel, c'est un bouleversement de tout le reste, c'est un état nouveau qu'on ne peut prévoir dans l'ancien.

Mais d'autres fois au contraire – Odette était sur le point de partir en voyage – c'était après quelque petite querelle dont il choisissait le prétexte, qu'il se résolvait à ne pas lui écrire et à ne pas la revoir avant son retour, donnant ainsi les apparences, et demandant le bénéfice, d'une grande brouille qu'elle croirait peut-être définitive à une séparation dont la plus longue part était inévitable du fait du voyage et qu'il faisait commencer seulement un peu plus tôt. Déjà il se figurait Odette inquiète, affligée de n'avoir reçu ni visite ni lettre et cette image en calmant sa jalousie, lui rendait facile de se déshabituer de la voir. Sans doute, par moments, tout au bout de son esprit où sa résolution la refoulait grâce à toute la longueur interposée des trois semaines de séparation acceptée, c'était avec plaisir qu'il considérait l'idée qu'il reverrait Odette à son retour ; mais, c'était aussi avec si peu d'impatience qu'il commençait à se demander s'il ne doublerait pas volontiers la durée d'une abstinence si facile. Elle ne datait encore que de trois jours, temps beaucoup moins long que celui qu'il avait souvent passé en ne voyant pas Odette, et sans l'avoir comme maintenant prémédité. Et pourtant voici qu'une légère contrariété ou un malaise physique – en l'incitant à considérer le moment présent comme un moment exceptionnel, en dehors de la règle, où la sagesse même admettrait d'accueillir l'apaisement qu'apporte un plaisir et de donner congé, jusqu'à la reprise utile de l'effort, à la volonté – suspendait l'action de celle-ci qui cessait d'exercer sa compression ; ou, moins que cela, le souvenir d'un renseignement qu'il avait oublié de demander à Odette, si elle avait décidé la couleur dont elle voulait faire repeindre sa voiture, ou pour une certaine valeur de bourse, si c'était des actions ordinaires ou privilégiées qu'elle désirait acquérir (c'était très joli de lui montrer qu'il pouvait rester sans la voir, mais si après ça la peinture était à refaire ou si les actions ne donnaient pas de dividende, il serait bien avancé), voici que comme un caoutchouc tendu qu'on lâche ou comme l'air dans une machine pneumatique qu'on entrouvre, l'idée de la revoir, des lointains où elle était maintenue, revenait d'un bond dans le champ du présent et des possibilités immédiates.

Elle y revenait sans plus trouver de résistance, et d'ailleurs si irrésistible que Swann avait eu bien moins de peine à sentir s'approcher un à un les quinze jours qu'il devait rester séparé d'Odette, qu'il n'en avait à attendre les dix minutes que son cocher mettait pour atteler la voiture qui allait l'emmener chez elle et qu'il passait dans les transports d'impatience et de joie où il ressaisissait mille fois pour lui prodiguer sa tendresse cette idée de la retrouver qui, par un retour si brusque, au moment où il la croyait si loin, était de nouveau près de lui dans sa plus proche conscience. C'est qu'elle ne trouvait plus pour lui faire obstacle le désir de chercher sans plus tarder à lui résister qui n'existait plus chez Swann depuis que s'étant

prouvé à lui-même – il le croyait du moins – qu'il en était
si aisément capable, il ne voyait plus aucun inconvénient à
ajourner un essai de séparation qu'il était certain maintenant de mettre à exécution dès qu'il le voudrait. C'est
aussi que cette idée de la revoir revenait parée pour lui
d'une nouveauté, d'une séduction, douée d'une virulence
que l'habitude avait émoussées, mais qui s'étaient retrem-
4970 pées dans cette privation non de trois jours mais de quinze
(car la durée d'un renoncement doit se calculer, par anticipation, sur le terme assigné) et de ce qui jusque-là eût été
un plaisir attendu qu'on sacrifie aisément, avait fait un
bonheur inespéré contre lequel on est sans force. C'est
enfin qu'elle y revenait embellie par l'ignorance où était
Swann de ce qu'Odette avait pu penser, faire peut-être en
voyant qu'il ne lui avait pas donné signe de vie, si bien que
ce qu'il allait trouver c'était la révélation passionnante
d'une Odette presque inconnue.

4980   Mais elle, de même qu'elle avait cru que son refus
d'argent n'était qu'une feinte, ne voyait qu'un prétexte
dans le renseignement que Swann venait lui demander, sur
la voiture à repeindre, ou la valeur à acheter. Car elle ne
reconstituait pas les diverses phases de ces crises qu'il traversait et dans l'idée qu'elle s'en faisait, elle omettait d'en
comprendre le mécanisme, ne croyant qu'à ce qu'elle
connaissait d'avance, à la nécessaire, à l'infaillible et toujours identique terminaison. Idée incomplète – d'autant
plus profonde peut-être – si on la jugeait du point de vue
4990 de Swann qui eût sans doute trouvé qu'il était incompris
d'Odette, comme un morphinomane ou un tuberculeux,
persuadés qu'ils ont été arrêtés, l'un par un événement
extérieur au moment où il allait se délivrer de son habitude
invétérée, l'autre par une indisposition accidentelle au
moment où il allait être enfin rétabli, se sentent incompris
du médecin qui n'attache pas la même importance qu'eux
à ces prétendues contingences, simples déguisements
selon lui, revêtus, pour redevenir sensibles à ses malades,
par le vice et l'état morbide qui, en réalité, n'ont pas cessé
5000 de peser incurablement sur eux tandis qu'ils berçaient des
rêves de sagesse ou de guérison. Et de fait, l'amour de
Swann en était arrivé à ce degré où le médecin et, dans
certaines affections, le chirurgien le plus audacieux, se

demandent si priver un malade de son vice ou lui ôter son mal, est encore raisonnable ou même possible.

Certes l'étendue de cet amour, Swann n'en avait pas une conscience directe. Quand il cherchait à le mesurer, il lui arrivait parfois qu'il semblât diminué, presque réduit à rien ; par exemple, le peu de goût, presque le dégoût que lui avaient inspiré, avant qu'il aimât Odette, ses traits expressifs, son teint sans fraîcheur, lui revenait à certains jours. « Vraiment il y a progrès sensible, se disait-il le lendemain ; à voir exactement les choses, je n'avais presque aucun plaisir hier à être dans son lit, c'est curieux, je la trouvais même laide. » Et certes, il était sincère, mais son amour s'étendait bien au-delà des régions du désir physique. La personne même d'Odette n'y tenait plus une grande place. Quand du regard il rencontrait sur sa table la photographie d'Odette, ou quand elle venait le voir, il avait peine à identifier la figure de chair ou de bristol avec le trouble douloureux et constant qui habitait en lui. Il se disait presque avec étonnement : « C'est elle » comme si tout d'un coup on nous montrait extériorisée devant nous une de nos maladies et que nous ne la trouvions pas ressemblante à ce que nous souffrons. « Elle », il essayait de se demander ce que c'était ; car c'est une ressemblance de l'amour et de la mort, plutôt que celles si vagues, que l'on redit toujours, de nous faire interroger plus avant, dans la peur que sa réalité se dérobe, le mystère de la personnalité. Et cette maladie qu'était l'amour de Swann avait tellement multiplié, il était si étroitement mêlé à toutes les habitudes de Swann, à tous ses actes, à sa pensée, à sa santé, à son sommeil, à sa vie, même à ce qu'il désirait pour après sa mort, il ne faisait tellement plus qu'un avec lui, qu'on n'aurait pas pu l'arracher de lui sans le détruire lui-même à peu près tout entier : comme on dit en chirurgie, son amour n'était plus opérable.

Par cet amour Swann avait été tellement détaché de tous les intérêts que quand par hasard il retournait dans le monde, en se disant que ses relations comme une monture élégante qu'elle n'aurait pas d'ailleurs su estimer très exactement, pouvaient lui rendre à lui-même un peu de prix aux yeux d'Odette (et ç'aurait peut-être été vrai en effet si elles n'avaient pas été avilies par cet amour même,

qui pour Odette dépréciait toutes les choses qu'il touchait
par le fait qu'il semblait les proclamer moins précieuses),
il y éprouvait, à côté de la détresse d'être dans des lieux,
au milieu de gens qu'elle ne connaissait pas, le plaisir
désintéressé qu'il aurait pris à un roman ou à un tableau où
5050 sont peints les divertissements d'une classe oisive ;
comme, chez lui, il se complaisait à considérer le fonctionnement de sa vie domestique, l'élégance de sa garde-robe
et de sa livrée, le bon placement de ses valeurs, de la
même façon qu'à lire dans Saint-Simon [1], qui était un de
ses auteurs favoris, la mécanique des journées, le menu
des repas de Mme de Maintenon, ou l'avarice avisée et le
grand train de Lulli [2]. Et dans la faible mesure où ce détachement n'était pas absolu, la raison de ce plaisir nouveau
que goûtait Swann, c'était de pouvoir émigrer un moment
5060 dans les rares parties de lui-même restées presque étran-
gères à son amour, à son chagrin. À cet égard cette personnalité, que lui attribuait ma grand-tante, de « fils Swann »,
distincte de sa personnalité plus individuelle de Charles
Swann, était celle où il se plaisait maintenant le mieux. Un
jour que, pour l'anniversaire de la Princesse de Parme (et
parce qu'elle pouvait souvent être indirectement agréable
à Odette en lui faisant avoir des places pour des galas, des
jubilés), il avait voulu lui envoyer des fruits, ne sachant
pas trop comment les commander, il en avait chargé une
5070 cousine de sa mère qui, ravie de faire une commission
pour lui, lui avait écrit, en lui rendant compte qu'elle

---

1. Saint-Simon (1675-1755) : mémorialiste français qui vécut alternativement à la cour de Versailles et dans son château de La Ferté-Vidame
(dans l'Eure-et-Loir, non loin d'Illiers-Combray) où il rédigea ses
Mémoires. Ils couvrent la période allant de 1691 à 1723, par une succes-
sion de tableaux et de portraits. Proust fut un grand admirateur de Saint-
Simon.
2. Dans les pages qu'il écrivit à propos de Mme de Maintenon, au
moment de la mort de celle-ci, le 15 avril 1719, et qui concernent sa vie
à Saint-Cyr, où elle s'était retirée après la disparition de Louis XIV,
Saint-Simon évoque les repas de la marquise et précise que « Mme de
Maintenon ne prenait rien le soir » (*Mémoires*, Gallimard, coll.
« Bibliothèque de la Pléiade », t. VII, p. 420). En revanche, le nom de
Lully (Lulli, en italien), le créateur de l'opéra français, n'est cité qu'une
fois dans les *Mémoires*, en tant que beau-père de Francini (*ibid.*, t. IV,
p. 87).

n'avait pas pris tous les fruits au même endroit, mais les raisins chez Crapote dont c'est la spécialité, les fraises chez Jauret, les poires chez Chevet [1], où elles étaient plus belles, etc., « chaque fruit visité et examiné un par un par moi ». Et en effet, par les remerciements de la Princesse, il avait pu juger du parfum des fraises et du moelleux des poires. Mais surtout le « chaque fruit visité et examiné un par un par moi » avait été un apaisement à sa souffrance, en emmenant sa conscience dans une région où il se ren-   5080
dait rarement, bien qu'elle lui appartînt comme héritier d'une famille de riche et bonne bourgeoisie où s'étaient conservés héréditairement, tout prêts à être mis à son ser-vice dès qu'il le souhaitait, la connaissance des « bonnes adresses » et l'art de savoir bien faire une commande.

Certes, il avait trop longtemps oublié qu'il était le « fils Swann » pour ne pas ressentir quand il le redevenait un moment, un plaisir plus vif que ceux qu'il eût pu éprouver le reste du temps et sur lesquels il était blasé ; et si l'ama-bilité des bourgeois, pour lesquels il restait surtout cela,   5090
était moins vive que celle de l'aristocratie (mais plus flat-teuse d'ailleurs, car chez eux du moins elle ne se sépare jamais de la considération), une lettre d'altesse, quelques divertissements princiers qu'elle lui proposât, ne pouvait lui être aussi agréable que celle qui lui demandait d'être témoin, ou seulement d'assister à un mariage dans la famille de vieux amis de ses parents, dont les uns avaient continué à le voir – comme mon grand-père qui, l'année précédente, l'avait invité au mariage de ma mère – et dont certains autres le connaissaient personnellement à peine,   5100
mais se croyaient des devoirs de politesse envers le fils, envers le digne successeur de feu M. Swann.

Mais, par les intimités déjà anciennes qu'il avait parmi eux, les gens du monde dans une certaine mesure, faisaient aussi partie de sa maison, de son domestique et de sa famille. Il se sentait, à considérer ses brillantes amitiés, le

---

1. Crapote (en réalité, « Crapotte », avec deux « t ») et Jauret étaient deux marchands de fruits, l'un rue Le Peletier, près du boulevard des Ita-liens, l'autre sur le marché Saint-Honoré. Chevet était une épicerie fine, au Palais-Royal. Dans *La Prisonnière*, les glaces d'Albertine viendront de chez Rebattet, confiseur situé rue du Faubourg-Saint-Honoré (p. 223).

même appui hors de lui-même, le même confort, qu'à regarder les belles terres, la belle argenterie, le beau linge de table, qui lui venaient des siens. Et la pensée que s'il
5110 tombait chez lui frappé d'une attaque ce serait tout naturellement le Duc de Chartres, le Prince de Reuss [1], le Duc de Luxembourg et le Baron de Charlus [2] que son valet de chambre courrait chercher, lui apportait la même consolation qu'à notre vieille Françoise de savoir qu'elle serait ensevelie dans des draps fins à elle, marqués, non reprisés (ou si finement que cela ne donnait qu'une plus haute idée du soin de l'ouvrière), linceul de l'image fréquente duquel elle tirait une certaine satisfaction sinon de bien-être, au moins d'amour-propre. Mais surtout, comme
5120 dans toutes celles de ses actions, et de ses pensées qui se rapportaient à Odette, Swann était constamment dominé et dirigé par le sentiment inavoué qu'il lui était peut-être pas moins cher, mais moins agréable à voir que quiconque, que le plus ennuyeux fidèle des Verdurin, – quand il se reportait à un monde pour qui il était l'homme exquis par excellence, qu'on faisait tout pour attirer, qu'on se désolait de ne pas voir, il recommençait à croire à l'existence d'une vie plus heureuse, presque à en éprouver l'appétit, comme il arrive à un malade alité depuis des mois, à la diète, et qui
5130 aperçoit dans un journal le menu d'un déjeuner officiel ou l'annonce d'une croisière en Sicile.

S'il était obligé de donner des excuses aux gens du monde pour ne pas leur faire de visites, c'était de lui en faire qu'il cherchait à s'excuser auprès d'Odette. Encore les payait-il (se demandant à la fin du mois, pour peu qu'il eût un peu abusé de sa patience et fût allé souvent la voir, si c'était assez de lui envoyer quatre mille francs), et pour chacune trouvait un prétexte, un présent à lui apporter, un renseignement dont elle avait besoin, M. de Charlus qu'il
5140 avait rencontré allant chez elle et qui avait exigé qu'il l'accompagnât. Et à défaut d'aucun, il priait M. de Charlus de courir chez elle, de lui dire comme spontanément, au cours de la conversation qu'il se rappelait avoir à parler à Swann, qu'elle voulût bien lui faire demander de passer

---

1. Principauté située en Allemagne du Nord.
2. Proust, à son habitude, mêle ici personnes réelles et personnages.

tout de suite chez elle ; mais le plus souvent Swann attendait en vain et M. de Charlus lui disait le soir que son
moyen n'avait pas réussi. De sorte que si elle faisait maintenant de fréquentes absences, même à Paris, quand elle y
restait, elle le voyait peu, et elle qui, quand elle l'aimait,
lui disait : « Je suis toujours libre » et « Qu'est-ce que   5150
l'opinion des autres peut me faire ? », maintenant, chaque
fois qu'il voulait la voir, elle invoquait les convenances ou
prétextait des occupations. Quand il parlait d'aller à une
fête de charité, à un vernissage, à une première, où elle
serait, elle lui disait qu'il voulait afficher leur liaison, qu'il
la traitait comme une fille. C'est au point que pour tâcher
de n'être pas partout privé de la rencontrer, Swann qui
savait qu'elle connaissait et affectionnait beaucoup mon
grand-oncle Adolphe [1] dont il avait été lui-même l'ami,
alla le voir un jour dans son petit appartement de la rue de   5160
Bellechasse afin de lui demander d'user de son influence
sur Odette. Comme elle prenait toujours, quand elle parlait
à Swann de mon oncle, des airs poétiques, disant : « Ah !
lui, ce n'est pas comme toi, c'est une si belle chose, si
grande, si jolie, que son amitié pour moi ! Ce n'est pas lui
qui me considérerait assez peu pour vouloir se montrer
avec moi dans tous les lieux publics », Swann fut embarrassé et ne savait pas à quel ton il devait se hausser pour
parler d'elle à mon oncle. Il posa d'abord l'excellence *a*
priori d'Odette, l'axiome de sa supra-humanité séra-   5170
phique, la révélation de ses vertus indémontrables et dont
la notion ne pouvait dériver de l'expérience. « Je veux
parler avec vous. Vous, vous savez quelle femme au-
dessus de toutes les femmes, quel être adorable, quel ange
est Odette. Mais vous savez ce que c'est que la vie de
Paris. Tout le monde ne connaît pas Odette sous le jour où
nous la connaissons vous et moi. Alors il y a des gens qui
trouvent que je joue un rôle un peu ridicule ; elle ne peut
même pas admettre que je la rencontre dehors, au théâtre.
Vous, en qui elle a tant de confiance, ne pourriez-vous lui   5180

---

1. Le narrateur a raconté dans « Combray » (*DCS*, p. 173) la brouille de
la famille avec l'oncle Adolphe. Celui-ci, alors qu'il était en compagnie
de la « Dame en rose », Odette de Crécy, avait reçu l'enfant venu lui
rendre visite.

dire quelques mots pour moi, lui assurer qu'elle s'exagère
le tort qu'un salut de moi lui cause ? »

Mon oncle conseilla à Swann de rester un peu sans voir
Odette qui ne l'en aimerait que plus, et à Odette de laisser
Swann la retrouver partout où cela lui plairait. Quelques
jours après, Odette disait à Swann qu'elle venait d'avoir
une déception en voyant que mon oncle était pareil à tous
les hommes : il venait d'essayer de la prendre de force.
Elle calma Swann qui au premier moment voulait aller
5190 provoquer mon oncle, mais il refusa de lui serrer la main
quand il le rencontra. Il regretta d'autant plus cette
brouille avec mon oncle Adolphe qu'il avait espéré, s'il
l'avait revu quelquefois et avait pu causer en toute
confiance avec lui, tâcher de tirer au clair certains bruits
relatifs à la vie qu'Odette avait menée autrefois à Nice. Or
mon oncle Adolphe y passait l'hiver. Et Swann pensait que
c'était même peut-être là qu'il avait connu Odette. Le peu
qui avait échappé à quelqu'un devant lui, relativement à un
homme qui aurait été l'amant d'Odette, avait bouleversé
5200 Swann. Mais les choses qu'il aurait avant de les connaître
trouvé le plus affreux d'apprendre et le plus impossible de
croire, une fois qu'il les savait, elles étaient incorporées à
tout jamais à sa tristesse, il les admettait, il n'aurait plus pu
comprendre qu'elles n'eussent pas été. Seulement chacune opérait sur l'idée qu'il se faisait de sa maîtresse une
retouche ineffaçable. Il crut même comprendre une fois
que cette légèreté des mœurs d'Odette qu'il n'eût pas
soupçonnée, était assez connue, et qu'à Bade [1] et à Nice,
quand elle y passait jadis plusieurs mois, elle avait eu une
5210 sorte de notoriété galante. Il chercha, pour les interroger, à
se rapprocher de certains viveurs ; mais ceux-ci savaient
qu'il connaissait Odette ; et puis il avait peur de les faire
penser de nouveau à elle, de les mettre sur ses traces. Mais
lui à qui jusque-là rien n'aurait pu paraître aussi fastidieux
que tout ce qui se rapportait à la vie cosmopolite de Bade
ou de Nice, apprenant qu'Odette avait peut-être fait autrefois la fête dans ces villes de plaisir, sans qu'il dût jamais

---

1. Le nom « Baden » désigne deux stations thermales, l'une en Allemagne, l'autre en Suisse, très en vogue à l'époque. La première fut fré-
quentée par Beethoven qui y travailla la *Neuvième Symphonie*.

arriver à savoir si c'était seulement pour satisfaire à des
besoins d'argent que grâce à lui elle n'avait plus, ou à des
caprices qui pouvaient renaître, maintenant il se penchait 5220
avec une angoisse impuissante, aveugle et vertigineuse
vers l'abîme sans fond où étaient allées s'engloutir ces
années du début du Septennat [1] pendant lesquelles on passait l'hiver sur la promenade des Anglais, l'été sous les
tilleuls de Bade, et il leur trouvait une profondeur douloureuse mais magnifique comme celle que leur eût prêtée un
poète ; et il eût mis à reconstituer les petits faits de la chronique de la Côte d'Azur d'alors, si elle avait pu l'aider à
comprendre quelque chose du sourire ou des regards
– pourtant si honnêtes et si simples – d'Odette, plus de pas- 5230
sion que l'esthéticien qui interroge les documents subsis-
tant de la Florence du XVe siècle pour tâcher d'entrer plus
avant dans l'âme de la Primavera, de la bella Vanna, ou de
la Vénus, de Botticelli [2]. Souvent sans lui rien dire il la
regardait, il songeait ; elle lui disait : « Comme tu as l'air
triste ! » Il n'y avait pas bien longtemps encore, de l'idée
qu'elle était une créature bonne, analogue aux meilleures
qu'il eût connues, il avait passé à l'idée qu'elle était une
femme entretenue ; inversement il lui était arrivé depuis de
revenir de l'Odette de Crécy, peut-être trop connue des 5240
fêtards, des hommes à femmes, à ce visage d'une expression parfois si douce, à cette nature si humaine. Il se
disait : « Qu'est-ce que cela veut dire qu'à Nice tout le
monde sache qui est Odette de Crécy ? Ces réputations-là,
même vraies, sont faites avec les idées des autres » ; il
pensait que cette légende – fût-elle authentique – était
extérieure à Odette, n'était pas en elle comme une personnalité irréductible et malfaisante ; que la créature qui avait

---

1. Mac-Mahon fut président de la République de 1873 à 1879 (année de
sa démission) ; Jules Grévy lui succéda de 1879 à 1886 puis fut réélu,
mais il dut démissionner. Il est difficile de savoir à quel début de septennat Proust fait allusion.
2. Les plus célèbres allégories de Botticelli, *Le Printemps* et *La Naissance de Vénus*, se trouvent au musée des Offices, à Florence. La « bella
Vanna » figure dans la fresque *Giovanna Tornabuoni et les trois Grâces*
au musée du Louvre. Dans cette fresque, Giovanna, la jeune épouse de
Lorenzo Tornabuoni, reçoit des présents de Vénus et des trois Grâces qui
l'accompagnent pendant que son mari est présenté par la Grammaire à la
Prudence et aux autres arts libéraux.

pu être amenée à mal faire c'était une femme aux bons
5250 yeux, au cœur plein de pitié pour la souffrance, au corps
docile qu'il avait tenu, qu'il avait serré dans ses bras et
manié, une femme qu'il pourrait arriver un jour à posséder
toute, s'il réussissait à se rendre indispensable à elle. Elle
était là, souvent fatiguée, le visage vidé pour un instant de
la préoccupation fébrile et joyeuse des choses inconnues
qui faisaient souffrir Swann ; elle écartait ses cheveux
avec ses mains ; son front, sa figure paraissaient plus
larges ; alors, tout d'un coup, quelque pensée simplement
humaine, quelque bon sentiment comme il en existe dans
5260 toutes les créatures, quand dans un moment de repos ou de
repliement elles sont livrées à elles-mêmes, jaillissait de
ses yeux comme un rayon jaune. Et aussitôt tout son
visage s'éclairait comme une campagne grise, couverte de
nuages qui soudain s'écartent, pour sa transfiguration, au
moment du soleil couchant. La vie qui était en Odette à ce
moment-là, l'avenir même qu'elle semblait rêveusement
regarder, Swann aurait pu les partager avec elle ; aucune
agitation mauvaise ne semblait y avoir laissé de résidu. Si
rares qu'ils devinssent, ces moments-là ne furent pas inu-
5270 tiles. Par le souvenir Swann reliait ces parcelles, abolissait
les intervalles, coulait comme en or une Odette de bonté et
de calme pour laquelle il fit plus tard (comme on le verra
dans la deuxième partie de cet ouvrage) des sacrifices que
l'autre Odette n'eût pas obtenus. Mais que ces moments
étaient rares, et que maintenant il la voyait peu ! Même
pour leur rendez-vous du soir, elle ne lui disait qu'à la dernière minute si elle pourrait le lui accorder car, comptant
qu'elle le trouverait toujours libre, elle voulait d'abord être
certaine que personne d'autre ne lui proposerait de venir.
5280 Elle alléguait qu'elle était obligée d'attendre une réponse
de la plus haute importance pour elle, et même si après
qu'elle avait fait venir Swann des amis demandaient à
Odette, quand la soirée était déjà commencée, de les
rejoindre au théâtre ou à souper, elle faisait un bond
joyeux et s'habillait à la hâte. Au fur et à mesure qu'elle
avançait dans sa toilette, chaque mouvement qu'elle faisait
rapprochait Swann du moment où il faudrait la quitter, où
elle s'enfuirait d'un élan irrésistible ; et quand, enfin prête,
plongeant une dernière fois dans son miroir ses regards

tendus et éclairés par l'attention, elle remettait un peu de 5290
rouge à ses lèvres, fixait une mèche sur son front et
demandait son manteau de soirée bleu ciel avec des glands
d'or, Swann avait l'air si triste qu'elle ne pouvait réprimer
un geste d'impatience et disait : « Voilà comme tu me
remercies de t'avoir gardé jusqu'à la dernière minute. Moi
qui croyais avoir fait quelque chose de gentil. C'est bon
à savoir pour une autre fois ! » Parfois, au risque de la
fâcher, il se promettait de chercher à savoir où elle était
allée, il rêvait d'une alliance avec Forcheville qui peut-
être aurait pu le renseigner. D'ailleurs quand il savait 5300
avec qui elle passait la soirée, il était bien rare qu'il ne
pût pas découvrir dans toutes ses relations à lui
quelqu'un qui connaissait fût-ce indirectement l'homme
avec qui elle était sortie et pouvait facilement en obtenir
tel ou tel renseignement. Et tandis qu'il écrivait à un de
ses amis pour lui demander de chercher à éclaircir tel ou
tel point, il éprouvait le repos de cesser de se poser ses
questions sans réponses et de transférer à un autre la
fatigue d'interroger. Il est vrai que Swann n'était guère
plus avancé quand il avait certains renseignements. 5310
Savoir ne permet pas toujours d'empêcher, mais du
moins les choses que nous savons, nous les tenons, sinon
entre nos mains, du moins dans notre pensée où nous les
disposons à notre gré, ce qui nous donne l'illusion d'une
sorte de pouvoir sur elles. Il était heureux toutes les fois
où M. de Charlus était avec Odette. Entre M. de Charlus
et elle, Swann savait qu'il ne pouvait rien se passer, que
quand M. de Charlus sortait avec elle c'était par amitié
pour lui et qu'il ne ferait pas difficulté à lui raconter ce
qu'elle avait fait. Quelquefois elle avait déclaré si caté- 5320
goriquement à Swann qu'il lui était impossible de le voir
un certain soir, elle avait l'air de tenir tant à une sortie,
que Swann attachait une véritable importance à ce que
M. de Charlus fût libre de l'accompagner. Le lendemain
sans oser poser beaucoup de questions à M. de Charlus,
il le contraignait, en ayant l'air de ne pas bien comprendre ses premières réponses, à lui en donner de nouvelles, après chacune desquelles il se sentait plus soulagé, car il apprenait bien vite qu'Odette avait occupé sa
soirée aux plaisirs les plus innocents. « Mais comment, 5330

mon petit Mémé [1], je ne comprends pas bien…, ce n'est
pas en sortant de chez elle que vous êtes allés au musée
Grévin [2]. Vous étiez allés ailleurs d'abord. Non ? Oh ! que
c'est drôle ! Vous ne savez pas comme vous m'amusez,
mon petit Mémé. Mais quelle drôle d'idée elle a eue
d'aller ensuite au Chat Noir [3], c'est bien une idée d'elle…
Non ? c'est vous. C'est curieux. Après tout ce n'est pas
une mauvaise idée, elle devait y connaître beaucoup de
monde ? Non ? elle n'a parlé à personne ? C'est extraordi-
5340 naire. Alors vous êtes restés là comme cela tous les deux
tout seuls ? Je vois d'ici cette scène. Vous êtes gentil, mon
petit Mémé, je vous aime bien. » Swann se sentait soulagé.
Pour lui à qui il était arrivé en causant avec des indifférents
qu'il écoutait à peine, d'entendre quelquefois certaines
phrases (celle-ci par exemple : « J'ai vu hier Mme de Crécy,
elle était avec un monsieur que je ne connais pas »),
phrases qui aussitôt dans le cœur de Swann passaient à
l'état solide, s'y durcissaient comme une incrustation, le
déchiraient, n'en bougeaient plus, qu'ils étaient doux au
5350 contraire ces mots : « Elle ne connaissait personne, elle
n'a parlé à personne », comme ils circulaient aisément en
lui, qu'ils étaient fluides, faciles, respirables ! Et pourtant
au bout d'un instant il se disait qu'Odette devait le trouver
bien ennuyeux pour que ce fussent là les plaisirs qu'elle
préférait à sa compagnie. Et leur insignifiance, si elle le
rassurait, lui faisait pourtant de la peine comme une tra-
hison.

Même quand il ne pouvait savoir où elle était allée, il lui
aurait suffi pour calmer l'angoisse qu'il éprouvait alors, et
5360 contre laquelle la présence d'Odette, la douceur d'être
auprès d'elle était le seul spécifique (un spécifique qui à la
longue aggravait le mal, mais du moins calmait momentanément la souffrance), il lui aurait suffi, si Odette l'avait
seulement permis, de rester chez elle tant qu'elle ne serait

---

1. Surnom de Charlus dont le prénom est « Palamède ».
2. Musée de figures de cire, fondé en 1882, boulevard Montmartre. Il
porte le nom d'un caricaturiste.
3. Cabaret artistique de Paris, fondé en 1881, boulevard Rochechouart,
puis transféré en 1885, rue Victor-Massé, laissant sa place au *Mirliton* de
Bruant. Il cesse d'exister en 1897 et l'enseigne reparaît en 1908 au
fronton d'un cabaret, boulevard Clichy.

pas là, de l'attendre jusqu'à cette heure du retour dans l'apaisement de laquelle seraient venues se confondre les heures qu'un prestige, un maléfice lui avaient fait croire différentes des autres. Mais elle ne le voulait pas ; il revenait chez lui ; il se forçait en chemin à former divers projets, il cessait de songer à Odette ; même il arrivait, tout en se déshabillant, à rouler en lui des pensées assez joyeuses ; c'est le cœur plein de l'espoir d'aller le lendemain voir quelque chef-d'œuvre qu'il se mettait au lit et éteignait sa lumière ; mais, dès que, pour se préparer à dormir, il cessait d'exercer sur lui-même une contrainte dont il n'avait même pas conscience tant elle était devenue habituelle, au même instant un frisson glacé refluait en lui et il se mettait à sangloter. Il ne voulait même pas savoir pourquoi, s'essuyait les yeux, se disait en riant : « C'est charmant, je deviens névropathe [1]. » Puis il ne pouvait penser sans une grande lassitude que le lendemain il faudrait recommencer de chercher à savoir ce qu'Odette avait fait, à mettre en jeu des influences pour tâcher de la voir. Cette nécessité d'une activité sans trêve, sans variété, sans résultats, lui était si cruelle qu'un jour, apercevant une grosseur sur son ventre, il ressentit une véritable joie à la pensée qu'il avait peut-être une tumeur mortelle, qu'il n'allait plus avoir à s'occuper de rien, que c'était la maladie qui allait le gouverner, faire de lui son jouet, jusqu'à la fin prochaine. Et en effet si, à cette époque, il lui arriva souvent sans se l'avouer de désirer la mort, c'était pour échapper moins à l'acuité de ses souffrances qu'à la monotonie de son effort.

Et pourtant il aurait voulu vivre jusqu'à l'époque où il ne l'aimerait plus, où elle n'aurait aucune raison de lui mentir et où il pourrait enfin apprendre d'elle si le jour où il était allé la voir dans l'après-midi, elle était ou non couchée avec Forcheville. Souvent pendant quelques jours, le soupçon qu'elle aimait quelqu'un d'autre le détournait de se poser cette question relative à Forcheville, la lui rendait presque indifférente, comme ces formes nouvelles d'un même état maladif qui semblent momentanément nous

---

1. Terme vieilli. Il désigne celui qui souffre de troubles psychiques, de névrose. On emploie aussi à l'époque le terme « nervosisme », qui s'applique notamment à Proust.

avoir délivrés des précédentes. Même il y avait des jours où il n'était tourmenté par aucun soupçon. Il se croyait guéri. Mais le lendemain matin, au réveil, il sentait à la même place la même douleur dont, la veille pendant la journée, il avait comme dilué la sensation dans le torrent des impressions différentes. Mais elle n'avait pas bougé de place. Et même, c'était l'acuité de cette douleur qui avait réveillé Swann.

5410   Comme Odette ne lui donnait aucun renseignement sur ces choses si importantes qui l'occupaient tant chaque jour (bien qu'il eût assez vécu pour savoir qu'il n'y en a jamais d'autres que les plaisirs), il ne pouvait pas chercher longtemps de suite à les imaginer, son cerveau fonctionnait à vide ; alors il passait son doigt sur ses paupières fatiguées comme il aurait essuyé le verre de son lorgnon, et cessait entièrement de penser. Il surnageait pourtant à cet inconnu certaines occupations qui réapparaissaient de temps en temps, vaguement rattachées par elle à quelque obligation
5420 envers des parents éloignés ou des amis d'autrefois, qui, parce qu'ils étaient les seuls qu'elle lui citait souvent comme l'empêchant de le voir, paraissaient à Swann former le cadre fixe, nécessaire, de la vie d'Odette. À cause du ton dont elle lui disait de temps à autre « le jour où je vais avec mon amie à l'Hippodrome [1] », si, s'étant senti malade et ayant pensé : « Peut-être Odette voudrait bien passer chez moi », il se rappelait brusquement que c'était justement ce jour-là, il se disait : « Ah ! non, ce n'est pas la peine de lui demander de venir, j'aurais dû y
5430 penser plus tôt, c'est le jour où elle va avec son amie à l'Hippodrome. Réservons-nous pour ce qui est possible ; c'est inutile de s'user à proposer des choses inacceptables et refusées d'avance. » Et ce devoir qui incombait à Odette d'aller à l'Hippodrome et devant lequel Swann s'inclinait ainsi ne lui paraissait pas seulement inéluctable ; mais ce caractère de nécessité dont il était empreint semblait rendre plausible et légitime tout ce qui de près ou de loin se rapportait à lui. Si Odette dans la rue ayant reçu d'un passant un salut qui avait éveillé la jalousie de Swann, elle
5440 répondait aux questions de celui-ci en rattachant l'exis-

---

1. Voir note 4, p. 112.

tence de l'inconnu à un des deux ou trois grands devoirs dont elle lui parlait, si, par exemple, elle disait : « C'est un monsieur qui était dans la loge de mon amie avec qui je vais à l'Hippodrome », cette explication calmait les soupçons de Swann, qui en effet trouvait inévitable que l'amie eût d'autres invités qu'Odette dans sa loge à l'Hippodrome, mais n'avait jamais cherché ou réussi à se les figurer. Ah ! comme il eût aimé la connaître, l'amie qui allait à l'Hippodrome, et qu'elle l'y emmenât avec Odette. Comme il aurait donné toutes ses relations pour n'importe quelle personne qu'avait l'habitude de voir Odette, fût-ce une manucure ou une demoiselle de magasin. Il eût fait pour elles plus de frais que pour des reines. Ne lui auraient-elles pas fourni, dans ce qu'elles contenaient de la vie d'Odette, le seul calmant efficace pour ses souffrances ? Comme il aurait couru avec joie passer les journées chez telle de ces petites gens avec lesquelles Odette gardait des relations, soit par intérêt, soit par simplicité véritable. Comme il eût volontiers élu domicile à jamais au cinquième étage de telle maison sordide et enviée où Odette ne l'emmenait pas, et où, s'il y avait habité avec la petite couturière retirée dont il eût volontiers fait semblant d'être l'amant, il aurait presque chaque jour reçu sa visite. Dans ces quartiers presque populaires, quelle existence modeste, abjecte, mais douce, mais nourrie de calme et de bonheur, il eût accepté de vivre indéfiniment.

Il arrivait encore parfois, quand, ayant rencontré Swann, elle voyait s'approcher d'elle quelqu'un qu'il ne connaissait pas, qu'il pût remarquer sur le visage d'Odette cette tristesse qu'elle avait eue le jour où il était venu pour la voir pendant que Forcheville était là. Mais c'était rare ; car les jours où malgré tout ce qu'elle avait à faire et la crainte de ce que penserait le monde, elle arrivait à voir Swann, ce qui dominait maintenant dans son attitude était l'assurance : grand contraste, peut-être revanche inconsciente ou réaction naturelle de l'émotion craintive qu'aux premiers temps où elle l'avait connu, elle éprouvait auprès de lui, et même loin de lui, quand elle commençait une lettre par ces mots : « Mon ami, ma main tremble si fort que je peux à peine écrire » (elle le prétendait du moins, et un peu de cet émoi devait être sincère pour qu'elle désirât d'en feindre

davantage). Swann lui plaisait alors. On ne tremble jamais
que pour soi, que pour ceux qu'on aime. Quand notre bonheur n'est plus dans leurs mains, de quel calme, de quelle
aisance, de quelle hardiesse on jouit auprès d'eux ! En lui
parlant, en lui écrivant, elle n'avait plus de ces mots par
lesquels elle cherchait à se donner l'illusion qu'il lui
appartenait, faisant naître les occasions de dire « mon »,
« mien », quand il s'agissait de lui : « Vous êtes mon bien,
5490 c'est le parfum de notre amitié, je le garde », de lui parler
de l'avenir, de la mort même, comme d'une seule chose
pour eux deux. Dans ce temps-là, à tout ce qu'il disait, elle
répondait avec admiration : « Vous, vous ne serez jamais
comme tout le monde » ; elle regardait sa longue tête un
peu chauve, dont les gens qui connaissaient les succès de
Swann pensaient : « Il n'est pas régulièrement beau, si
vous voulez, mais il est chic : ce toupet, ce monocle, ce
sourire ! », et, plus curieuse peut-être de connaître ce qu'il
était que désireuse d'être sa maîtresse, elle disait : « Si je
5500 pouvais savoir ce qu'il y a dans cette tête-là ! » Maintenant, à toutes les paroles de Swann elle répondait d'un ton
parfois irrité, parfois indulgent : « Ah ! tu ne seras donc
jamais comme tout le monde ! » Elle regardait cette tête
qui n'était qu'un peu plus vieillie par le souci (mais dont
maintenant tous pensaient, en vertu de cette même apti-
tude qui permet de découvrir les intentions d'un morceau
symphonique dont on a lu le programme, et les ressemblances d'un enfant quand on connaît sa parenté : « Il n'est
pas positivement laid si vous voulez, mais il est ridicule ;
5510 ce monocle, ce toupet, ce sourire ! », réalisant dans leur
imagination suggestionnée la démarcation immatérielle
qui sépare à quelques mois de distance une tête d'amant de
cœur et une tête de cocu), elle disait :

    « Ah ! si je pouvais changer, rendre raisonnable ce qu'il
y a dans cette tête-là.

    Toujours prêt à croire ce qu'il souhaitait si seulement
les manières d'être d'Odette avec lui laissaient place au
doute, il se jetait avidement sur cette parole.

    – Tu le peux si tu le veux », lui disait-il.

5520   Et il tâchait de lui montrer que l'apaiser, le diriger, le
faire travailler, serait une noble tâche à laquelle ne demandaient qu'à se vouer d'autres femmes qu'elle, entre les

mains desquelles il est vrai d'ajouter que la noble tâche ne
lui eût paru plus qu'une indiscrète et insupportable usur-
pation de sa liberté. « Si elle ne m'aimait pas un peu, se
disait-il, elle ne souhaiterait pas de me transformer. Pour
me transformer, il faudra qu'elle me voie davantage. »
Ainsi trouvait-il dans ce reproche qu'elle lui faisait,
comme une preuve d'intérêt, d'amour peut-être ; et en
effet, elle lui en donnait maintenant si peu qu'il était   5530
obligé de considérer comme telles les défenses qu'elle lui
faisait d'une chose ou d'une autre. Un jour, elle lui déclara
qu'elle n'aimait pas son cocher, qu'il lui montait peut-être
la tête contre elle, qu'en tout cas il n'était pas avec lui de
l'exactitude et de la déférence qu'elle voulait. Elle sentait
qu'il désirait lui entendre dire : « Ne le prends plus pour
venir chez moi », comme il aurait désiré un baiser.
Comme elle était de bonne humeur, elle le lui dit ; il fut
attendri. Le soir, causant avec M. de Charlus avec qui il
avait la douceur de pouvoir parler d'elle ouvertement (car   5540
les moindres propos qu'il tenait, même aux personnes qui
ne la connaissaient pas, se rapportaient en quelque manière
à elle), il lui dit :

« Je crois pourtant qu'elle m'aime ; elle est si gentille
pour moi, ce que je fais ne lui est certainement pas
indifférent. »

Et si, au moment d'aller chez elle, montant dans sa voiture avec un ami qu'il devait laisser en route, l'autre lui
disait : « Tiens, ce n'est pas Lorédan qui est sur le siège ?,
avec quelle joie mélancolique Swann lui répondait :   5550
– Oh ! sapristi non ! je te dirai, je ne peux pas prendre
Lorédan quand je vais rue La Pérouse. Odette n'aime pas
que je prenne Lorédan, elle ne le trouve pas bien pour
moi ; enfin que veux-tu, les femmes, tu sais ! je sais que ça
lui déplairait beaucoup. Ah bien oui ! je n'aurais eu qu'à
prendre Rémi ! j'en aurais eu une histoire ! »

Ces nouvelles façons indifférentes, distraites, irritables,
qui étaient maintenant celles d'Odette avec lui, certes
Swann en souffrait ; mais il ne connaissait pas sa souffrance ; comme c'était progressivement, jour par jour,   5560
qu'Odette s'était refroidie à son égard, ce n'est qu'en mettant en regard de ce qu'elle était aujourd'hui ce qu'elle
avait été au début, qu'il aurait pu sonder la profondeur du

changement qui s'était accompli. Or ce changement c'était
sa profonde, sa secrète blessure, qui lui faisait mal jour et
nuit, et dès qu'il sentait que ses pensées allaient un peu
trop près d'elle, vivement il les dirigeait d'un autre côté de
peur de trop souffrir. Il se disait bien d'une façon abstraite : « Il fut un temps où Odette m'aimait davantage »,
5570   mais jamais il ne revoyait ce temps. De même qu'il y avait
dans son cabinet une commode qu'il s'arrangeait à ne pas
regarder, qu'il faisait un crochet pour éviter en entrant et
en sortant, parce que dans un tiroir étaient serrés le chrysanthème qu'elle lui avait donné le premier soir où il
l'avait reconduite, les lettres où elle disait : « Que n'y
avez-vous oublié aussi votre cœur, je ne vous aurais pas
laissé le reprendre » et : « À quelque heure du jour et de la
nuit que vous ayez besoin de moi, faites-moi signe et dis-
posez de ma vie », de même il y avait en lui une place dont
5580   il ne laissait jamais approcher son esprit, lui faisant faire
s'il le fallait le détour d'un long raisonnement pour qu'il
n'eût pas à passer devant elle : c'était celle où vivait le
souvenir des jours heureux.

Mais sa si précautionneuse prudence fut déjouée un soir
qu'il était allé dans le monde.

C'était chez la Marquise de Saint-Euverte, à la dernière,
pour cette année-là, des soirées où elle faisait entendre des
artistes qui lui servaient ensuite pour ses concerts de charité. Swann qui avait voulu successivement aller à toutes
5590   les précédentes et n'avait pu s'y résoudre avait reçu, tandis
qu'il s'habillait pour se rendre à celle-ci, la visite du Baron
de Charlus qui venait lui offrir de retourner avec lui chez
la Marquise, si sa compagnie devait l'aider à s'y ennuyer
un peu moins, à s'y trouver moins triste. Mais Swann lui
avait répondu :

« Vous ne doutez pas du plaisir que j'aurais à être avec
vous. Mais le plus grand plaisir que vous puissiez me faire
c'est d'aller plutôt voir Odette. Vous savez l'excellente
influence que vous avez sur elle. Je crois qu'elle ne sort pas
5600   ce soir avant d'aller chez son ancienne couturière où du
reste elle sera sûrement contente que vous l'accompagniez.
En tout cas vous la trouveriez chez elle avant. Tâchez de la
distraire et aussi de lui parler raison. Si vous pouviez
arranger quelque chose pour demain qui lui plaise et que

nous pourrions faire tous les trois ensemble. Tâchez aussi de poser des jalons pour cet été, si elle avait envie de quelque chose, d'une croisière que nous ferions tous les trois, que sais-je ? Quant à ce soir, je ne compte pas la voir ; maintenant si elle le désirait ou si vous trouviez un joint, vous n'avez qu'à m'envoyer un mot chez Mme de Saint- 5610 Euverte jusqu'à minuit, et après chez moi. Merci de tout ce que vous faites pour moi, vous savez comme je vous aime. »

Le Baron lui promit d'aller faire la visite qu'il désirait après qu'il l'aurait conduit jusqu'à la porte de l'hôtel Saint-Euverte, où Swann arriva tranquillisé par la pensée que M. de Charlus passerait la soirée rue La Pérouse, mais dans un état de mélancolique indifférence à toutes les choses qui ne touchaient pas Odette, et en particulier aux choses mondaines, qui leur donnait le charme de ce qui, n'étant plus un but pour notre volonté, nous apparaît en 5620 soi-même. Dès sa descente de voiture, au premier plan de ce résumé fictif de leur vie domestique que les maîtresses de maison prétendent offrir à leurs invités les jours de cérémonie et où elles cherchent à respecter la vérité du costume et celle du décor, Swann prit plaisir à voir les héritiers des « tigres » de Balzac, les grooms [1], suivants ordinaires de la promenade, qui, chapeautés et bottés, restaient dehors devant l'hôtel sur le sol de l'avenue, ou devant les écuries, comme des jardiniers auraient été rangés à l'entrée de leurs parterres. La disposition particu- 5630 lière qu'il avait toujours eue à chercher des analogies entre les êtres vivants et les portraits des musées s'exerçait encore mais d'une façon plus constante et plus générale ; c'est la vie mondaine tout entière, maintenant qu'il en était détaché, qui se présentait à lui comme une suite de tableaux. Dans le vestibule où, autrefois, quand il était un mondain, il entrait enveloppé dans son pardessus pour en sortir en frac, mais sans savoir ce qui s'y était passé, étant par la pensée, pendant les quelques instants qu'il y séjour-

---

1. Comme l'explique Annick Bouillaguet : « Si Proust établit ici une équivalence entre ces deux termes [entre « tigre » et « groom »], Balzac, lui, les distingue soigneusement dans *La Maison de Nucingen* […]. Littré […] voit dans le premier [« tigre »] un "groom" élégant » (*Proust lecteur de Balzac et de Flaubert*, Champion, 2000, p. 75).

5640 nait, ou bien encore dans la fête qu'il venait de quitter, ou
bien déjà dans la fête où on allait l'introduire, pour la première fois il remarqua, réveillée par l'arrivée inopinée
d'un invité aussi tardif, la meute éparse, magnifique et
désœuvrée de grands valets de pied qui dormaient çà et là
sur des banquettes et des coffres et qui, soulevant leurs
nobles profils aigus de lévriers, se dressèrent et, rassem-
blés, formèrent le cercle autour de lui.

L'un d'eux, d'aspect particulièrement féroce et assez
semblable à l'exécuteur dans certains tableaux de la Renais-
5650 sance qui figurent des supplices, s'avança vers lui d'un air
implacable pour lui prendre ses affaires. Mais la dureté de
son regard d'acier était compensée par la douceur de ses
gants de fil, si bien qu'en approchant de Swann il semblait
témoigner du mépris pour sa personne et des égards pour
son chapeau. Il le prit avec un soin auquel l'exactitude de sa
pointure donnait quelque chose de méticuleux et une délicatesse que rendait presque touchante l'appareil de sa force.
Puis il le passa à un de ses aides, nouveau et timide, qui
exprimait l'effroi qu'il ressentait en roulant en tous sens des
5660 regards furieux et montrait l'agitation d'une bête captive
dans les premières heures de sa domesticité.

À quelques pas, un grand gaillard en livrée rêvait,
immobile, sculptural, inutile, comme ce guerrier purement
décoratif qu'on voit dans les tableaux les plus tumultueux
de Mantegna [1], songer, appuyé sur son bouclier, tandis
qu'on se précipite et qu'on s'égorge à côté de lui ; détaché
du groupe de ses camarades qui s'empressaient autour de
Swann, il semblait aussi résolu à se désintéresser de cette
scène, qu'il suivait vaguement de ses yeux glauques et
5670 cruels, que si c'eût été le massacre des Innocents [2] ou le

1. Mantegna, Andrea (1431-1506) : peintre et graveur italien qui commença sa carrière à Padoue, en suivant l'exemple de maîtres illustres. Il
est l'auteur de grandioses fresques – détruites par un bombardement, en
1944 – consacrées à la vie de saint Jacques, dans la chapelle Ovetari de
l'église des Eremitani à Padoue, d'un grand retable pour l'église San
Zeno de Vérone. Certaines de ses œuvres sont au Louvre. Le détail
retenu par Proust figure dans *Le Martyre de saint Jacques*.
2. Meurtre des enfants de moins de deux ans qui fut ordonné par
Hérode le Grand qui craignait la rivalité d'un futur Messie (Évangile
selon saint Matthieu).

martyre de saint Jacques. Il semblait précisément appartenir à cette race disparue – ou qui peut-être n'exista jamais que dans le retable de San Zeno et les fresques des Eremitani où Swann l'avait approchée et où elle rêve encore – issue de la fécondation d'une statue antique par quelque modèle padouan du Maître ou quelque Saxon [1] d'Albert Dürer [2]. Et les mèches de ses cheveux roux crespelés par la nature, mais collés par la brillantine, étaient largement traitées comme elles sont dans la sculpture grecque qu'étudiait sans cesse le peintre de Mantoue [3], et qui, si dans la création elle ne figure que l'homme, sait du moins tirer de ses simples formes des richesses si variées et comme empruntées à toute la nature vivante, qu'une chevelure, par l'enroulement lisse et les becs aigus de ses boucles, ou dans la superposition du triple et fleurissant diadème de ses tresses, a l'air à la fois d'un paquet d'algues, d'une nichée de colombes, d'un bandeau de jacinthes et d'une torsade de serpents.

5680

D'autres encore, colossaux aussi, se tenaient sur les degrés d'un escalier monumental que leur présence décorative et leur immobilité marmoréenne [4] auraient pu faire nommer comme celui du Palais ducal [5] : « l'Escalier des Géants » et dans lequel Swann s'engagea avec la tristesse de penser qu'Odette ne l'avait jamais gravi. Ah ! avec quelle joie au contraire il eût grimpé les étages noirs, malodorants et casse-cou de la petite couturière retirée, dans le « cinquième » de laquelle il aurait été si heureux de payer plus cher qu'une avant-scène hebdomadaire à l'Opéra le droit de passer la soirée quand Odette y venait

5690

---

1. Qui appartient au peuple germanique établi dans l'Allemagne du Nord-Ouest.
2. Dürer, Albert (1471-1528) : peintre et graveur allemand. Il fut le plus grand peintre allemand de la Renaissance. Il s'appropria les découvertes flamandes et italiennes et s'initia au naturalisme de Mantegna en copiant certaines estampes.
3. Le « peintre de Mantoue » désigne Andrea Mantegna qui vécut et mourut à Mantoue, en Lombardie (voir note 1, p. 202).
4. Qui a l'apparence du marbre.
5. Palais des Doges, à Venise, bâti en 814. Il a été longuement décrit par Ruskin dans *Les Pierres de Venise*. L'escalier des Géants (1481-1501) est l'œuvre de Rizzo ; il doit son nom aux statues colossales dont il est décoré : *Mars* et *Neptune* (1554), œuvres de Sansovino.

5700 et même les autres jours pour pouvoir parler d'elle, vivre
avec les gens qu'elle avait l'habitude de voir quand il
n'était pas là et qui à cause de cela lui paraissaient receler,
de la vie de sa maîtresse, quelque chose de plus réel, de
plus inaccessible et de plus mystérieux. Tandis que dans
cet escalier pestilentiel et désiré de l'ancienne couturière,
comme il n'y en avait pas un second pour le service, on
voyait le soir devant chaque porte une boîte au lait vide et
sale préparée sur le paillasson, dans l'escalier magnifique
et dédaigné que Swann montait à ce moment, d'un côté
5710 et de l'autre, à des hauteurs différentes, devant chaque
anfractuosité que faisait dans le mur la fenêtre de la loge,
ou la porte d'un appartement, représentant le service intérieur qu'ils dirigeaient et en faisant hommage aux invités,
un concierge, un majordome, un argentier (braves gens qui
vivaient le reste de la semaine un peu indépendants dans
leur domaine, y dînaient chez eux comme de petits bouti-
quiers et seraient peut-être demain au service bourgeois
d'un médecin ou d'un industriel), attentifs à ne pas manquer aux recommandations qu'on leur avait faites avant de
5720 leur laisser endosser la livrée éclatante qu'ils ne revêtaient
qu'à de rares intervalles et dans laquelle ils ne se sentaient
pas très à leur aise, se tenaient sous l'arcature de leur portail avec un éclat pompeux tempéré de bonhomie populaire, comme des saints dans leur niche [1] ; et un énorme
suisse, habillé comme à l'église, frappait les dalles de sa
canne au passage de chaque arrivant. Parvenu en haut de
l'escalier le long duquel l'avait suivi un domestique à face
blême, avec une petite queue de cheveux, noués d'un
catogan, derrière la tête, comme un sacristain de Goya [2] ou
5730 un tabellion [3] du répertoire, Swann passa devant un bureau
où des valets, assis comme des notaires devant de grands

---

1. Voir la description du porche de Saint-André-des-Champs dans
« Combray » (*DCS*, p. 261).
2. Goya (1746-1828) : peintre et graveur espagnol. La surdité qui le
frappa soudain transforma son univers imaginaire. Il composa alors un
recueil de quatre-vingts gravures, *Les Caprices* : les vices et les folies de
l'humanité sont peints à travers des images satiriques et fantastiques. Ses
chefs-d'œuvre innombrables aux sources d'inspiration multiples portent
tous l'empreinte d'une vision hallucinée ou fantastique.
3. Terme péjoratif employé par plaisanterie pour désigner un notaire.

registres, se levèrent et inscrivirent son nom. Il traversa alors un petit vestibule qui – tel que certaines pièces aménagées par leur propriétaire pour servir de cadre à une seule œuvre d'art, dont elles tirent leur nom, et d'une nudité voulue, ne contiennent rien d'autre – exhibait à son entrée, comme quelque précieuse effigie de Benvenuto Cellini [1] représentant un homme de guet, un jeune valet de pied, le corps légèrement fléchi en avant, dressant sur son hausse-col rouge une figure plus rouge encore d'où s'échappaient des torrents de feu, de timidité et de zèle, et qui, perçant les tapisseries d'Aubusson [2] tendues devant le salon où on écoutait la musique, de son regard impétueux, vigilant, éperdu, avait l'air, avec une impassibilité militaire ou une foi surnaturelle – allégorie de l'alarme, incarnation de l'attente, commémoration du branle-bas – d'épier, ange ou vigie, d'une tour de donjon ou de cathédrale, l'apparition de l'ennemi ou l'heure du Jugement [3]. Il ne restait plus à Swann qu'à pénétrer dans la salle du concert dont un huissier chargé de chaînes lui ouvrit les portes en s'inclinant, comme il lui aurait remis les clefs d'une ville. Mais il pensait à la maison où il aurait pu se trouver en ce moment même, si Odette l'avait permis, et le souvenir entrevu d'une boîte au lait vide sur un paillasson lui serra le cœur.

Swann retrouva rapidement le sentiment de la laideur masculine, quand, au-delà de la tenture de tapisserie, au spectacle des domestiques succéda celui des invités. Mais cette laideur même de visages qu'il connaissait pourtant si bien, lui semblait neuve depuis que leurs traits – au lieu

5740

5750

5760

---

1. Cellini, Benvenuto (1500-1571) : orfèvre et sculpteur florentin. Il réalisa des pièces de monnaie et des médailles en s'inspirant des dessins de Léonard de Vinci, de Michel-Ange et de Raphaël. Lors d'un séjour en France, il composa le bas-relief la *Nymphe de Fontainebleau* puis, de retour à Florence, il réalisa ses œuvres majeures, dont *Persée avec la tête de Méduse*, doté d'une grâce presque féminine.
2. Les tapisseries d'Aubusson sont parmi les plus anciennes, en France. Elles sont relayées, au XVIIe siècle, par celles des Gobelins et de Beauvais (voir note 2, p. 71).
3. Le Jugement dernier : jugement que le Christ réservera aux vivants et aux morts ressuscités quand viendra la fin du monde. Michel-Ange en a donné une représentation renouvelée dans sa fresque de la chapelle Sixtine.

d'être pour lui des signes pratiquement utilisables à l'identification de telle personne qui lui avait représenté jusque-
là un faisceau de plaisirs à poursuivre, d'ennuis à éviter,
ou de politesses à rendre – reposaient, coordonnés seulement par des rapports esthétiques, dans l'autonomie de
leurs lignes. Et en ces hommes, au milieu desquels Swann
se trouva enserré, il n'était pas jusqu'aux monocles que
beaucoup portaient (et qui, autrefois, auraient tout au plus
permis à Swann de dire qu'ils portaient un monocle), qui,
5770 déliés maintenant de signifier une habitude, la même pour
tous, ne lui apparussent chacun avec une sorte d'indivi-
dualité. Peut-être parce qu'il ne regarda le général de
Froberville et le Marquis de Bréauté qui causaient dans
l'entrée que comme deux personnages dans un tableau,
alors qu'ils avaient été longtemps pour lui les amis utiles
qui l'avaient présenté au Jockey [1] et assisté dans des duels,
le monocle du général, resté entre ses paupières comme un
éclat d'obus dans sa figure vulgaire, balafrée et triom-
phale, au milieu du front qu'il éborgnait comme l'œil
5780 unique du cyclope, apparut à Swann comme une blessure
monstrueuse qu'il pouvait être glorieux d'avoir reçue,
mais qu'il était indécent d'exhiber ; tandis que celui que
M. de Bréauté ajoutait, en signe de festivité, aux gants gris
perle, au « gibus [2] », à la cravate blanche et substituait au
binocle familier (comme faisait Swann lui-même) pour
aller dans le monde, portait collé à son revers, comme une
préparation d'histoire naturelle sous un microscope, un
regard infinitésimal et grouillant d'amabilité, qui ne cessait de sourire à la hauteur des plafonds, à la beauté des
5790 fêtes, à l'intérêt des programmes et à la qualité des rafraîchissements.

« Tiens, vous voilà, mais il y a des éternités qu'on ne vous
a vu », dit à Swann le général qui, remarquant ses traits
tirés et en concluant que c'était peut-être une maladie grave
qui l'éloignait du monde, ajouta : « Vous avez bonne mine,
vous savez ! » pendant que M. de Bréauté demandait : « Comment, vous, mon cher, qu'est-ce que vous pouvez bien faire

---

1. Club très mondain fondé en 1833, à l'imitation du Jockey Club anglais
créé au milieu du XVIIIᵉ siècle.
2. Chapeau haut de forme qu'on peut aplatir.

ici ? à un romancier mondain qui venait d'installer au coin de son œil un monocle, son seul organe d'investigation psychologique et d'impitoyable analyse, et répondit d'un air important et mystérieux, en roulant l'*r* : 5800

– J'observe. »

Le monocle du Marquis de Forestelle était minuscule, n'avait aucune bordure et obligeant à une crispation incessante et douloureuse l'œil où il s'incrustait comme un cartilage superflu dont la présence est inexplicable et la matière recherchée, il donnait au visage du Marquis une délicatesse mélancolique, et le faisait juger par les femmes comme capable de grands chagrins d'amour. Mais celui de M. de Saint-Candé, entouré d'un gigan- 5810 tesque anneau, comme Saturne, était le centre de gravité d'une figure qui s'ordonnait à tout moment par rapport à lui, dont le nez frémissant et rouge et la bouche lippue et sarcastique tâchaient par leurs grimaces d'être à la hauteur des feux roulants d'esprit dont étincelait le disque de verre, et se voyait préférer aux plus beaux regards du monde par des jeunes femmes snobs et dépravées qu'il faisait rêver de charmes artificiels et d'un raffinement de volupté ; et cependant, derrière le sien, M. de Palancy qui, avec sa grosse tête de carpe aux yeux ronds, se 5820 déplaçait lentement au milieu des fêtes, en desserrant d'instant en instant ses mandibules comme pour chercher son orientation, avait l'air de transporter seulement avec lui un fragment accidentel, et peut-être purement symbolique, du vitrage de son aquarium, partie destinée à figurer le tout, qui rappela à Swann, grand admirateur des *Vices* et des *Vertus* de Giotto [1] à Padoue, cet Injuste à côté duquel un rameau feuillu évoque les forêts où se cache son repaire.

---

1. Giotto di Bondone (1266-1337) : peintre et mosaïste italien, d'un rayonnement considérable. Il commence par suivre l'enseignement de Cimabue. Son œuvre majeure est constituée, à Padoue, par les fresques de la chapelle de l'Arena : scènes de la *Vie de la Vierge*, de la *Vie du Christ*, allégories des *Vices* et des *Vertus*. Dans « Combray » (*DCS*, p. 182), Swann s'intéresse beaucoup à Giotto (comme Ruskin) ; il donne au héros des photographies des figures symboliques du peintre et compare la fille de cuisine à la Charité.

5830   Swann s'était avancé, sur l'insistance de Mme de Saint-
Euverte, et pour entendre un air d'*Orphée* [1] qu'exécutait
un flûtiste, s'était mis dans un coin où il avait malheureusement comme seule perspective deux dames déjà mûres
assises l'une à côté de l'autre, la Marquise de Cambremer
et la Vicomtesse de Franquetot, lesquelles, parce qu'elles
étaient cousines, passaient leur temps dans les soirées,
portant leurs sacs et suivies de leurs filles, à se chercher
comme dans une gare et n'étaient tranquilles que quand
elles avaient marqué, par leur éventail ou leur mouchoir,
5840   deux places voisines : Mme de Cambremer, comme elle
avait très peu de relations, étant d'autant plus heureuse
d'avoir une compagne, Mme de Franquetot, qui étant au
contraire très lancée, trouvait quelque chose d'élégant,
d'original, à montrer à toutes ses belles connaissances
qu'elle leur préférait une dame obscure avec qui elle avait
en commun des souvenirs de jeunesse. Plein d'une mélancolie ironique, Swann les regardait écouter l'intermède de
piano (« Saint François parlant aux oiseaux », de Liszt) [2]
qui avait succédé à l'air de flûte, et suivre le jeu vertigi-
5850   neux du virtuose, Mme de Franquetot anxieusement, les
yeux éperdus comme si les touches sur lesquelles il courait
avec agilité avaient été une suite de trapèzes d'où il pouvait tomber d'une hauteur de quatre-vingts mètres, et non
sans lancer à sa voisine des regards d'étonnement, de
dénégation qui signifiaient : « Ce n'est pas croyable, je
n'aurais jamais pensé qu'un homme pût faire cela »,
Mme de Cambremer, en femme qui a reçu une forte éducation musicale battant la mesure avec sa tête transformée
en balancier de métronome dont l'amplitude et la rapidité
5860   d'oscillations d'une épaule à l'autre étaient devenues telles

---

1. Orphée (voir « Le rêve de Swann » dans le dossier, p. 304-305) a passionné aussi bien les poètes que les musiciens. Il doit s'agir ici d'*Orphée
aux Enfers*, l'opéra bouffe de Jacques Offenbach, sur un livret d'Hector
Crémieux et de Ludovic Halévy (1858). L'œuvre, qui était en deux actes,
fut remaniée en quatre actes en 1874. Gluck a également composé un
opéra, *Orphée et Eurydice* (1762), traduit en français par Moline en
1774.
2. Liszt, Franz (1811-1886) : compositeur et pianiste hongrois. La dernière partie de son œuvre est consacrée à la musique religieuse, notamment les *Deux Légendes pour piano* : *Saint François de Paule marchant
sur les flots* et *Saint François d'Assise prêchant aux oiseaux* (1863).

(avec cette espèce d'égarement et d'abandon du regard qu'ont les douleurs qui ne se connaissent plus ni ne cherchent à se maîtriser et disent « Que voulez-vous ! ») qu'à tout moment elle accrochait avec ses solitaires les pattes de son corsage et était obligée de redresser les raisins noirs qu'elle avait, dans les cheveux, sans cesser pour cela d'accélérer le mouvement. De l'autre côté de Mme de Franquetot, mais un peu en avant, était la Marquise de Gallardon, occupée à sa pensée favorite, l'alliance qu'elle avait avec les Guermantes et d'où elle tirait pour le monde et pour elle-même beaucoup de gloire avec quelque honte, les plus brillants d'entre eux la tenant un peu à l'écart, peut-être parce qu'elle était ennuyeuse, ou parce qu'elle était méchante, ou parce qu'elle était d'une branche inférieure, ou peut-être sans aucune raison. Quand elle se trouvait auprès de quelqu'un qu'elle ne connaissait pas, comme en ce moment auprès de Mme de Franquetot, elle souffrait que la conscience qu'elle avait de sa parenté avec les Guermantes ne pût se manifester extérieurement en caractères visibles comme ceux qui, dans les mosaïques des églises byzantines [1], placés les uns au-dessous des autres, inscrivent en une colonne verticale, à côté d'un saint personnage les mots qu'il est censé prononcer. Elle songeait en ce moment qu'elle n'avait jamais reçu une invitation ni une visite de sa jeune cousine la Princesse des Laumes, depuis six ans que celle-ci était mariée. Cette pensée la remplissait de colère, mais aussi de fierté ; car, à force de dire aux personnes qui s'étonnaient de ne pas la voir chez Mme des Laumes, que c'est parce qu'elle aurait été exposée à y rencontrer la Princesse Mathilde [2] – ce que sa famille ultralégitimiste ne lui aurait jamais pardonné, – elle avait fini par croire que c'était en effet la raison pour laquelle elle n'allait pas chez sa jeune cousine. Elle se rappelait pourtant qu'elle avait demandé plusieurs fois à Mme des Laumes comment elle pourrait faire pour la rencontrer, mais ne se le rappelait que confusé-

---

1. De l'Empire byzantin : l'Empire romain d'Orient (fin IV\ :superscript:`e` siècle-1453).
2. La princesse Mathilde Bonaparte (1820-1904), fille de Jérôme Bonaparte et nièce de Napoléon I\ :superscript:`er`. Après avoir épousé un prince russe et en avoir divorcé, elle s'installa à Paris et aida son cousin, devenu président de la République, à faire les honneurs de sa cour après 1852. Puis elle tint un salon littéraire et artistique, sans considération politique.

ment et d'ailleurs neutralisait et au-delà ce souvenir un peu
humiliant en murmurant : « Ce n'est tout de même pas à
moi à faire les premiers pas, j'ai vingt ans de plus qu'elle. »
Grâce à la vertu de ces paroles intérieures, elle rejetait fière-
5900   ment en arrière ses épaules détachées de son buste et sur lesquelles sa tête posée presque horizontalement faisait penser
à la tête « rapportée » d'un orgueilleux faisan qu'on sert sur
une table avec toutes ses plumes. Ce n'est pas qu'elle ne fût
par nature courtaude, hommasse et boulotte ; mais les
camouflets [1] l'avaient redressée comme ces arbres qui, nés
dans une mauvaise position au bord d'un précipice, sont
forcés de croître en arrière pour garder leur équilibre.
Obligée, pour se consoler de ne pas être tout à fait l'égale
des autres Guermantes, de se dire sans cesse que c'était par
5910   intransigeance de principes et fierté qu'elle les voyait peu,
cette pensée avait fini par modeler son corps et par lui
enfanter une sorte de prestance qui passait aux yeux des
bourgeoises pour un signe de race et troublait quelquefois
d'un désir fugitif le regard fatigué des hommes de cercle. Si
on avait fait subir à la conversation de Mme de Gallardon
ces analyses qui en relevant la fréquence plus ou moins
grande de chaque terme permettent de découvrir la clef d'un
langage chiffré, on se fût rendu compte qu'aucune expression, même la plus usuelle, n'y revenait aussi souvent que
5920   « chez mes cousins de Guermantes », « chez ma tante de
Guermantes », « la santé d'Elzéar de Guermantes [2] », « la
baignoire de ma cousine de Guermantes ». Quand on lui
parlait d'un personnage illustre, elle répondait que sans le
connaître personnellement, elle l'avait rencontré mille fois
chez sa tante de Guermantes, mais elle répondait cela d'un
ton si glacial et d'une voix si sourde qu'il était clair que si
elle ne le connaissait pas personnellement c'était en vertu de
tous les principes indéracinables et entêtés auxquels ses
épaules touchaient en arrière, comme à ces échelles sur les-
5930   quelles les professeurs de gymnastique vous font étendre
pour vous développer le thorax.

---

1. Dans un cadre littéraire, un camouflet est une mortification, une vexa-
tion humiliante, un affront. Employé familièrement, un camouflet est une
gifle, une offense.
2. Seule mention de ce personnage dans toute la *Recherche*.

Or, la Princesse des Laumes qu'on ne se serait pas attendu à voir chez Mme de Saint-Euverte, venait précisément d'arriver. Pour montrer qu'elle ne cherchait pas à faire sentir dans un salon où elle ne venait que par condescendance, la supériorité de son rang, elle était entrée en effaçant les épaules là même où il n'y avait aucune foule à fendre et personne à laisser passer, restant exprès dans le fond, de l'air d'y être à sa place, comme un roi qui fait la queue à la porte d'un théâtre tant que les autorités n'ont pas été prévenues qu'il est là ; et, bornant simplement son regard – pour ne pas avoir l'air de signaler sa présence et de réclamer des égards – à la considération d'un dessin du tapis ou de sa propre jupe, elle se tenait debout à l'endroit qui lui avait paru le plus modeste (et d'où elle savait bien qu'une exclamation ravie de Mme de Saint-Euverte allait la tirer dès que celle-ci l'aurait aperçue), à côté de Mme de Cambremer qui lui était inconnue. Elle observait la mimique de sa voisine mélomane, mais ne l'imitait pas. Ce n'est pas que, pour une fois qu'elle venait passer cinq minutes chez Mme de Saint-Euverte, la Princesse des Laumes n'eût souhaité, pour que la politesse qu'elle lui faisait comptât double, de se montrer le plus aimable possible. Mais par nature, elle avait horreur de ce qu'elle appelait « les exagérations » et tenait à montrer qu'elle « n'avait pas à » se livrer à des manifestations qui n'allaient pas avec le « genre » de la coterie où elle vivait, mais qui pourtant d'autre part ne laissaient pas de l'impressionner, à la faveur de cet esprit d'imitation voisin de la timidité que développe chez les gens les plus sûrs d'eux-mêmes, l'ambiance d'un milieu nouveau, fût-il inférieur. Elle commençait à se demander si cette gesticulation n'était pas rendue nécessaire par le morceau qu'on jouait et qui ne rentrait peut-être pas dans le cadre de la musique qu'elle avait entendue jusqu'à ce jour, si s'abstenir n'était pas faire preuve d'incompréhension à l'égard de l'œuvre et d'inconvenance vis-à-vis de la maîtresse de la maison : de sorte que pour exprimer par une « cote mal taillée [1] » ses sentiments contradictoires, tantôt elle se contentait de

5940

5950

5960

---

1. « Cote mal taillée » : locution figurée désignant un compromis qui ne satisfait personne.

5970 remonter la bride de ses épaulettes ou d'assurer dans ses
cheveux blonds les petites boules de corail ou d'émail
rose, givrées de diamant, qui lui faisaient une coiffure
simple et charmante, en examinant avec une froide curiosité sa fougueuse voisine, tantôt de son éventail elle battait
pendant un instant la mesure, mais, pour ne pas abdiquer
son indépendance, à contretemps. Le pianiste ayant terminé
le morceau de Liszt et ayant commencé un prélude de
Chopin, Mme de Cambremer lança à Mme de Franquetot
un sourire attendri de satisfaction compétente et d'allusion
5980 au passé. Elle avait appris dans sa jeunesse à caresser les
phrases, au long col sinueux et démesuré, de Chopin, si
libres, si flexibles, si tactiles, qui commencent par chercher et essayer leur place en dehors et bien loin de la direction de leur départ, bien loin du point où on avait pu
espérer qu'atteindrait leur attouchement, et qui ne se
jouent dans cet écart de fantaisie que pour revenir plus
délibérément – d'un retour plus prémédité, avec plus de
précision, comme sur un cristal qui résonnerait jusqu'à
faire crier – vous frapper au cœur.

5990   Vivant dans une famille provinciale qui avait peu de
relations, n'allant guère au bal, elle s'était grisée dans la
solitude de son manoir, à ralentir, à précipiter la danse de
tous ces couples imaginaires, à les égrener comme des
fleurs, à quitter un moment le bal pour entendre le vent
souffler dans les sapins, au bord du lac, et à y voir tout
d'un coup s'avancer, plus différent de tout ce qu'on a
jamais rêvé que ne sont les amants de la terre, un mince
jeune homme à la voix un peu chantante, étrangère et
fausse, en gants blancs. Mais aujourd'hui la beauté
6000 démodée de cette musique semblait défraîchie. Privée
depuis quelques années de l'estime des connaisseurs, elle
avait perdu son honneur et son charme et ceux mêmes dont
le goût est mauvais n'y trouvaient plus qu'un plaisir inavoué et médiocre. Mme de Cambremer jeta un regard
furtif derrière elle. Elle savait que sa jeune bru (pleine de
respect pour sa nouvelle famille, sauf en ce qui touchait les
choses de l'esprit sur lesquelles, sachant jusqu'à l'harmonie et jusqu'au grec, elle avait des lumières spéciales)
méprisait Chopin et souffrait quand elle en entendait jouer.
6010 Mais loin de la surveillance de cette wagnérienne qui

était plus loin avec un groupe de personnes de son âge,
Mme de Cambremer se laissait aller à des impressions
délicieuses. La Princesse des Laumes les éprouvait aussi.
Sans être par nature douée pour la musique, elle avait reçu
il y a quinze ans les leçons qu'un professeur de piano du
faubourg Saint-Germain, femme de génie qui avait été, à
la fin de sa vie, réduite à la misère, avait recommencé, à
l'âge de soixante-dix ans, à donner aux filles et aux
petites-filles de ses anciennes élèves. Elle était morte
aujourd'hui. Mais sa méthode, son beau son, renaissaient 6020
parfois sous les doigts de ses élèves, même de celles qui
étaient devenues pour le reste des personnes médiocres,
avaient abandonné la musique et n'ouvraient presque plus
jamais un piano. Aussi Mme des Laumes put-elle secouer
la tête, en pleine connaissance de cause, avec une appré-
ciation juste de la façon dont le pianiste jouait ce prélude
qu'elle savait par cœur. La fin de la phrase commencée
chanta d'elle-même sur ses lèvres. Et elle murmura « C'est
toujours *ch*armant », avec un double *ch* au commencement
du mot qui était une marque de délicatesse et dont elle sen- 6030
tait ses lèvres si romanesquement froissées comme une
belle fleur, qu'elle harmonisa instinctivement son regard
avec elles en lui donnant à ce moment-là une sorte de senti-
mentalité et de vague. Cependant Mme de Gallardon était
en train de se dire qu'il était fâcheux qu'elle n'eût que bien
rarement l'occasion de rencontrer la Princesse des Laumes,
car elle souhaitait lui donner une leçon en ne répondant pas
à son salut. Elle ne savait pas que sa cousine fût là. Un
mouvement de tête de Mme de Franquetot la lui découvrit.
Aussitôt elle se précipita vers elle en dérangeant tout le 6040
monde ; mais désireuse de garder un air hautain et glacial
qui rappelât à tous qu'elle ne désirait pas avoir de relations
avec une personne chez qui on pouvait se trouver nez à nez
avec la Princesse Mathilde, et au-devant de qui elle n'avait
pas à aller car elle n'était pas « sa contemporaine », elle
voulut pourtant compenser cet air de hauteur et de réserve
par quelque propos qui justifiât sa démarche et forçât la
Princesse à engager la conversation ; aussi une fois arrivée
près de sa cousine, Mme de Gallardon, avec un visage dur,
une main tendue comme une carte forcée, lui dit : 6050
« Comment va ton mari ? de la même voix soucieuse que

si le Prince avait été gravement malade. La Princesse éclatant d'un rire qui lui était particulier et qui était destiné à
la fois à montrer aux autres qu'elle se moquait de
quelqu'un et aussi à se faire paraître plus jolie en concen-
trant les traits de son visage autour de sa bouche animée et
de son regard brillant, lui répondit :

– Mais le mieux du monde !

Et elle rit encore. Cependant tout en redressant sa taille
6060 et refroidissant sa mine, inquiète encore pourtant de l'état
du Prince, Mme de Gallardon dit à sa cousine :

– Oriane (ici Mme des Laumes regarda d'un air étonné et
rieur un tiers invisible vis-à-vis duquel elle semblait tenir à
attester qu'elle n'avait jamais autorisé Mme de Gallardon à
l'appeler par son prénom) je tiendrais beaucoup à ce que tu
viennes un moment demain soir chez moi entendre un quintette avec clarinette de Mozart. Je voudrais avoir ton appré-
ciation.

Elle semblait non pas adresser une invitation, mais
6070 demander un service, et avoir besoin de l'avis de la Princesse sur le quintette de Mozart [1] comme si ç'avait été un
plat de la composition d'une nouvelle cuisinière sur les
talents de laquelle il lui eût été précieux de recueillir l'opinion d'un gourmet.

– Mais je connais ce quintette, je peux te dire tout de
suite… que je l'aime !

– Tu sais, mon mari n'est pas bien, son foie…, cela lui
ferait grand plaisir de te voir », reprit Mme de Gallardon,
faisant maintenant à la Princesse une obligation de charité
6080 de paraître à la soirée.

La Princesse n'aimait pas à dire aux gens qu'elle ne
voulait pas aller chez eux. Tous les jours elle écrivait son
regret d'avoir été privée – par une visite inopinée de sa
belle-mère, par une invitation de son beau-frère, par
l'Opéra, par une partie de campagne – d'une soirée à
laquelle elle n'aurait jamais songé à se rendre. Elle donnait ainsi à beaucoup de gens la joie de croire qu'elle était
de leurs relations, qu'elle eût été volontiers chez eux,
qu'elle n'avait été empêchée de le faire que par les contre-

---

1. Mozart, Wolfgang Amadeus (1756-1791) : compositeur autrichien. Est
mentionné, ici, le quintette pour clarinette et cordes, composé en 1789.

temps princiers qu'ils étaient flattés de voir entrer en concurrence avec leur soirée. Puis faisant partie de cette spirituelle coterie des Guermantes – où survivait quelque chose de l'esprit alerte, dépouillé de lieux communs et de sentiments convenus, qui descend de Mérimée [1], et a trouvé sa dernière expression dans le théâtre de Meilhac [2] et Halévy [3] – elle l'adaptait même aux rapports sociaux, le transposait jusque dans sa politesse qui s'efforçait d'être positive, précise, de se rapprocher de l'humble vérité. Elle ne développait pas longuement à une maîtresse de maison l'expression du désir qu'elle avait d'aller à sa soirée ; elle trouvait plus aimable de lui exposer quelques petits faits d'où dépendrait qu'il lui fût ou non possible de s'y rendre.

« Écoute, je vais te dire, dit-elle à Mme de Gallardon, il faut demain soir que j'aille chez une amie qui m'a demandé mon jour depuis longtemps. Si elle nous emmène au théâtre, il n'y aura pas, avec la meilleure volonté, possibilité que j'aille chez toi ; mais si nous restons chez elle, comme je sais que nous serons seuls, je pourrai la quitter.

– Tiens, tu as vu ton ami M. Swann ?

– Mais non, cet amour de Charles, je ne savais pas qu'il fût là, je vais tâcher qu'il me voie.

– C'est drôle qu'il aille même chez la mère Saint-Euverte, dit Mme de Gallardon. Oh ! je sais qu'il est intel-

1. Mérimée, Prosper (1803-1870) : plusieurs fois cité dans la *Recherche*, cet inspecteur général des monuments historiques était aussi écrivain, connu pour ses nouvelles *La Vénus d'Ille* (1837), *Colomba* (1840) et *Carmen* (1845). Il s'intéressa également à la littérature russe. Il était avant tout un styliste, à l'écriture concise.
2. Meilhac, Henri (1831-1897) : auteur dramatique français. Il écrivit de nombreuses pièces pour le théâtre de boulevard, la plupart en collaboration avec Ludovic Halévy. Tous deux furent également les librettistes d'opéras bouffes mis en musique par Offenbach : *La Belle Hélène* (1864), *La Vie parisienne* (1866), *La Périchole* (1868). Henri Meilhac est l'auteur du livret de *Carmen*.
3. Halévy, Ludovic (1834-1908) : écrivain français, neveu de Jacques Fromental Lévy (dit Halévy), compositeur et auteur de *La Juive* (1835) que le grand-père fredonne, dans le jardin de Combray (*DCS*, p. 194), quand arrive Bloch. Ludovic Halévy est considéré comme le représentant (l'un des derniers) de l'esprit parisien, pétillant et sarcastique. Proust était ami avec le fils de celui-ci, Daniel, camarade de classe au lycée Condorcet et neveu de Mme Straus.

ligent, ajouta-t-elle en voulant dire par là intrigant, mais cela ne fait rien, un Juif chez la sœur et la belle-sœur de deux archevêques !

– J'avoue à ma honte que je n'en suis pas choquée, dit la Princesse des Laumes.

6120   – Je sais qu'il est converti, et même déjà ses parents et ses grands-parents. Mais on dit que les convertis restent plus attachés à leur religion que les autres, que c'est une frime, est-ce vrai ?

– Je suis sans lumières à ce sujet. »

Le pianiste qui avait à jouer deux morceaux de Chopin [1], après avoir terminé le prélude, avait attaqué aussitôt une polonaise. Mais depuis que Mme de Gallardon avait signalé à sa cousine la présence de Swann, Chopin ressuscité aurait pu venir jouer lui-même toutes ses œuvres sans

6130   que Mme des Laumes pût y faire attention. Elle faisait partie d'une de ces deux moitiés de l'humanité chez qui la curiosité qu'a l'autre moitié pour les êtres qu'elle ne connaît pas est remplacée par l'intérêt pour les êtres qu'elle connaît. Comme beaucoup de femmes du faubourg Saint-Germain la présence dans un endroit où elle se trouvait de quelqu'un de sa coterie, et auquel d'ailleurs elle n'avait rien de particulier à dire, accaparait exclusivement son attention aux dépens de tout le reste. À partir de ce moment, dans l'espoir que Swann la remarquerait, la Prin-

6140   cesse ne fit plus, comme une souris blanche apprivoisée à qui on tend puis on retire un morceau de sucre, que tourner sa figure, remplie de mille signes de connivence dénués de rapports avec le sentiment de la polonaise de Chopin, dans la direction où était Swann et si celui-ci changeait de place, elle déplaçait parallèlement son sourire aimanté.

« Oriane, ne te fâche pas, reprit Mme de Gallardon qui ne pouvait jamais s'empêcher de sacrifier ses plus grandes espérances sociales et d'éblouir un jour le monde, au plaisir obscur, immédiat et privé, de dire quelque chose de désa-

6150   gréable, il y a des gens qui prétendent que ce M. Swann,

---

1. Chopin, Frédéric (1810-1849) : pianiste et compositeur polonais, de père français. Il eut une liaison avec George Sand. Son génie s'est exprimé dans de multiples genres, dont les *Préludes* et les *Polonaises*. Ce virtuose disparut jeune, victime de la tuberculose.

c'est quelqu'un qu'on ne peut pas recevoir chez soi, est-ce vrai ?

– Mais… tu dois bien savoir que c'est vrai, répondit la Princesse des Laumes, puisque tu l'as invité cinquante fois et qu'il n'est jamais venu. »

Et quittant sa cousine mortifiée, elle éclata de nouveau d'un rire qui scandalisa les personnes qui écoutaient la musique, mais attira l'attention de Mme de Saint-Euverte, restée par politesse près du piano et qui aperçut seulement alors la Princesse. Mme de Saint-Euverte était d'autant plus ravie de voir Mme des Laumes qu'elle la croyait encore à Guermantes en train de soigner son beau-père malade.

« Mais comment, Princesse, vous étiez là ?

– Oui, je m'étais mise dans un petit coin, j'ai entendu de belles choses.

– Comment, vous êtes là depuis déjà un long moment !

– Mais oui, un très long moment qui m'a semblé très court, long seulement parce que je ne vous voyais pas.

Mme de Saint-Euverte voulut donner son fauteuil à la Princesse qui répondit :

– Mais pas du tout ! Pourquoi ? Je suis bien n'importe où !

Et, avisant avec intention, pour mieux manifester sa simplicité de grande dame, un petit siège sans dossier :

– Tenez, ce pouf, c'est tout ce qu'il me faut. Cela me fera tenir droite. Oh ! mon Dieu, je fais encore du bruit, je vais me faire conspuer. »

Cependant le pianiste redoublant de vitesse, l'émotion musicale était à son comble, un domestique passait des rafraîchissements sur un plateau et faisait tinter des cuillers, et, comme chaque semaine, Mme de Saint-Euverte lui faisait, sans qu'il la vît, des signes de s'en aller. Une nouvelle mariée, à qui on avait appris qu'une jeune femme ne doit pas avoir l'air blasé, souriait de plaisir, et cherchait des yeux la maîtresse de maison pour lui témoigner par son regard sa reconnaissance d'avoir « pensé à elle » pour un pareil régal. Pourtant, quoique avec plus de calme que Mme de Franquetot, ce n'est pas sans inquiétude qu'elle suivait le morceau ; mais la sienne avait pour objet, au lieu du pianiste, le piano sur lequel une bougie tressautant à

chaque fortissimo risquait, sinon de mettre le feu à l'abat-
jour, du moins de faire des taches sur le palissandre [1]. À la
fin elle n'y tint plus et, escaladant les deux marches de
l'estrade, sur laquelle était placé le piano, se précipita pour
enlever la bobèche. Mais à peine ses mains allaient-elles la
toucher que, sur un dernier accord, le morceau finit et le
pianiste se leva. Néanmoins l'initiative hardie de cette
jeune femme, la courte promiscuité qui en résulta entre
6200 elle et l'instrumentiste, produisirent une impression généralement favorable.

« Vous avez remarqué ce qu'a fait cette personne, Princesse, dit le général de Froberville à la Princesse des
Laumes qu'il était venu saluer et que Mme de Saint-Euverte
quitta un instant. C'est curieux. Est-ce donc une artiste ?
– Non, c'est une petite Mme de Cambremer, répondit étourdiment la Princesse et elle ajouta vivement : Je vous répète
ce que j'ai entendu dire, je n'ai aucune espèce de notion de
qui c'est, on a dit derrière moi que c'étaient des voisins de
6210 campagne de Mme de Saint-Euverte, mais je ne crois pas
que personne les connaisse. Ça doit être des "gens de la
campagne" ! Du reste, je ne sais pas si vous êtes très
répandu dans la brillante société qui se trouve ici, mais je
n'ai pas idée du nom de toutes ces étonnantes personnes. À
quoi pensez-vous qu'ils passent leur vie en dehors des soirées de Mme de Saint-Euverte ? Elle a dû les faire venir
avec les musiciens, les chaises et les rafraîchissements.
Avouez que ces « invités de chez Belloir [2] » sont magni-
fiques. Est-ce que vraiment elle a le courage de louer ces
6220 figurants toutes les semaines. Ce n'est pas possible !

– Ah ! Mais Cambremer, c'est un nom authentique et
ancien, dit le général.

– Je ne vois aucun mal à ce que ce soit ancien, répondit
sèchement la Princesse, mais en tout cas ce n'est pas
euphonique [3], ajouta-t-elle en détachant le mot eupho-

---

1. Bois exotique, d'une couleur violacée, veiné de noir et de jaune, provenant de plusieurs espèces d'arbres d'Amérique centrale, dont le jaca-
randa.
2. La maison Belloir louait des chaises et des fauteuils pour les
réceptions.
3. En musique et en linguistique, l'euphonie est une harmonie de sons
agréablement combinés.

nique comme s'il était entre guillemets, petite affectation de débit qui était particulière à la coterie Guermantes.

– Vous trouvez ? Elle est jolie à croquer, dit le général qui ne perdait pas Mme de Cambremer de vue. Ce n'est pas votre avis, Princesse ?

– Elle se met trop en avant, je trouve que chez une si jeune femme, ce n'est pas agréable, car je ne crois pas qu'elle soit ma contemporaine », répondit Mme des Laumes (cette expression étant commune aux Gallardon et aux Guermantes).

Mais la Princesse voyant que M. de Froberville continuait à regarder Mme de Cambremer, ajouta moitié par méchanceté pour celle-ci, moitié par amabilité pour le général : « Pas agréable… pour son mari ! Je regrette de ne pas la connaître puisqu'elle vous tient à cœur, je vous aurais présenté », dit la Princesse qui probablement n'en aurait rien fait si elle avait connu la jeune femme. « Je vais être obligée de vous dire bonsoir, parce que c'est la fête d'une amie à qui je dois aller la souhaiter, dit-elle d'un ton modeste et vrai, réduisant la réunion mondaine à laquelle elle se rendait à la simplicité d'une cérémonie ennuyeuse, mais où il était obligatoire et touchant d'aller. D'ailleurs je dois y retrouver Basin qui, pendant que j'étais ici, est allé voir ses amis que vous connaissez, je crois, qui ont un nom de pont, les Iéna.

– Ç'a été d'abord un nom de victoire, Princesse, dit le général. Qu'est-ce que vous voulez, pour un vieux briscard [1] comme moi, ajouta-t-il en ôtant son monocle pour l'essuyer, comme il aurait changé un pansement, tandis que la Princesse détournait instinctivement les yeux, cette noblesse d'Empire [2], c'est autre chose bien entendu, mais enfin, pour ce que c'est, c'est très beau dans son genre, ce sont des gens qui en somme se sont battus en héros.

---

1. Un briscard est un soldat de métier. Familièrement, un vieux briscard est un homme pourvu d'une longue expérience.
2. Cette noblesse d'Empire a été créée par Napoléon Ier (senatus-consulte du 11 mai 1808) ; c'était une noblesse de titre accordée à un serviteur de l'État, ce qui ne manqua pas de paraître méprisable à la noblesse héréditaire.

6260   – Mais je suis pleine de respect pour les héros, dit la
Princesse, sur un ton légèrement ironique ; si je ne vais pas
avec Basin chez cette Princesse d'Iéna, ce n'est pas du tout
pour ça, c'est tout simplement parce que je ne les connais
pas. Basin les connaît, les chérit. Oh ! non, ce n'est pas ce
que vous pouvez penser, ce n'est pas un flirt, je n'ai pas à
m'y opposer ! Du reste, pour ce que cela sert quand je
veux m'y opposer ! ajouta-t-elle d'une voix mélancolique,
car tout le monde savait que dès le lendemain du jour où
le Prince des Laumes avait épousé sa ravissante cousine, il
6270   n'avait pas cessé de la tromper. Mais enfin ce n'est pas le
cas, ce sont des gens qu'il a connus autrefois, il en fait ses
choux gras [1], je trouve cela très bien. D'abord je vous dirai
que rien que ce qu'il m'a dit de leur maison… Pensez que
tous leurs meubles sont "Empire" !

– Mais, Princesse, naturellement, c'est parce que c'est
le mobilier de leurs grands-parents.

– Mais je ne vous dis pas, mais ça n'est pas moins laid
pour ça. Je comprends très bien qu'on ne puisse pas avoir de
jolies choses, mais au moins qu'on n'ait pas de choses ridi-
6280   cules. Qu'est-ce que vous voulez ? je ne connais rien de plus
pompier [2], de plus bourgeois que cet horrible style avec ces
commodes qui ont des têtes de cygnes comme des baignoires.

– Mais je crois même qu'ils ont de belles choses, ils
doivent avoir la fameuse table de mosaïque sur laquelle a
été signé le traité de…

– Ah ! Mais qu'ils aient des choses intéressantes au point
de vue de l'histoire je ne vous dis pas. Mais ça ne peut pas
être beau… puisque c'est horrible ! Moi j'ai aussi des
choses comme ça que Basin a héritées des Montesquiou [3].

---

1. « Faire ses choux gras de quelque chose » : en tirer profit.
2. Ce terme, familier et péjoratif, s'emploie, par allusion aux personnages casqués de leurs compositions, à propos des artistes qui puisent
leur sujet dans l'Antiquité gréco-romaine. Par extension, il se dit des
peintres ayant traité de manière conventionnelle des sujets artificiels et
emphatiques (la peinture dite académique, notamment au XIXe siècle).
3. Les Montesquiou-Fezensac deviennent soudain des personnages de
roman, au même titre que les Guermantes. C'est pourtant une réelle et très
illustre famille de militaires et d'ecclésiastiques qui jouèrent un rôle politique important. Le comte Robert de Montesquiou était, lui, un poète-
dandy, ami de Proust, avec qui il se brouilla lorsqu'il crut se reconnaître
dans le personnage de Charlus.

Seulement elles sont dans les greniers de Guermantes où 6290
personne ne les voit. Enfin, du reste, ce n'est pas la question, je me précipiterais chez eux avec Basin, j'irais les voir même au milieu de leurs sphinx et de leur cuivre si je les connaissais, mais… je ne les connais pas ! Moi, on m'a toujours dit quand j'étais petite que ce n'était pas poli d'aller chez les gens qu'on ne connaissait pas, dit-elle en prenant un ton puéril. Alors, je fais ce qu'on m'a appris. Voyez-vous ces braves gens s'ils voyaient entrer une personne qu'ils ne connaissent pas ? Ils me recevraient peut-être très mal ! dit la Princesse. 6300

Et par coquetterie elle embellit le sourire que cette supposition lui arrachait, en donnant à son regard bleu fixé sur le général une expression rêveuse et douce.

– Ah ! Princesse, vous savez bien qu'ils ne se tiendraient pas de joie…

– Mais non, pourquoi ? lui demanda-t-elle avec une extrême vivacité, soit pour ne pas avoir l'air de savoir que c'est parce qu'elle était une des plus grandes dames de France, soit pour avoir le plaisir de l'entendre dire au général. Pourquoi ? Qu'en savez-vous ? Cela leur serait 6310
peut-être tout ce qu'il y a de plus désagréable. Moi je ne sais pas, mais si j'en juge par moi, cela m'ennuie déjà tant de voir les personnes que je connais, je crois que s'il fallait voir des gens que je ne connais pas, "même héroïques", je deviendrais folle. D'ailleurs, voyons, sauf lorsqu'il s'agit de vieux amis comme vous qu'on connaît sans cela, je ne sais pas si l'héroïsme serait d'un format très portatif dans le monde. Ça m'ennuie déjà souvent de donner des dîners, mais s'il fallait offrir le bras à Spartacus [1] pour aller à table… Non vraiment, ce ne serait jamais à Vercingétorix [2] que je ferais signe 6320
comme quatorzième. Je sens que je le réserverais pour les grandes soirées. Et comme je n'en donne pas…

– Ah ! Princesse, vous n'êtes pas Guermantes pour des prunes. Le possédez-vous assez, l'esprit des Guermantes !

– Mais on dit toujours l'esprit *des* Guermantes, je n'ai jamais pu comprendre pourquoi. Vous en connaissez donc

_____

1. Chef d'esclaves révoltés contre Rome, qui mena la plus grave mais aussi la dernière révolte servile.
2. Chef gaulois qui lutta héroïquement contre César, avant d'être vaincu.

d'autres qui en aient, ajouta-t-elle dans un éclat de rire
écumant et joyeux, les traits de son visage concentrés,
accouplés dans le réseau de son animation, les yeux étin-
6330 celants, enflammés d'un ensoleillement radieux de gaieté
que seuls avaient le pouvoir de faire rayonner ainsi les
propos, fussent-ils tenus par la Princesse elle-même, qui
étaient une louange de son esprit ou de sa beauté. Tenez,
voilà Swann qui a l'air de saluer votre Cambremer ; là…
il est à côté de la mère Saint-Euverte, vous ne voyez pas !
Demandez-lui de vous présenter. Mais dépêchez-vous, il
cherche à s'en aller !

– Avez-vous remarqué quelle affreuse mine il a ? » dit
le général.

6340 « Mon petit Charles ! Ah ! enfin il vient, je commençais
à supposer qu'il ne voulait pas me voir !

Swann aimait beaucoup la Princesse des Laumes, puis
sa vue lui rappelait Guermantes, terre voisine de Combray,
tout ce pays qu'il aimait tant et où il ne retournait plus
pour ne pas s'éloigner d'Odette. Usant des formes mi-
artistes, mi-galantes, par lesquelles il savait plaire à la
Princesse et qu'il retrouvait tout naturellement quand il se
retrempait un instant dans son ancien milieu – et voulant
d'autre part pour lui-même exprimer la nostalgie qu'il
6350 avait de la campagne :

– Ah ! dit-il à la cantonade, pour être entendu à la fois
de Mme de Saint-Euverte à qui il parlait et de Mme des
Laumes pour qui il parlait, voici la charmante Princesse !
Voyez, elle est venue tout exprès de Guermantes pour
entendre le *Saint François d'Assise* de Liszt [1] et elle n'a eu
le temps, comme une jolie mésange, que d'aller piquer
pour les mettre sur sa tête quelques petits fruits de prunier
des oiseaux et d'aubépine [2] ; il y a même encore de petites
gouttes de rosée, un peu de la gelée blanche qui doit faire
6360 gémir la Duchesse. C'est très joli, ma chère Princesse.

– Comment la Princesse est venue exprès de Guermantes. Mais c'est trop ! Je ne savais pas, je suis confuse,
s'écria naïvement Mme de Saint-Euverte qui était peu

---

1. Voir note 2, p. 208.
2. L'aubépine rappelle Combray, son église (*DCS*, p. 219) et la haie du
parc de Tansonville (*ibid.*, p. 246 à 250).

habituée au tour d'esprit de Swann. Et examinant la coiffure de la Princesse : Mais c'est vrai, cela imite… comment dirais-je, pas les châtaignes, non, oh ! c'est une idée ravissante, mais comment la Princesse pouvait-elle connaître mon programme. Les musiciens ne me l'ont même pas communiqué à moi.

Swann, habitué quand il était auprès d'une femme avec qui il avait gardé des habitudes galantes de langage, de dire des choses délicates que beaucoup de gens du monde ne comprenaient pas, ne daigna pas expliquer à Mme de Saint-Euverte qu'il n'avait parlé que par métaphore. Quant à la Princesse, elle se mit à rire aux éclats, parce que l'esprit de Swann était extrêmement apprécié dans sa coterie et aussi parce qu'elle ne pouvait entendre un compliment s'adressant à elle sans lui trouver les grâces les plus fines et une irrésistible drôlerie.

– Hé bien ! je suis ravie, Charles, si mes petits fruits d'aubépine vous plaisent. Pourquoi est-ce que vous saluez cette Cambremer, est-ce que vous êtes aussi son voisin de campagne ?

Mme de Sainte-Euverte voyant que la Princesse avait l'air content de causer avec Swann s'était éloignée.

– Mais vous l'êtes vous-même, Princesse.

– Moi, mais ils ont donc des campagnes partout, ces gens ! Mais comme j'aimerais être à leur place !

– Ce ne sont pas les Cambremer, c'étaient ses parents à elle ; elle est une demoiselle Legrandin qui venait à Combray. Je ne sais pas si vous savez que vous êtes Comtesse de Combray et que le chapitre [1] vous doit une redevance.

– Je ne sais pas ce que me doit le chapitre mais je sais que je suis tapée de cent francs tous les ans par le curé, ce dont je me passerais. Enfin ces Cambremer ont un nom bien étonnant. Il finit juste à temps, mais il finit mal ! dit-elle en riant.

– Il ne commence pas mieux, répondit Swann.

– En effet cette double abréviation !…

– C'est quelqu'un de très en colère et de très convenable qui n'a pas osé aller jusqu'au bout du premier mot.

6370

6380

6390

6400

---

1. Corps des chanoines d'une église.

– Mais puisqu'il ne devait pas pouvoir s'empêcher de commencer le second, il aurait mieux fait d'achever le premier pour en finir une bonne fois. Nous sommes en train de faire des plaisanteries d'un goût charmant, mon petit Charles, mais comme c'est ennuyeux de ne plus vous voir, ajouta-t-elle d'un ton câlin, j'aime tant causer avec vous. Pensez que je n'aurais même pas pu faire comprendre à cet idiot de Froberville que le nom de Cambremer était étonnant. Avouez que la vie est une chose affreuse. Il n'y a que quand je vous vois que je cesse de m'ennuyer. »

Et sans doute cela n'était pas vrai. Mais Swann et la Princesse avaient une même manière de juger les petites choses qui avait pour effet – à moins que ce ne fût pour cause – une grande analogie dans la façon de s'exprimer et jusque dans la prononciation. Cette ressemblance ne frappait pas parce que rien n'était plus différent que leurs deux voix. Mais si on parvenait par la pensée à ôter aux propos de Swann la sonorité qui les enveloppait, les moustaches entre lesquelles ils sortaient, on se rendait compte que c'étaient les mêmes phrases, les mêmes inflexions, le tour de la coterie Guermantes. Pour les choses importantes, Swann et la Princesse n'avaient les mêmes idées sur rien. Mais depuis que Swann était si triste, ressentant toujours cette espèce de frisson qui précède le moment où l'on va pleurer, il avait le même besoin de parler du chagrin qu'un assassin a de parler de son crime. En entendant la Princesse lui dire que la vie était une chose affreuse, il éprouva la même douceur que si elle lui avait parlé d'Odette.

« Oh ! oui, la vie est une chose affreuse. Il faut que nous nous voyions, ma chère amie. Ce qu'il y a de gentil avec vous, c'est que vous n'êtes pas gaie. On pourrait passer une soirée ensemble.

– Mais je crois bien, pourquoi ne viendriez-vous pas à Guermantes, ma belle-mère serait folle de joie. Cela passe pour très laid, mais je vous dirai que ce pays ne me déplaît pas, j'ai horreur des pays "pittoresques".

– Je crois bien, c'est admirable, répondit Swann, c'est presque trop beau, trop vivant pour moi, en ce moment ; c'est un pays pour être heureux. C'est peut-être parce que j'y ai vécu, mais les choses m'y parlent tellement. Dès qu'il se lève un souffle d'air, que les blés commencent à remuer, il me semble qu'il y a quelqu'un qui va arriver, que je vais recevoir une nouvelle ; et ces petites maisons au bord de l'eau... je serais bien malheureux !

– Oh ! mon petit Charles, prenez garde, voilà l'affreuse Rampillon qui m'a vue, cachez-moi, rappelez-moi donc ce qui lui est arrivé, je confonds, elle a marié sa fille ou son amant, je ne sais plus ; peut-être les deux... et ensemble !... Ah ! non, je me rappelle, elle a été répudiée par son Prince... ayez l'air de me parler pour que cette Bérénice [1] ne vienne pas m'inviter à dîner. Du reste, je me sauve. Écoutez, mon petit Charles, pour une fois que je vous vois, vous ne voulez pas vous laisser enlever et que je vous emmène chez la Princesse de Parme qui serait tellement contente, et Basin aussi qui doit m'y rejoindre. Si on n'avait pas de vos nouvelles par Mémé... [2]. Pensez que je ne vous vois plus jamais ! »

Swann refusa ; ayant prévenu M. de Charlus qu'en quittant de chez Mme de Saint-Euverte il rentrerait directement chez lui, il ne se souciait pas en allant chez la Princesse de Parme de risquer de manquer un mot qu'il avait tout le temps espéré se voir remettre par un domestique pendant la soirée, et que peut-être il allait trouver chez son concierge. « Ce pauvre Swann, dit ce soir-là Mme des Laumes à son mari, il est toujours gentil, mais il a l'air bien malheureux. Vous le verrez, car il a promis de venir dîner un de ces jours. Je trouve ridicule au fond qu'un homme de son intelligence souffre pour une personne de ce genre et qui n'est même pas intéressante, car on la dit idiote », ajouta-t-elle avec la sagesse des gens non amoureux qui trouvent qu'un homme d'esprit ne devrait être malheureux que pour une personne qui en valût la peine ; c'est à peu près comme s'étonner qu'on daigne souffrir du choléra par le fait d'un être aussi petit que le bacille virgule.

Swann voulait partir, mais au moment où il allait enfin s'échapper, le général de Froberville lui demanda à

6450

6460

6470

---

1. Héroïne de la tragédie éponyme de Racine : reine que l'empereur Titus a emmenée à Rome, après le siège de Jérusalem ; confronté à l'hostilité du peuple romain, celui-ci ne put l'épouser et dut la renvoyer.
2. Voir note 1, p. 194.

connaître Mme de Cambremer et il fut obligé de rentrer
6480 avec lui dans le salon pour la chercher.

« Dites donc, Swann, j'aimerais mieux être le mari de
cette femme-là que d'être massacré par les sauvages,
qu'en dites-vous ?

Ces mots « massacré par les sauvages » percèrent douloureusement le cœur de Swann ; aussitôt il éprouva le
besoin de continuer la conversation avec le général :

– Ah ! lui dit-il, il y a eu de bien belles vies qui ont fini
de cette façon… Ainsi vous savez… ce navigateur dont
Dumont d'Urville [1] ramena les cendres, La Pérouse… (et
6490 Swann était déjà heureux comme s'il avait parlé d'Odette).
C'est un beau caractère et qui m'intéresse beaucoup que
celui de La Pérouse, ajouta-t-il d'un air mélancolique.

– Ah ! parfaitement, La Pérouse, dit le général. C'est un
nom connu. Il a sa rue.

– Vous connaissez quelqu'un rue La Pérouse ? demanda
Swann d'un air agité.

– Je ne connais que Mme de Chanlivault, la sœur de ce
brave Chaussepierre. Elle nous a donné une jolie soirée de
comédie l'autre jour. C'est un salon qui sera un jour très
6500 élégant, vous verrez !

– Ah ! elle demeure rue La Pérouse. C'est sympathique,
c'est une jolie rue, si triste.

– Mais non, c'est que vous n'y êtes pas allé depuis
quelque temps ; ce n'est plus triste, cela commence à se
construire, tout ce quartier-là. »

Quand enfin Swann présenta M. de Froberville à la
jeune Mme de Cambremer, comme c'était la première fois
qu'elle entendait le nom du général, elle esquissa le sourire de joie et de surprise qu'elle aurait eu si on n'en avait
6510 jamais prononcé devant elle d'autre que celui-là, car ne
connaissant pas les amis de sa nouvelle famille, à chaque
personne qu'on lui amenait, elle croyait que c'était l'un
d'eux, et pensant qu'elle faisait preuve de tact en ayant

----

1. Dumont d'Urville, Jules Sébastien César (1790-1842) : navigateur
français qui fut chargé de retrouver l'épave du navire de La Pérouse qui
avait péri, en 1788, avec son équipage, sur l'île de Vanikoro (Océanie).
Le nom de La Pérouse évoque, pour Swann, le nom de la rue où habite
Odette.

l'air d'en avoir tant entendu parler depuis qu'elle était mariée, elle tendait la main d'un air hésitant destiné à prouver la réserve apprise qu'elle avait à vaincre et la sympathie spontanée qui réussissait à en triompher. Aussi ses beaux-parents, qu'elle croyait encore les gens les plus brillants de France, déclaraient-ils qu'elle était un ange ; d'autant plus qu'ils préféraient paraître, en la faisant épouser à leur fils, avoir cédé à l'attrait plutôt de ses qualités que de sa grande fortune.

« On voit que vous êtes musicienne dans l'âme, Madame », lui dit le général, en faisant inconsciemment allusion à l'incident de la bobèche.

Mais le concert recommença et Swann comprit qu'il ne pourrait pas s'en aller avant la fin de ce nouveau numéro du programme. Il souffrait de rester enfermé au milieu de ces gens dont la bêtise et les ridicules le frappaient d'autant plus douloureusement qu'ignorant son amour, incapables, s'ils l'avaient connu, de s'y intéresser et de faire autre chose que d'en sourire comme d'un enfantillage ou de le déplorer comme une folie, ils le lui faisaient apparaître sous l'aspect d'un état subjectif qui n'existait que pour lui, dont rien d'extérieur ne lui affirmait la réalité ; il souffrait surtout, et au point que même le son des instruments lui donnait envie de crier, de prolonger son exil dans ce lieu où Odette ne viendrait jamais, où personne, où rien ne la connaissait, d'où elle était entièrement absente.

Mais tout à coup ce fut comme si elle était entrée, et cette apparition lui fut une si déchirante souffrance qu'il dut porter la main à son cœur. C'est que le violon était monté à des notes hautes où il restait comme pour une attente, une attente qui se prolongeait sans qu'il cessât de les tenir, dans l'exaltation où il était d'apercevoir déjà l'objet de son attente qui s'approchait, et avec un effort désespéré pour tâcher de durer jusqu'à son arrivée, de l'accueillir avant d'expirer, de lui maintenir encore un moment de toutes ses dernières forces le chemin ouvert pour qu'il pût passer, comme on soutient une porte qui sans cela retomberait. Et avant que Swann eût eu le temps de comprendre, et de se dire : « C'est la petite phrase de la sonate de Vinteuil, n'écoutons pas ! » tous ses souvenirs

du temps où Odette était éprise de lui, et qu'il avait réussi
jusqu'à ce jour à maintenir invisibles dans les profondeurs de son être, trompés par ce brusque rayon du temps
d'amour qu'ils crurent revenu, s'étaient réveillés et, à tire-
d'aile, étaient remontés lui chanter éperdument, sans pitié
6560 pour son infortune présente, les refrains oubliés du bonheur.

Au lieu des expressions abstraites « temps où j'étais
heureux », « temps où j'étais aimé », qu'il avait souvent
prononcées jusque-là et sans trop souffrir, car son intelligence n'y avait enfermé du passé que de prétendus extraits
qui n'en conservaient rien, il retrouva tout ce qui de ce
bonheur perdu avait fixé à jamais la spécifique et volatile
essence ; il revit tout, les pétales neigeux et frisés du chrysanthème qu'elle lui avait jeté dans sa voiture, qu'il avait
6570 gardé contre ses lèvres – l'adresse en relief de la « Maison
Dorée » sur la lettre où il avait lu : « Ma main tremble si
fort en vous écrivant » – le rapprochement de ses sourcils
quand elle lui avait dit d'un air suppliant : « Ce n'est pas
dans trop longtemps que vous me ferez signe ? » ; il sentit
l'odeur du fer du coiffeur par lequel il se faisait relever sa
« brosse » pendant que Lorédan allait chercher la petite
ouvrière, les pluies d'orage qui tombèrent si souvent ce
printemps-là, le retour glacial dans sa victoria, au clair de
lune, toutes les mailles d'habitudes mentales, d'impres-
6580 sions saisonnières, de réactions cutanées, qui avaient
étendu sur une suite de semaines un réseau uniforme dans
lequel son corps se trouvait repris. À ce moment-là, il
satisfaisait une curiosité voluptueuse en connaissant les
plaisirs des gens qui vivent par l'amour. Il avait cru qu'il
pourrait s'en tenir là, qu'il ne serait pas obligé d'en
apprendre les douleurs ; comme maintenant le charme
d'Odette lui était peu de chose auprès de cette formidable
terreur qui le prolongeait comme un trouble halo, cette
immense angoisse de ne pas savoir à tous moments ce
6590 qu'elle avait fait, de ne pas la posséder partout et toujours !
Hélas, il se rappela l'accent dont elle s'était écriée :
« Mais je pourrai toujours vous voir, je suis toujours
libre ! » elle qui ne l'était plus jamais ! l'intérêt, la curiosité qu'elle avait eus pour sa vie à lui, le désir passionné
qu'il lui fit la faveur – redoutée au contraire par lui en ce

temps-là comme une cause d'ennuyeux dérangements – de l'y laisser pénétrer ; comme elle avait été obligée de le prier pour qu'il se laissât mener chez les Verdurin ; et, quand il la faisait venir chez lui une fois par mois, comme il avait fallu, avant qu'il se laissât fléchir, qu'elle lui répétât le délice que serait cette habitude de se voir tous les jours dont elle rêvait alors qu'elle ne lui semblait à lui qu'un fastidieux tracas, puis qu'elle avait prise en dégoût et définitivement rompue, pendant qu'elle était devenue pour lui un si invincible et si douloureux besoin. Il ne savait pas dire si vrai quand, à la troisième fois qu'il l'avait vue, comme elle lui répétait : « Mais pourquoi ne me laissez-vous pas venir plus souvent ? », il lui avait dit en riant, avec galanterie : « par peur de souffrir ». Mainte-nant, hélas ! il arrivait encore parfois qu'elle lui écrivît d'un restaurant ou d'un hôtel sur du papier qui en portait le nom imprimé ; mais c'était comme des lettres de feu qui le brûlaient. « C'est écrit de l'hôtel Vouillemont ? Qu'y peut-elle être allée faire ! avec qui ? que s'y est-il passé ? » Il se rappela les becs de gaz qu'on éteignait boulevard des Italiens quand il l'avait rencontrée contre tout espoir parmi les ombres errantes dans cette nuit qui lui avait semblé presque surnaturelle et qui en effet – nuit d'un temps où il n'avait même pas à se demander s'il ne la contrarierait pas en la cherchant, en la retrouvant, tant il était sûr qu'elle n'avait pas de plus grande joie que de le voir et de rentrer avec lui – appartenait bien à un monde mystérieux où on ne peut jamais revenir quand les portes s'en sont refer-mées. Et Swann aperçut, immobile en face de ce bonheur revécu, un malheureux qui lui fit pitié parce qu'il ne le reconnut pas tout de suite, si bien qu'il dut baisser les yeux pour qu'on ne vît pas qu'ils étaient pleins de larmes. C'était lui-même.

Quand il l'eut compris, sa pitié cessa, mais il fut jaloux de l'autre lui-même qu'elle avait aimé, il fut jaloux de ceux dont il s'était dit souvent sans trop souffrir « elle les aime peut-être », maintenant qu'il avait échangé l'idée vague d'aimer, dans laquelle il n'y a pas d'amour, contre les pétales du chrysanthème et l'« en-tête » de la Maison d'Or qui, eux, en étaient pleins. Puis sa souffrance deve-nant trop vive, il passa sa main sur son front, laissa tomber son monocle, en essuya le verre. Et sans doute s'il s'était vu à ce moment-là, il eût ajouté à la collection de ceux qu'il avait distingués le monocle qu'il déplaçait comme une pensée importune et sur la face embuée duquel, avec un mouchoir, il cherchait à effacer des soucis.

Il y a dans le violon – si ne voyant pas l'instrument, on ne peut pas rapporter ce qu'on entend à son image laquelle modifie la sonorité – des accents qui lui sont si communs avec certaines voix de contralto [1], qu'on a l'illusion qu'une chanteuse s'est ajoutée au concert. On lève les yeux, on ne voit que les étuis, précieux comme des boîtes chinoises, mais, par moments, on est encore trompé par l'appel décevant de la sirène ; parfois aussi on croit entendre un génie captif qui se débat au fond de la docte boîte, ensorcelée et frémissante, comme un diable dans un bénitier ; parfois enfin, c'est, dans l'air, comme un être surnaturel et pur qui passe en déroulant son message invisible.

Comme si les instrumentistes, beaucoup moins jouaient la petite phrase qu'ils n'exécutaient les rites exigés d'elle pour qu'elle apparût, et procédaient aux incantations nécessaires pour obtenir et prolonger quelques instants le prodige de son évocation, Swann, qui ne pouvait pas plus la voir que si elle avait appartenu à un monde ultra-violet, et qui goûtait comme le rafraîchissement d'une métamorphose dans la cécité momentanée dont il était frappé en approchant d'elle, Swann la sentait présente, comme une déesse protectrice et confidente de son amour, et qui pour pouvoir arriver jusqu'à lui devant la foule et l'emmener à l'écart pour lui parler, avait revêtu le déguisement de cette apparence sonore. Et tandis qu'elle passait, légère, apaisante et murmurée comme un parfum, lui disant ce qu'elle avait à lui dire et dont il scrutait tous les mots, regrettant de les voir s'envoler si vite, il faisait involontairement avec ses lèvres le mouvement de baiser au passage le corps harmonieux et fuyant. Il ne se sentait plus exilé et seul puisque, elle, qui s'adressait à lui, lui parlait à mi-voix d'Odette. Car il n'avait plus comme autrefois l'impression qu'Odette et lui n'étaient pas connus de la petite phrase.

---

1. En musique, la plus grave des voix de femme.

C'est que si souvent elle avait été témoin de leurs joies ! Il
est vrai que souvent aussi elle l'avait averti de leur fragi-
lité. Et même, alors que dans ce temps-là il devinait de la
souffrance dans son sourire, dans son intonation limpide et
désenchantée, aujourd'hui il y trouvait plutôt la grâce   6680
d'une résignation presque gaie. De ces chagrins dont elle
lui parlait autrefois et qu'il la voyait, sans qu'il fût atteint
par eux, entraîner en souriant dans son cours sinueux et
rapide, de ces chagrins qui maintenant étaient devenus les
siens sans qu'il eût l'espérance d'en être jamais délivré,
elle semblait lui dire comme jadis de son bonheur :
« Qu'est-ce cela, tout cela n'est rien. » Et la pensée de
Swann se porta pour la première fois dans un élan de pitié
et de tendresse vers ce Vinteuil, vers ce frère inconnu et
sublime qui lui aussi avait dû tant souffrir ; qu'avait pu   6690
être sa vie ? au fond de quelles douleurs avait-il puisé
cette force de dieu, cette puissance illimitée de créer ?
Quand c'était la petite phrase qui lui parlait de la vanité
de ses souffrances, Swann trouvait de la douceur à cette
même sagesse qui tout à l'heure pourtant lui avait paru
intolérable quand il croyait la lire dans les visages des
indifférents qui considéraient son amour comme une
divagation sans importance. C'est que la petite phrase au
contraire, quelque opinion qu'elle pût avoir sur la brève
durée de ces états de l'âme, y voyait quelque chose, non   6700
pas comme faisaient tous ces gens, de moins sérieux que
la vie positive, mais au contraire de si supérieur à elle que
seul il valait la peine d'être exprimé. Ces charmes d'une
tristesse intime, c'était eux qu'elle essayait d'imiter, de
recréer, et jusqu'à leur essence qui est pourtant d'être
incommunicables et de sembler frivoles à tout autre qu'à
celui qui les éprouve, la petite phrase l'avait captée,
rendue visible. Si bien qu'elle faisait confesser leur prix
et goûter leur douceur divine, par tous ces mêmes assistants – si seulement ils étaient un peu musiciens – qui   6710
ensuite les méconnaîtraient dans la vie, en chaque amour
particulier qu'ils verraient naître près d'eux. Sans doute
la forme sous laquelle elle les avait codifiés ne pouvait
pas se résoudre en raisonnements. Mais depuis plus
d'une année que lui révélant à lui-même bien des
richesses de son âme, l'amour de la musique était pour

quelque temps au moins né en lui, Swann tenait les
motifs musicaux pour de véritables idées, d'un autre
monde, d'un autre ordre, idées voilées de ténèbres,
6720 inconnues, impénétrables à l'intelligence, mais qui n'en
sont pas moins parfaitement distinctes les unes des
autres, inégales entre elles de valeur et de signification.
Quand après la soirée Verdurin, se faisant rejouer la
petite phrase, il avait cherché à démêler comment à la
façon d'un parfum, d'une caresse, elle le circonvenait,
elle l'enveloppait, il s'était rendu compte que c'était au
faible écart entre les cinq notes qui la composaient et au
rappel constant de deux d'entre elles qu'était due cette
impression de douceur rétractée et frileuse ; mais en réa-
6730 lité il savait qu'il raisonnait ainsi non sur la phrase elle-
même, mais sur de simples valeurs, substituées pour la
commodité de son intelligence à la mystérieuse entité
qu'il avait perçue, avant de connaître les Verdurin, à cette
soirée où il avait entendu pour la première fois la sonate.
Il savait que le souvenir même du piano faussait encore
le plan dans lequel il voyait les choses de la musique, que
le champ ouvert au musicien n'est pas un clavier mes-
quin de sept notes, mais un clavier incommensurable,
encore presque tout entier inconnu, où seulement çà et là,
6740 séparées par d'épaisses ténèbres inexplorées, quelques-
unes des millions de touches de tendresse, de passion, de
courage, de sérénité, qui le composent, chacune aussi
différente des autres qu'un univers d'un autre univers,
ont été découvertes par quelques grands artistes qui nous
rendent le service, en éveillant en nous le correspondant
du thème qu'ils ont trouvé, de nous montrer quelle
richesse, quelle variété, cache à notre insu cette grande
nuit impénétrée et décourageante de notre âme que nous
prenons pour du vide et pour du néant. Vinteuil avait été
6750 l'un de ces musiciens. En sa petite phrase, quoiqu'elle
présentât à la raison une surface obscure on sentait un
contenu si consistant, si explicite, auquel elle donnait
une force si nouvelle, si originale, que ceux qui l'avaient
entendue la conservaient en eux de plain-pied avec les
idées de l'intelligence. Swann s'y reportait comme à une
conception de l'amour et du bonheur dont immédiatement il savait aussi bien en quoi elle était particulière,

qu'il le savait pour *La Princesse de Clèves* [1] ou pour *René* [2], quand leur nom se présentait à sa mémoire. Même quand il ne pensait pas à la petite phrase, elle existait latente dans son esprit au même titre que certaines autres notions sans équivalent, comme les notions de lumière, du son, du relief, de la volupté physique, qui sont les riches possessions dont se diversifie et se pare notre domaine intérieur. Peut-être les perdrons-nous, peut-être s'effaceront-elles, si nous retournons au néant. Mais tant que nous vivons, nous ne pouvons pas plus faire que nous ne les ayons connues que nous ne le pouvons pour quelque objet réel, que nous ne pouvons, par exemple, douter de la lumière de la lampe qu'on allume devant les objets métamorphosés de notre chambre d'où s'est échappé jusqu'au souvenir de l'obscurité. Par là, la phrase de Vinteuil avait, comme tel thème de *Tristan* [3] par exemple, qui nous représente aussi une certaine acquisition sentimentale, épousé notre condition mortelle, pris quelque chose d'humain qui était assez touchant. Son sort était lié à l'avenir, à la réalité de notre âme dont elle était un des ornements les plus particuliers, les mieux différenciés. Peut-être est-ce le néant qui est le vrai et tout notre rêve est-il inexistant, mais alors nous sentons qu'il faudra que ces phrases musicales, ces notions qui existent par rapport à lui, ne soient rien non plus. Nous périrons mais nous avons pour otages ces captives divines qui suivront notre chance. Et la mort avec elles a quelque chose de moins amer, de moins inglorieux, peut-être de moins probable.

Swann n'avait donc pas tort de croire que la phrase de la sonate existât réellement. Certes, humaine à ce point de vue, elle appartenait pourtant à un ordre de créatures surnaturelles et que nous n'avons jamais vues, mais que,

---

1. *La Princesse de Clèves* : roman de Mme de Lafayette (1678), célèbre par la finesse de son analyse psychologique et par son audace contenue. La princesse de Clèves avoue à son mari l'amour qu'elle éprouve pour un autre homme mais lui reste fidèle, même après sa mort, par respect des convenances sociales.
2. *René* : récit de Chateaubriand, publié d'abord, en 1802, dans *Le Génie du christianisme*. Il dépeint le « vague des passions » de la jeunesse romantique et la mélancolie d'une vie sans but, propre à cette génération.
3. *Tristan et Isolde* : voir note 2, p. 51.

6790 malgré cela, nous reconnaissons avec ravissement quand
quelque explorateur de l'invisible arrive à en capter une, à
l'amener, du monde divin où il a accès, briller quelques
instants au-dessus du nôtre. C'est ce que Vinteuil avait fait
pour la petite phrase. Swann sentait que le compositeur
s'était contenté, avec ses instruments de musique, de la
dévoiler, de la rendre visible, d'en suivre et d'en respecter
le dessin d'une main si tendre, si prudente, si délicate et si
sûre que le son s'altérait à tout moment, s'estompant pour
indiquer une ombre, revivifié quand il lui fallait suivre à la
6800 piste un plus hardi contour. Et une preuve que Swann ne
se trompait pas quand il croyait à l'existence réelle de
cette phrase, c'est que tout amateur un peu fin se fût tout
de suite aperçu de l'imposture, si Vinteuil ayant eu moins
de puissance pour en voir et en rendre les formes, avait
cherché à dissimuler, en ajoutant çà et là des traits de son
cru, les lacunes de sa vision ou les défaillances de sa main.

Elle avait disparu. Swann savait qu'elle reparaîtrait à la
fin du dernier mouvement, après tout un long morceau que
le pianiste de Mme Verdurin sautait toujours. Il y avait là
6810 d'admirables idées que Swann n'avait pas distinguées à la
première audition et qu'il percevait maintenant, comme si
elles se fussent, dans le vestiaire de sa mémoire, débarrassées du déguisement uniforme de la nouveauté. Swann
écoutait tous les thèmes épars qui entreraient dans la composition de la phrase, comme les prémisses dans la conclusion nécessaire, il assistait à sa genèse. « Ô audace aussi
géniale peut-être, se disait-il, que celle d'un Lavoisier [1],
d'un Ampère [2], l'audace d'un Vinteuil expérimentant,
découvrant les lois secrètes d'une force inconnue, menant
6820 à travers l'inexploré, vers le seul but possible, l'attelage

---

1. Lavoisier, Antoine Laurent de (1743-1794) : chimiste français, créateur de la chimie moderne dont les découvertes furent innombrables
(composition de l'eau, du gaz carbonique, rôle de l'oxygène dans la com-
bustion, etc.).
2. Ampère, André Marie (1775-1836) : physicien français aussi célèbre,
dans son domaine, que Lavoisier. Connu surtout pour ses découvertes
concernant l'électromagnétisme. Notons que le personnage de Vinteuil
est né de la fusion de Vington (pour son nom), le naturaliste qui a ensuite
disparu de l'œuvre, et de Berget (pour son état), le musicien. Le nom de
Berget est encore utilisé sur la dactylographie.

invisible auquel il se fie et qu'il n'apercevra jamais. » Le beau dialogue que Swann entendit entre le piano et le violon au commencement du dernier morceau ! La suppression des mots humains, loin d'y laisser régner la fantaisie, comme on aurait pu croire, l'en avait éliminée ; jamais le langage parlé ne fut si inflexiblement nécessité, ne connut à ce point la pertinence des questions, l'évidence des réponses. D'abord le piano solitaire se plaignit, comme un oiseau abandonné de sa compagne ; le violon l'entendit, lui répondit comme d'un arbre voisin. C'était comme au commencement du monde, comme s'il n'y avait encore eu qu'eux deux sur la terre, ou plutôt dans ce monde fermé à tout le reste, construit par la logique d'un créateur et où ils ne seraient jamais que tous les deux : cette sonate. Est-ce un oiseau, est-ce l'âme incomplète encore de la petite phrase, est-ce une fée, cet être invisible et gémissant dont le piano ensuite redisait tendrement la plainte ? Ses cris étaient si soudain que le violoniste devait se précipiter sur son archet pour les recueillir. Merveilleux oiseau ! le violoniste semblait vouloir le charmer, l'apprivoiser, le capter. Déjà il avait passé dans son âme, déjà la petite phrase évoquée agitait comme celui d'un médium le corps vraiment possédé du violoniste. Swann savait qu'elle allait parler une fois encore. Et il s'était si bien dédoublé que l'attente de l'instant imminent où il allait se retrouver en face d'elle le secoua d'un de ces sanglots qu'un beau vers ou une triste nouvelle provoquent en nous, non pas quand nous sommes seuls, mais si nous les apprenons à des amis en qui nous nous apercevons comme un autre dont l'émotion probable les attendrit. Elle reparut, mais cette fois pour se suspendre dans l'air et se jouer un instant seulement, comme immobile, et pour expirer après. Aussi Swann ne perdait-il rien du temps si court où elle se prorogeait. Elle était encore là comme une bulle irisée qui se soutient. Tel un arc-en-ciel, dont l'éclat faiblit, s'abaisse, puis se relève et avant de s'éteindre, s'exalte un moment comme il n'avait pas encore fait : aux deux couleurs qu'elle avait jusque-là laissé paraître, elle ajouta d'autres cordes diaprées, toutes celles du prisme, et les fit chanter. Swann n'osait pas bouger et aurait voulu faire tenir tranquilles aussi les autres personnes, comme si le moindre mouvement avait pu compromettre le prestige surnaturel, délicieux et fragile qui était si près de s'évanouir. Personne, à dire vrai, ne songeait à parler. La parole ineffable d'un seul absent, peut-être d'un mort (Swann ne savait pas si Vinteuil vivait encore) s'exhalant au-dessus des rites de ces officiants, suffisait à tenir en échec l'attention de trois cents personnes, et faisait de cette estrade où une âme était ainsi évoquée un des plus nobles autels où pût s'accomplir une cérémonie surnaturelle. De sorte que quand la phrase se fut enfin défaite flottant en lambeaux dans les motifs suivants qui déjà avaient pris sa place, si Swann au premier instant fut irrité de voir la Comtesse de Monteriender, célèbre par ses naïvetés, se pencher vers lui pour lui confier ses impressions avant même que la sonate fût finie, il ne put s'empêcher de sourire, et peut-être de trouver aussi un sens profond qu'elle n'y voyait pas, dans les mots dont elle se servit. Émerveillée par la virtuosité des exécutants, la Comtesse s'écria en s'adressant à Swann : « C'est prodigieux, je n'ai jamais rien vu d'aussi fort... » Mais un scrupule d'exactitude lui faisant corriger cette première assertion, elle ajouta cette réserve : « rien d'aussi fort... depuis les tables tournantes ! »

À partir de cette soirée, Swann comprit que le sentiment qu'Odette avait eu pour lui ne renaîtrait jamais, que ses espérances de bonheur ne se réaliseraient plus. Et les jours où par hasard elle avait encore été gentille et tendre avec lui, si elle avait eu quelque attention, il notait ces signes apparents et menteurs d'un léger retour vers lui, avec cette sollicitude attendrie et sceptique, cette joie désespérée de ceux qui, soignant un ami arrivé aux derniers jours d'une maladie incurable, relatent comme des faits précieux : « Hier, il a fait ses comptes lui-même et c'est lui qui a relevé une erreur d'addition que nous avions faite ; il a mangé un œuf avec plaisir, s'il le digère bien on essaiera demain d'une côtelette », quoiqu'ils les sachent dénués de signification à la veille d'une mort inévitable. Sans doute Swann était certain que s'il avait vécu maintenant loin d'Odette, elle aurait fini par lui devenir indifférente, de sorte qu'il aurait été content qu'elle quittât Paris pour toujours ; il aurait eu le courage de rester ; mais il n'avait pas celui de partir.

Il en avait eu souvent la pensée. Maintenant qu'il s'était remis à son étude sur Ver Meer il aurait eu besoin de retourner au moins quelques jours à La Haye [1], à Dresde [2], à Brunswick [3]. Il était persuadé qu'une « Toilette de Diane » qui avait été achetée par le Mauritshuis à la vente Goldschmidt [4] comme un Nicolas Maes était en réalité de Ver Meer. Et il aurait voulu pouvoir étudier le tableau sur place pour étayer sa conviction. Mais quitter Paris pendant qu'Odette y était et même quand elle était absente – car dans des lieux nouveaux où les sensations ne sont pas amorties par l'habitude, on retrempe, on ranime une douleur – c'était pour lui un projet si cruel, qu'il ne se sentait capable d'y penser sans cesse que parce qu'il se savait résolu à ne l'exécuter jamais. Mais il arrivait qu'en dormant, l'intention du voyage renaissait en lui – sans qu'il se rappelât que ce voyage était impossible – et elle s'y réalisait. Un jour il rêva qu'il partait pour un an ; penché à la portière du wagon vers un jeune homme qui sur le quai lui disait adieu en pleurant, Swann cherchait à le convaincre de partir avec lui. Le train s'ébranlant, l'anxiété le réveilla, il se rappela qu'il ne partait pas, qu'il verrait Odette ce soir-là, le lendemain et presque chaque jour. Alors encore tout ému de son rêve, il bénit les circonstances particulières qui le rendaient indépendant, grâce auxquelles il pouvait rester près d'Odette, et aussi réussir à ce qu'elle lui permît de la voir quelquefois ; et, récapitulant tous ces avantages : sa situation, – sa fortune, dont elle avait souvent trop besoin pour ne pas reculer devant une rupture (ayant même, disait-on, une arrière-pensée de se faire épouser par lui), – cette amitié de M. de Charlus qui à vrai dire ne lui avait jamais fait obtenir grand-chose d'Odette, mais lui donnait la douceur de sentir qu'elle entendait parler de lui d'une manière

6910

6920

6930

---

1. Ville des Pays-Bas où se trouve le Mauritshuis, musée qui abrite une remarquable collection de peintures hollandaises.
2. Ville d'Allemagne, capitale de la Saxe, célèbre par son musée de peintures, l'un des plus riches d'Europe.
3. Ville d'Allemagne, en Basse-Saxe (l'une des principales villes de la Hanse).
4. La vente Goldschmidt eut lieu le 4 mai 1876. Le Mauritshuis qui acheta *La Toilette de Diane* l'attribua à Nicolas Maes (peintre hollandais du XVIIe siècle). Quelques années plus tard, le tableau fut reconnu, à juste titre, comme une œuvre de Vermeer de Delft. On sait l'intérêt que Proust portait à ce peintre dont Swann est censé faire une étude critique.

flatteuse par cet ami commun pour qui elle avait une si grande
estime – et jusqu'à son intelligence enfin, qu'il employait tout
entière à combiner chaque jour une intrigue nouvelle qui
rendît sa présence sinon agréable, du moins nécessaire à
Odette – il songea à ce qu'il serait devenu si tout cela lui avait
manqué, il songea que s'il avait été, comme tant d'autres,
6940 pauvre, humble, dénué, obligé d'accepter toute besogne, ou
lié à des parents, à une épouse, il aurait pu être obligé de
quitter Odette, que ce rêve dont l'effroi était encore si proche
aurait pu être vrai, et il se dit : « On ne connaît pas son bonheur. On n'est jamais aussi malheureux qu'on croit. » Mais il
compta que cette existence durait déjà depuis plusieurs
années, que tout ce qu'il pouvait espérer c'est qu'elle durât
toujours, qu'il sacrifierait ses travaux, ses plaisirs, ses amis,
finalement toute sa vie à l'attente quotidienne d'un rendez-
vous qui ne pouvait rien lui apporter d'heureux, et il se
6950 demanda s'il ne se trompait pas, si ce qui avait favorisé sa
liaison et en avait empêché la rupture n'avait pas desservi sa
destinée, si l'événement désirable, ce n'aurait pas été celui
dont il se réjouissait tant qu'il n'eût eu lieu qu'en rêve : son
départ ; il se dit qu'on ne connaît pas son malheur, qu'on n'est
jamais si heureux qu'on croit.

Quelquefois il espérait qu'elle mourrait sans souffrances dans un accident, elle qui était dehors, dans les
rues, sur les routes, du matin au soir. Et comme elle revenait saine et sauve, il admirait que le corps humain fût si
6960 souple et si fort, qu'il pût continuellement tenir en échec,
déjouer tous les périls qui l'environnent (et que Swann
trouvait innombrables depuis que son secret désir les avait
supputés) et permît ainsi aux êtres de se livrer chaque jour
et à peu près impunément à leur œuvre de mensonge, à la
poursuite du plaisir. Et Swann sentait bien près de son
cœur ce Mahomet II [1] dont il aimait le portrait par Bellini [2]

---

1. Mehmet II le Conquérant (1432-1481) : sultan ottoman, qui doit son
surnom aux multiples conquêtes qu'il entreprit.
2. Bellini, Gentile (1431-1507) : peintre italien de l'école vénitienne. Ses
peintures s'inspirent de scènes de la vie publique, à Venise ou à Constantinople où, devenu peintre officiel de la République, il fut envoyé en
1479. Il est également connu pour les portraits qu'il réalisa, notamment
celui de Mehmet II. Déjà, dans « Combray » (*DCS*, p. 201), Swann trouvait que Bloch ressemblait au portrait de Mahomet II par Bellini.

et qui, ayant senti qu'il était devenu amoureux fou d'une de ses femmes, la poignarda afin, dit naïvement son biographe vénitien, de retrouver sa liberté d'esprit. Puis il s'indignait de ne penser ainsi qu'à soi, et les souffrances qu'il avait éprouvées lui semblaient ne mériter aucune pitié puisque lui-même faisait si bon marché de la vie d'Odette.

Ne pouvant se séparer d'elle sans retour, du moins, s'il l'avait vue sans séparations, sa douleur aurait fini par s'apaiser et peut-être son amour par s'éteindre. Et du moment qu'elle ne voulait pas quitter Paris à jamais, il eût souhaité qu'elle ne le quittât jamais. Du moins comme il savait que la seule grande absence qu'elle faisait était tous les ans celle d'août et septembre, il avait le loisir plusieurs mois d'avance d'en dissoudre l'idée amère dans tout le Temps à venir qu'il portait en lui par anticipation et qui, composé de jours homogènes aux jours actuels, circulait transparent et froid en son esprit où il entretenait la tristesse, mais sans lui causer de trop vives souffrances. Mais cet avenir intérieur, ce fleuve, incolore, et libre, voici qu'une seule parole d'Odette venait l'atteindre jusqu'en Swann et, comme un morceau de glace, l'immobilisait, durcissait sa fluidité, le faisait geler tout entier ; et Swann s'était senti soudain rempli d'une masse énorme et infrangible qui pesait sur les parois intérieures de son être jusqu'à le faire éclater : c'est qu'Odette lui avait dit, avec un regard souriant et sournois qui l'observait : « Forcheville va faire un beau voyage, à la Pentecôte. Il va en Égypte », et Swann avait aussitôt compris que cela signifiait : « Je vais aller en Égypte à la Pentecôte avec Forcheville. » Et en effet, si quelques jours après, Swann lui disait : « Voyons, à propos de ce voyage que tu m'as dit que tu ferais avec Forcheville », elle répondait étourdiment : « Oui, mon petit, nous partons le 19, on t'enverra une vue des Pyramides. » Alors il voulait apprendre si elle était la maîtresse de Forcheville, le lui demander à elle-même. Il savait que, superstitieuse comme elle était, il y avait certains parjures qu'elle ne ferait pas et puis la crainte, qui l'avait retenu jusqu'ici, d'irriter Odette en l'interrogeant, de se faire détester d'elle, n'existait plus maintenant qu'il avait perdu tout espoir d'en être jamais aimé.

Un jour il reçut une lettre anonyme qui lui disait qu'Odette avait été la maîtresse d'innombrables hommes 7010 (dont on lui citait quelques-uns, parmi lesquels Forcheville, M. de Bréauté et le peintre), de femmes, et qu'elle fréquentait les maisons de passe. Il fut tourmenté de penser qu'il y avait parmi ses amis un être capable de lui avoir adressé cette lettre (car par certains détails elle révélait chez celui qui l'avait écrite une connaissance familière de la vie de Swann). Il chercha qui cela pouvait être. Mais il n'avait jamais eu aucun soupçon des actions inconnues des êtres, de celles qui sont sans liens visibles avec leurs propos. Et quand il voulut savoir si c'était plutôt sous le 7020 caractère apparent de M. de Charlus, de M. des Laumes, de M. d'Orsan, qu'il devait situer la région inconnue où cet acte ignoble avait dû naître, comme aucun de ces hommes n'avait jamais approuvé devant lui les lettres anonymes et que tout ce qu'ils lui avaient dit impliquait qu'ils les réprouvaient, il ne vit pas de raisons pour relier cette infamie plutôt à la nature de l'un que de l'autre. Celle de M. de Charlus était un peu d'un détraqué mais foncièrement bonne et tendre ; celle de M. des Laumes un peu sèche mais saine et droite. Quant à M. d'Orsan, Swann 7030 n'avait jamais rencontré personne qui dans les circonstances même les plus tristes vînt à lui avec une parole plus sentie, un geste plus discret et plus juste. C'était au point qu'il ne pouvait comprendre le rôle peu délicat qu'on prêtait à M. d'Orsan dans la liaison qu'il avait avec une femme riche, et que chaque fois que Swann pensait à lui il était obligé de laisser de côté cette mauvaise réputation inconciliable avec tant de témoignages certains de délicatesse. Un instant Swann sentit que son esprit s'obscurcissait et il pensa à autre chose pour retrouver un peu de 7040 lumière. Puis il eut le courage de revenir vers ces réflexions. Mais alors après n'avoir pu soupçonner personne, il lui fallut soupçonner tout le monde. Après tout M. de Charlus l'aimait, avait bon cœur. Mais c'était un névropathe, peut-être demain pleurerait-il de le savoir malade, et aujourd'hui par jalousie, par colère, sur quelque idée subite qui s'était emparée de lui, avait-il désiré lui faire du mal. Au fond, cette race d'hommes est la pire de toutes. Certes, le Prince des Laumes était bien loin d'aimer

Swann autant que M. de Charlus. Mais à cause de cela même il n'avait pas avec lui les mêmes susceptibilités ; et puis c'était une nature froide sans doute, mais aussi incapable de vilenies que de grandes actions ; Swann se repentait de ne s'être pas attaché, dans la vie, qu'à de tels êtres. Puis il songeait que ce qui empêche les hommes de faire du mal à leur prochain, c'est la bonté, qu'il ne pouvait au fond répondre que de natures analogues à la sienne, comme était, à l'égard du cœur, celle de M. de Charlus. La seule pensée de faire cette peine à Swann eût révolté celui-ci. Mais avec un homme insensible, d'une autre humanité, comme était le Prince des Laumes, comment prévoir à quels actes pouvaient le conduire des mobiles d'une essence différente ? Avoir du cœur c'est tout, et M. de Charlus en avait. M. d'Orsan n'en manquait pas non plus, et ses relations cordiales mais peu intimes avec Swann, nées de l'agrément que, pensant de même sur tout, ils avaient à causer ensemble, étaient de plus de repos que l'affection exaltée de M. de Charlus, capable de se porter à des actes de passion, bons ou mauvais. S'il y avait quelqu'un par qui Swann s'était toujours senti compris et délicatement aimé, c'était par M. d'Orsan. Oui, mais cette vie peu honorable qu'il menait ? Swann regrettait de n'en avoir pas tenu compte, d'avoir souvent avoué en plaisantant qu'il n'avait jamais éprouvé si vivement des sentiments de sympathie et d'estime que dans la société d'une canaille. Ce n'est pas pour rien, se disait-il maintenant, que depuis que les hommes jugent leur prochain, c'est sur ses actes. Il n'y a que cela qui signifie quelque chose, et nullement ce que nous disons, ce que nous pensons. Charlus et des Laumes peuvent avoir tels ou tels défauts, ce sont d'honnêtes gens. Orsan n'en a peut-être pas, mais ce n'est pas un honnête homme. Il a pu mal agir une fois de plus. Puis Swann soupçonna Rémi, qui il est vrai n'aurait pu qu'inspirer la lettre, mais cette piste lui parut un instant la bonne. D'abord Lorédan avait des raisons d'en vouloir à Odette. Et puis comment ne pas supposer que nos domestiques, vivant dans une situation inférieure à la nôtre, ajoutant à notre fortune et à nos défauts des richesses et des vices imaginaires pour lesquels ils nous envient et nous méprisent, se trouveront fatalement

7090 amenés à agir autrement que des gens de notre monde. Il
soupçonna aussi mon grand-père. Chaque fois que Swann
lui avait demandé un service, ne le lui avait-il pas toujours
refusé ? puis avec ses idées bourgeoises il avait pu croire
agir pour le bien de Swann. Celui-ci soupçonna encore
Bergotte, le peintre, les Verdurin, admira une fois de plus
au passage la sagesse des gens du monde de ne pas vouloir
frayer avec ces milieux artistes où de telles choses sont
possibles, peut-être même avouées sous le nom de bonnes
farces ; mais il se rappelait des traits de droiture de ces
7100 bohèmes, et les rapprocha de la vie d'expédients, presque
d'escroqueries, où le manque d'argent, le besoin de luxe,
la corruption des plaisirs conduisent souvent l'aristocratie.
Bref cette lettre anonyme prouvait qu'il connaissait un être
capable de scélératesse, mais il ne voyait pas plus de
raison pour que cette scélératesse fût cachée dans le tuf [1]
– inexploré d'autrui – du caractère de l'homme tendre que
de l'homme froid, de l'artiste que du bourgeois, du grand
seigneur que du valet. Quel critérium adopter pour juger
les hommes ? au fond il n'y avait pas une seule des per-
7110 sonnes qu'il connaissait qui ne pût être capable d'une
infamie. Fallait-il cesser de les voir toutes ? Son esprit se
voila ; il passa deux ou trois fois ses mains sur son front,
essuya les verres de son lorgnon avec son mouchoir, et,
songeant qu'après tout, des gens qui le valaient fréquen-
taient M. de Charlus, le Prince des Laumes, et les autres,
il se dit que cela signifiait sinon qu'ils fussent incapables
d'infamie, du moins, que c'est une nécessité de la vie à
laquelle chacun se soumet de fréquenter des gens qui n'en
sont peut-être pas incapables. Et il continua à serrer la
7120 main à tous ces amis qu'il avait soupçonnés, avec cette
réserve de pur style qu'ils avaient peut-être cherché à le
désespérer. Quant au fond même de la lettre, il ne s'en
inquiéta pas, car pas une des accusations formulées contre
Odette n'avait l'ombre de vraisemblance. Swann comme
beaucoup de gens avait l'esprit paresseux et manquait
d'invention. Il savait bien comme une vérité générale que
la vie des êtres est pleine de contrastes, mais pour chaque
être en particulier il imaginait toute la partie de sa vie qu'il

---

1. Roche de porosité élevée.

ne connaissait pas comme identique à la partie qu'il
connaissait. Il imaginait ce qu'on lui taisait à l'aide de ce 7130
qu'on lui disait. Dans les moments où Odette était auprès
de lui, s'ils parlaient ensemble d'une action indélicate
commise, ou d'un sentiment indélicat éprouvé par un
autre, elle les flétrissait en vertu des mêmes principes que
Swann avait toujours entendu professer par ses parents et
auxquels il était resté fidèle ; et puis elle arrangeait ses
fleurs, elle buvait une tasse de thé, elle s'inquiétait des travaux de Swann. Donc Swann étendait ces habitudes au
reste de la vie d'Odette, il répétait ces gestes quand il voulait se représenter les moments où elle était loin de lui. Si 7140
on la lui avait dépeinte telle qu'elle était, ou plutôt qu'elle
avait été si longtemps avec lui, mais auprès d'un autre
homme, il eût souffert, car cette image lui eût paru vrai-
semblable. Mais qu'elle allât chez des maquerelles, se
livrât à des orgies avec des femmes, qu'elle menât la vie
crapuleuse de créatures abjectes, quelle divagation insen-
sée à la réalisation de laquelle, Dieu merci, les chrysanthèmes imaginés, les thés successifs, les indignations vertueuses ne laissaient aucune place. Seulement de temps à
autre, il laissait entendre à Odette que par méchanceté, on 7150
lui racontait tout ce qu'elle faisait ; et, se servant à propos
d'un détail insignifiant mais vrai, qu'il avait appris par
hasard, comme s'il était le seul petit bout qu'il laissât
passer malgré lui, entre tant d'autres, d'une reconstitution
complète de la vie d'Odette qu'il tenait cachée en lui, il
l'amenait à supposer qu'il était renseigné sur des choses
qu'en réalité il ne savait ni même ne soupçonnait, car si
bien souvent il adjurait Odette de ne pas altérer la vérité,
c'était seulement, qu'il s'en rendît compte ou non, pour
qu'Odette lui dît tout ce qu'elle faisait. Sans doute, comme 7160
il le disait à Odette, il aimait la sincérité, mais il l'aimait
comme une proxénète pouvant le tenir au courant de la vie
de sa maîtresse. Aussi son amour de la sincérité n'étant
pas désintéressé, ne l'avait pas rendu meilleur. La vérité
qu'il chérissait c'était celle que lui dirait Odette ; mais
lui-même, pour obtenir cette vérité, ne craignait pas de
recourir au mensonge, le mensonge qu'il ne cessait de
peindre à Odette comme conduisant à la dégradation toute
créature humaine. En somme il mentait autant qu'Odette

7170 parce que plus malheureux qu'elle, il n'était pas moins égoïste. Et elle, entendant Swann lui raconter ainsi à elle-même des choses qu'elle avait faites, le regardait d'un air méfiant, et, à toute aventure, fâché, pour ne pas avoir l'air de s'humilier et de rougir de ses actes.

Un jour, étant dans la période de calme la plus longue qu'il eût encore pu traverser sans être repris d'accès de jalousie, il avait accepté d'aller le soir au théâtre avec la Princesse des Laumes. Ayant ouvert le journal, pour chercher ce qu'on jouait, la vue du titre : *Les Filles de marbre*
7180 de Théodore Barrière [1] le frappa si cruellement qu'il eut un mouvement de recul et détourna la tête. Éclairé comme par la lumière de la rampe, à la place nouvelle où il figurait, ce mot de « marbre » qu'il avait perdu la faculté de distinguer tant il avait l'habitude de l'avoir souvent sous les yeux, lui était soudain redevenu visible et l'avait aussitôt fait souvenir de cette histoire qu'Odette lui avait racontée autrefois, d'une visite qu'elle avait faite au Salon du Palais de l'Industrie [2] avec Mme Verdurin et où celle-ci lui avait dit : « Prends garde, je saurai bien te dégeler, tu
7190 n'es pas de marbre. » Odette lui avait affirmé que ce n'était qu'une plaisanterie, et il n'y avait attaché aucune importance. Mais il avait alors plus de confiance en elle qu'aujourd'hui. Et justement la lettre anonyme parlait d'amour de ce genre. Sans oser lever les yeux vers le journal, il le déplia, tourna une feuille pour ne plus voir ce mot : « Les Filles de marbre » et commença à lire machinalement les nouvelles des départements. Il y avait eu une tempête dans la Manche, on signalait des dégâts à Dieppe [3], à Cabourg [4], à Beuzeval [5]. Aussitôt il fit un nou-
7200 veau mouvement en arrière.

---

1. Barrière, Théodore (1825-1877) : auteur très populaire au XIXᵉ siècle pour son théâtre de boulevard. La pièce *Les Filles de marbre*, dont le titre désigne des courtisanes, a été créée en 1853.
2. Voir note 2, p. 131.
3. Proust cite ici des lieux qu'il a fréquentés : il a séjourné à Dieppe en 1880 et à Houlgate en 1884.
4. Petite station balnéaire sur la côte normande, où Proust fit de nombreux séjours, et qui devint « Balbec » dans son œuvre.
5. Ancienne commune du Calvados, englobée dans la commune actuelle d'Houlgate.

Le nom de Beuzeval l'avait fait penser à celui d'une autre localité de cette région, Beuzeville, qui porte uni à celui-là par un trait d'union un autre nom, celui de Bréauté, qu'il avait vu souvent sur les cartes, mais dont pour la première fois il remarquait que c'était le même que celui de son ami M. de Bréauté dont la lettre anonyme disait qu'il avait été l'amant d'Odette. Après tout, pour M. de Bréauté, l'accusation n'était pas invraisemblable ; mais en ce qui concernait Mme Verdurin, il y avait impossibilité. De ce qu'Odette mentait quelquefois, on ne pouvait conclure qu'elle ne disait jamais la vérité et dans ces propos qu'elle avait échangés avec Mme Verdurin et qu'elle avait racontés elle-même à Swann, il avait reconnu ces plaisanteries inutiles et dangereuses que, par inexpérience de la vie et ignorance du vice, tiennent des femmes dont ils révèlent l'innocence, et qui – comme par exemple Odette – sont plus éloignées qu'aucune d'éprouver une tendresse exaltée pour une autre femme. Tandis qu'au contraire, l'indignation avec laquelle elle avait repoussé les soupçons qu'elle avait involontairement fait naître un instant en lui par son récit, cadrait avec tout ce qu'il savait des goûts, du tempérament de sa maîtresse. Mais à ce moment, par une de ces inspirations de jaloux, analogues à celle qui apporte au poète ou au savant, qui n'a encore qu'une rime ou qu'une observation, l'idée ou la loi qui leur donnera toute leur puissance, Swann se rappela pour la première fois une phrase qu'Odette lui avait dite il y avait déjà deux ans : « Oh ! Mme Verdurin, en ce moment il n'y en a que pour moi, je suis un amour, elle m'embrasse, elle veut que je fasse des courses avec elle, elle veut que je la tutoie. » Loin de voir alors dans cette phrase un rapport quelconque avec les absurdes propos destinés à simuler le vice que lui avait racontés Odette, il l'avait accueillie comme la preuve d'une chaleureuse amitié. Maintenant voilà que le souvenir de cette tendresse de Mme Verdurin était venu brusquement rejoindre le souvenir de sa conversation de mauvais goût. Il ne pouvait plus les séparer dans son esprit, et les vit mêlées aussi dans la réalité, la tendresse donnant quelque chose de sérieux et d'important à ces plaisanteries qui en retour lui faisaient perdre de son innocence. Il alla chez Odette. Il s'assit loin d'elle. Il n'osait l'embrasser, ne sachant si en elle, si en lui, c'était l'affection ou la colère qu'un baiser réveillerait. Il se taisait, il regardait mourir leur amour. Tout à coup il prit une résolution.

« Odette, lui dit-il, mon chéri, je sais bien que je suis odieux, mais il faut que je te demande des choses. Tu te souviens de l'idée que j'avais eue à propos de toi et de Mme Verdurin ? Dis-moi si c'était vrai, avec elle ou avec
7250   une autre.

Elle secoua la tête en fronçant la bouche, signe fréquemment employé par les gens pour répondre qu'ils n'iront pas, que cela les ennuie à quelqu'un qui leur a demandé : « Viendrez-vous voir passer la cavalcade, assisterez-vous à la Revue ? » Mais ce hochement de tête affecté ainsi d'habitude à un événement à venir mêle à cause de cela de quelque incertitude la dénégation d'un événement passé. De plus il n'évoque que des raisons de convenance personnelle plutôt que la réprobation, qu'une
7260   impossibilité morale. En voyant Odette lui faire ainsi le signe que c'était faux, Swann comprit que c'était peut-être vrai.

– Je te l'ai dit, tu le sais bien, ajouta-t-elle d'un air irrité et malheureux.

– Oui, je sais, mais en es-tu sûre ? Ne me dis pas : "Tu le sais bien", dis-moi : "Je n'ai jamais fait ce genre de choses avec aucune femme."

Elle répéta comme une leçon, sur un ton ironique et comme si elle voulait se débarrasser de lui :
7270   – Je n'ai jamais fait ce genre de choses avec aucune femme.

– Peux-tu me le jurer sur ta médaille de Notre-Dame de Laghet [1] ?

Swann savait qu'Odette ne se parjurerait pas sur cette médaille-là.

– Oh ! que tu me rends malheureuse, s'écria-t-elle en se dérobant par un sursaut à l'étreinte de sa question. Mais as-tu bientôt fini ? Qu'est-ce que tu as aujourd'hui ? Tu as donc décidé qu'il fallait que je te déteste, que je t'exècre ?

---

1. Voir note 1, p. 88.

Voilà, je voulais reprendre avec toi le bon temps comme   7280
autrefois et voilà ton remerciement !

Mais, ne la lâchant pas, comme un chirurgien attend la
fin du spasme qui interrompt son intervention mais ne l'y
fait pas renoncer :

– Tu as bien tort de te figurer que je t'en voudrais le
moins du monde, Odette, lui dit-il avec une douceur per-
suasive et menteuse. Je ne te parle jamais que de ce que je
sais, et j'en sais toujours bien plus long que je ne dis. Mais
toi seule peux adoucir par ton aveu ce qui me fait te haïr
tant que cela ne m'a été dénoncé que par d'autres. Ma   7290
colère contre toi ne vient pas de tes actions, je te pardonne
tout puisque je t'aime, mais de ta fausseté, de ta fausseté
absurde qui te fait persévérer à nier des choses que je sais.
Mais comment veux-tu que je puisse continuer à t'aimer,
quand je te vois me soutenir, me jurer une chose que je sais
fausse ? Odette, ne prolonge pas cet instant qui est une torture pour nous deux. Si tu le veux ce sera fini dans une
seconde, tu seras pour toujours délivrée. Dis-moi sur ta
médaille, si oui ou non, tu as jamais fait ces choses.

– Mais je n'en sais rien, moi, s'écria-t-elle avec colère,   7300
peut-être il y a très longtemps, sans me rendre compte de
ce que je faisais, peut-être deux ou trois fois. »

Swann avait envisagé toutes les possibilités. La réalité
est donc quelque chose qui n'a aucun rapport avec les possibilités, pas plus qu'un coup de couteau que nous rece-
vons avec les légers mouvements des nuages au-dessus de
notre tête, puisque ces mots « deux ou trois fois » marquè-
rent à vif une sorte de croix dans son cœur. Chose étrange
que ces mots « deux ou trois fois », rien que des mots, des
mots prononcés dans l'air, à distance, puissent ainsi   7310
déchirer le cœur comme s'ils le touchaient véritablement,
puissent rendre malade, comme un poison qu'on absorbe-
rait. Involontairement Swann pensa à ce mot qu'il avait
entendu chez Mme de Saint-Euverte : « C'est ce que j'ai
vu de plus fort depuis les tables tournantes. » Cette souffrance qu'il ressentait ne ressemblait à rien de ce qu'il
avait cru. Non pas seulement parce que dans ses heures de
plus entière méfiance il avait rarement imaginé si loin dans
le mal, mais parce que même quand il imaginait cette
chose, elle restait vague, incertaine, dénuée de cette hor-   7320

reur particulière qui s'était échappée des mots « peut-être
deux ou trois fois », dépourvue de cette cruauté spécifique
aussi différente de tout ce qu'il avait connu qu'une
maladie dont on est atteint pour la première fois. Et pourtant cette Odette d'où lui venait tout ce mal, ne lui était pas
moins chère, bien au contraire plus précieuse, comme si au
fur et à mesure que grandissait la souffrance, grandissait
en même temps le prix du calmant, du contrepoison que
seule cette femme possédait. Il voulait lui donner plus de
7330 soins comme à une maladie qu'on découvre soudain plus
grave. Il voulait que la chose affreuse qu'elle lui avait dit
avoir faite « deux ou trois fois » ne pût pas se renouveler.
Pour cela il lui fallait veiller sur Odette. On dit souvent
qu'en dénonçant à un ami les fautes de sa maîtresse, on ne
réussit qu'à le rapprocher d'elle parce qu'il ne leur ajoute
pas foi, mais combien davantage s'il leur ajoute foi. Mais
se disait Swann, comment réussir à la protéger ? Il pouvait
peut-être la préserver d'une certaine femme mais il y en
avait des centaines d'autres et il comprit quelle folie avait
7340 passé sur lui quand il avait le soir où il n'avait pas trouvé
Odette chez les Verdurin, commencé de désirer la possession, toujours impossible, d'un autre être. Heureusement
pour Swann, sous les souffrances nouvelles qui venaient
d'entrer dans son âme comme des hordes d'envahisseurs,
il existait un fond de nature plus ancien, plus doux et silencieusement laborieux, comme les cellules d'un organe
blessé qui se mettent aussitôt en mesure de refaire les
tissus lésés, comme les muscles d'un membre paralysé qui
tendent à reprendre leurs mouvements. Ces plus anciens,
7350 plus autochtones habitants de son âme, employèrent un
instant toutes les forces de Swann à ce travail obscurément
réparateur qui donne l'illusion du repos à un convalescent,
à un opéré. Cette fois-ci ce fut moins comme d'habitude
dans le cerveau de Swann que se produisit cette détente
par épuisement, ce fut plutôt dans son cœur. Mais toutes
les choses de la vie qui ont existé une fois tendent à se
recréer, et comme un animal expirant qu'agite de nouveau
le sursaut d'une convulsion qui semblait finie, sur le cœur,
un instant épargné, de Swann, d'elle-même la même souf-
7360 france vint retracer la même croix. Il se rappela ces soirs
de clair de lune, où allongé dans sa victoria qui le menait

rue La Pérouse, il cultivait voluptueusement en lui les
émotions de l'homme amoureux, sans savoir le fruit
empoisonné qu'elles produiraient nécessairement. Mais
toutes ces pensées ne durèrent que l'espace d'une seconde,
le temps qu'il portât la main à son cœur, reprît sa respiration et parvînt à sourire pour dissimuler sa torture. Déjà il
recommençait à poser ses questions. Car sa jalousie qui
avait pris une peine qu'un ennemi ne se serait pas donnée
pour arriver à lui faire assener ce coup, à lui faire faire la 7370
connaissance de la douleur la plus cruelle qu'il eût encore
jamais connue, sa jalousie ne trouvait pas qu'il eût assez
souffert et cherchait à lui faire recevoir une blessure plus
profonde encore. Telle comme une divinité méchante, sa
jalousie inspirait Swann et le poussait à sa perte. Ce ne fut
pas sa faute, mais celle d'Odette seulement si d'abord son
supplice ne s'aggrava pas.

« Ma chérie, lui dit-il, c'est fini, était-ce avec une personne que je connais ?

– Mais non je te jure, d'ailleurs je crois que j'ai exagéré, 7380
que je n'ai pas été jusque-là.

Il sourit et reprit :

– Que veux-tu ? cela ne fait rien, mais c'est malheureux que tu ne puisses pas me dire le nom. De pouvoir me
représenter la personne, cela m'empêcherait de plus
jamais y penser. Je le dis pour toi, parce que je ne
t'ennuierais plus. C'est si calmant de se représenter les
choses. Ce qui est affreux, c'est ce qu'on ne peut pas imaginer. Mais tu as déjà été si gentille, je ne veux pas te fatiguer. Je te remercie de tout mon cœur de tout le bien que 7390
tu m'as fait. C'est fini. Seulement ce mot : "Il y a combien
de temps ?"

– Oh ! Charles, mais tu ne vois pas que tu me tues, c'est
tout ce qu'il y a de plus ancien. Je n'y avais jamais
repensé, on dirait que tu veux absolument me redonner ces
idées-là. Tu seras bien avancé, dit-elle, avec une sottise
inconsciente et une méchanceté voulue.

– Oh ! je voulais seulement savoir si c'est depuis que je
te connais. Mais ce serait si naturel, est-ce que ça se passait ici ; tu ne peux pas me dire un certain soir, que je me 7400
représente ce que je faisais ce soir-là ; tu comprends bien

qu'il n'est pas possible que tu ne te rappelles pas avec qui, Odette, mon amour.

– Mais je ne sais pas, moi, je crois que c'était au Bois un soir où tu es venu nous retrouver dans l'île. Tu avais dîné chez la Princesse des Laumes, dit-elle, heureuse de fournir un détail précis qui attestait sa véracité. À une table voisine il y avait une femme que je n'avais pas vue depuis très longtemps. Elle m'a dit : "Venez donc derrière le petit rocher voir l'effet du clair de lune sur l'eau." D'abord j'ai bâillé et j'ai répondu : "Non, je suis fatiguée et je suis bien ici." Elle a assuré qu'il n'y avait jamais eu un clair de lune pareil. Je lui ai dit : "Cette blague !" ; je savais bien où elle voulait en venir. »

Odette racontait cela presque en riant soit que cela lui parût tout naturel, ou parce qu'elle croyait en atténuer ainsi l'importance, ou pour ne pas avoir l'air humilié. En voyant le visage de Swann, elle changea de ton :

« Tu es un misérable, tu te plais à me torturer, à me faire faire des mensonges que je dis afin que tu me laisses tranquille. »

Ce second coup porté à Swann était plus atroce encore que le premier. Jamais il n'avait supposé que ce fût une chose aussi récente, cachée à ses yeux, qui n'avaient pas su la découvrir, non dans un passé qu'il n'avait pas connu, mais dans des soirs qu'il se rappelait si bien, qu'il avait vécus avec Odette, qu'il avait crus connus si bien par lui et qui maintenant prenaient rétrospectivement quelque chose de fourbe et d'atroce ; au milieu d'eux tout d'un coup se creusait cette ouverture béante, ce moment dans l'île du Bois. Odette sans être intelligente avait le charme du naturel. Elle avait raconté, elle avait mimé cette scène avec tant de simplicité que Swann haletant voyait tout : le bâillement d'Odette, le petit rocher. Il l'entendait répondre – gaiement, hélas ! – : « Cette blague ! » Il sentait qu'elle ne dirait rien de plus ce soir, qu'il n'y avait aucune révélation nouvelle à attendre en ce moment ; il se taisait ; il lui dit :

« Mon pauvre chéri, pardonne-moi, je sens que je te fais de la peine, c'est fini, je n'y pense plus. »

Mais elle vit que ses yeux restaient fixés sur les choses qu'il ne savait pas et sur ce passé de leur amour, monotone et doux dans sa mémoire parce qu'il était vague, et que déchirait maintenant comme une blessure cette minute dans l'île du Bois, au clair de lune, après le dîner chez la Princesse des Laumes. Mais il avait tellement pris l'habitude de trouver la vie intéressante – d'admirer les curieuses découvertes qu'on peut y faire – que tout en souffrant au point de croire qu'il ne pourrait pas supporter longtemps une pareille douleur, il se disait : « La vie est vraiment étonnante et réserve de belles surprises ; en somme le vice est quelque chose de plus répandu qu'on ne croit. Voilà une femme en qui j'avais confiance, qui a l'air si simple, si honnête, en tout cas, si même elle était légère, qui semblait bien normale et saine dans ses goûts : sur une dénonciation invraisemblable, je l'interroge et le peu qu'elle m'avoue révèle bien plus que ce qu'on eût pu soupçonner. » Mais il ne pouvait pas se borner à ces remarques désintéressées. Il cherchait à apprécier exactement la valeur de ce qu'elle lui avait raconté, afin de savoir s'il devait conclure que ces choses, elle les avait faites souvent, qu'elles se renouvelleraient. Il se répétait ces mots qu'elle avait dits : « Je voyais bien où elle voulait en venir », « Deux ou trois fois », « Cette blague ! », mais ils ne reparaissaient pas désarmés dans la mémoire de Swann, chacun d'eux tenait son couteau et lui en portait un nouveau coup. Pendant bien longtemps, comme un malade ne peut s'empêcher d'essayer à toute minute de faire le mouvement qui lui est douloureux, il se redisait ces mots : « Je suis bien ici », « Cette blague ! », mais la souffrance était si forte qu'il était obligé de s'arrêter. Il s'émerveillait que des actes que toujours il avait jugés si légèrement, si gaiement, maintenant fussent devenus pour lui graves comme une maladie dont on peut mourir. Il connaissait bien des femmes à qui il eût pu demander de surveiller Odette. Mais comment espérer qu'elles se placeraient au même point de vue que lui et ne resteraient pas à celui qui avait été si longtemps le sien, qui avait toujours guidé sa vie voluptueuse, ne lui diraient pas en riant : « Vilain jaloux qui veut priver les autres d'un plaisir. » Par quelle trappe soudainement abaissée (lui qui n'avait eu autrefois de son amour pour Odette que des plaisirs délicats) avait-il été brusquement précipité dans ce nouveau cercle de l'enfer d'où il n'apercevait pas comment il pourrait jamais sortir. Pauvre Odette ! il ne lui en voulait pas. Elle n'était qu'à demi coupable. Ne disait-on pas que c'était par sa propre mère qu'elle avait été livrée, presque enfant, à Nice [1], à un riche Anglais ? Mais quelle vérité douloureuse prenaient pour lui ces lignes du *Journal d'un Poète* d'Alfred de Vigny [2] qu'il avait lues avec indifférence autrefois : « Quand on se sent pris d'amour pour une femme, on devrait se dire : Comment est-elle entourée ? Quelle a été sa vie ? Tout le bonheur de la vie est appuyé là-dessus. » Swann s'étonnait que de simples phrases épelées par sa pensée, comme « Cette blague ! », « Je voyais bien où elle voulait en venir » pussent lui faire si mal. Mais il comprenait que ce qu'il croyait de simples phrases n'était que les pièces de l'armature entre lesquelles tenait, pouvait lui être rendue, la souffrance qu'il avait éprouvée pendant le récit d'Odette. Car c'était bien cette souffrance-là qu'il éprouvait de nouveau. Il avait beau savoir maintenant – même il eut beau, le temps passant, avoir un peu oublié, avoir pardonné – au moment où il se redisait ces mots, la souffrance ancienne le refaisait tel qu'il était avant qu'Odette ne parlât : ignorant, confiant ; sa cruelle jalousie le replaçait pour le faire frapper par l'aveu d'Odette dans la position de quelqu'un qui ne sait pas encore, et au bout de plusieurs mois cette vieille histoire le bouleversait toujours comme une révélation. Il admirait la terrible puissance recréatrice de sa mémoire. Ce n'est que de l'affaiblissement de cette génératrice dont la fécondité diminue avec l'âge qu'il pouvait espérer un apaisement à sa torture. Mais quand paraissait un peu épuisé le pouvoir qu'avait de le faire souffrir un des mots prononcés par Odette, alors un de ceux sur lesquels l'esprit de Swann s'était moins arrêté jusque-là, un mot presque nouveau venait relayer les autres et le frappait avec une vigueur intacte. La mémoire

---

1. Voir note 1, p. 88.
2. Cette citation est effectivement extraite du *Journal d'un poète* de Vigny (22 avril 1833) dont la publication fut posthume (1867). Le texte de Vigny est le suivant : « Quand on se sent pris d'amour pour une femme, avant de s'engager, on devrait se dire : "Comment est-elle entourée ? Quelle est sa vie ?" Tout le bonheur de l'avenir est appuyé là-dessus » (éd. 1948).

du soir où il avait dîné chez la Princesse des Laumes lui
était douloureuse, mais ce n'était que le centre de son mal.
Celui-ci irradiait confusément à l'entour dans tous les
jours avoisinants. Et à quelque point d'elle qu'il voulût
toucher dans ses souvenirs, c'est la saison tout entière où
les Verdurin avaient si souvent dîné dans l'île du Bois qui
lui faisait mal. Si mal que peu à peu les curiosités qu'exci-
tait en lui sa jalousie furent neutralisées par la peur des tor-
tures nouvelles qu'il s'infligerait en les satisfaisant. Il se
rendait compte que toute la période de la vie d'Odette
écoulée avant qu'elle ne le rencontrât, période qu'il n'avait
jamais cherché à se représenter, n'était pas l'étendue abstraite qu'il voyait vaguement, mais avait été faite d'années
particulières, remplie d'incidents concrets. Mais en les
apprenant, il craignait que ce passé incolore, fluide et sup-
portable, ne prît un corps tangible et immonde, un visage
individuel et diabolique. Et il continuait à ne pas chercher
à le concevoir non plus par paresse de penser, mais par
peur de souffrir. Il espérait qu'un jour il finirait par pouvoir entendre le nom de l'île du Bois, de la Princesse des
Laumes, sans ressentir le déchirement ancien, et trouvait
imprudent de provoquer Odette à lui fournir de nouvelles
paroles, le nom d'endroits, de circonstances différentes
qui, son mal à peine calmé, le feraient renaître sous une
autre forme.

Mais souvent les choses qu'il ne connaissait pas, qu'il
redoutait maintenant de connaître, c'est Odette elle-même
qui les lui révélait spontanément, et sans s'en rendre
compte ; en effet l'écart que le vice mettait entre la vie
réelle d'Odette et la vie relativement innocente que Swann
avait cru, et bien souvent croyait encore, que menait sa
maîtresse, cet écart Odette en ignorait l'étendue : un être
vicieux, affectant toujours la même vertu devant les êtres
de qui il ne veut pas que soient soupçonnés ses vices, n'a
pas de contrôle pour se rendre compte combien ceux-ci,
dont la croissance continue est insensible pour lui-même
l'entraînent peu à peu loin des façons de vivre normales.
Dans leur cohabitation, au sein de l'esprit d'Odette, avec
le souvenir des actions qu'elle cachait à Swann, d'autres
peu à peu en recevaient le reflet, étaient contagionnées par
elles, sans qu'elle pût leur trouver rien d'étrange, sans

qu'elles détonnassent dans le milieu particulier où elle les
7560 faisait vivre en elle ; mais si elle les racontait à Swann, il
était épouvanté par la révélation de l'ambiance qu'elles
trahissaient. Un jour il cherchait, sans blesser Odette, à lui
demander si elle n'avait jamais été chez des entremet-
teuses. À vrai dire il était convaincu que non ; la lecture de
la lettre anonyme en avait introduit la supposition dans son
intelligence, mais d'une façon mécanique ; elle n'y avait
rencontré aucune créance, mais en fait y était restée, et
Swann, pour être débarrassé de la présence purement
matérielle mais pourtant gênante du soupçon, souhaitait
7570 qu'Odette l'extirpât. « Oh ! non ! Ce n'est pas que je ne
sois pas persécutée pour cela, ajouta-t-elle, en dévoilant
dans un sourire une satisfaction de vanité qu'elle ne
s'apercevait plus ne pas pouvoir paraître légitime à
Swann. Il y en a une qui est encore restée plus de deux
heures hier à m'attendre, elle me proposait n'importe quel
prix. Il paraît qu'il y a un ambassadeur qui lui a dit : "Je
me tue si vous ne me l'amenez pas." On lui a dit que j'étais
sortie, j'ai fini par aller moi-même lui parler pour qu'elle
s'en aille. J'aurais voulu que tu voies comme je l'ai reçue,
7580 ma femme de chambre qui m'entendait de la pièce voisine
m'a dit que je criais à tue-tête : "Mais puisque je vous dis
que je ne veux pas ! C'est une idée comme ça, ça ne me
plaît pas. Je pense que je suis libre de faire ce que je veux,
tout de même ! Si j'avais besoin d'argent, je comprends…"
Le concierge a ordre de ne plus la laisser entrer, il dira que
je suis à la campagne. Ah ! j'aurais voulu que tu sois caché
quelque part. Je crois que tu aurais été content, mon chéri.
Elle a du bon, tout de même, tu vois, ta petite Odette,
quoiqu'on la trouve si détestable. »

7590   D'ailleurs ses aveux même, quand elle lui en faisait, de
fautes qu'elle le supposait avoir découvertes, servaient
plutôt pour Swann de point de départ à de nouveaux
doutes qu'ils ne mettaient un terme aux anciens. Car ils
n'étaient jamais exactement proportionnés à ceux-ci.
Odette avait eu beau retrancher de sa confession tout
l'essentiel, il restait dans l'accessoire quelque chose que
Swann n'avait jamais imaginé, qui l'accablait de sa nouveauté et allait lui permettre de changer les termes du problème de sa jalousie. Et ces aveux, il ne pouvait plus les

oublier. Son âme les charriait, les rejetait, les berçait, comme des cadavres. Et elle en était empoisonnée. 7600

Une fois elle lui parla d'une visite que Forcheville lui avait faite le jour de la fête de Paris-Murcie [1]. « Comment, tu le connaissais déjà ? Ah ! oui, c'est vrai », dit-il, en se reprenant pour ne pas paraître l'avoir ignoré. Et tout d'un coup il se mit à trembler à la pensée que le jour de cette fête de Paris-Murcie où il avait reçu d'elle la lettre qu'il avait si précieusement gardée, elle déjeunait peut-être avec Forcheville à la Maison d'Or. Elle lui jura que non. « Pourtant la Maison d'Or me rappelle je ne sais quoi que 7610 j'ai su ne pas être vrai, lui dit-il pour l'effrayer. – Oui, que je n'y étais pas allée le soir où je t'ai dit que j'en sortais quand tu m'avais cherchée chez Prévost », lui répondit-elle (croyant à son air qu'il le savait), avec une décision où il y avait, beaucoup plutôt que du cynisme, de la timidité, une peur de contrarier Swann et que par amour-propre elle voulait cacher, puis le désir de lui montrer qu'elle pouvait être franche. Aussi frappa-t-elle avec une netteté et une vigueur de bourreau et qui étaient exemptes de cruauté, car Odette n'avait pas conscience du mal qu'elle faisait à 7620 Swann ; et même elle se mit à rire, peut-être, il est vrai, surtout pour ne pas avoir l'air humilié, confus. « C'est vrai que je n'avais pas été à la Maison Dorée, que je sortais de chez Forcheville. J'avais vraiment été chez Prévost, ça c'était pas de la blague, il m'y avait rencontrée et m'avait demandé d'entrer regarder ses gravures. Mais il était venu quelqu'un pour le voir. Je t'ai dit que je venais de la Maison d'Or, parce que j'avais peur que cela ne t'ennuie. Tu vois, c'était plutôt gentil de ma part. Mettons que j'aie eu tort, au moins je te le dis carrément. Quel intérêt aurais- 7630 je à ne pas te dire aussi bien que j'avais déjeuné avec lui le jour de la Fête Paris-Murcie, si c'était vrai. D'autant plus qu'à ce moment-là on ne se connaissait pas encore beaucoup tous les deux, dis, chéri. » Il lui sourit avec la lâcheté soudaine de l'être sans forces qu'avaient fait de lui ces accablantes paroles. Ainsi, même dans les mois aux-quels il n'avait jamais plus osé repenser parce qu'ils avaient été trop heureux, dans ces mois où elle l'avait

1. Voir note 2, p. 93.

aimé, elle lui mentait déjà ! Aussi bien que ce moment (le
7640 premier soir qu'ils avaient « fait catleya ») où elle lui avait
dit sortir de la Maison Dorée, combien devait-il y en avoir
eu d'autres, receleurs eux aussi d'un mensonge que Swann
n'avait pas soupçonné. Il se rappela qu'elle lui avait dit un
jour : « Je n'aurais qu'à dire à Mme Verdurin que ma robe
n'a pas été prête, que mon cab est venu en retard. Il y a toujours moyen de s'arranger. » À lui aussi probablement bien
des fois où elle lui avait glissé de ces mots qui expliquent un
retard, justifient un changement d'heure dans un rendez-
vous, ils avaient dû cacher sans qu'il s'en fût douté alors,
7650 quelque chose qu'elle avait à faire avec un autre, avec un
autre à qui elle avait dit : « Je n'aurai qu'à dire à Swann que
ma robe n'a pas été prête, que mon cab est arrivé en retard,
il y a toujours moyen de s'arranger. » Et sous tous les souvenirs les plus doux de Swann, sous les paroles les plus
simples que lui avait dites autrefois Odette, qu'il avait crues
comme paroles d'évangile, sous les actions quotidiennes
qu'elle lui avait racontées, sous les lieux les plus accoutumés, la maison de sa couturière, l'avenue du Bois, l'Hippodrome, il sentait (dissimulée à la faveur de cet excédent
7660 de temps qui dans les journées les plus détaillées laisse
encore du jeu, de la place, et peut servir de cachette à certaines actions), il sentait s'insinuer la présence possible et
souterraine de mensonges qui lui rendaient ignoble tout ce
qui lui était resté le plus cher, ses meilleurs soirs, la rue
La Pérouse elle-même, qu'Odette avait toujours dû quitter à
d'autres heures que celles qu'elle lui avait dites, faisant cir-
culer partout un peu de la ténébreuse horreur qu'il avait ressentie en entendant l'aveu relatif à la Maison Dorée, et,
comme les bêtes immondes dans la Désolation de Ninive [1],

---

1. Grande ville assyrienne qui fut détruite au VIIᵉ siècle av. J.-C. De très
nombreuses tablettes provenant de palais et appartenant à une bibliothèque fabuleuse ont été retrouvées au XIXᵉ siècle (1851 et 1854). Le souvenir de cette ville est conservé par les textes bibliques, notamment par
les prophéties du petit prophète Sophonie. Ninive était un symbole du
paganisme que le Christ réussit à convertir. Proust, dans sa préface à *La
Bible d'Amiens*, évoque les prophéties de Sophonie illustrées par des bas-
reliefs de la cathédrale d'Amiens : « les prophéties de Sophonie : les
bêtes de Ninive, le Seigneur, une lanterne dans chaque main, le hérisson
et le butor » (*Contre Sainte-Beuve* suivi de *Pastiches et mélanges*, Gallimard, coll. « Bibliothèque de la Pléiade », 1971, p. 98).

ébranlant pierre à pierre tout son passé. Si maintenant il se 7670
détournait chaque fois que sa mémoire lui disait le nom
cruel de la Maison Dorée, ce n'était plus comme tout
récemment encore à la soirée de Mme de Saint-Euverte,
parce qu'il lui rappelait un bonheur qu'il avait perdu
depuis longtemps, mais un malheur qu'il venait seulement
d'apprendre. Puis il en fut du nom de la Maison Dorée
comme de celui de l'île du Bois, il cessa peu à peu de faire
souffrir Swann. Car ce que nous croyons notre amour,
notre jalousie, n'est pas une même passion continue, indi-
visible. Ils se composent d'une infinité d'amours succes- 7680
sifs, de jalousies différentes et qui sont éphémères, mais
par leur multitude ininterrompue donnent l'impression de
la continuité, l'illusion de l'unité. La vie de l'amour de
Swann, la fidélité de sa jalousie, étaient faites de la mort,
de l'infidélité, d'innombrables désirs, d'innombrables
doutes qui avaient tous Odette pour objet. S'il était resté
longtemps sans la voir, ceux qui mouraient n'auraient pas
été remplacés par d'autres. Mais la présence d'Odette
continuait d'ensemencer le cœur de Swann de tendresses
et de soupçons alternés. 7690

Certains soirs elle redevenait tout d'un coup avec lui
d'une gentillesse dont elle l'avertissait durement qu'il
devait profiter tout de suite, sous peine de ne pas la voir se
renouveler avant des années ; il fallait rentrer immédiatement chez elle « faire catleya » et ce désir qu'elle prétendait avoir de lui était si soudain, si inexplicable, si impérieux, les caresses qu'elle lui prodiguait ensuite si
démonstratives et si insolites, que cette tendresse brutale et
sans vraisemblance faisait autant de chagrin à Swann
qu'un mensonge et qu'une méchanceté. Un soir qu'il était 7700
ainsi, sur l'ordre qu'elle lui en avait donné, rentré avec
elle, et qu'elle entremêlait ses baisers de paroles passion-
nées qui contrastaient avec sa sécheresse ordinaire, il crut
tout d'un coup entendre du bruit ; il se leva, chercha partout, ne trouva personne, mais n'eut pas le courage de
reprendre sa place auprès d'elle qui alors, au comble de la
rage, brisa un vase et dit à Swann : « On ne peut jamais
rien faire avec toi ! » Et il resta incertain si elle n'avait pas
caché quelqu'un dont elle avait voulu faire souffrir la
jalousie ou allumer les sens. 7710

Quelquefois il allait dans des maisons de rendez-vous, espérant apprendre quelque chose d'elle, sans oser la nommer cependant. « J'ai une petite qui va vous plaire », disait l'entremetteuse. Et il restait une heure à causer tristement avec quelque pauvre fille étonnée qu'il ne fît rien de plus. Une toute jeune et ravissante lui dit un jour : « Ce que je voudrais, c'est trouver un ami alors il pourrait être sûr, je n'irais plus jamais avec personne. – Vraiment, crois-tu que ce soit possible qu'une femme soit touchée qu'on l'aime, ne vous trompe jamais ? lui demanda Swann anxieusement. – Pour sûr ! ça dépend des caractères ! » Swann ne pouvait s'empêcher de dire à ces filles les mêmes choses qui auraient plu à la Princesse des Laumes. À celle qui cherchait un ami, il dit en souriant : « C'est gentil, tu as mis des yeux bleus de la couleur de ta ceinture. – Vous aussi, vous avez des manchettes bleues. – Comme nous avons une belle conversation, pour un endroit de ce genre ! Je ne t'ennuie pas ? tu as peut-être à faire ? – Non, j'ai tout mon temps. Si vous m'auriez ennuyée, je vous l'aurais dit. Au contraire, j'aime bien vous entendre causer. – Je suis très flatté. N'est-ce pas que nous causons gentiment ? dit-il à l'entremetteuse qui venait d'entrer. – Mais oui, c'est justement ce que je me disais. Comme ils sont sages ! Voilà ! on vient maintenant pour causer chez moi. Le Prince le disait, l'autre jour, c'est bien mieux ici que chez sa femme. Il paraît que maintenant dans le monde elles ont toutes un genre, c'est un vrai scandale ! Je vous quitte, je suis discrète. » Et elle laissa Swann avec la fille qui avait les yeux bleus. Mais bientôt il se leva et lui dit adieu, elle lui était indifférente, elle ne connaissait pas Odette.

Le peintre ayant été malade, le docteur Cottard lui conseilla un voyage en mer ; plusieurs fidèles parlèrent de partir avec lui ; les Verdurin ne purent se résoudre à rester seuls, louèrent un yacht, puis s'en rendirent acquéreurs et ainsi Odette fit de fréquentes croisières. Chaque fois qu'elle était partie depuis un peu de temps, Swann sentait qu'il commençait à se détacher d'elle, mais comme si cette distance morale était proportionnée à la distance matérielle, dès qu'il savait Odette de retour, il ne pouvait pas rester sans la voir. Une fois, partis pour un mois seulement, croyaient-ils, soit qu'ils eussent été tentés en route, soit que M. Verdurin eût sournoisement arrangé les choses d'avance pour faire plaisir à sa femme et n'eût averti les fidèles qu'au fur et à mesure, d'Alger ils allèrent à Tunis, puis en Italie, puis en Grèce, à Constantinople, en Asie Mineure. Le voyage durait depuis près d'un an. Swann se sentait absolument tranquille, presque heureux. Bien que Mme Verdurin eût cherché à persuader au pianiste et au docteur Cottard que la tante de l'un et les malades de l'autre n'avaient aucun besoin d'eux, et, qu'en tout cas, il était imprudent de laisser Mme Cottard rentrer à Paris que M. Verdurin assurait être en révolution, elle fut obligée de leur rendre leur liberté à Constantinople. Et le peintre partit avec eux. Un jour, peu après le retour de ces trois voyageurs, Swann voyant passer un omnibus pour le Luxembourg où il avait à faire, avait sauté dedans, et s'y était trouvé assis en face de Mme Cottard qui faisait sa tournée de visites « de jours » en grande tenue, plumet au chapeau, robe de soie, manchon, en-tout-cas, porte-cartes, et gants blancs nettoyés. Revêtue de ces insignes, quand il faisait sec, elle allait à pied d'une maison à l'autre, dans un même quartier, mais pour passer ensuite dans un quartier différent usait de l'omnibus avec correspondance. Pendant les premiers instants, avant que la gentillesse native de la femme eût pu percer l'empesé de la petite bourgeoise, et ne sachant trop d'ailleurs si elle devait parler des Verdurin à Swann, elle tint tout naturellement, de sa voix lente, gauche et douce que par moments l'omnibus couvrait complètement de son tonnerre, des propos choisis parmi ceux qu'elle entendait et répétait dans les vingt-cinq maisons dont elle montait les étages dans une journée :

« Je ne vous demande pas, Monsieur, si un homme dans le mouvement comme vous a vu, aux Mirlitons [1], le portrait de Machard [2] qui fait courir tout Paris. Eh bien ! qu'en dites-vous ? Êtes-vous dans le camp de ceux qui approuvent ou dans le camp de ceux qui blâment ? Dans tous les

7760

7770

7780

---

1. Exposition annuelle de peintures.
2. Machard, Jules Louis (1839-1900) : peintre français qui obtint le prix de Rome en 1865 et exposa, entre autres, en 1868, *Angélique attachée au rocher* et, en 1872, *Narcisse et la Source*.

salons on ne parle que du portrait de Machard, on n'est pas chic, on n'est pas pur, on n'est pas dans le train, si on ne 7790 donne pas son opinion sur le portrait de Machard.

Swann ayant répondu qu'il n'avait pas vu ce portrait, Mme Cottard eut peur de l'avoir blessé en l'obligeant à le confesser.

– Ah ! c'est très bien, au moins vous l'avouez franchement, vous ne vous croyez pas déshonoré parce que vous n'avez pas vu le portrait de Machard. Je trouve cela très beau de votre part. Hé bien, moi je l'ai vu, les avis sont partagés. Il y en a qui trouvent que c'est un peu léché, un peu crème fouettée, moi, je le trouve idéal. Évidemment 7800 elle ne ressemble pas aux femmes bleues et jaunes de notre ami Biche. Mais je dois vous l'avouer franchement, vous ne me trouverez pas très fin de siècle, mais je le dis comme je le pense, je ne comprends pas. Mon Dieu je reconnais les qualités qu'il y a dans le portrait de mon mari, c'est moins étrange que ce qu'il fait d'habitude, mais il a fallu qu'il lui fasse des moustaches bleues. Tandis que Machard ! Tenez justement le mari de l'amie chez qui je vais en ce moment (ce qui me donne le très grand plaisir de faire route avec vous) lui a promis s'il est nommé à 7810 l'Académie (c'est un des collègues du docteur) de lui faire faire son portrait par Machard. Évidemment c'est un beau rêve ! J'ai une autre amie qui prétend qu'elle aime mieux Leloir [1]. Je ne suis qu'une pauvre profane et Leloir est peut-être encore supérieur comme science. Mais je trouve que la première qualité d'un portrait, surtout quand il coûte 10 000 francs, est d'être ressemblant et d'une ressemblance agréable. »

Ayant tenu ces propos que lui inspiraient la hauteur de son aigrette, le chiffre de son porte-cartes, le petit numéro 7820 tracé à l'encre dans ses gants par le teinturier, et l'em-

---

1. Il y eut trois peintres qui portèrent ce nom : le père, Jean-Baptiste Auguste (1809-1892), peintre religieux, et ses deux fils : Alexandre Louis et Maurice. Alexandre Louis obtint le second prix de Rome en 1861 et débuta au Salon de 1863. On lui doit la *Lutte de Jacob avec l'ange* (1865), *Le Baptême des sauvages aux îles Canaries* (1868), *La Fête du grand-père* (1875). Son frère, Maurice, a aussi réalisé quelques toiles et composé des illustrations d'œuvres littéraires. Mme Cottard fait sans doute allusion à Alexandre Louis.

barras de parler à Swann des Verdurin, Mme Cottard, voyant qu'on était encore loin du coin de la rue Bonaparte où le conducteur devait l'arrêter, écouta son cœur qui lui conseillait d'autres paroles.

« Les oreilles ont dû vous tinter, Monsieur, lui dit-elle, pendant le voyage que nous avons fait avec Mme Verdurin. On ne parlait que de vous.

Swann fut bien étonné, il supposait que son nom n'était jamais proféré devant les Verdurin.

– D'ailleurs, ajouta Mme Cottard, Mme de Crécy était là et c'est tout dire. Quand Odette est quelque part, elle ne peut jamais rester bien longtemps sans parler de vous. Et vous pensez que ce n'est pas en mal. Comment ! vous en doutez, dit-elle, en voyant un geste sceptique de Swann.

Et emportée par la sincérité de sa conviction, ne mettant d'ailleurs aucune mauvaise pensée sous ce mot qu'elle prenait seulement dans le sens où on l'emploie pour parler de l'affection qui unit des amis :

– Mais elle vous adore ! Ah ! je crois qu'il ne faudrait pas dire ça de vous devant elle ! On serait bien arrangé ! À propos de tout, si on voyait un tableau par exemple elle disait : "Ah ! s'il était là, c'est lui qui saurait vous dire si c'est authentique ou non. Il n'y a personne comme lui pour ça." Et à tout moment elle demandait : "Qu'est-ce qu'il peut faire en ce moment ? Si seulement il travaillait un peu ! C'est malheureux, un garçon si doué, qu'il soit si paresseux. (Vous me pardonnez, n'est-ce pas ?) En ce moment je le vois, il pense à nous, il se demande où nous sommes." Elle a même eu un mot que j'ai trouvé bien joli : M. Verdurin lui disait : "Mais comment pouvez vous voir ce qu'il fait en ce moment puisque vous êtes à huit cents lieues de lui ?" Alors Odette lui a répondu : "Rien n'est impossible à l'œil d'une amie." Non je vous jure, je ne vous dis pas cela pour vous flatter, vous avez là une vraie amie comme on n'en a pas beaucoup. Je vous dirai du reste que si vous ne le savez pas, vous êtes le seul. Mme Verdurin me le disait encore le dernier jour (vous savez, les veilles de départ on cause mieux) : "Je ne dis pas qu'Odette ne nous aime pas, mais tout ce que nous lui disons ne pèserait pas lourd auprès de ce que lui dirait M. Swann." Oh ! mon Dieu, voilà que le conducteur m'arrête, en bavardant avec vous j'allais laisser passer la rue Bonaparte... me rendriez-vous le service de me dire si mon aigrette est droite ? »

Et Mme Cottard sortit de son manchon pour la tendre à Swann sa main gantée de blanc d'où s'échappa, avec une correspondance, une vision de haute vie qui remplit l'omnibus, mêlée à l'odeur du teinturier. Et Swann se sentit déborder de tendresse pour elle, autant que pour
7870 Mme Verdurin (et presque autant que pour Odette, car le sentiment qu'il éprouvait pour cette dernière n'étant plus mêlé de douleur, n'était plus guère de l'amour), tandis que de la plate-forme il la suivait de ses yeux attendris, qui enfilait courageusement la rue Bonaparte, l'aigrette haute, d'une main relevant sa jupe, de l'autre tenant son en-tout-cas [1] et son porte-cartes [2] dont elle laissait voir le chiffre, laissant baller devant elle son manchon.

Pour faire concurrence aux sentiments maladifs que Swann avait pour Odette, Mme Cottard, meilleur thérapeute que n'eût été son mari, avait greffé à côté d'eux
7880 d'autres sentiments, normaux ceux-là, de gratitude, d'amitié, des sentiments qui dans l'esprit de Swann rendraient Odette plus humaine (plus semblable aux autres femmes, parce que d'autres femmes aussi pouvaient les lui inspirer), hâteraient sa transformation définitive en cette Odette aimée d'affection paisible, qui l'avait ramené un soir après une fête chez le peintre boire un verre d'orangeade avec Forcheville et près de qui Swann avait entrevu qu'il pourrait vivre heureux.

7890 Jadis ayant souvent pensé avec terreur qu'un jour il cesserait d'être épris d'Odette, il s'était promis d'être vigilant, et dès qu'il sentirait que son amour commencerait à le quitter, de s'accrocher à lui, de le retenir. Mais voici qu'à l'affaiblissement de son amour correspondait simultanément un affaiblissement du désir de rester amoureux. Car on ne peut pas changer, c'est-à-dire devenir une autre

---

1. Le sens moderne de cette locution est : « repas léger pour être consommé en cas de besoin ». Plus anciennement, elle désignait une ombrelle pouvant servir de parapluie. C'est évidemment ce dernier sens qui est celui du texte.
2. Portefeuille pour cartes de visite et autres papiers.

personne, tout en continuant à obéir aux sentiments de celle qu'on n'est plus. Parfois le nom aperçu dans un journal, d'un des hommes qu'il supposait avoir pu être les amants d'Odette, lui redonnait de la jalousie. Mais elle était bien légère et comme elle lui prouvait qu'il n'était pas encore complètement sorti de ce temps où il avait tant souffert – mais aussi où il avait connu une manière de sentir si voluptueuse – et que les hasards de la route lui permettraient peut-être d'en apercevoir encore furtivement et de loin les beautés, cette jalousie lui procurait plutôt une excitation agréable comme au morne Parisien qui quitte Venise pour retrouver la France, un dernier moustique prouve que l'Italie et l'été ne sont pas encore bien loin. Mais le plus souvent le temps si particulier de sa vie d'où il sortait, quand il faisait effort sinon pour y rester, du moins pour en avoir une vision claire pendant qu'il le pouvait encore, il s'apercevait qu'il ne le pouvait déjà plus ; il aurait voulu apercevoir comme un paysage qui allait disparaître cet amour qu'il venait de quitter ; mais il est si difficile d'être double et de se donner le spectacle véridique d'un sentiment qu'on a cessé de posséder, que bientôt l'obscurité se faisant dans son cerveau, il ne voyait plus rien, renonçait à regarder, retirait son lorgnon, en essuyait les verres ; et il se disait qu'il valait mieux se reposer un peu, qu'il serait encore temps tout à l'heure, et se rencognait, avec l'incuriosité, dans l'engourdissement, du voyageur ensommeillé qui rabat son chapeau sur ses yeux pour dormir dans le wagon qu'il sent l'entraîner de plus en plus vite, loin du pays où il a si longtemps vécu et qu'il s'était promis de ne pas laisser fuir sans lui donner un dernier adieu. Même, comme ce voyageur s'il se réveille seulement en France, quand Swann ramassa par hasard près de lui la preuve que Forcheville avait été l'amant d'Odette, il s'aperçut qu'il n'en ressentait aucune douleur, que l'amour était loin maintenant et regretta de n'avoir pas été averti du moment où il le quittait pour toujours. Et de même qu'avant d'embrasser Odette pour la première fois il avait cherché à imprimer dans sa mémoire le visage qu'elle avait eu si longtemps pour lui et qu'allait transformer le souvenir de ce baiser, de même il eût voulu, en pensée au moins, avoir pu faire ses adieux, pendant qu'elle

existait encore, à cette Odette lui inspirant de l'amour, de
la jalousie, à cette Odette lui causant des souffrances et
7940 que maintenant il ne reverrait jamais. Il se trompait. Il
devait la revoir une fois encore, quelques semaines plus
tard. Ce fut en dormant, dans le crépuscule d'un rêve. Il se
promenait avec Mme Verdurin, le docteur Cottard, un
jeune homme en fez qu'il ne pouvait identifier, le peintre,
Odette, Napoléon III et mon grand-père, sur un chemin qui
suivait la mer et la surplombait à pic tantôt de très haut,
tantôt de quelques mètres seulement, de sorte qu'on montait et redescendait constamment ; ceux des promeneurs
qui redescendaient déjà n'étaient plus visibles à ceux qui
7950 montaient encore, le peu de jour qui restât faiblissait et il
semblait alors qu'une nuit noire allait s'étendre immédiatement. Par moments les vagues sautaient jusqu'au bord et
Swann sentait sur sa joue des éclaboussures glacées.
Odette lui disait de les essuyer, il ne pouvait pas et en était
confus vis-à-vis d'elle, ainsi que d'être en chemise de nuit.
Il espérait qu'à cause de l'obscurité on ne s'en rendait pas
compte, mais cependant Mme Verdurin le fixa d'un regard
étonné durant un long moment pendant lequel il vit sa
figure se déformer, son nez s'allonger et qu'elle avait de
7960 grandes moustaches. Il se détourna pour regarder Odette,
ses joues étaient pâles, avec des petits points rouges, ses
traits tirés, cernés, mais elle le regardait avec des yeux
pleins de tendresse prêts à se détacher comme des larmes
pour tomber sur lui et il se sentait l'aimer tellement qu'il
aurait voulu l'emmener tout de suite. Tout d'un coup
Odette tourna son poignet, regarda une petite montre et
dit : « Il faut que je m'en aille », elle prenait congé de tout
le monde de la même façon, sans prendre à part Swann,
sans lui dire où elle le reverrait le soir ou un autre jour. Il
7970 n'osa pas le lui demander, il aurait voulu la suivre et était
obligé, sans se retourner vers elle, de répondre en souriant
à une question de Mme Verdurin, mais son cœur battait
horriblement, il éprouvait de la haine pour Odette, il aurait
voulu crever ses yeux qu'il aimait tant tout à l'heure,
écraser ses joues sans fraîcheur. Il continuait à monter
avec Mme Verdurin, c'est-à-dire à s'éloigner à chaque pas
d'Odette, qui descendait en sens inverse. Au bout d'une
seconde il y eut beaucoup d'heures qu'elle était partie. Le

peintre fit remarquer à Swann que Napoléon III s'était éclipsé un instant après elle. « C'était certainement entendu entre eux, ajouta-t-il, ils ont dû se rejoindre en bas de la côte mais n'ont pas voulu dire adieu ensemble à cause des convenances. Elle est sa maîtresse. » Le jeune homme inconnu se mit à pleurer. Swann essaya de le consoler. « Après tout elle a raison, lui dit-il en lui essuyant les yeux et en lui ôtant son fez pour qu'il fût plus à son aise. Je le lui ai conseillé dix fois. Pourquoi en être triste ? C'était bien l'homme qui pouvait la comprendre. » Ainsi Swann se parlait-il à lui-même, car le jeune homme qu'il n'avait pu identifier d'abord était aussi lui ; comme certains romanciers, il avait distribué sa personnalité à deux personnages, celui qui faisait le rêve, et un qu'il voyait devant lui coiffé d'un fez.

Quant à Napoléon III, c'est à Forcheville que quelque vague association d'idées, puis une certaine modification dans la physionomie habituelle du Baron, enfin le grand cordon de la Légion d'honneur en sautoir, lui avaient fait donner ce nom ; mais en réalité, et pour tout ce que le personnage présent dans le rêve lui représentait et lui rappelait, c'était bien Forcheville. Car, d'images incomplètes et changeantes Swann endormi tirait des déductions fausses, ayant d'ailleurs momentanément un tel pouvoir créateur qu'il se reproduisait par simple division comme certains organismes inférieurs ; avec la chaleur sentie de sa propre paume il modelait le creux d'une main étrangère qu'il croyait serrer et, de sentiments et d'impressions dont il n'avait pas conscience encore faisait naître comme des péripéties qui, par leur enchaînement logique amèneraient à point nommé dans le sommeil de Swann le personnage nécessaire pour recevoir son amour ou provoquer son réveil. Une nuit noire se fit tout d'un coup, un tocsin sonna, des habitants passèrent en courant, se sauvant des maisons en flammes ; Swann entendait le bruit des vagues qui sautaient et son cœur qui, avec la même violence, battait d'anxiété dans sa poitrine. Tout d'un coup ses palpitations de cœur redoublèrent de vitesse, il éprouva une souffrance, une nausée inexplicables ; un paysan couvert de brûlures lui jetait en passant : « Venez demander à Charlus où Odette est allée finir la soirée avec son camarade, il a

8020 été avec elle autrefois et elle lui dit tout. C'est eux qui ont mis le feu. » C'était son valet de chambre qui venait l'éveiller et lui disait :

« Monsieur, il est huit heures et le coiffeur est là, je lui ai dit de repasser dans une heure. »

Mais ces paroles en pénétrant dans les ondes du sommeil où Swann était plongé, n'étaient arrivées jusqu'à sa conscience qu'en subissant cette déviation qui fait qu'au fond de l'eau un rayon paraît un soleil, de même qu'un moment auparavant le bruit de la sonnette, prenant au fond 8030 de ces abîmes une sonorité de tocsin, avait enfanté l'épisode de l'incendie. Cependant le décor qu'il avait sous les yeux vola en poussière, il ouvrit les yeux, entendit une dernière fois le bruit d'une des vagues de la mer qui s'éloignait. Il toucha sa joue. Elle était sèche. Et pourtant il se rappelait la sensation de l'eau froide et le goût du sel. Il se leva, s'habilla. Il avait fait venir le coiffeur de bonne heure parce qu'il avait écrit la veille à mon grand-père qu'il irait dans l'après-midi à Combray, ayant appris que Mme de Cambremer – Mlle Legrandin – devait y passer 8040 quelques jours. Associant dans son souvenir au charme de ce jeune visage celui d'une campagne où il n'était pas allé depuis si longtemps, ils lui offraient ensemble un attrait qui l'avait décidé à quitter enfin Paris pour quelques jours. Comme les différents hasards qui nous mettent en présence de certaines personnes ne coïncident pas avec le temps où nous les aimons, mais, le dépassant, peuvent se produire avant qu'il commence et se répéter après qu'il a fini, les premières apparitions que fait dans notre vie un être destiné plus tard à nous plaire, prennent rétrospective- 8050 ment à nos yeux une valeur d'avertissement, de présage. C'est de cette façon que Swann s'était souvent reporté à l'image d'Odette rencontrée au théâtre, ce premier soir où il ne songeait pas à la revoir jamais – et qu'il se rappelait maintenant la soirée de Mme de Saint-Euverte où il avait présenté le général de Froberville à Mme de Cambremer. Les intérêts de notre vie sont si multiples qu'il n'est pas rare que dans une même circonstance les jalons d'un bonheur qui n'existe pas encore soient posés à côté de l'aggravation d'un chagrin dont nous souffrons. Et sans doute 8060 cela aurait pu arriver à Swann ailleurs que chez

Mme de Saint-Euverte. Qui sait même, dans le cas où, ce soir-là, il se fût trouvé ailleurs, si d'autres bonheurs, d'autres chagrins ne lui seraient pas arrivés, et qui ensuite lui eussent paru avoir été inévitables ? Mais ce qui lui semblait l'avoir été, c'était ce qui avait eu lieu, et il n'était pas loin de voir quelque chose de providentiel dans ce fait qu'il se fût décidé à aller à la soirée de Mme de Saint-Euverte, parce que son esprit désireux d'admirer la richesse d'invention de la vie et incapable de se poser longtemps une question difficile, comme de savoir ce qui eût été le plus à souhaiter, considérait dans les souffrances qu'il avait éprouvées ce soir-là et les plaisirs encore insoupçonnés qui germaient déjà – et entre lesquels la balance était trop difficile à établir – une sorte d'enchaînement nécessaire.

Mais tandis que, une heure après son réveil, il donnait des indications au coiffeur pour que sa brosse ne se dérangeât pas en wagon, il repensa à son rêve ; il revit comme il les avait sentis tout près de lui, le teint pâle d'Odette, les joues trop maigres, les traits tirés, les yeux battus, tout ce que – au cours des tendresses successives qui avaient fait de son durable amour pour Odette un long oubli de l'image première qu'il avait reçue d'elle – il avait cessé de remarquer depuis les premiers temps de leur liaison dans lesquels sans doute, pendant qu'il dormait, sa mémoire en avait été chercher la sensation exacte. Et avec cette muflerie intermittente qui reparaissait chez lui dès qu'il n'était plus malheureux et que baissait du même coup le niveau de sa moralité, il s'écria en lui-même : « Dire que j'ai gâché des années de ma vie, que j'ai voulu mourir, que j'ai eu mon plus grand amour, pour une femme qui ne me plaisait pas, qui n'était pas mon genre ! »

DOSSIER

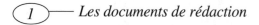

1 — *Les documents de rédaction*

Notre objectif est de montrer l'évolution du texte dans ses différentes phases de création : du cahier préparatoire (ou cahier de brouillon) aux bonnes feuilles, en passant par le manuscrit, la dactylographie, les placards et les épreuves. Tous les documents de rédaction ont été répertoriés dans le « Fonds Proust de la Bibliothèque nationale », réalisé par Florence Callu, pour l'édition « Pléiade », dirigée par Jean-Yves Tadié [1]. Ils sont présentés selon le modèle suivant :

Cahier 17. N. a. fr. [2] 16657. Manuscrit annoté par Nahmias qui donne des précisions sur le travail des dactylographes. 66 f^os (f^os16-66 blancs) 250 × 190 mm. Cahier moleskine noire.

Le cahier porte un numéro attribué par Proust (sans logique, d'ailleurs), parfois un titre, une cote BnF. Sont indiqués le nombre de folios, avec éventuellement ceux restés vierges ou ceux qui sont tête-bêche, les dimensions et la matière de la couverture (la moleskine noire étant la plus fréquente pour Proust). En règle générale, le descriptif comporte un résumé du contenu du cahier, en fonction des épisodes ou des séquences qui y figurent.

Les notes de régie ou consignes relevées sur certaines pages des cahiers témoignent de la complexité du fait littéraire : le livre, avant d'être œuvre abstraite, chef-d'œuvre, est un objet qu'il faut faire dactylographier puis imprimer. Proust était particulièrement soucieux de la réalisation matérielle de ses livres. Sont présents, dans ses brouillons, les différents « acteurs » de la production du texte : secrétaire [3], sténographe, papetier. Ainsi, dans le Cahier 17, sur le folio 12, on

---

1. *À la recherche du temps perdu*, éd. cit., t. I, p. CL-CLXIX.
2. N. a. fr. signifie « nouvelle acquisition française ».
3. Le texte de Proust, lorsqu'il est écrit de la main d'un secrétaire, est dit « allographe » (par opposition à « autographe »).

trouve, dans la marge, les annotations d'un de ses secré-
taires, Nahmias :

Miss Cœcilia est partie mais j'ai demandé à M. Martinez
l'adresse du papetier : c'est M. Bouteiller 1, Rue du 29 juillet
Paris (papier à machine <à écrire> pour copie.) <C'est l'autre
dactylographe qui a fait ces feuilles> [1]

« Miss Cœcilia » désigne « miss Hayward », une dacty-
lographe-sténographe anglaise, attachée au Grand Hôtel de
Cabourg (Balbec dans la *Recherche*) où Proust passait ses
vacances. C'est elle qui, à partir de 1911, dactylographie la
première partie de l'œuvre, laquelle comporte alors sept
cents pages. Quand il ne souffre pas d'asthme, Proust quitte
sa chambre pour lui dicter quelques pages. Elle se plaint
parfois de ne pas pouvoir tout déchiffrer, ainsi dans un billet
retrouvé entre deux pages de la dactylographie (N. a. fr.
16734, f°s 38-39) :

Monsieur Proust
Monsieur,
Je vous envoie le travail de copie. Malheureusement je ne peux
pas lire la suite de la page 54. (l'intercalation) Si vous voulez
bien me le faire remettre dans le matin j'essayerai*s* de le finir,
mais ce soir la lumière ne permet pas que je le lise.

Stenographer

La note de Nahmias nous apprend que le travail de miss
Hayward a été poursuivi par une autre dactylographe dont
on ignore l'identité.

Pour retracer la genèse d'« Un amour de Swann », on
peut distinguer trois phases : les œuvres qui précèdent la
Recherche (*Les Plaisirs et les jours*, 1896, *L'Indifférent*,
1896, et *Jean Santeuil*, 1895-1900) ; les cahiers du *Contre
Sainte-Beuve* et les cahiers préparatoires à la *Recherche*
qui datent de 1908-1909 ; le manuscrit d'« Un amour de
Swann », rédigé à partir de 1910, et les phases ultérieures
du texte. La liste suivante réunit l'ensemble des documents qui, d'une façon ou d'une autre, ont trait à la genèse
d'« Un amour de Swann » :

---

1. Nous indiquons les ajouts entre soufflets <...>, les suppressions en
italique.

Brouillons : cahiers du *Contre Sainte-Beuve*
et cahiers préparatoires à la *Recherche*

Cahier 31, N. a. fr. 16671, f⁰s 1 à 23 : Swann et les Verdurin.

Cahier 7, N. a. fr. 16647, f⁰s 15 à 20 : « Le petit noyau des Verdurin ».

Cahier 6, N. a. fr. 16646, f⁰s 16 à 29 : « Suite du Docteur Cottard ».

Cahier 14, N. a. fr. 16654, f⁰s 5 à 7 : « À ajouter au chapitre sur la sonate de Saint-Saëns ».

Cahier 27, N. a. fr. 16667, f⁰s 1 à 12, 22 à 26v°, 46 à 50 : Swann et le monde.

Cahier 69, N. a. fr. 18319 et Cahier 22, N. a. fr. 16662 : ces deux derniers cahiers qui s'enchaînent donnent une première version d'« Un amour de Swann ». Le second commence avec l'épisode de la lettre qu'Odette a écrite à Forcheville et qu'elle a remise à Swann.

Manuscrit

Cahier 15, N. a. fr. 16655, Cahier 16, N. a. fr. 16656, Cahier 17, N. a. fr. 16657, Cahier 18, N. a. fr. 16658 et Cahier 19, N. a. fr. 16659 [1] : dans les deux premiers cahiers, Proust reprend le Cahier 69 ; dans les trois suivants, le Cahier 22.

Fragments du *Temps perdu*, N. a. fr. 16703 (f⁰s 88 à 188), appelés « Proust 21 ».

Dactylographies

Premier jeu corrigé, N. a. fr. 16734 [2], que la BnF a initialement appelé « deuxième dactylographie ».

Deuxième jeu corrigé, N. a. fr. 16731 [3], que la BnF a initialement appelé « première dactylographie ».

Placards

N. a. fr. 16753 à 16754.

Épreuves

Deuxièmes épreuves corrigées, N. a. fr. 16755 : « Combray » et « Un amour de Swann », 30 mai-15 juillet 1913.

---

1. Les Cahiers 15 à 19 sont annotés par Nahmias, le secrétaire de Proust. Tous sont en moleskine noire, à l'exception du Cahier 18 qui est en toile.
2. Sur le folio 1, titre écrit par Proust : « Le Temps perdu. Deuxième partie. Un amour de Swann ». Sur le dernier folio : « Fin de la 2ᵉ Partie ».
3. Sur le folio 1, titre : « Marcel Proust. Les Intermittences du cœur. Le Temps perdu. 2ᵉ partie ».

Troisièmes épreuves corrigées, N. a. fr. 16756 : « Combray » et
« Un amour de Swann », 9 août-1er septembre 1913.
Troisièmes épreuves non corrigées, N. a. fr. 16757 : 31 juillet-
1er septembre 1913.
Quatrièmes épreuves (corrigées) et cinquièmes épreuves (non
corrigées), N. a. fr. 16758 : 27 octobre 1913.

Bonnes feuilles
N. a. fr. 16777. Achevé d'imprimer. Imp. Charles Colin, Mayenne,
8 novembre 1913.

Nous avons choisi, pour illustrer cette partie consacrée à
la genèse d'« Un amour de Swann », de mettre en évidence
les enjeux narratifs contenus dans les premières pages du
Cahier 31 du *Contre Sainte-Beuve*, où l'on voit « naître » le
récit. Pour les phases ultérieures, nous accompagnons d'un
commentaire spécifique les différents types de document de
rédaction, présentés sous forme de fac-similés.

NAISSANCE DU RÉCIT, LE CAHIER 31 DU *CONTRE SAINTE-BEUVE*

Le Cahier 31 [1] débute par une réflexion du héros-narrateur sur la personnalité de sa grand-mère, sur « son éléva-
tion naturelle » qui détermine la perception qu'elle a de la
réalité et dont diffère précisément celle du narrateur. Cette
réflexion n'occupe que quelques lignes. Commence alors
l'évocation de Swann et des Verdurin qui se prolonge
jusqu'au folio 23. Elle est suivie d'un ensemble de pages
(folios 24 à 36) qui ont pour sujet un séjour à la mer – que
l'on retrouvera dans *À l'ombre des jeunes filles en fleurs* –,
puis de folios (folios 31 à 71) consacrés aux Guermantes.
Ce cahier illustre parfaitement la façon d'écrire de Proust :
il travaille par « noyaux » et développe différents sujets
parallèlement. Chacun d'eux prend de l'ampleur et
devient, plus tard, le sujet d'un volume. Dans les premières pages de ce cahier, nous voyons apparaître l'idée
initiale du mariage inconvenant de Swann, certains traits
caractéristiques des personnages et certains motifs.

1. N. a. fr. 16671.

© BNF

BIBLIOTHÈQUE
NATIONALE
R.F.
MSS

Brouillon, Cahier 31 du *Contre Sainte-Beuve*, N. a. fr. 16671, f° 1 : la naissance du récit.

LE MARIAGE INCONVENANT DE SWANN

Mais un jour Swann se maria et se maria froidement, avec une femme qui n'était pas une cocotte mais *qui* n'en valait guère mieux. Ma grand'tante crut tout simplement qu'il s'était marié dans ce fameux « milieu <bon> pour un jeune homme » qu'elle croyait qu'il fréquentait mais en réalité absolument en deh (f° 1) [1]

Ce paragraphe isolé est entièrement rayé d'un trait oblique. Le mariage inconvenant de Swann a donc été le point de départ du récit. La transformation qui s'opère sur la page suivante, d'inspiration flaubertienne, est significative :

C'était une femme merveilleusement belle qu'on voyait quelquefois aux courses, aux concerts, allée des accacias [*sic*], *elle faisait arr* à un moment elle faisait arrêter sa voiture à deux chevaux et descendait l'allée à pieds suivie de deux grands lévriers. Elle (f° 2)

Le paragraphe est entièrement rayé et sa description sera reprise à la fin du volume, dans « Noms de pays : le nom ». Au cours de la rédaction d'« Un amour de Swann », le centre d'intérêt se déplace : l'aspect social se trouve limité au seul milieu Verdurin et il se double d'une mise en valeur très nette de l'esthétique, objet de représentation et de réflexion. Odette sera d'abord un visage qui permettra un rapprochement avec la peinture, à travers la Zéphora de Botticelli.

À ce stade, le scénario est classique : mariage, naissance d'un enfant. L'accent n'est pas encore mis sur la jalousie, ses manifestations et sa disparition finale.

Il l'épousa. Elle continua etc.
Mais il lui était né une fille *et il reporta sur elle toute la passion qu'il avait pour la mère. Car elle Et cette fois il était aimé* […] (f° 9)

PERSONNAGES ET MOTIFS

Les thèmes qui vont devenir essentiels – les fleurs, la musique, la jalousie – ne sont alors que de simples mots.

---

1. Voir le fac-similé ci-avant, p. 275.

Ainsi, la jalousie est esquissée dans une phrase embryonnaire isolée : « Sans doute il était jaloux, mais il était si
intelligent » (verso du folio 7). La femme aimée s'appelle
« Sonia » et ce qui sera sa fleur fétiche, le chrysanthème,
n'est qu'une conventionnelle rose.

Il la reconduisait à son hôtel de Passy et quand il la quittait elle
le rappelait, détachait une rose du jardin, la lui donnait, l'embrassait devant le cocher, en lui disant : […] Il aimait ces gens chez
qui il la rencontrait, leur était reconnaissant de l'inviter avec elle,
de lui dire du bien *d'elle* <à elle> du bien de lui ; leur esprit sans
cela assez méchant sur les autres l'amusait ; on faisait de la
musique assez andante * ¹ pendant laquelle elle le regardait […]
(f° 3)

La situation est celle de la version publiée ; seule la fleur
diffère : « elle cueillit précipitamment dans le petit jardin
qui précédait la maison un dernier chrysanthème et le lui
donna avant qu'il fût reparti » (p. 85).

Une transition s'annonce, dans le Cahier, à partir du
verso du folio 14, avec un début brutal immédiatement rayé
– « *Connaissez-vous les Verdurin ?* » – et avec l'évocation
de lieux. À partir du folio 18, les personnages qui vont constituer le « clan » se mettent en place : le jeune médecin
(comparé à Potain) et le pianiste (qui est suédois). L'intérêt
pour les expressions figurées et les locutions figées est
manifeste. Les « ennuyeux » apparaissent. En revanche, la
géographie parisienne n'est pas encore fixée ; les lieux mentionnés sont plutôt périphériques : (l'hôtel des) « Réservoirs ² », « Montmorency », « St Valery * », le « Pavillon
bleu », etc.

Madeleine Lemaire, l'un des modèles de Mme Verdurin, est citée, au même titre que la princesse de Sagan.
Le jeune pianiste suédois joue du Chopin et non du
Wagner. La scène grotesque entre les Verdurin et le pianiste, qui sert à mettre en valeur le génie de ce dernier et la
« sensibilité musicale » de Mme Verdurin, se construit
avec beaucoup d'hésitation :

---

1. L'astérisque indique une lecture conjecturale.
2. Proust séjourna, dans cet hôtel, à Versailles, en 1906, après le décès de
sa mère.

Quelquefois Quand <Mme> *on demandait au pianiste suédois de jouer q.q. chose Mme Verdurin* Verdurin demande au pianiste suédois de jouer q.q. chose, M. Verdurin lui dit : « Ne l'ennuie pas. » *On est ici entre camarades. Tout Les amis* Mais si M. Verdurin demande au pianiste suédois de jouer du Chopin Mme Verdurin s'écrie « Ah ! non, non ! » *C'est un suprême hommage qu'elle rend au jeu du pianiste et à son goût sa <sensibilité musicale> elle du jeu du pianiste* Ce n'est pas que le pianiste joue mal Chopin ou qu'elle n'aime pas Chopin ! (f° 19)

Lorsque l'écrivain se met à concevoir son récit, il est encore proche à la fois des données biographiques (Madeleine Lemaire, l'hôtel des Réservoirs, Chopin, etc.) et des schémas romanesques traditionnels (mariage inconvenant, rose). Ce qui constituera sa thématique propre (la jalousie, le japonisme, Wagner, etc.) ne figure qu'à l'état embryonnaire.

ÉTAPES ULTÉRIEURES

UNE PAGE DE MANUSCRIT : LA PREMIÈRE APPARITION DE LA SONATE

Le folio 9 (qui avait été numéroté 13 par Proust) du Cahier 15 [1] porte l'indication « Page » au milieu de la marge supérieure [2]. Le folio 8 s'arrête sur le portrait de Cottard commandé par Mme Verdurin ; la dernière phrase inachevée et soulignée par Proust, « Le peintre ne m' », suscite un commentaire de la part de Nahmias, « en somme rester à : Le peintre ne m' ».

Odette était allée s'asseoir sur une causeuse en soie bleu pâle qui était près du piano : « Vous savez, j'ai ma place avait-elle dit à Madame Verdurin. Celle-ci voyant Swann sur une chaise lui dit : « Vous n'êtes pas bien là. *Tenez Demandez donc* <Allez donc vous mettre à côté d'> Odette *de vous faire une place à côté d'elle* n'est-ce pas Odette, vous ferez bien une place à M. Swann ?
Or quand le pianiste eut joué, Swann fut plus aimable encore avec lui qu'avec les autres *personnes* personnes qui se trouvaient là. Et voici pourquoi. Quelque temps auparavant, dans une soirée

---

1. N. a. fr. 16655.
2. Voir le fac-similé ci-contre.

Manuscrit, Cahier 15, N. a. fr. 16655, f° 9 : la première apparition de la sonate.

© BNF

il avait entendu un *morceau* <une œuvre musicale> exécuté [*sic*] au piano et au violon. Et à un moment, sans même *distinguer le contour d'une phrase de dire si c'était une phrase* distinguer une phrase, <peut-être parce qu'il ne savait pas la musique> un contour, *il* sans donner un nom à ce qui lui plaisait, il *s'était senti charmer* [*sic*] *en avait éprouvé un pl* s'était senti charmer [*sic*]. Peut-être était-ce parce qu'il *était* ne savait pas la musique qu'il avait pu éprouver une <première> impression aussi confuse. Et pourtant *les suivantes – impressions plus claires – celles qui <ne> viennent qu'ensuite pour une oreille peu exercée, et qui sont peut-être les seules –* elle est peut-être la seule qui soit purement musicale, <entièrement inétendu> *irré* originale, *irréductible* à tout autre impression. *Elle est pendant un instant une impression "sine materia"* <Elle est pendant un instant une impression "sine materia">. *Qu'elle persiste Sans Ce que nous entendons alors sans le distinguer, que nous ne*

Cette nouvelle unité est consacrée au rapprochement d'Odette et de Swann, à travers l'audition d'une œuvre musicale. Notons l'importance d'un détail : Odette, dans cette version, est assise sur une causeuse en soie bleu pâle. Dans le texte publié, il s'agit d'un canapé de tapisserie. Le premier type de siège correspond au goût petit-bourgeois et précieux des Verdurin et est en parfaite harmonie avec Odette ; il contraste avec la modeste chaise de Swann. La transformation qui interviendra ensuite introduira une nouvelle référence à l'art à travers la tapisserie de Beauvais, référence double puisqu'elle inclut le support – la tapisserie (on connaît l'importance des tapisseries dans « Combray ») – et les motifs – les *Fables* de La Fontaine. Elle permettra de donner une nouvelle illustration de la réception de l'art par Mme Verdurin. Confondant allègrement réalité et esthétique, cette dernière comparera le Fontainebleau (un chasselas) et le Beauvais (dont la grappe est un motif).

Pour le récit de l'audition musicale, un travail stylistique important apparaît nettement. Il est d'abord provoqué par l'idée de « contour d'une phrase » dont l'expression est successivement rayée, réécrite, soulignée ; cette expression traduit une idée essentielle : le caractère indéterminé de la première impression ressentie lors de l'audition. Si l'on se rapporte au texte définitif (p. 73), il manque toute l'évocation poétique de l'œuvre musicale : accumulation d'adjectifs caractéristique du style proustien et présence d'images. Par ailleurs, sur le bas de la page manuscrite, plusieurs lignes sont raturées : la première impression est si difficile à décrire et si importante qu'elle demande une grande réflexion. Celle-ci se traduit par de nombreuses hésitations.

De la même manière, pour la fin de l'épisode, la profusion d'adjectifs permettant de décrire la petite phrase n'existe pas dans le manuscrit. Ainsi, « il reconnut, secrète, bruissante et divisée, la phrase aérienne et odorante qu'il aimait » (p. 76), qui présente un rythme tantôt ternaire tantôt binaire, est réduit à : « Or à peine le petit pianiste avait-il commencé de jouer que tout d'un coup il reconnut la phrase aimée » (recto du folio 13). Le passage du manuscrit mérite d'être entièrement cité pour observer, en le comparant à la version publiée, les transformations qu'il a subies.

Or à peine le petit pianiste avait-il commencé de jouer que tout d'un coup il reconnut la phrase aimée. Et ce fut comme quand on trouve dans un salon ami une personne qu'on a vu passer dans la rue et qu'on désespérait de retrouver jamais. Maintenant il la tenait, il savait que son nom il achèterait *l* il pourrait l'avoir chez lui aussi souvent qu'il voudrait.
Aussi quand le petit pianiste eut fini, Swann s'approcha-t-il de lui pour l*eui* remercier exprimer une reconnaissance dont la vivacité plut beaucoup à Madame Verdurin. (f° 13r°)

Dans la version publiée – « Or, quelques minutes à peine après que le petit pianiste avait commencé de jouer chez Mme Verdurin […] essayer d'apprendre son langage et son secret » (p. 76) –, on remarque, à travers l'ampleur du passage, combien la petite phrase est personnifiée, féminisée (« charme », « sourire », « parfum », « mystérieuse inconnue »), combien elle fascine par son secret. Son nom est révélé, s'inscrivant non plus dans la réalité mais dans la fiction romanesque : il s'agit de la « Sonate pour piano et violon de Vinteuil ». La référence à Rubinstein, que le petit pianiste surpasserait selon Mme Verdurin, a disparu.

DACTYLOGRAPHIE :
LE MOTIF DES CATLEYAS

Proust fait dactylographier son manuscrit en 1911. Dans la marge du folio 1 [1], il a précisé : « Le Temps perdu. Deuxième Partie. Un amour de Swann ». Le volume ne s'intitule pas encore *Du côté de chez Swann*. Nous avons choisi de présenter la page où le motif des catleyas vient s'entrelacer, sous forme d'ajout manuscrit, au texte dactylographié. Le contexte existe déjà ; seul le motif des fleurs est introduit et l'entrelacement est très subtil puisqu'il n'entraîne pratiquement aucune suppression dans le tissu narratif. Comme nous le verrons dans l'étude des catleyas [2], une page manuscrite (folio 40) a été ajoutée précédemment à la dactylographie pour mentionner les fleurs préférées d'Odette (catleyas et orchidées) dans son appartement. Ce détail annonce ce qui constituera un leitmotiv, de même que les aubépines de l'église dans « Combray » préfiguraient la somptueuse haie d'aubépines du parc de Tansonville. Sur le folio 51 [3], le motif commence par s'inscrire dans la marge supérieure – « Elle tenait à la main [...] d'autres fleurs de catleias » – et il est abondamment corrigé ; il se poursuit ensuite dans la marge latérale. Le mot « orchidée » est écrit avec un « y », le mot « catleya » avec un « i ». Encore une fois, le texte initial, à la fin du paragraphe suivant – « cela ne vous gêne pas que je vous tienne encore un instant comme cela [...] » –, se transforme sans bouleversement, pour intégrer les nouvelles données : « Cela ne vous gêne pas que je remette droites les fleurs de votre corsage qui ont été déplacées par le choc. » Un nouvel ajout vient, quelques lignes plus loin, se glisser à l'intérieur du texte pour poursuivre l'image florale : « Voyez, il y a un peu... je pense que c'est du pollen qui s'est répandu sur vous [...]. » On ne peut observer plus bel exemple d'entrelacement textuel.

---

1. N. a. fr. 16734.
2. Voir « Les catleyas », p. 296.
3. Voir le fac-similé ci-contre.

© BNF

... ils furent vivement déplacés, elle avait jeté un cri
et restait toute palpitante, sans respiration.

Ce n'est rien, lui dit-il, n'ayez pas peur. Et il la
tenait par l'épaule, l'appuyant contre lui pour le maintenir;
puis il lui dit : Surtout ne me parlez pas, ne me répondez
que par signe pour ne pas vous essouffler encore davantage, cela ne vous gêne pas que je vous ......

Elle qui n'avait pas été habituée à voir les hommes faire
tant de façons avec elle, sourit et dit : Mais non ça ne me gêne
pas. Mais lui intimidé par sa réponse, peut-être aussi pour
avoir l'air d'être sincère quand il avait pris ce prétexte, et
aussi par cette tendance qu'ont les mots, les actes commencés,
même s'ils sont feints, d'exiger que nous les continuions et pour
cela de nous faire croire en eux, s'écria : Eh! non surtout ne
parlez pas, vous allez encore vous essouffler, vous pouvez bien
me répondre par gestes, je vous comprendrai bien; sincèrement je
ne vous gêne pas, ...

.... il avait glissé sa main autour de son cou et l'élevant le long
de sa joue; de l'autre main il lui caressait les genoux et disait : ......
.... Souriante, elle haussa légèrement les épaules, comme pour
dire : vous êtes fou, vous voyez bien que ça me plaît.

...... elle le regarda .... fixement d'un air grave; ......

Dactylographie, N. a. fr. 16734, f° 51 : le motif des catleyas.

Placards :

LA TRANSFORMATION DES NOMS

Le premier placard [1] porte le titre « Les Intermittences du cœur. Le Temps perdu. Première Partie. » Peu de transformations interviennent à ce stade, si ce n'est quelques brefs ajouts et corrections de détails. Une attention particulière est accordée aux noms des personnages : ainsi, sur le folio 17, « M. de Fleurus » devient « M. de Charlus » ; en revanche, dans un souci de cohérence narrative, « M. de Guermantes » est corrigé en « M. des Laumes [2] ».

Épreuves : l'incipit

Proust a exigé de son éditeur cinq jeux d'épreuves. Sur la première page (folio 116) [3] des deuxièmes épreuves corrigées [4], sont rayées les lignes suivantes qui commençaient le récit :

Les Verdurin n'invitaient jamais à dîner, mais chez eux, on avait toujours « son couvert mis ». Pour la soirée il n'y avait pas de programme. Le jeune pianiste dont cette année là Mme Verdurin déclarait préférer le jeu à celui de Risler, jouait, mais seulement « si ça lui chantait », car on ne forçait personne et comme disait M. Verdurin, « tout pour les amis, vive les camarades ! ». S'il jouait du Chopin par exemple, Mme Verdurin lui disait : « Ça ne devrait pas être permis de savoir jouer Chopin comme ça ! » Mais si alors on lui demandait la grande Polonaise, elle protestait.

En devenant l'incipit, l'idée de « clan » se trouve mise en relief. Ce choix significatif est donc réalisé très tardivement. Par ailleurs, dans la marge de ce même folio, « "enfonçait" à la fois Planté et » se substitue à « *jouait mieux que* ». L'ajout de cette référence musicale renforce la mise en valeur du jeune pianiste, et l'expression imagée « "enfonçait" », nouvel exemple des pratiques linguistiques propres au salon, accentue le comique de la scène.

---

1. N. a. fr. 16753.
2. Voir le fac-similé ci-contre.
3. Voir le fac-similé ci-après, p. 286.
4. N. a. fr. 16755.

© BNF

Placards, N. a. fr. 16753, f° 17 : la transformation des noms.

DEUXIÈME PARTIE

UN AMOUR DE SWANN

~~Les Verdurin n'invitaient jamais à dîner, mais chez eux on avait toujours « son couvert mis ». Pour la soirée il n'y avait pas de programme. Le jeune pianiste dont cette année-là Mᵐᵉ Verdurin déclarait préférer le jeu à celui de Rialer, jouait, mais seulement « si ça lui chantait », car on ne forçait personne, et comme disait M. Verdurin, « tout pour les amis, vive les camarades ! ». S'il jouait du Chopin par exemple, Mᵐᵉ Verdurin lui disait : « Ça ne devrait pas être permis de savoir jouer Chopin comme ça ! » Mais si alors on lui demandait la grande Polonaise, elle protestait.~~

Pour faire partie du « petit noyau », du « petit groupe », du « petit clan » des Verdurin, une condition était suffisante mais elle était nécessaire : il fallait adhérer tacitement à un Credo dont un des articles était que le jeune pianiste, que Mᵐᵉ Verdurin protégeait cette année-là et dont elle disait : « Ça ne devrait pas être ~~ne devrait pas être~~ permis de savoir jouer W/agner comme ça ! », ~~jouait mieux que~~ Rubinstein et que le docteur Cottard avait plus de diagnostic que Potain. Toute « nouvelle recrue » à qui les Verdurin ne pouvaient pas persuader que les soirées des gens qui n'allaient pas chez eux étaient ennuyeuses comme la pluie, se voyait immédiatement exclue. Les femmes étant à cet égard plus rebelles que les hommes à déposer

« enfonçait à la fois Planté et » (marginal annotation)

/a (marginal mark)

© BNF

Épreuves, N. a. fr. 16755, f° 116 : l'incipit.

Le titre définitif de l'œuvre, *À la recherche du temps perdu*, remplace *Les Intermittences du cœur* qui deviendra un sous-titre de *Sodome et Gomorrhe* II (chapitre premier). Le premier volume ne s'intitule plus *Le Temps perdu* mais *Du côté de chez Swann* et on annonce, pour 1914, la parution de deux autres volumes, *Le Côté de Guermantes* et *Le Temps retrouvé*. Notons enfin qu'*À l'ombre des jeunes filles en fleurs*, volume de la rencontre avec l'art pictural, n'est alors qu'un chapitre ouvrant *Le Temps retrouvé*. « L'Adoration perpétuelle », composé des réflexions esthétiques initialement prévues pour le *Contre Sainte-Beuve*, est déjà conçu comme conclusion de l'œuvre. Y sera ajouté le « Bal de têtes » qui dépeint les effets du temps sur les individus.

BONNES FEUILLES :
L'ACHEVÉ D'IMPRIMER

Sur la dernière page des bonnes feuilles [1] on lit :

ACHEVÉ D'IMPRIMER
le 8 novembre mille neuf cent treize
par
Ch. COLIN
à Mayenne
pour
BERNARD GRASSET

Du côté de chez Swann paraît le 14 novembre 1913, en librairie.

---

1. N. a. fr. 16777.

2 — *Les motifs et leur genèse*

Proust introduit une nouvelle conception du roman. À la progression logique et chronologique du roman traditionnel, s'oppose une composition musicale par motifs qui, répétés, deviennent des leitmotiv. À travers eux se lisent les principaux thèmes de la *Recherche* ; il en est ainsi des catleyas, qui associent le motif floral à la création linguistique, du rêve de Swann, qui s'inscrit dans la problématique du sommeil, et de la sonate de Vinteuil, qui introduit la fondamentale thématique de la musique.

LES CATLEYAS

Le rapport métonymique entre la femme et la fleur est un lieu commun de la littérature. Dans « Combray », femmes et fleurs sont déjà associées. Les aubépines, à l'église, rappellent au héros Mlle Vinteuil et ses taches de rousseur alors que celles de la haie du parc de Tansonville sont définitivement liées au souvenir de Gilberte Swann. Les nymphéas de la Vivonne sont quant à eux du côté des Guermantes, et donc de la duchesse. Le deuxième volume de la *Recherche* a pour décor principal Balbec et son Grand Hôtel, d'où le héros aperçoit les jeunes filles (parmi lesquelles Albertine), et s'intitule *À l'ombre des jeunes filles en fleurs*.

L'originalité de Proust est de faire de cette relation métonymique entre femmes et fleurs la matrice d'un tissu narratif composé de rapports synesthésiques – le souvenir des correspondances baudelairiennes [1] est très présent

---

1. Dans son poème « Correspondances », Baudelaire distingue deux types de correspondances : les correspondances horizontales, appelées synesthésies, qui relient les différents sens (parfums, couleurs, sons, etc.), et les correspondances verticales qui associent le sensuel et le spirituel.

dans la description du petit chemin « tout bourdonnant de l'odeur des aubépines [1] » ; elle est aussi d'en faire un leit-motiv participant à la composition musicale de son œuvre ; enfin, elle est d'y loger une interprétation érotique (pensons à l'audacieuse image du bourdon fécondant l'orchidée dans la scène de rencontre entre Charlus et Jupien, dans l'ouverture de *Sodome et Gomorrhe*).

Le personnage d'Odette

La rencontre amoureuse de Swann et d'Odette se concrétise, elle aussi, par les fleurs, ce qui aboutit même à une création lexicale : « faire catleya » pour « faire l'amour ». À son apparition, Odette est une incarnation balzacienne [2] de la mode de l'époque – on sait tout de ses robes, « nœuds, bouillons de dentelle, effilés de jais, etc. » (p. 60) [3] – alors que, devenue Mme Swann et se promenant dans les allées du Bois, elle ressemble à une héroïne flaubertienne [4]. Ses toilettes et leurs couleurs impressionnistes, sa grâce fémi-nine, sa façon d'« apparaître » dans le champ de vision du narrateur la rapprochent de Mme Arnoux. Odette, femme entretenue, demi-mondaine, pourrait être superficielle. Or c'est un personnage d'une grande complexité qui évolue tout au long de l'œuvre, presque autant que son prénom dans les manuscrits : Françoise, Sonia, Anna, Carmen et Mme X ; « Odette » n'apparaît qu'en 1910. Doit-on y voir une influence de Flaubert, un écho à la Rosanette de *L'Éducation sentimentale* avec qui elle a bien des traits communs ? C'est en effet à cette époque que Proust écrit le fragment « À propos du style de Flaubert », intégré au *Contre Sainte-Beuve* par les auteurs de l'édition « Pléiade ». L'épisode de Swann amoureux éconduit, qui s'imagine retrouvant Odette en forêt de Compiègne

---

1. *DCS*, p. 246.
2. Le personnage balzacien est connu pour être l'objet d'une description exhaustive, faite du point de vue omniscient du narrateur. Il est, par ailleurs, le reflet du milieu dans lequel il évolue.
3. Voir Annick Bouillaguet, *Proust, lecteur de Balzac et de Flaubert : l'imitation cryptée*, Champion, 2000.
4. Voir Mireille Naturel, « L'apparition de Mme Swann et de Mme Arnoux », *Proust et Flaubert : un secret d'écriture*, Amsterdam-Atlanta, Rodopi, 1999.

(p. 169), offre une tonalité flaubertienne, à la fois par le souvenir probable de la promenade de Frédéric avec Rosanette en forêt de Fontainebleau et par l'usage du style indirect libre dont Flaubert s'est fait le maître. Cette façon de retrouver, par une projection dans l'imaginaire, l'être aimé à travers ses faits et gestes est également très proche de la scène de rencontre entre Frédéric et Mme Arnoux – au cours de laquelle Frédéric voudrait tout savoir d'elle – et de la scène de vente aux enchères qui en est le pendant antithétique [1] – à travers les reliques de Mme Arnoux, qui passent de main en main, Frédéric retrouve « confusément les formes de ses membres ».

Avec Proust, le modèle littéraire se superpose très souvent à une source biographique. Dans la « Dame en rose » aperçue par le jeune héros chez son oncle, on a vu Laure Hayman, cette courtisane que fréquentait le grand-oncle Louis Weil. Elle habitait, comme Odette, rue La Pérouse, et Proust, qui la connaissait bien, lui envoyait des chrysanthèmes. Mais ce détail correspond tout autant au goût de l'époque, celui du japonisme qu'exprime Odette de multiples façons. Certains critiques ont également pensé à Louisa de Mornand. Nous y ajoutons un autre nom : celui de Sarah Bernhardt. Puisque Charles Haas, esthète juif et mondain, est un des modèles de Swann et qu'il fut un intime de l'actrice, cette dernière n'aurait-elle pas donné certains de ses traits à Odette ? Sarah Bernhardt dépeint son ami, dans *Ma double vie* [2], un gardénia à la boutonnière, présent à ses côtés lorsque se produit, chez elle, un incendie au cours duquel elle perd de précieux bijoux, comme Mme Verdurin, dans le pastiche Goncourt du *Temps retrouvé*. Amie de Reynaldo Hahn, connue pour ses rôles de travesti et célèbre pour son interprétation d'*Esther* en 1905, de *Phèdre* (comme la Berma dans la *Recherche*) en 1907, elle portait des catleyas mauves dans les cheveux lorsqu'elle jouait *Gismonda* de Victorien Sardou, en 1894. Une affiche de Mucha la représente

---

1. Flaubert, *L'Éducation sentimentale*, éd. Claudine Gothot-Mersch, GF-Flammarion, 1985, respectivement p. 51 et 494.
2. Sarah Bernhardt, *Ma double vie*, Charpentier-Fasquelle, 1907, rééd. Phébus, 2000, p. 151.

D. R.

Sarah Bernhardt, dans *Gismonda*, drame de Victorien Sardou représenté en octobre 1894 (photographie de Braun parue dans *Fémina*). L'actrice porte des orchidées mauves dans ses cheveux crêpelés.

ainsi [1]. La même année, dans « Une fête littéraire à Versailles [2] » qui décrit une réception chez Montesquiou et qui est signé « Tout-Paris », Proust vante les qualités artistiques de Sarah Bernhardt, récitant les poèmes du maître des lieux. Delafosse est au piano et la comtesse Greffulhe [3] est « délicieusement habillée : la robe est de soie lilas rosé, semée d'orchidées, et recouverte de mousseline de soie de même nuance, le chapeau fleuri d'orchidées et tout entouré de gaze lilas ».

L'ORIGINE GÉNÉTIQUE DES CATLEYAS

L'histoire des catleyas est fascinante car une simple fleur soulève de multiples interrogations : botanique, linguistique, littéraire, génétique. Et d'abord, qu'est-ce qu'un catleya ? Il ne s'agit ni d'une variété de camélia ni d'une variété de gardénia, mais d'une variété d'orchidée. « Orchidée, à grandes fleurs richement colorées », indique le dictionnaire *Robert*, qui cite ensuite Proust. L'entrée du dictionnaire signale déjà, dans l'orthographe même du mot, une particularité : le second « t » est mis entre parenthèses ; il rappelle que ce nom a été formé à partir de celui du botaniste anglais W. Cattley.

D'éminents critiques (notamment Serge Doubrovsky et Gérard Genette) se sont penchés sur l'orthographe que Proust donne à ce mot : il l'écrit avec un seul « t » (« catleya ») ; ses éditeurs avec deux. Une émission de télévision a même été réalisée sur le sujet, par Pierre Dumayet, avec la participation de Florence Callu, directrice du département des Manuscrits de la Bibliothèque nationale, et Philip Kolb, universitaire américain, éditeur de la *Correspondance* de Proust.

Si nous regardons les épreuves Grasset (1913), nous constatons la présence de blancs à la place de chaque occurrence du mot « catleya ». L'éditeur n'a pas pu déchiffrer le

---

1. Voir ci-contre.
2. *Le Gaulois*, 31 mai 1894, cité dans « Essais et articles », *Contre Sainte-Beuve,* Gallimard, coll. « Bibliothèque de la Pléiade », 1971, p. 360 à 365.
3. La comtesse Greffulhe (1860-1952), née Élisabeth de Caraman-Chimay, cousine de Robert de Montesquiou, règne sur le faubourg Saint-Germain par sa beauté et ses mondanités.

mot qui lui était peut-être inconnu. Si l'on se reporte à la dactylographie de 1911, on remarque que le motif des catleyas est un ajout manuscrit [1]. En effet, il ne figure dans aucun cahier de brouillon. Comment imaginer que ce qui allait provoquer la relation amoureuse entre Odette et Swann – le sujet même d'« Un amour de Swann » – ait pu naître aussi tardivement ? Une lettre de Proust à Robert de Flers, que Philip Kolb date du 3 novembre 1910, nous permet de connaître l'origine de cet ajout et de savoir comment Proust a procédé. Il demande à son ami un ancien numéro de *La Vie contemporaine* : « J'avais écrit dedans une nouvelle imbécile mais dont il se trouve que j'ai besoin et tu me rendrais service en m'envoyant ce numéro. » Il s'agit de la nouvelle *L'Indifférent*, publiée le 1er mars 1896. L'héroïne, Madeleine de Gouvres, y est ainsi décrite :

Sans un bijou, son corsage de tulle jaune couvert de catléias, à sa chevelure noire aussi elle avait attaché quelques catléias qui suspendaient à cette tour d'ombre de pâles guirlandes de lumière. Fraîche comme ses fleurs et comme elles pensive, elle rappelait la Mahenu de Pierre Loti et de Reynaldo Hahn par le charme polynésien de sa coiffure. Bientôt à l'indifférence heureuse avec laquelle elle mirait ses grâces de ce soir dans les yeux éblouis qui les reflétaient avec une fidélité certaine se mêla le regret que Lepré ne l'ait pas vue ainsi [2].

Notons que le mot est alors orthographié « catléia ». Les catleyas sont une parure du chemisier et de la chevelure de Madeleine de Gouvres. D'une part, Madeleine de Gouvres hérite de la grâce de la comtesse Greffulhe. En effet, dans une lettre qu'il envoie à Robert de Montesquiou, le 1er juillet 1893, Proust exprime l'émotion qu'il a ressentie en voyant la comtesse qu'il juge extraordinairement belle : « Elle portait une coiffure d'une grâce polynésienne, et des orchidées mauves descendaient jusqu'à sa nuque, comme les "chapeaux de fleurs" dont parle M. Renan [3]. » D'autre part, le « charme polynésien de sa coiffure » rapproche Madeleine

---

1. Voir « Les documents de rédaction », p. 282-283.
2. *L'Indifférent, op. cit.*, p. 39.
3. À Robert de Montesquiou, *Correspondance*, éd. Philip Kolb, Plon, 1970-1993, t. I, p. 219.

de Gouvres de la Mahenu de Pierre Loti et de Reynaldo Hahn. Proust a lu le roman polynésien de Loti, *Le Mariage de Loti*, en 1888. L'héroïne s'appelle en fait Rarahu, et le nom de Mahenu lui a été donné par les librettistes qui ont fait l'adaptation du roman sous le titre *L'Île du Rêve, idylle polynésienne*, présentée à l'Opéra-Comique en 1898. Proust tenait sans doute le nom de « Mahenu » de son ami Reynaldo Hahn qui s'était intéressé à cette adaptation dès 1894. Ajoutons que *Le Mariage de Loti* commence par une longue dédicace à Sarah Bernhardt et que l'héroïne japonaise d'un autre roman de Loti, *Madame Chrysanthème*, se prénomme précisément « Chrysanthème ». La fleur que les femmes polynésiennes portent dans les cheveux est le *tiaré* :

Et Rarahu était là aussi, embarquée comme une petite personne de la suite royale ; Rarahu pensive et sérieuse, au milieu de ce débordement de gaîté bruyante. – Pomaré avait emmené avec elle les plus remarquables chœurs d'*himéné* de ses districts, et Rarahu étant un des premiers sujets du chœur d'Apiré avait été à ce titre conviée à la fête.

Ici une digression est nécessaire au sujet du *tiaré miri*, – objet qui n'a point d'équivalent dans les accessoires de toilette des femmes européennes.

Ce *tiaré* est une sorte de dahlia vert que les femmes d'Océanie se plantent dans les cheveux, un peu au-dessus de l'oreille, les jours de gala. – En examinant de près cette fleur bizarre, on s'aperçoit qu'elle est factice ; elle est montée sur une tige de jonc, et composée de feuilles d'une toute petite plante parasite très odorante, sorte de lycopode rare qui pousse sur les branches de certains arbres des forêts.

Les Chinois excellent dans l'art de monter des *tiaré* très artistiques, qu'ils vendent fort cher aux femmes de Papeete.

Le *tiaré* est particulièrement l'ornement des fêtes, des festins et des danses ; lorsqu'il est offert par une Tahitienne à un jeune homme, il a le même sens à peu près que le mouchoir jeté par le sultan à son odalisque préférée.

Toutes les Tahitiennes avaient ce jour-là des *tiaré* dans les cheveux [1].

---

1. *Le Mariage de Loti*, éd. Bruno Vercier, GF-Flammarion, 1991, p. 144-145.

« FAIRE CATLEYA »

Nous l'avons indiqué, le motif des catleyas est un ajout tardif qui apparaît sur la dactylographie [1]. Les catleyas sont d'abord mentionnés en tant que fleurs d'ornement dans l'appartement d'Odette, aux côtés des chrysanthèmes (p. 87). On assiste à la difficile naissance du mot même de « catleya » sur une page manuscrite (f° 40) qui est ajoutée à la dactylographie.

Elle trouvait *à toutes les choses* à ses bibelots chinois*es des formes « amusantes »*, *feignant*, et aussi *aux cat à ces orchydées* [sic] *appelées cat* <aux orchydées, aux *orchydées* catleias surtout, qui étaient avec les chrysanthèmes ses fleurs préférées, des formes « amusantes »>. *Elle feignait d'éprouver de l'effroi, d'être effrayée.* <Elle leur trouvait le grand mérite de ne pas ressembler à des fleurs, mais d'être en soie, en satin.>

Le mot « catleya » déclenche une sorte de « bégaiement d'écriture » ; l'auteur n'arrive pas à franchir la première syllabe ; il essaie alors le procédé de la périphrase, attribue un « y » au mot « orchidée », puis hésite sur ce mot, avant d'accoucher enfin du terme « catleias » qu'il orthographie avec un « i », et il le fait suivre d'un minuscule « surtout ». Il raye la phrase suivante de manière à introduire l'idée fondamentale, pour « Un amour de Swann » et pour l'œuvre entière, de la confrontation entre le principe de réalité et le principe de création, autrement dit entre « nature » et « art ». Odette préfère les fleurs imitées, reproduites, aux fleurs naturelles. C'est une problématique qui rejoint celle de la perception même d'Odette par Swann, à travers la confrontation entre la femme réelle et la femme peinte, entre Odette et Zéphora.

Une fois le terme « catleya » inscrit, l'expression « faire catleya », que créent Swann et Odette, peut voir le jour. Elle suscite un commentaire linguistique du narrateur, longuement pensé – comme en témoignent les nombreuses hésitations (f° 53) – sur la lente transformation d'une expression métaphorique en expression lexicalisée :

---

1. Voir « Les documents de rédaction », p. 283.

[…] et que bien plus tard, quand *depuis longtemps* l'arrangement (ou le simulacre <rituel> d'arrangement) des catleias, fut depuis longtemps tombé en désuétude, *l'expression* <la métaphore> « faire catleia » *pour signifier l'acte de la possession souvent employée par eux à la lettre pour les besoins du langage* <devenue un simple vocable qu'ils employaient sans y penser> quand ils voulaient signifier l'acte de la possession, *cont* survécut dans leur langage *comme ces anciennes métaphores devenues de simples vocables qui survivent à un* <où elle le commémorait à cet> usage oublié. Et peut-être le mot différent ne signifiait-il pas exactement la même chose que ses synonymes.

Les critiques Serge Doubrovsky et Gérard Genette se sont interrogés sur la création de cette métaphore. Le premier a écrit un article retentissant (que nous citons ci-dessous) intitulé « Faire catleya », dans la revue *Poétique*, auquel le second a répondu, dans le même numéro, par une note conjointe, « Écrire catleia », exposant les variantes dans l'écriture du mot « catleya », à travers les différentes éditions [1].

Cette création d'une métaphore *dans* le texte vaut à elle seule qu'on l'interroge. Ici intervient Gérard Genette, avec sa précision habituelle, pour nous mettre en garde contre l'abus que fait Proust du terme « métaphore », sa manie « d'étendre cette appellation à toute espèce de trope, même le plus typiquement métonymique, comme la locution "faire cattleya" (pour *faire l'amour* en utilisant comme accessoire, ou à tout le moins comme prétexte, un bouquet de cattleyas) » (*Figures III*, p. 31-32). Sans intervenir pour le moment dans ce débat rhétorique, dont l'enjeu, nous le verrons, n'est pas mince, notons que Proust indique d'emblée que la nouvelle désignation ne redouble pas le sens de la locution consacrée ; ce qu'elle dit *veut dire* autre chose. L'invention d'un terme différent marque, dans le langage privé des deux amants, la commémoration de leur première rencontre charnelle, longtemps et soigneusement, faut-il dire névrotiquement, évitée par Swann. Au plan sexuel où elle se situe, la création linguistique porte témoignage de l'instant traumatisant où la défense obstinée contre le désir s'est effondrée devant un « épisode imprévu… comme avait été la première fois pour

---

1. Serge Doubrovsky, « Faire catleya », *Poétique*, février 1979, n° 37, p. 111 à 125, et Gérard Genette, « Écrire catleia », *ibid.*, p. 126 à 128.

Swann l'arrangement des catleyas » [p. 102]. Ce « plaisir nouveau » dont il est question exige une appellation inédite, qui soit à la fois marque d'une singularité et trace d'une origine. D'entrée de jeu, il récuse la banalité de la locution « faire l'amour », applicable seulement à une possession « toujours la même et connue d'avance » (*ibid.*), et où le sens figuré s'est depuis longtemps perdu dans la pure transparence d'une dénotation. À la place de cet effacement figuratif, le plaisir va justement inventer sa propre figure : *faire catleya*. [...]

Avec sa sûreté habituelle, Proust lie intimement ici art et perversion sexuelle : le besoin que Swann a d'Odette est « presque aussi *artistique*, aussi *pervers*, qu'un autre besoin qui caractérisait cette période nouvelle de la vie de Swann... celui d'entendre, de connaître de la musique » [p. 181]. Cette musique, si l'on peut dire, on la connaît déjà, depuis Montjouvain, avec Mlle Vinteuil et son amie. Mais la musique de Vinteuil le père et sa fameuse sonate, tout comme la Zéphora de ce Sandro di Mariano, *alias* Botticelli, ne sont pas sans jouer, on le sait, un certain rôle dans l'amour de Swann, c'est-à-dire dans sa maladie. Rappelons pour mémoire que la personne d'Odette, longtemps désexualisée, s'érotise de sa double et progressive insertion dans une série musicale, puis picturale, à chaque fois selon le même processus : association par contiguïté et par similarité. Ainsi Odette devient pour la première fois « délicieuse » de se trouver là lorsque Swann réentend la « petite phrase » de la sonate, dont « il avait été amoureux » [p. 77] ; ensuite, la musique exprime l'amour même de Swann et d'Odette. Le glissement de la configuration métonymique à la figuration métaphorique est parfaitement indiqué par Proust : « Mme Verdurin... lui indiquait une place *à côté d'Odette*, le pianiste jouait, pour eux deux, la petite phrase de Vinteuil qui était *comme* l'air national de leur amour » [p. 84]. De même, « debout *à côté de lui*, laissant couler le long de ses joues ses cheveux qu'elle avait dénoués, fléchissant une jambe dans une attitude légèrement dansante pour pouvoir se pencher sans fatigue *vers la gravure* qu'elle regardait... elle frappa Swann par sa *ressemblance* avec cette figure de Zéphora, la fille de Jéthro, qu'on voit dans une fresque de la chapelle Sixtine » [p. 89]. Juxtaposée à la musique, la femme se musicalise ; penchée sur une gravure, elle devient tableau. Nous retrouvons là les deux temps de la signifiance que nous avons vus à l'œuvre dans les scènes de catleyas ; Odette, sous nos yeux, s'y floralise. Il faut revenir encore une fois à notre fleur.

Sur les épreuves « Grasset », Proust a corrigé le « i » de
« catleia » en « y » mais n'a pas ajouté un second « t ».
Pierre Dumayet propose, avec humour, une interprétation
audacieuse de cette orthographe : Proust ayant attribué
deux « t » à Cottard ne pouvait le faire pour la fleur de son
rival, Swann [1]. Pour Doubrovsky, cette disparition du « t »,
qui correspondrait à une mutilation du nom d'Ode*tt*e, relè-
verait du sadisme graphique…

Toujours est-il que le cheminement de Proust est ici
particulièrement éclairant sur sa façon d'écrire, de composer. Il réutilise constamment – et à des années de
distance – des matériaux existants : une lettre de 1893
pour sa nouvelle de 1896 et cette nouvelle pour son récit
de 1910.

Cette pratique de réécriture se retrouve dans le « rêve de
Swann » qui apparaît déjà dans *Jean Santeuil*. Son intertextualité est moins explicite que celle des « catleyas », mais il
s'inscrit aussi dans un héritage littéraire. L'amour se donne
à lire dans les mots (« faire catleya ») ; la rupture est vécue
et dépassée dans le rêve.

LE RÊVE DE SWANN

« Le rêve de Swann [2] » constitue un étrange dénouement au récit de la passion amoureuse. Cependant, dans
cette œuvre où le sommeil est un thème clé et où la
chambre est le lieu qu'occupe principalement le héros-
narrateur, il n'est pas surprenant que le rêve tienne une
place importante. « Combray » s'ouvre avec le dormeur
éveillé qui voit en songe une femme née d'une « fausse
position de [s]a cuisse » et qui lui procure du plaisir [3] ; *La
Prisonnière*, où se succèdent les journées passées avec
Albertine, chacune commençant par une scène de réveil,

---

1. Odette aurait aussi été la maîtresse de Cottard.
2. De la p. 264 à la p. 267 : « Il devait la revoir une fois encore […] qui
n'était pas mon genre ! »
3. *DCS*, p. 97.

fait écho à cet épisode dans celui troublant du « Sommeil d'Albertine [1] ».

Dans « Un amour de Swann », le rêve se dédouble, comme tous les motifs essentiels de la *Recherche* : celui qui sert de conclusion est annoncé par un autre, éphémère et néanmoins symbolique. Par ailleurs, ce rêve final, dans lequel Swann éprouve une dernière fois de la jalousie avant de se détacher définitivement d'Odette, nous renvoie à celui de *Jean Santeuil* qui en constitue un avant-texte. L'importance de ce passage est confirmée par les multiples interprétations auxquelles il se prête.

LECTURE PSYCHANALYTIQUE

Jean Bellemin-Noël a rendu célèbre le rêve de Swann par l'analyse audacieuse qu'il en a donnée, dans un article intitulé « "Psychanalyser" le rêve de Swann [2] ? ». Soulignons que le narrateur parle lui-même de « quelque vague association d'idées », lorsqu'il identifie Napoléon III à Forcheville. Jean Bellemin-Noël propose deux niveaux de lecture : l'un serait un commentaire pré-freudien, l'autre une interprétation post-freudienne, l'axiome de base étant que le rêve est la réalisation d'un désir.

Dans une perspective pré-freudienne, le bord de la mer serait un souvenir de la croisière en Méditerranée qu'Odette a faite en compagnie des Verdurin et qui s'est traduite, pour Swann, par l'absence d'une année de l'être aimé. Le jeune homme en fez représente les hommes qu'Odette a pu rencontrer, désirer, ou dont elle a pu être désirée. Par son rêve, Swann accomplit la croisière qu'il n'a pas été autorisé à faire et s'identifie au jeune homme désirant ou désiré ; Odette « quête » son amour. Brusquement, la situation change : ils se séparent et marchent en sens inverse. Swann a maintenant la certitude qu'Odette le trompe et peut se détacher d'elle. Mais les flammes sont là pour rappeler la liaison entre Odette et

---

1. Première journée (p. 163). Pour une prépublication, Proust a changé le titre de l'épisode « Le Sommeil d'Albertine » en « La regarder dormir » (1er novembre 1922).
2. Jean Bellemin-Noël, *Vers l'inconscient du texte*, PUF, 1979, rééd. 1996.

Forcheville. Le « paysan » renvoie à Combray, où Odette a été vue en compagnie de Charlus. La transformation de la Patronne, avec ses moustaches et son nez qui s'allonge comme un pénis, la virilise, ce qui tend à confirmer les aventures qu'elle a pu avoir avec Odette.

Dans une perspective post-freudienne, il est possible de répartir les personnages de la scène selon un scénario familial : l'enfant, la mère, le père. Odette est au centre de ce scénario et devient l'équivalent de la mère ; Napoléon III incarne la figure paternelle. Dans le chemin de bord de « mer », résonne le mot « mère ». On remonterait ainsi le chemin de l'enfance, selon le même mouvement que celui de l'escalier dans la maison de Combray. « Les éclaboussures glacées » représentent le plaisir refusé, comme le baiser du soir. La chemise de nuit devient le signe d'un manque, qui a sans doute à voir avec l'organe masculin. Swann retirant le fez au jeune homme, lui retire son « attribut » et le console de cette castration. Mme Verdurin est une autre figure maternelle dont le nez phallique implique la castration de Swann.

Selon Jean Bellemin-Noël, les rappports entre Swann et Odette se superposent à ceux qui existent entre le héros et sa mère.

La tentation est forte de repartir de *Napoléon III* = l'empereur = « le Père ». D'autant plus forte que la figure paternelle semble valorisée dès le départ. La répartition des divers personnages de notre petit scénario donne en effet : deux femmes/ quatre jeunes hommes (*Cottard*, silencieux et inactif ; *le peintre*, amical et complice ; *le jeune homme au fez* ; *Swann* dans sa situation particulière)/ deux hommes mûrs (*Napoléon III, mon grand-père*). Leur groupement est révélateur : *1 F + les jeunes H/ 1 F + les H mûrs*. Et c'est le nom central d'*Odette* qui isole les derniers cités. Elle est centrale puisque *Mme Verdurin* est située par structure avec les jeunes hommes, du fait de sa place dans la phrase et du fait de sa métamorphose en homme qui va bientôt lui conférer une position indécise. Rien n'empêche *a priori* de répartir ces trois catégories de personnages aux pôles du triangle de base sur lequel repose la construction de tout scénario familial : l'enfant, la mère, le père.

D'autre part, le chemin où a lieu la promenade se rapproche et s'éloigne alternativement de la *mer* : chemin de bord de *mère*, tel que peut le parcourir la première enfance de chacun. Il n'est que de songer pour confirmation au début de « Combray » : pour le jeune Marcel envoyé au lit, l'escalier qu'elle *monte et descend* est le lieu qui lui sert de lien avec sa mère, en ce qu'il marque ses apparitions et disparitions à chaque crépuscule (« le peu de jour qui restât faiblissait », lirons-nous dans notre rêve) avant que la « nuit noire » fasse peser sa menace d'abandon. Les « éclaboussures glacées », giclement gelé et larmes salées « sur sa joue », fonctionnent alors comme représentation du plaisir annulé : la métaphorisation dans « Combray » utilisait le baiser du soir, dont la privation provoquait des épisodes traumatisants ; plaisir évidemment octroyé/ refusé par la mer/ mère. Odette – la femme, la mère – en invitant le sujet à s'essuyer la joue essaie d'imposer la nécessité et l'acceptation de son absence ; elle cherche à rompre la relation duelle qui résume toute satisfaction ; par sa requête, elle invite l'enfant à renoncer de lui-même au plaisir escompté, avec pour but lointain de lui inculquer le tabou de l'inceste [1].

Pour l'enfant, le résultat est le même que si elle lui refusait tout de go l'amour qu'il quémande. Il y a même pour lui un facteur plus angoissant dans cette conduite, en ce qu'elle incite à l'autorépression, à la constitution d'un Surmoi [2] inquiétant : deviens un homme, mon fils, pas de larmes/ pas de jouissance à mon propos. Non seulement la mère se dérobe au désir, mais elle exige qu'on renonce à la désirer, qu'on réprime la pulsion. Ce faisant, elle joue le jeu du père, qui est voué par position à dissocier l'état primitif qu'on nomme fusionnel. On voit se profiler ici un stade assez avancé de l'Œdipe. Il ne faut pas cependant méconnaître les aspects archaïques de cette situation : la transposition ici du baiser du soir à Combray révèle l'importance qu'il a eue et qu'il conserve pour l'appareil inconscient ; son rituel ressemble fort à la répétition obsessionnelle et régressive d'un fantasme de Retour au sein maternel, en tant qu'un baiser mime plus ou moins l'incorporation – réciproque, il va sans dire : l'enfant dans la mère et la mère dans l'enfant, c'est tout un puisque c'est « tout en un ».

La « chemise de nuit » de Swann est donc amplement justifiée par l'allusion qu'elle comporte à cette espèce de cérémonie ves-

---

1. Jean Bellemin-Noël fait appel à l'interprétation psychanalytique du mythe d'Œdipe. Dans le mythe grec, Œdipe est celui qui tue son père et épouse sa mère. Selon Freud, l'individu est soumis dès sa naissance à la loi de la sexualité et il est investi du complexe d'Œdipe. Celui-ci se traduit principalement, pour le jeune garçon, par un attachement érotique à sa mère qui le conduit à s'identifier au père puis à vouloir le remplacer.
2. Le surmoi est l'une des trois instances de l'appareil psychique décrites par Freud (avec le ça et le moi) ; c'est une formation inconsciente qui s'érige en juge (par identification de l'enfant au parent représentant l'autorité) de toute la personne.

pérale qui habite nos mémoires comme celle du Narrateur. Mais, parce que c'est une tenue incomplète portée au milieu de gens complètement vêtus, elle ouvre sur un autre régime associatif : il manque quelque chose à celui qui rêve, et ce quelque chose a sans doute à voir avec son corps en partie dénudé, avec ce que la décence s'efforce de cacher, avec, pour tout dire, l'organe sexuel masculin. En ce sens, le « jeune homme au fez », qui possède, lui, un ornement notable et comme superfétatoire, a quelque chose en plus : il entre manifestement en système avec celui qui est démuni. Eux seuls sont qualifiés par leur tenue vestimentaire parmi tous les personnages, à l'exception du Père qui porte « en sautoir » la décoration dont il a le plus lieu d'être fier. Le partage, le clivage entre ces deux aspects du Moi (+ *chapeau*/ – *pantalon*), a vraisemblablement un sens, dont le scénario dans son entier devra rendre compte. D'ores et déjà l'on devine que le geste de consolation de Swann à l'égard du jeune homme s'interprétera dans la ligne ici pressentie d'une Castration à assumer.

Très significative, en tout cas, est la métamorphose de *Mme Verdurin*. Identifier celle-ci avec Odette ne soulève aucune difficulté : l'une et l'autre sont des figures maternelles. Le contenu manifeste du rêve fait de Mme Verdurin la complice objective de celle dont elle facilite la fuite avec l'amant. En outre, elles sont liées métonymiquement dans l'univers proustien par un désir homosexuel auquel il a déjà été fait allusion. Cette seconde figure de la mère en face du rêveur prend soudain l'aspect caractéristique de la *Mère phallique*, avec son « nez qui s'allonge » comme un pénis et, en une sorte de redondance, la marque virile des « grandes moustaches ». Dans son effort pour organiser la génitalité, pour clarifier la distinction des sexes et pour accéder à la reconnaissance de son propre sexe, tout enfant éprouve les difficultés de la phase dite elle aussi phallique, pendant laquelle il n'existe pas deux formules sexuelles, mais simplement l'alternative *doté du pénis*/ *châtré*. La mère doit *l'*avoir, il est malaisé d'accepter l'idée qu'elle ne *l'*ait pas ; c'est pourquoi l'imagination de l'enfant lui en restitue un sur le mode fantasmatique [1].

Le rêve se prête, par nature, à une interprétation psychanalytique et celle-ci permet de l'aborder dans toute sa complexité. Mais le plan d'ensemble d'« Un amour de Swann » et certaines expressions du passage permettent aussi d'en faire une lecture mythocritique.

---

1. Jean Bellemin-Noël, *Vers l'inconscient du texte, op. cit.*, p. 58 à 61.

Le mythe d'Orphée, qui éclaire d'une manière nouvelle la relation de Swann et d'Odette, était déjà présent, de façon anecdotique, dans *Jean Santeuil*. Dans la partie [De l'amour], Bergotte, qui est alors un peintre, offre à Loisel, son ami pianiste, une reproduction de son grand tableau *Eurydice* avec la dédicace suivante : « À Orphée, Cette *Eurydice*, son admirateur et son ami Bergotte [1]. » Si l'on se réfère à l'analyse de Marie Miguet-Ollagnier [2], le mythe d'Orphée dans « Un amour de Swann » prend une tout autre ampleur. Loin d'y voir un détail du récit, Marie Miguet-Ollagnier lit l'ensemble d'« Un amour de Swann » à la lumière du mythe. Elle assimile la quête de Swann à travers la ville pour retrouver Odette, à la descente d'Orphée aux Enfers pour tenter de ramener Eurydice dans le monde des vivants. Le rêve final serait, quant à lui, un souvenir de Virgile et du « fracas qui accompagne l'écroulement du bonheur d'Orphée », l'expression « sans se retourner vers elle » (p. 264) constituant une résonance directe du mythe.

Pierre Grimal, dans son *Dictionnaire de la mythologie grecque et romaine*, retrace l'histoire du mythe [3] :

[…] Le mythe le plus célèbre relatif à Orphée est celui de sa descente aux Enfers pour l'amour de sa femme Eurydice. Il semble s'être développé surtout comme thème littéraire à l'époque alexandrine, et c'est le IVe livre des *Géorgiques* de Virgile qui nous en donne la version la plus riche et la plus achevée. Eurydice elle-même est une Nymphe (une Dryade), ou bien une fille d'Apollon. Un jour qu'elle se promenait le long d'une rivière de Thrace, elle fut poursuivie par Aristée, qui voulait lui faire violence. Mais, dans l'herbe, elle marcha sur un serpent, qui la piqua, et elle mourut. Orphée, inconsolable, descendit aux Enfers pour y chercher sa femme. Par les accents de sa lyre, il charme non seulement les monstres des Enfers, mais même les Dieux infernaux. […] Hadès et Perséphone consentent à rendre Eurydice à un mari qui donne une telle preuve d'amour. Mais ils y mettent une condition, c'est qu'Orphée remontera au jour, suivi

---

1. *Jean Santeuil*, op. cit., p. 801.
2. Marie Miguet-Ollagnier, *La Mythologie de Marcel Proust*, Les Belles-Lettres, 1982.
3. Pierre Grimal, *Dictionnaire de la mythologie grecque et romaine*, PUF, 1951, rééd. 1996.

de sa femme, sans se retourner pour la voir avant d'avoir quitté leur royaume. Orphée accepte, et se met en route. Déjà, il était presque revenu à la lumière du jour quand un doute terrible lui vint à l'esprit : Perséphone ne s'est-elle pas jouée de lui ? Eurydice est-elle réellement derrière lui ? Aussitôt, il se retourne. Mais Eurydice s'évanouit et meurt une seconde fois. Orphée essaie bien de retourner la chercher, mais, cette fois, Charon est inflexible, et l'accès du monde infernal lui est refusé. Il doit revenir parmi les humains, inconsolé.

La mort d'Orphée a donné lieu à un grand nombre de traditions. Le plus généralement, on raconte qu'il est mort tué par les femmes thraces. Mais les motifs pour lesquels il avait encouru leur haine varient : parfois, elles lui en veulent de sa fidélité à la mémoire d'Eurydice, qu'elles interprètent comme une insulte envers elles-mêmes. On disait aussi qu'Orphée, ne voulant plus avoir aucun commerce avec les femmes, s'entourait de jeunes gens, et même avait inventé la pédérastie [1].

Il y aurait donc, dans « Un amour de Swann », une double quête d'Eurydice, et doublement vaine : l'une au milieu du récit, l'autre à la fin. Et elles se font écho : de la première naît l'union entre Swann et Odette ; de la seconde, la séparation définitive. Proust fait d'ailleurs allusion à Eurydice – lorsqu'il évoque Swann recherchant éperdument Odette dans les cafés et les restaurants élégants des boulevards : « [Swann] frôlait anxieusement tous ces corps obscurs comme si parmi les fantômes des morts, dans le royaume sombre, il eût cherché Eurydice » (p. 98) –, puis à Orphée – lors de l'interprétation musicale du mythe donnée chez Mme de Saint-Euverte (p. 208).

Or, ayant perdu définitivement Eurydice, Orphée aurait cessé tout commerce avec les femmes et se serait engagé sur la voie de la pédérastie. Selon Ovide, dans ses *Métamorphoses*, cette orientation aurait été dictée non pas par le destin mais par la nature. De même, le lien entre Eurydice et les Naïades qui l'accompagnaient quand elle a été piquée par le serpent serait de nature homosexuelle : Eurydice aurait été attirée par le côté de Lesbos. Odette, supposée avoir eu une liaison avec Mme Verdurin, lui ressemble sur ce point. Dans la suite de l'œuvre, Albertine sera une nouvelle Eurydice.

---

1. Pierre Grimal, *op. cit.*, p. 332-333.

LECTURE INTERTEXTUELLE ET NARRATOLOGIQUE

S'il est aisé de retrouver Virgile en filigrane de la *Recherche*, l'intertextualité n'est jamais simple chez Proust. Le rêve de Swann peut *aussi* être une réécriture du rêve du héros de Loti, homonyme de l'auteur, dans le roman polynésien *Le Mariage de Loti*. Proust indique d'ailleurs lui-même que les catleyas d'Odette sont un souvenir de ce texte. De plus, on sait que Proust s'est souvenu du *Roman d'un enfant* pour écrire « Combray ». Il est donc plausible qu'il se soit inspiré du dénouement de son prédécesseur pour construire le sien. Swann revoit Odette en rêve, comme Loti revoit, dans une sorte d'hallucination, Rarahu, la jeune fille polynésienne qu'il a aimée. Les personnages sont, dans l'un et l'autre cas, au bord de la mer ; la nuit est noire ; une vision apocalyptique prend forme à la fin du rêve. Le jeune homme en fez serait alors un clin d'œil au roman turc de Pierre Loti, *Aziyadé*, que citaient plusieurs brouillons du *Temps retrouvé*, pour l'épisode de « Paris pendant la guerre ». Notons que l'Aziyadé supposée ne serait autre que Mme Verdurin [1].

... Mais la nuit, quand je me retrouvai seul dans le silence et l'obscurité, un rêve sombre s'appesantit sur moi, une vision sinistre qui ne venait ni de la veille ni du sommeil, – un de ces fantômes qui replient leurs ailes de chauves-souris au chevet des malades, ou viennent s'asseoir sur les poitrines haletantes des criminels ....

....

NATUAEA

(Vision confuse de la nuit)

... Là-bas, *en dessous*, bien loin de l'Europe... le grand morne de Bora-Bora dressait sa silhouette effrayante, dans le ciel gris et crépusculaire des rêves...

J'arrivais, porté par un navire noir, qui glissait sans bruit sur la mer inerte, qu'aucun vent ne poussait et qui marchait toujours... Tout près, tout près de la terre, sous des masses noires qui semblaient de grands arbres, le navire toucha la plage de corail et

---

1. Voir Mireille Naturel, « Proust et Flaubert : réalité coloniale et phantasmes d'Orient », *Bulletin Marcel Proust*, n° 49, 1999, p. 55 à 69.

s'arrêta… Il faisait nuit, et je restai là immobile, attendant le jour, – les yeux fixés sur la terre, avec une indéfinissable horreur.

… Enfin le soleil se leva, un large soleil si pâle, si pâle, qu'on eût dit un signe du ciel annonçant aux hommes la consommation des temps, un sinistre météore précurseur du chaos final, un grand soleil mort…

Bora-Bora s'éclaira de lueurs blêmes ; alors je distinguai des formes humaines assises qui semblaient m'attendre, et je descendis sur la plage…

Parmi les troncs des cocotiers, sous la haute et triste colonnade grise, des femmes étaient accroupies par terre, la tête dans leurs mains comme pour les veillées funèbres ; elles semblaient être là depuis un temps indéfini… Leurs longs cheveux les couvraient presque entièrement, elles étaient immobiles ; leurs yeux étaient fermés, mais, à travers leurs paupières transparentes, je distinguai leurs prunelles fixées sur moi…

Au milieu d'elles, une forme humaine, blanche et rigide, étendue sur un lit de pandanus…

Je m'approchai de ce fantôme endormi, je me penchai sur le visage mort… Rarahu se mit à rire…

À ce rire de fantôme le soleil s'éteignit dans le ciel, et je me retrouvai dans l'obscurité.

Alors un grand souffle terrible passa dans l'atmosphère, et je perçus confusément des choses horribles : les grands cocotiers se tordant sous l'effort de brises mystérieuses, – des spectres tatoués accroupis à leur ombre, – les cimetières maoris et la terre de là-bas qui rougit les ossements, – d'étranges bruits de la mer et du corail, les crabes bleus, amis des cadavres, grouillant dans l'obscurité, – et au milieu d'eux, Rarahu étendue, son corps d'enfant enveloppé dans ses longs cheveux noirs, – Rarahu les yeux vides, et riant du rire éternel, du rire figé des Toupapahous…

« Ô mon cher petit ami, ô ma fleur parfumée du soir ! mon mal est grand dans mon cœur de ne plus te voir ! ô mon étoile du matin, mes yeux se fondent dans les pleurs de ce que tu ne reviens plus !…

Je te salue par le vrai Dieu, dans la foi chrétienne.

Ta petite amie,

RARAHU [1]. »

Si le rêve de Swann peut être considéré comme une réécriture de celui du héros de Pierre Loti, il s'inscrit plus largement dans le cadre d'un héritage littéraire, celui du rêve

1. *Le Mariage de Loti*, éd. cit, p. 228-229.

prémonitoire de la tragédie classique, mais dans un rapport inversé puisqu'ici il clôt le récit. Il fait écho à un premier rêve au cours duquel Swann s'imagine partir en voyage pour un an, en train (p. 237), compensant ainsi la souffrance qu'il éprouve à ne pas voyager avec Odette. Curieusement, dans ce premier rêve, il laisse sur le quai un jeune homme qui pleure et qui refuse de l'accompagner : serait-ce l'indice d'une relation amoureuse entre les deux hommes ?

Le rêve final d'« Un amour de Swann » convoque aussi l'ouverture du roman, construite sur le thème du sommeil et du réveil, qui parcourt l'œuvre entière. Le rêve est le domaine de la réalisation : accomplissement de ce qui est impossible dans la réalité, dépassement des souffrances, espace de la création. Dans l'ouverture de « Combray », le héros rêve, nous l'avons dit, d'une femme née d'une « fausse position de [s]a cuisse » et qui lui procure du plaisir ; Swann, lui, dans son rêve, tel Pygmalion amoureux de Galatée, donne vie à un autre être : « avec la chaleur sentie de sa propre paume il modelait le creux d'une main étrangère qu'il croyait serrer » (p. 265). Par ailleurs, le rêve final de Swann s'inscrit thématiquement et spatialement dans une structure circulaire : Swann sortant de son rêve part à Combray. On trouve une telle structure circulaire dans *L'Éducation sentimentale*. Le roman s'achève avec les retrouvailles de Frédéric Moreau et de Deslauriers qui, après l'échec de leurs multiples aventures amoureuses et politiques, évoquent leurs souvenirs d'adolescence, notamment leur première aventure sexuelle ratée, chez la Turque. Finalement peu importe, pour Frédéric comme pour Swann, l'amour pour une femme n'est pas l'essentiel.

La figure la plus emblématique du rêve de Swann est le mystérieux jeune homme en fez : n'apparaissant que tardivement sur les manuscrits, il devient le double du narrateur et introduit la problématique de l'écriture.

Le jeune homme inconnu se mit à pleurer. Swann essaya de le consoler. « Après tout elle a raison, lui dit-il en lui essuyant les yeux et en lui ôtant son fez pour qu'il fût plus à son aise. Je le lui ai conseillé dix fois. Pourquoi en être triste ? C'était bien l'homme qui pouvait la comprendre. » Ainsi Swann se parlait-il à lui-même, car le jeune homme qu'il n'avait pu identifier d'abord était aussi lui ; comme certains romanciers, il avait distribué sa personnalité à deux personnages, celui qui faisait le rêve, et un qu'il voyait devant lui coiffé d'un fez (p. 265).

Le jeune homme coiffé d'un fez est, d'une certaine façon, une réincarnation du jeune homme resté sur le quai, lors du premier rêve. D'abord, le narrateur ne peut l'identifier, ce qui est une invite pour le lecteur à *déchiffrer* le texte. Il devient ensuite la figure du dédoublement, dédoublement entre réel et imaginaire, dédoublement du personnage, et enfin dédoublement du romancier. On comprend que le romancier est autant Swann que le narrateur, comme le suggèrent les hésitations pour les différencier dans les manuscrits, et comme le confirment les nombreuses analogies entre eux. Mais ce dédoublement affiché, affirmé par le narrateur, dans un texte qui ne cesse de s'accroître par un surplus de littérarisation [1], n'est-ce pas aussi celui de l'emprunt intertextuel qui se partagerait ici entre Gustave Flaubert et Pierre Loti, par l'entremise du jeune homme en fez, clin d'œil à *Aziyadé*, et celle du non moins mystérieux Napoléon III qui renverrait à *L'Éducation sentimentale* ?

LECTURE GÉNÉTIQUE

Face à cette richesse d'interprétation qu'offre le rêve de Swann, une étude génétique s'impose. Elle doit permettre d'observer les transformations successives et significatives du passage, de la première version, qui figure dans *Jean Santeuil*, au texte d'« Un amour de Swann ». Voici le rêve inscrit dans *Jean Santeuil* [2] :

Souvent ses rêves semblaient flotter au-dessus de sa propre vie, réaliser les destinées qui ne viendraient à lui que plus tard ou qui

---

1. De multiples références à l'art sont ajoutées dans les dernières versions : le « quart d'heure de Rabelais » vient compléter les locutions figées ; la « voix d'or » devient celle de Sarah Bernhardt ; la causeuse qui était en soie se recouvre de tapisserie de Beauvais.
2. *Jean Santeuil*, [Réveil de la jalousie dans un rêve], *op. cit.*, p. 819 à 822.

ne viendraient jamais à lui. Comme une nuit obscure mais momentanément éclairée, ils étaient pleins de signes et de présages. La chaîne des circonstances, suite des temps, ne pesant pas sur eux comme sur la vie de la veille, ils convenaient sans doute à cette dernière entrevue, à ce dernier rendez-vous avec un passé déjà trop lointain pour être ressaisi dans la vie. Ce fut donc sous le porche plein d'ombre d'un rêve que Françoise revint une dernière fois à lui et qu'il sentit une dernière fois, au moment où il l'avait déjà perdue pour jamais, la douceur inexprimable et cruelle d'un sentiment qui l'avait conduit pendant tant d'années, le flattant de la main ou le poussant de l'aiguillon. Ils étaient en promenade, Mme Lavaur, Mlle Lavaur, M. de Guiches, M. de Los, Françoise et Jean. C'était une après-midi, mais à tout moment il semblait que la lumière qui était la clarté de ce jour-là, et la lumière aussi qu'était ce regard de Mme Lavaur, le sourire de M. de Guiches, l'existence de M. de Los, la réalité de Françoise, hésitait et allait s'éteindre et que tous, le paysage et la journée elle-même ne seraient plus, seraient retournés au néant d'où ils ne seraient en réalité jamais sortis. Mais après quelques indécisions la lumière s'accrut, se fixa et les Lavaur, M. de Guiches, M. de Los, Françoise étaient bien réels, comme dans la vie. Tout d'un coup, Françoise disait qu'elle s'en allait, prenait congé de tout le monde et de Jean comme des autres, sans le prendre à part, lui dire où ils se reverraient, quand ils se reverraient. Jean n'osait pas le lui demander, mais souffrait horriblement, aurait voulu partir avec elle et malgré cela était obligé d'avoir l'air content, de continuer à parler aux autres. Il se sentait une si grande tendresse pour Françoise, il pensait à ses beaux yeux, à ses belles joues, puis la regardant partir ainsi il se sentait pris de haine pour elle, pour ses beaux yeux, pour ses belles joues. Et elle s'éloignait. Et il devait continuer à marcher dans l'autre sens avec les autres, s'éloignant d'elle, à tout instant plus ; dans deux minutes il ne pourrait plus la rattraper. Il y avait des heures qu'elle était partie. Tout d'un coup, M. de Los lui faisait remarquer que M. de Guiches était parti peu après elle. Et il disait que sans doute ils s'étaient rejoints mais qu'elle ne l'avait pas dit par politesse pour les autres. Et Jean se sentait une angoisse qui le creusait juste au milieu du corps entre les deux seins. Et il disait tout le temps : « Oui, sans doute, je trouve qu'elle a très bien fait, je le lui conseillais » pour ne pas avoir l'air ennuyé. Puis tout d'un coup cette ombre du passé alla rejoindre le passé lointain qui attendait sans doute cette dernière image pour l'engloutir avec lui, et Jean retomba dans un sommeil noir, sans rêves. Mais il sentait toujours cette angoisse entre les deux poumons. Tout d'un coup, quelqu'un lui dit : « Je ne voudrais pas faire une mauvaise plaisanterie, mais cette chose de Françoise, si on voulait la savoir, on pourrait peut-être la demander à M. Cornet. » Il eut un violent coup au cœur. Pourtant l'autre jour, quand il avait appris cela pour M. Cornet, il n'en avait pas souffert. Et maintenant il en souffrait, comme il en eût souffert autrefois, s'il l'avait appris alors. Car c'était son âme d'autrefois qui, anxieuse sans doute de n'avoir pas eu ses adieux, était revenue cette nuit-là l'attendrir, le charmer et le tourmenter encore à la faveur de la nuit, le plein jour de la veille lui étant interdit.

Mais on était entré dans la chambre de Jean. La lumière entrait à pleins flots et déjà l'âme morte avait pris pour ne plus revenir son vol silencieux : et quand Jean ouvrit les paupières, elle était aussi loin de lui qu'il s'était passé de temps et fait de changements en lui depuis qu'il avait commencé à moins aimer Françoise. En se sauvant elle avait oublié à son oreille le nom de Cornet. Il l'entendit sans autre tristesse que le dernier écho de l'agitation maintenant expirante qui l'avait possédé toute la nuit, et les yeux vers l'avenir, tournant le dos au passé dont il s'éloignait, il se mit à se faire joyeusement l'actif complice de l'œuvre de vie, de mort et d'oubli que la nature accomplissait par les autres et par lui, en lui comme en tous les autres.

Les personnages communs du rêve de Jean – Mme Lavaur, Mlle Lavaur, M. de Guiches, M. de Los – sont abandonnés dans le rêve de Swann au profit de personnages symboliques – le grand-père du héros, Napoléon III et le mystérieux jeune homme en fez. Le sens de ce rêve se modifie considérablement. Dans le Cahier 22 (f°s 45 à 48), l'un des plus anciens – dans lequel *Françoise* est corrigé en <Odette> –, le récit se poursuit après le rêve, d'une façon banale : Odette, enceinte, est certaine que Swann l'épousera, et ne pense qu'à se « faire une situation ». Le Cahier se clôt sur cette idée et non sur la célèbre formule : « Dire que j'ai gâché des années de ma vie, que j'ai voulu mourir, que j'ai eu mon plus grand amour, pour une femme qui ne me plaisait pas, qui n'était pas mon genre ! » Dans le Cahier 19, qui est postérieur au précédent, parmi les personnages cités, un seul est l'objet d'une correction : un <jeune homme en fez> vient se substituer à « Monsieur ». D'un cahier à l'autre, s'ajoutent des éléments qui trouvent des résonances dans d'autres parties de l'œuvre : le grand-père et Combray rappellent le monde de l'enfance ; les habitants qui se sauvent des maisons en flammes annoncent *Sodome et Gomorrhe*. L'œuvre, dans son ensemble, se construit, avec ses échos, ses réseaux. Le passage atteint aussi une densité littéraire par la réflexion sur la littérature qu'il intègre et par les références intertextuelles qu'il renferme.

Si le rêve de Swann est à la fois conclusion d'« Un amour de Swann » et ouverture sur les autres volumes, l'audition de la sonate, qui se révèle être la sonate de Vinteuil, se démultiplie à l'intérieur de l'œuvre entière, avant de laisser se déployer le septuor dans *La Prisonnière*. La musique, qui au départ est simple divertissement de salon, démontre son infini pouvoir à explorer les profondeurs de l'être.

LA SONATE DE VINTEUIL

C'est en 1894 que Proust fait la connaissance de Reynaldo Hahn (compositeur d'origine juive et vénézuélienne, de mère catholique), chez Madeleine Lemaire, dans son château de Réveillon. C'est là que Proust entendra pour la première fois la sonate en *ré* mineur pour violon et piano de Saint-Saëns, compositeur qu'admire Reynaldo Hahn. Quand on sait que Madeleine Lemaire est l'un des modèles de Mme Verdurin, il est tentant de faire du couple Swann-Odette une transposition de la relation Marcel Proust-Reynaldo Hahn. À partir de 1896, celle-ci deviendra une relation d'amitié ; ainsi s'éteindra la passion, comme dans la relation qui lie Swann et Odette. Dans « Un amour de Swann », l'utilisation de la troisième personne pour l'énonciation manifesterait alors le souci de se distancier d'un vécu.

LETTRE-DÉDICACE À JACQUES DE LACRETELLE

Au cours d'un entretien en 1914, Jacques de Lacretelle indique à Proust qu'il pense avoir reconnu certains individus dans les personnages du romancier. Proust repousse cette supposition. Et, lorsque Jacques de Lacretelle lui adresse, plusieurs années après, un exemplaire de *Du côté de chez Swann* pour qu'il le dédicace, Proust lui écrit un très long texte (le 20 avril 1918) qui porte précisément sur la question des modèles. Il prend les exemples de l'église de Combray, de la sonate de Vinteuil et des différents monocles de la soirée Saint-Euverte [1]. Nous citons le passage concernant la sonate :

Cher ami, il n'y a pas de clefs pour les personnages de ce livre ; ou bien il y en a huit ou dix pour un seul ; de même pour l'église de Combray, ma mémoire m'a prêté comme « modèles » (a fait poser) beaucoup d'églises. [...] Mes souvenirs sont plus précis pour la Sonate. Dans la mesure où la réalité m'a servi, mesure très faible à vrai dire, la petite phrase de cette Sonate, et je ne l'ai jamais dit à personne, est (pour commencer par la fin), dans la soirée Saint-Euverte, la phrase charmante mais enfin médiocre d'une sonate pour piano et violon de Saint-Saëns, musicien que je n'aime pas. (Je vous indiquerai exactement le passage qui revient plusieurs fois et qui était le triomphe de Jacques Thibaud). Dans la même soirée un peu plus loin, je ne serais pas surpris qu'en parlant de la petite phrase j'eusse pensé à l'Enchantement du Vendredi Saint. Dans cette même soirée encore quand le piano et le violon gémissent comme deux oiseaux qui se répondent, j'ai pensé à la Sonate de Franck (surtout jouée par Enesco) dont le quatuor apparaît dans un des volumes suivants. Les trémolos qui couvrent la petite phrase chez les Verdurin m'ont été suggérés par un prélude de Lohengrin mais elle-même à ce moment-là par une chose de Schubert. Elle est dans la même soirée Verdurin un morceau de Fauré. [...]

Ainsi, pour la sonate, les sources possibles seraient les suivantes :

– Saint-Saëns, *Première Sonate pour piano et violon*, en *ré* mineur, opus 75 (1885) ;

– Richard Wagner, *Parsifal*, acte III (1877-1882) ;

– César Franck, *Sonate pour piano et violon* (1886). Proust avait entendu jouer cette sonate le 19 avril 1913 ;

– César Franck, *Quatuor à cordes*, en *ré* majeur (1889) ;

– Richard Wagner, *Lohengrin* (1841-1847), opéra dont on donna la première représentation à l'Opéra de Paris, le 16 septembre 1891.

---

1. Jacques de Lacretelle, « Les clefs de l'œuvre de Proust », dans « Hommage à Marcel Proust », *Nouvelle Revue française*, 1er janvier 1923, rééd. 1990, p. 198 à 203.

Et il faudrait ajouter à cette liste « une chose » de Schubert et « un morceau » de Fauré [1].

« MONDANITÉ ET MÉLOMANIE DE BOUVARD ET PÉCUCHET [2] »

Dans « Mondanité et mélomanie de Bouvard et Pécuchet », l'un des premiers textes publiés de Proust, sont inscrites toutes ces sources.

La relation entre Proust et Reynaldo Hahn est à l'origine de ce texte qui se compose de « Mondanité de Bouvard et Pécuchet », écrit en 1893, et du fragment « Mélomanie », initialement écrit à l'intérieur d'une lettre adressée à Reynaldo Hahn (du 27 août ou du 3 septembre 1894) et venu s'ajouter fin 1894. Dans sa lettre rédigée tard le soir, avant de trouver le sommeil, Proust dit continuer ses « modestes exercices sur Bouvard et Pécuchet » et témoigne son affection amoureuse à Reynaldo Hahn, en lui offrant son texte. C'est un duel verbal entre les deux personnages hérités de Flaubert (ils incarnent la bêtise humaine face à l'acquisition de la connaissance) qui, « déjà dégoûtés de la bicyclette et de la peinture », confrontent leurs jugements sur la musique.

Déjà dégoûtés de la bicyclette et de la peinture, Bouvard et Pécuchet se mirent sérieusement à la musique. Mais tandis qu'éternellement ami de la tradition et de l'ordre, Pécuchet laissait saluer en lui le dernier partisan des chansons grivoises et du *Domino noir*, révolutionnaire s'il en fut, Bouvard, faut-il le dire, « se montra résolument wagnérien ». À vrai dire, il ne connaissait pas une partition du « braillard de Berlin » (comme le dénommait cruellement Pécuchet, toujours patriote et mal informé), car on ne peut les entendre en France, où le Conservatoire crève dans la routine, entre Colonne qui bafouille et Lamoureux qui épelle, ni à Munich, où la tradition ne s'est pas conservée, ni à Bayreuth que les snobs ont insupportablement infecté. C'est un non-sens que de les essayer au piano : l'illusion de la scène est nécessaire, ainsi que l'enfouissement de l'orchestre, et, dans la salle, l'obscurité. Pourtant, prêt à foudroyer les visiteurs, le prélude de *Par-*

---

1. Voir Antoine Compagnon, « Fauré et l'unité retrouvée », *Proust entre deux siècles*, Seuil, 1989, p. 53 à 63.
2. « Mondanité et mélomanie de Bouvard et Pécuchet », *Les Plaisirs et les jours*, dans *Jean Santeuil*, *op. cit.*, p. 57 à 65.

sifal était perpétuellement ouvert sur le pupitre de son piano, entre les photographies du porte-plume de César Franck et du *Printemps* de Botticelli.

De la partition de *La Walkyrie*, soigneusement le « Chant du Printemps » avait été arraché. Dans la table des opéras de Wagner, à la première page, *Lohengrin*, *Tannhäuser* avaient été biffés, d'un trait indigné, au crayon rouge. *Rienzi* seul subsistait des premiers opéras. Le renier était devenu banal, l'heure est venue, flairait subtilement Bouvard, d'inaugurer l'opinion contraire. Gounod le faisait rire, et Verdi crier. Moindre assurément qu'Erik Satie, qui peut aller là contre ? Beethoven, pourtant, lui semblait considérable à la façon d'un Messie. Bouvard lui-même pouvait, sans s'humilier, saluer en Bach un précurseur. Saint-Saëns manque de fond et Massenet de forme, répétait-il sans cesse à Pécuchet, aux yeux de qui Saint-Saëns, au contraire, n'avait que du fond et Massenet que de la forme.

« C'est pour cela que l'un nous instruit et que l'autre nous charme, mais sans nous élever », insistait Pécuchet [1].

Reynaldo Hahn y est le plus controversé, en raison de l'admiration qu'il voue à la fois à Massenet et à Verlaine. Bouvard se montre « résolument wagnérien », tandis que Pécuchet, patriote, reste fidèle à la mélodie française, à Saint-Saëns et Massenet. Notons que « le prélude de *Parsifal* [est] perpétuellement ouvert » sur le pupitre du piano de Bouvard, « entre les photographies du porte-plume de César Franck et du *Printemps* de Botticelli ». Wagner, César Franck et Botticelli : il s'agit là de deux compositeurs et d'un peintre que l'on retrouve dans « Un amour de Swann » et ses avant-textes. Proust était un grand admirateur de Wagner, Reynaldo Hahn de Saint-Saëns et de Verlaine (il a composé *Chansons grises*) [2].

LA SONATE DE SAINT-SAËNS

Source de désaccord entre les deux protagonistes dans « Mondanité et mélomanie de Bouvard et Pécuchet », la

---

1. « Mondanité et mélomanie de Bouvard et Pécuchet », *op. cit.*, p. 62-63.
2. Dans la suite du texte, il est fait allusion à Robert de Montesquiou, auteur des *Chauves-souris*, et à son protégé, le jeune pianiste Delafosse. Le souvenir de l'un et de l'autre est encore présent dans « Un amour de Swann ».

musique, à partir de *Jean Santeuil*, est principalement identifiée à la sonate de Saint-Saëns et permet d'introduire l'idée de « phrase musicale ».

C'est en effet dans un fragment de *Jean Santeuil* qu'apparaît pour la première fois « la petite phrase » musicale. Les deux personnages principaux de ce roman, Jean Santeuil et Henri de Réveillon, représentent, d'une certaine façon, Proust et Reynaldo Hahn (ce dernier a les mêmes initiales qu'Henri de Réveillon), mais une simple relation d'amitié existe entre eux. La femme aimée par Jean s'appelle « Françoise », prénom attribué dans la *Recherche* à la servante qui jouera également le rôle d'assistante du narrateur-écrivain, en l'aidant à découper et à intégrer les paperoles dans son texte. Or, dans *Jean Santeuil*, c'est précisément Françoise qui interprète la sonate de Saint-Saëns au piano. Autrement dit, à ce stade de la création, l'auteur est encore très proche du réel : la sonate est clairement définie ; l'être aimé et le pianiste se confondent. Par ailleurs, la petite phrase y est associée à l'idée de fin d'un amour et non pas à celle de commencement, comme dans la *Recherche*. Dans un premier temps, elle génère un sentiment d'angoisse (une envie de pleurer), lié au souvenir d'un amour passé. L'essentiel est ici de décrire l'état psychologique du héros et d'opposer à la permanence de la petite phrase la disparition du sentiment amoureux. Mais jouée à contrecœur et perçue dans le même état d'esprit, elle perd de son pouvoir (dépassement du réel dans un sentiment d'absolu, sérénité). Dans un second temps, « dix ans plus tard », l'audition de la sonate provoque chez Jean des sensations de bien-être – « grande fraîcheur » et sentiment de rajeunissement – identiques à celles qu'il éprouvait quand il écoutait autrefois la sonate jouée par Françoise. Elle a pour effet la résurrection des lieux associés à ce souvenir – non seulement à l'amour mais au désir d'amour – et non pas la « résurrection » de Françoise qui n'est plus, pour le narrateur, qu'un « profil dessiné ».

Il restait assis loin d'elle, n'osant s'approcher, ne sachant pas s'il réveillait l'amour ou la haine qui semblaient dormir. Tout d'un coup elle se leva. Il crut qu'elle venait à lui. Mais elle s'arrêta devant le piano, s'assit et joua. Aux premières notes une angoisse extraordinaire le saisit, il fit une grimace pour ne pas pleurer. Mais au bord de ses yeux des larmes brillantes se montrèrent, qui, voyant l'âpreté glaciale du dehors, rentrèrent et ne se laissèrent pas couler. Il avait reconnu cette phrase de la sonate de Saint-Saëns que presque chaque soir au temps de leur bonheur il lui demandait et qu'elle lui jouait sans fin, dix fois, vingt fois de suite, exigeant qu'il reste contre elle pour qu'elle pût l'embrasser sans s'interrompre, éclatant de rire quand, faisant mine de s'arrêter, il lui disait : « Encore, encore », ce rire qui retombait tendrement de ses yeux et de ses lèvres sur lui, doux comme une pluie chaude de baisers. Loin d'elle, tout seul, n'ayant pas eu un baiser ce soir et n'osant pas en demander, il écoutait cette phrase dont le divin sourire déjà au temps de leur bonheur lui paraissait désenchanté. Mais alors leur amour avait vite fait de noyer la tristesse, ce pressentiment qu'il était fragile, dans la douceur de sentir qu'ils le gardaient intact. La tendresse de chacun s'inquiétait ensemble de la vie mais non point l'une de l'autre, et le chagrin d'entendre que tout passe rendait plus profond le bonheur de sentir leur amour durer. Ils entendaient que cette phrase passait, mais ils la sentaient passer comme une caresse. [...] Il y avait donc quelque chose de plus durable que leur amour. Peut-être cet amour alors n'était pas bien réel ? Qu'était-ce donc, cette chose qui, déjà triste dans le bonheur, restait heureuse dans la tristesse, et pouvait survivre à ces coups auxquels lui ne se croyait pas la force de survivre ? Qu'était-ce ? La phrase était finie. Il lui demanda : « Recommence-la une fois. » Mais elle dit énervée : « Non, c'est assez. » Il insista. Elle dit vivement : « Mais pourquoi, pourquoi ? » Enfin de mauvaise humeur elle recommença. Mais sa mauvaise humeur l'avait gagné. Il sentait la petite phrase courir, se rapprocher du moment où elle serait finie, sans avoir vu apparaître la petite âme paisible, désenchantée, mystérieuse et souriante, qui survivait à nos maux et semblait supérieure à eux, à qui il voulait demander le secret de sa durée et la douceur de son repos.

Jean eut tort ce soir-là de croire que la petite phrase avait écouté tant de fois l'autre année, sans en rien retenir, les transports amoureux de leur silence. Il eut tort de croire qu'elle ne garderait rien d'eux. Dix ans plus tard, un jour d'été, comme il passait dans une petite rue du faubourg Saint-Germain, il entendit d'abord le son d'un piano et sa destinée s'arrêta. Il écouta la petite phrase de Saint-Saëns sans d'abord bien la reconnaître, mais il sentait en lui une grande fraîcheur, comme si tout d'un coup il était redevenu plus jeune. Et c'était l'air chaud et frais, plein d'ombre, de rayons et de songes, de l'été où il avait été si heureux, qu'il respirait, car, n'ayant plus jamais ressenti la douceur de ces jours anciens, elle avait gardé en lui l'âge qu'il avait alors et c'est de ce temps-là, intacte et fraîche, qu'elle lui arriva tout d'un coup. La petite phrase se pressait, et maintenant comme autrefois elle lui était douce. Si au temps de son bonheur elle avait anticipé par sa tristesse sur le temps de leur séparation par son sourire elle avait anticipé sur le temps de son oubli [1].

LA SONATE DE VINTEUIL

Le salon Verdurin

Dans les cahiers du *Contre Sainte-Beuve*, la petite phrase n'apparaît pas : il n'est question ni de sonate ni de musicien. Le noyau Verdurin est le centre du récit auquel viendra s'ajouter, dans d'autres cahiers de la même époque, une analyse de la passion amoureuse avec ses composantes que sont l'angoisse et la jalousie. Le récit repose donc, à ce stade, sur une double approche psychologique et sociale. Il faut attendre 1910 pour voir apparaître le thème de la musique qui, dans le Cahier 69, est associé à l'amour, et dans le Cahier 22 à la mémoire involontaire. Ces deux cahiers qui s'enchaînent donnent une première version d'« Un amour de Swann » : le récit de la vie mondaine de Swann se double d'une réflexion esthétique. Odette s'appelle alors « Carmen ». Proust reprend ces cahiers pour écrire son manuscrit (Cahiers 15 à 19). Il utilise également un fragment du Cahier 14 [2] intitulé « À ajouter au chapitre sur la sonate de Saint-Saëns » (f°s 5 à 7) :

Car *c'est peut-être en ceci que la musique* <une phrase musicale> *a quelque chose de plus puissant différent de toute autre chose au monde sauf peut-être de l'amour et des paysages,* <la beauté> *des paysages, c'est que* plus qu'aucune autre chose au monde – on *se deman* peut presque se demander si ce n'est pas la seule <avec l'amour>, – *n'est propose ouvre un horizon* propose un désir, un bonheur, une volupté qui lui est particulière, qu'elle nous indique mystérieusement. Mais nous fait d'ailleurs suffisamment ressentir et qui ne peut être comblé que par elle. *Au fur et à mesure Son développement Tandis qu'elle se développe notre volupté se détermine, le chemin qu'elle nous montre se précise. Lae deuxième et le 3e pas* mystérieusement commandés

---

1. « De l'amour », [La petite phrase], *Jean Santeuil*, *op. cit.*, p. 816 à 818.
2. N. a. fr. 16654.

par *un bonh* l'élan du début semblent nous promettre le plus noble le plus calme des bonheurs (bien que ces superlatifs et ces expressions générales ne puissent […].

La sonate est attribuée à un musicien précis et bien réel, Saint-Saëns. Le début du passage est raturé : trois lignes sont remplacées par une seule expression : « une phrase musicale ». Cette expression, déjà présente dans *Jean Santeuil*, est capitale pour l'auteur. Une équivalence s'établit ainsi entre littérature et musique, entre expression stylistique et expression musicale, comme l'a très bien analysé Jean Milly dans son ouvrage *La Phrase de Proust : des phrases de Bergotte aux phrases de Vinteuil* [1]. Si Proust affirme ici la toute-puissance de la musique, il nuance progressivement sa pensée. Tout d'abord, la musique procure les mêmes effets que l'amour et les paysages, plus précisément la beauté des paysages. Autrement dit, ses bienfaits sont d'ordre affectif et esthétique. Ensuite, l'auteur transforme son texte de façon à associer la musique à « un désir, un bonheur, une volupté ». La musique est du domaine de la sensation, voire du plaisir : le parallélime avec l'amour est repris ; le mot « volupté » est répété. L'auteur semble se freiner ; il se corrige pour ne pas affirmer la toute-puissance de la musique et lui admettre un équivalent : l'amour.

Dans la version définitive, le passage sur la sonate de Vinteuil jouée chez les Verdurin (p. 70), est une mise en scène de la réception de la musique, avec deux versions antithétiques, l'une superficielle et pathologique – celle de Mme Verdurin –, l'autre profonde et objet d'analyse – celle de Swann. Curieusement, le présent de l'audition n'a aucune réalité textuelle ; la réception est successivement décrite par anticipation et par rétrospection. On apprend par une ellipse que l'interprétation de la sonate a eu lieu : « Or quand le pianiste eut joué, Swann fut plus aimable encore avec lui qu'avec les autres personnes qui se trouvaient là. Voici pourquoi : » (p. 73).

Toute la première partie de l'épisode est consacrée aux effets de la sonate sur Mme Verdurin, sur ce qui est appelé,

1. Jean Milly, *La Phrase de Proust : des phrases de Bergotte aux phrases de Vinteuil*, Larousse, 1975.

avec humour et dérision, sa « sensibilité musicale ». La sonate en *fa* dièse déclenche chez la « Patronne » « un rhume de cerveau avec névralgies faciales » et l'andante lui « casse bras et jambes », selon son dire. Pour l'apaiser, le docteur Cottard tente de la « suggestionner » du regard. Mme Verdurin laisse alors libre cours à l'expression de sa sensualité ou, plus exactement, de sa perception physique de tout ce qui a trait à l'art. Ainsi, le compliment de Swann sur la tapisserie de Beauvais dont une frise représente *L'Ours et les Raisins* suscite les confidences cocasses de Mme Verdurin : les raisins, elle préfère en jouir par les yeux plutôt que par la bouche et, au dire du médecin, ils lui servent de « purge ». La vertu curative de l'art est exprimée d'une façon bien curieuse ! Swann est d'ailleurs invité à « toucher les petits bronzes des dossiers », « à pleines mains », précise Mme Verdurin. Cette idée donne naissance à un savoureux développement : la « Patronne » « pelote » les bronzes ; Swann se met à les « palper » longuement, par politesse, jusqu'au moment où l'hôtesse met fin à cette séance de « toucher » pour lui substituer la « caresse » de l'oreille.

Mme Verdurin se livre en effet à une facétie grivoise sur le verbe « caresser ». Celle-ci à la fois rappelle une idée chère à Proust concernant la perception musicale et est une allusion à l'ambiguïté sexuelle – c'est l'une des origines lointaines de ce passage. L'idée du mariage entre femmes est un ajout sur le verso du folio 24, dans le Cahier 69 (N. a. fr. 16667) :

Dès le premier jour le peintre l'invita à venir à son atelier avec Odette. « *J'aime* <Rien ne m'arrange comme de> faire des mariages, *disait*-il <glissa>-t-il <tout bas> aux Verdurin, <j'en ai même fait entre femmes !> » Swann le trouva charmant.

Dans *Jean Santeuil*, les deux amoureux « entendaient que cette phrase passait, mais ils la sentaient passer comme une caresse ». La musique « caresse » donc l'oreille et même *dans* l'oreille. Le « petit jeune homme » est très certainement un souvenir de Léon Delafosse, le protégé de Robert de Montesquiou.

Cette approche matérialiste de l'art que partagent Mme Verdurin et le docteur Cottard, caricaturée par le narrateur, lui sert de repoussoir. Au dialogue superficiel succède la réflexion analytique qui portera sur une expérience passée, introduite par la lapidaire formule « Voici pourquoi : ». La réception de la sonate se décompose en deux temps, celui de l'impression et celui de la mémorisation. La première, immédiate, se traduit par des sensations que le narrateur qualifie de « délicieuses » et qui se caractérisent par leur fluidité et leur fondu. La mémoire intervient ensuite pour les fixer, les organiser, les transcrire ; la musique pure se transformant alors en « dessin, architecture, pensée ». Par ailleurs, la phrase musicale se fait femme et devient objet d'amour, de désir, et donc source de rajeunissement et élément capable de donner un nouveau sens à la vie. Mais Swann ne peut identifier cette sonate ; par conséquent, elle lui échappe. Ce n'est que lorsqu'il la réécoute lors de la soirée Verdurin et reconnaît « la phrase aérienne et odorante qu'il aimait » qu'il peut l'identifier, et identifier son auteur (« on lui dit que c'était l'andante de la *Sonate pour piano et violon* de Vinteuil » p. 76).

Quelques pages plus loin, cette petite phrase est devenue, pour Swann et Odette, « l'air national de leur amour ». Une référence aux tableaux de Pieter de Hooch, par un effet de perspective, de mise en lumière et de synesthésie, donne une nouvelle dimension à cette phrase qui, colorée et plus lointaine, finit par appartenir à un autre monde. Dotée d'une kyrielle d'adjectifs qui la poétisent, « dansante, pastorale, intercalée, épisodique », la petite phrase est à la fois femme et divinité [1].

La soirée Saint-Euverte

Entre les deux temps forts d'« Un amour de Swann » – l'audition de la sonate chez les Verdurin et celle qui a lieu lors de la soirée Saint-Euverte (p. 227 à 236) –, la petite phrase est devenue un leitmotiv : Odette, en l'interprétant (p. 104 *sq.*), est une réincarnation de Françoise (dans *Jean Santeuil*), mais doublée d'une nouvelle dimen-

1. Voir « Les documents de rédaction », p. 281.

sion, celle de l'art, grâce à sa métamorphose en vierge de Botticelli. La petite phrase, « d'essence mystérieuse », qui fait l'effet d'une caresse et d'un parfum, se laisse appréhender non par l'intelligence mais par les sens ; elle suscite le plaisir et crée même un besoin. Ce moment où Odette interprète la sonate constitue une transition entre la première audition, centrée sur la mémoire musicale, et la seconde qui présente la musique comme un « déclencheur » de mémoire affective.

Ce passage de la soirée Saint-Euverte figure dans le Cahier 22 écrit en 1910. Il a suscité un abondant travail de réécriture. Le noyau initial est réutilisé dans trois versions, mais fragmenté, éclaté. Il décrit comment, au cours de cette soirée, Swann se retrouve « sans le savoir dans la sonate pour piano et violon de Saint-Saëns ». Cette immersion *dans* la musique donne naissance à un développement sur la petite phrase qui revêt un caractère magique et qui est comparable à un esprit ayant besoin de rites pour se manifester. Certes, elle rappelle Odette à Swann, mais ce n'est que sur le ton de la confidence. C'est précisément l'apport essentiel de la version définitive que de faire apparaître tout un développement sur la résurrection, provoquée par la musique, de multiples souvenirs liés à la relation amoureuse entre Swann et Odette. Le pouvoir de la musique est immense, si on le compare à celui de l'intelligence. Deux champs sémantiques parcourent le texte en s'opposant, celui de l'*enfoui* (« invisibles dans les profondeurs de son être », « de prétendus extraits qui n'en conservaient rien », « séparées par d'épaisses ténèbres inexplorées », « cette grande nuit impénétrée et décourageante de notre âme que nous prenons pour du vide et pour du néant », p. 232), et celui du *retrouvé*. La résurrection par la musique est multiple, complète et concrète : « il retrouva tout de ce qui de ce bonheur perdu avait fixé à jamais la spécifique et volatile essence ; il revit tout [...] », « toutes les mailles d'habitudes mentales, d'impressions saisonnières, de réactions cutanées, qui avaient étendu sur une suite de semaines un réseau uniforme dans lequel son corps se trouvait repris » (p. 228). Les moindres détails, les moindres paroles ressurgissent et ainsi la souffrance contemple le « bonheur revécu ». Après cette plongée dans le passé, la phrase musicale redevient ce qu'elle était dans la version première, une confidente, un être capable d'exprimer et de comprendre les états affectifs, « un corps harmonieux et fuyant », une caresse, un parfum.

LE SEPTUOR DE VINTEUIL

Entre l'épisode de la sonate de Vinteuil (dans *Du côté de chez Swann*) et celui du septuor (dans *La Prisonnière*) [1] qui lui fait écho, la longue séquence d'*À l'ombre des jeunes filles en fleurs* où Mme Swann interprète la sonate [2] constitue une pause réflexive. La connaissance d'une œuvre ne peut se réaliser que par la *re-connaissance*, autrement dit par une mémorisation inconsciente qui, progressivement, permet d'appréhender l'œuvre. L'identification d'un morceau se fait par rapport au *déjà connu*. La richesse véritable de l'œuvre, à savoir son originalité, ne se découvre que tardivement.

Parfois, avant d'aller s'habiller, Mme Swann se mettait au piano. Ses belles mains, sortant des manches roses, ou blanches, souvent de couleurs très vives, de sa robe de chambre de crêpe de Chine, allongeaient leurs phalanges sur le piano avec cette même mélancolie qui était dans ses yeux et n'était pas dans son cœur. Ce fut un de ces jours-là qu'il lui arriva de me jouer la partie de la Sonate de Vinteuil où se trouve la petite phrase que Swann avait tant aimée. Mais souvent on n'entend rien, si c'est une musique un peu compliquée qu'on écoute pour la première fois. Et pourtant quand plus tard on m'eut joué deux ou trois fois cette Sonate, je me trouvai la connaître parfaitement. Aussi n'a-t-on pas tort de dire « entendre pour la première fois ». Si l'on n'avait vraiment, comme on l'a cru, rien distingué à la première audition, la deuxième, la troisième seraient autant de premières, et il n'y aurait pas de raison pour qu'on comprît quelque chose de plus à la dixième. Probablement ce qui fait défaut, la première fois, ce n'est pas la compréhension, mais la mémoire. […]
Ce temps du reste qu'il faut à un individu – comme il me le fallut à moi à l'égard de cette Sonate – pour pénétrer une œuvre un peu profonde, n'est que le raccourci et comme le symbole des années, des siècles parfois, qui s'écoulent avant que le public puisse aimer un chef-d'œuvre vraiment nouveau. Aussi l'homme de génie pour s'épargner les méconnaissances de la foule se dit

---

1. *La Prisonnière*, p. 351 à 359.
2. *À l'ombre des jeunes filles en fleurs*, p. 199 à 204.

peut-être que les contemporains manquant du recul nécessaire, les œuvres écrites pour la postérité ne devraient être lues que par elle, comme certaines peintures qu'on juge mal de trop près [1].

Le créateur travaille donc pour la postérité, jouant le rôle d'un « éveilleur » des esprits et d'un « formateur » du goût. Une fois encore, la petite phrase fait revivre la multitude des sensations éprouvées lors de sa première écoute et fait renaître les circonstances qui l'entouraient beaucoup mieux que ne pourrait le faire un individu.

Si *À l'ombre des jeunes filles en fleurs* est le volume de la rencontre avec l'art à travers le personnage du peintre Elstir, *La Prisonnière* est celui de la réflexion sur la création littéraire. Or, c'est lors d'une pause au cours de laquelle le narrateur interprète la sonate de Vinteuil [2], comme l'avait fait précédemment Odette, que s'effectue la transition entre musique et littérature, l'une allant devenir une métaphore de l'autre dans l'épisode du septuor. À l'intérieur de cette pause où le narrateur se trouve seul et apaisé – bien qu'ayant connu, comme Swann, les affres de la jalousie et donc « la combinaison du motif voluptueux et du motif anxieux » –, la musique est encore une fois associée à la mémoire. Mémoire non plus de la rencontre avec l'autre mais de soi. C'est alors que la sonate ne fait pas ressurgir le côté de Méséglise ou de Montjouvain – c'est-à-dire celui du musicien et de sa fille et donc de l'homosexualité – mais celui de Guermantes, autrement dit celui de l'art. La musique dont « le flot sonore » devient l'expression métaphorique surpasse la relation amoureuse grâce à sa qualité introspective et à la « variété » qu'elle apporte, supérieure à celle que la vie peut donner. C'est par l'expression artistique – on note alors une fascinante osmose entre fiction et réalité dans la symétrie établie entre « l'harmonie d'un Wagner » et « la couleur d'un Elstir » – et non par la relation amoureuse que l'on peut « connaître l'essence qualitative des sensations d'un autre ». *Tristan* se substitue très rapidement à la sonate de Vinteuil, et cela grâce à l'identité de leurs

1. *À l'ombre des jeunes filles en fleurs*, p. 199 à 201.
2. *La Prisonnière*, p. 255 *sq.*

phrases. Le narrateur souligne alors un trait commun entre œuvres musicales et œuvres littéraires du XIXᵉ siècle : le fait qu'étant inachevées elles tirent leur beauté d'un phénomène d'autocontemplation de la part de l'écrivain et de leur unité saisie après coup, ce qu'il appelle « l'illumination rétrospective [1] ». N'est-ce pas une subtile façon pour Proust d'expliquer à son lecteur ce qui fait la force de son œuvre ?

Le septuor et la sonate se font écho, comme la relation du narrateur et d'Albertine reproduit celle de Swann et d'Odette. L'exécution du septuor a lieu au cours d'une soirée chez les Verdurin. Les temps ont changé depuis la rencontre avec Odette de Crécy : les homosexuels ont fait leur apparition (Charlus, Morel) et on parle de l'affaire Dreyfus. On apprend la mort de Cottard : elle soulève les sarcasmes de l'hôtesse. Celle-ci est néanmoins restée fidèle à elle-même : elle se met du rhino-goménol pour remédier aux effets de la musique de Vinteuil et ne peut écouter le septuor que la tête dans les mains.

Le concert commença, je ne connaissais pas ce qu'on jouait, je me trouvais en pays inconnu. Où le situer ? Dans l'œuvre de quel auteur étais-je ? J'aurais bien voulu le savoir et n'ayant près de moi personne à qui le demander j'aurais bien voulu être un personnage de ces *Mille et Une Nuits* que je relisais sans cesse et où dans les moments d'incertitude surgit soudain un génie ou une adolescente d'une ravissante beauté, invisible pour les autres, mais non pour le héros embarrassé à qui elle révèle exactement ce qu'il désire savoir. Or à ce moment, je fus précisément favorisé d'une telle apparition magique. [...] ainsi tout d'un coup je me reconnus au milieu de cette musique nouvelle pour moi, en pleine Sonate de Vinteuil ; et plus merveilleuse qu'une adolescente, la petite phrase, enveloppée, harnachée d'argent, toute ruisselante de sonorités brillantes, légères et douces comme des écharpes, vint à moi, reconnaissable sous ces parures nouvelles. Ma joie de l'avoir retrouvée s'accroissait de l'accent si amicalement connu qu'elle prenait pour s'adresser à moi, si persuasif, si simple, non sans laisser éclater pourtant cette beauté chatoyante dont elle resplendissait. Sa signification d'ailleurs n'était cette fois que de me montrer le chemin et qui n'était pas celui de la Sonate, car c'était une œuvre inédite de Vinteuil où il s'était seu-

1. *La Prisonnière*, p. 258.

lement amusé, par une allusion que justifiait à cet endroit un mot du programme qu'on aurait dû avoir en même temps sous les yeux, à faire apparaître un instant la petite phrase. À peine rappelée ainsi elle disparut et je me retrouvai dans un monde inconnu […]. Tandis que la Sonate s'ouvrait sur une aube liliale et champêtre, divisant sa candeur légère mais pour se suspendre à l'emmêlement léger et pourtant consistant d'un berceau rustique de chèvrefeuilles sur des géraniums blancs, c'était sur des surfaces unies et planes comme celles de la mer que, par un matin d'orage, commençait au milieu d'un aigre silence, dans un vide infini, l'œuvre nouvelle, et c'est dans une rose d'aurore que pour se construire progressivement devant moi cet univers inconnu était tiré du silence et de la nuit. Ce rouge si nouveau, si absent de la tendre, champêtre et candide Sonate, teignait tout le ciel, comme l'aurore, d'un espoir mystérieux. Et un chant perçait déjà l'air, chant de sept notes, mais le plus inconnu, le plus différent de tout ce que j'eusse pu jamais imaginer, à la fois ineffable et criard, non plus roucoulement de colombe comme dans la Sonate, mais déchirant l'air, aussi vif que la nuance écarlate dans laquelle le début était noyé, quelque chose comme un mystique chant du coq, un appel ineffable mais suraigu, de l'éternel matin. L'atmosphère froide, lavée de pluie, électrique – d'une qualité si différente, à des pressions tout autres, dans un monde si éloigné de celui, virginal et meublé de végétaux, de la Sonate – changeait à tout instant effaçant la promesse empourprée de l'Aurore. À midi pourtant, dans un ensoleillement brûlant et passager, elle semblait s'accomplir en un bonheur lourd, villageois et presque rustique, où la titubation de cloches retentissantes et déchaînées (pareilles à celles qui incendiaient de chaleur la place de l'église à Combray et que Vinteuil, qui avait dû souvent les entendre, avait peut-être trouvées à ce moment-là dans sa mémoire, comme une couleur qu'on a à portée de sa main sur une palette) semblait matérialiser la plus épaisse joie. À vrai dire, esthétiquement ce motif de joie ne me plaisait pas ; je le trouvais presque laid, le rythme s'en traînait si péniblement à terre qu'on aurait pu en imiter presque tout l'essentiel, rien qu'avec des bruits, en frappant d'une certaine manière des baguettes sur une table. Il me semblait que Vinteuil avait manqué là d'inspiration, et en conséquence je manquai aussi là un peu de force d'attention. Je regardai la Patronne, dont l'immobilité farouche semblait protester contre les battements de mesure exécutés par les têtes ignorantes des dames du Faubourg. Mme Verdurin ne disait pas : « Vous comprenez que je la connais un peu cette musique, et un peu encore ! S'il me fallait exprimer tout ce que je ressens, vous n'en n'auriez pas fini ! » Elle ne le disait pas. Mais sa taille droite et immobile, ses yeux sans expression, ses mèches fuyantes le disaient pour elle. Ils disaient aussi son courage, que les musiciens pouvaient y aller, ne pas ménager ses nerfs, qu'elle ne flancherait pas à l'andante, qu'elle ne crierait pas à l'allégro. Je regardai les musiciens. Le violoncelliste dominait l'instrument qu'il serrait entre ses genoux, inclinant sa tête à laquelle des traits vulgaires donnaient, dans les instants de maniérisme, une expression involontaire de dégoût ; il se penchait sur sa contrebasse, la palpait avec la même patience domestique que s'il eût épluché un chou tandis que près de lui la harpiste encore enfant, en jupe courte, dépassée de tous côtés par les rayons horizontaux du quadrilatère d'or pareil à ceux qui dans la chambre magique d'une sibylle figureraient arbitrairement l'éther, selon les formes consacrées, semblait petite déesse allégorique, aller y chercher, çà et là, au point assigné, un son délicieux, de la même manière que dressée devant le treillage d'or de la voûte céleste, elle y aurait cueilli, une à une, des étoiles. Quant à Morel une mèche jusque-là invisible et confondue dans sa chevelure venait de se détacher et de faire boucle sur son front.

Je tournai imperceptiblement la tête vers le public pour me rendre compte de ce que M. de Charlus avait l'air de penser de cette mèche. Mais mes yeux ne rencontrèrent que le visage, ou plutôt que les mains de Mme Verdurin, car celui-là était entièrement enfoui dans celles-ci. La Patronne voulait-elle par cette attitude recueillie montrer qu'elle se considérait comme à l'église, et ne trouvait pas cette musique différente de la plus sublime des prières ; voulait-elle comme certaines personnes à l'église dérober aux regards indiscrets, soit par pudeur leur ferveur supposée, soit par respect humain leur distraction coupable ou un sommeil invincible ? Cette dernière hypothèse fut celle qu'un bruit régulier qui n'était pas musical me fit croire un instant être la vraie, mais je m'aperçus ensuite qu'il était produit par les ronflements non de Mme Verdurin mais de sa chienne. Mais bien vite, le motif triomphant des cloches ayant été chassé, dispersé par d'autres, je fus repris par cette musique ; et je me rendais compte que si, au sein de ce septuor des éléments différents s'exposaient tour à tour pour se combiner à la fin, de même, la Sonate de Vinteuil, et comme je le sus plus tard ses autres œuvres, n'avaient toutes été par rapport à ce septuor que de timides essais, délicieux mais bien frêles, auprès du chef-d'œuvre triomphal et complet qui m'était en ce moment révélé. Et je ne pouvais m'empêcher par comparaison de me rappeler que, de même encore, j'avais pensé aux autres mondes qu'avait pu créer Vinteuil comme à des univers clos, comme avait été chacun de mes amours ; mais en réalité je devais bien m'avouer que, comme au sein de mon dernier amour – celui pour Albertine – mes premières velléités de l'aimer (à Balbec tout au début, puis après la partie de furet, puis la nuit où elle avait couché à l'hôtel, puis à Paris le dimanche de brume, puis le soir de la fête de Guermantes, puis de nouveau à Balbec, et enfin à Paris où ma vie était étroitement unie à la sienne), de même si je considérais maintenant non plus mon amour pour Albertine mais toute ma vie, mes autres amours eux aussi n'y avaient été que de minces et timides essais qui préparaient, des appels qui réclamaient ce plus vaste amour… l'amour pour Albertine [1].

Ce passage de *La Prisonnière*, comme celui de la sonate dans « Un amour de Swann », repose sur une opposition, concernant la réception de la musique, entre extériorité et intériorité : « les autres », dont Mme Verdurin est la plus caricaturale représentante, « subissent » les effets de la musique tandis que le narrateur se l'approprie et en donne une vision intérieure et subjective. L'épisode est construit sur une alternance de moments introspectifs vécus par le narrateur et de moments d'observation de l'entourage. Des termes dont nous avons souligné l'expressivité dans le passage de la sonate sont repris : « *hypnotisés* », « ne pas ménager ses *nerfs* », « il se penchait sur sa contrebasse, la *palpait* avec la même patience domestique ». L'interrogation porte sur la *connaissance*, autrement dit sur l'identification du morceau interprété : « Le concert commença, je ne connaissais pas ce qu'on jouait, je me trouvais en pays inconnu » et il faut souligner toute l'importance de ce « en » qui a la valeur d'un « dans », traduisant l'immersion totale du narrateur dans cet univers particulier qu'est la musique. Or, une fois encore, la connaissance naît de la re-connaissance et celle-ci revêt toutes les caractéristiques d'une expérience de résurrection du passé dont « la petite phrase » est le vecteur : caractère soudain de cette découverte, réaction de joie de la part du narrateur, métaphorisation de l'expérience vécue. La petite phrase, placée sous le double signe de la féminité et du merveilleux, suscitant une référence aux *Mille et Une Nuits*, joue le rôle d'indice, d'allusion : déjà présente, dans la sonate, elle permet de reconnaître la

---

1. *La Prisonnière*, p. 351 à 354.

musique de Vinteuil. Avec la petite phrase, nous passons de la sonate au septuor. Les différences qui séparent les deux créations du même musicien sont données par un feu d'artifice de notations synesthésiques. Jean Milly a très bien décrit cette « esthétique du déploiement » dans l'ouvrage qu'il a consacré à la phrase de Proust [1] :

Tout, dans le parallèle établi entre les deux œuvres musicales, couleurs, atmosphère, sons, mouvements, montre une évolution vers le déploiement. La sonate est blanche, candide, comme une colombe, elle s'ouvre sur une aube liliale, évoque des géraniums blancs. Tout au plus a-t-elle certaines de ses phrases reprises, dans les dernières œuvres du musicien, au milieu d'un brouillard violet et prend-elle alors des reflets d'opale […]. Le septuor, au contraire, apparaît dans le rose de l'aurore. C'est avant tout le « rougeoyant septuor », qui varie de la pourpre à l'écarlate et évoque, en même temps que la couleur la plus vive, le paroxysme des sons et des sentiments. Mais il représente aussi la gamme des couleurs fondamentales.

Comme chez Baudelaire, la sonorité se fait couleur – le rougeoyant septuor répond à la blanche sonate –, mais elle se fait aussi fleur, animal, élément naturel. Par conséquent, toute une vision cosmique se dessine à travers la musique. C'est néanmoins la peinture qui entretient la plus grande analogie avec elle, comme en témoigne le terme « couleur » utilisé pour désigner l'originalité du timbre du musicien.

Cette audition du septuor a un double prolongement : une interrogation explicite sur l'amour, plus précisément sur l'homosexualité, et une représentation implicite de la création littéraire. Comme le dit Jean Milly [2] : « La musique est, dans la *Recherche*, au moins pour une large part, une métaphore du langage littéraire. » Cette révélation que le narrateur a du septuor comme aboutissement d'un ensemble d'œuvres qui n'en étaient que des préparations ne peut-elle s'appliquer à la vie amoureuse du narrateur, Albertine devenant alors l'« équivalent » du septuor ? Ne pourrait-elle pas être aussi une allégorie de la création littéraire proustienne, surtout lorsqu'on sait que ce septuor a successivement été un quatuor, une symphonie, un sextuor, et qu'*À la recherche du temps perdu* est composé de sept volumes ? Par ailleurs, le nom de Vinteuil fait surgir, dans l'esprit du narrateur, le souvenir de sa fille et donc celui d'Albertine et d'une éventuelle relation homosexuelle entre les deux jeunes filles. Ce doute réapparaît dans le dernier épisode de *La Prisonnière*, qui met en scène la musique de Vinteuil, celui d'« Albertine au pianola [1] » ; il concerne cette fois-ci Gilberte et Albertine. Le narrateur reprend les réflexions qu'il avait précédemment formulées à propos de la musique ; il analyse ses mécanismes de réception, insiste sur le parallélisme entre l'effet produit par la musique et les impressions privilégiées qu'il a vécues et met en valeur l'idée de « phrase-type » qui fait à la fois l'unité et l'originalité d'une œuvre musicale ou littéraire.

Musique et mémoire

La sonate et le septuor de Vinteuil ont permis une mise en mots de la musique. Ils ont suscité trois types de mémoire : la mémoire biographique, la mémoire involontaire et la mémoire textuelle.

La première, celle du double souvenir de la relation amoureuse qu'a eue Proust avec Reynaldo Hahn puis avec Alfred Agostinelli, est volontairement « brouillée » par l'auteur. Ni le narrateur ni Vinteuil ne sont homosexuels. Mais l'homosexualité est transposée sur des personnages autres et secondaires : Morel, le violoniste et Charlus, son ami intime, Odette et Mme Verdurin.

La mémoire involontaire est au cœur des deux épisodes : c'est elle qui permet de reconnaître la sonate et d'identifier le septuor. En s'incarnant dans la magique « petite phrase », la musique se fait femme pour mieux séduire. Fondamentalement liée aux sensations, à la sensualité, au désir même, elle procède par associations, par synesthésies, et devient l'équivalent des expériences de

---

1. *La Prisonnière*, p. 486.

résurrection du passé qui seront à l'origine de la vocation du narrateur.

Quant à la mémoire textuelle, elle permet à l'œuvre de se construire, aidée de multiples notes de régie, en établissant des analogies et des échos, en les modifiant, en les faisant disparaître pour les faire renaître d'une autre façon, en opérant des déplacements à l'intérieur de l'œuvre [1]. Ainsi l'épisode du septuor apparaît dans une note destinée au *Temps retrouvé* dans le Cahier 57 qui date de 1914. Cela confirme son rôle dans le processus de mise en place d'une théorie esthétique et sa fonction d'allégorie de la création littéraire. Enfin, pour résumer l'importance fondamentale de la musique pour Proust, mieux vaut lui laisser la parole :

[…] je me demandais si la musique n'était pas l'exemple unique de ce qu'aurait pu être – s'il n'y avait pas eu l'invention du langage, la formation des mots, l'analyse des idées – la communication des âmes [2].

Il conclut alors au caractère « enivrant » de « l'inanalysé » qu'est la musique…

---

1. Pour la genèse du septuor, voir Kazuyoshi Yoshikawa, « Vinteuil ou la genèse du septuor », *Cahiers Marcel Proust, 9, Études proustiennes III*, Gallimard, 1979, et Jean Milly dans son introduction à *La Prisonnière*.
2. *La Prisonnière*, p. 361.

BIBLIOGRAPHIE SÉLECTIVE

Œuvres de Proust

Un amour de Swann, Gallimard, 1930 (1ʳᵉ édition isolée, illustrée par Pierre Laprade).

Un amour de Swann, éd. Michel Raimond, illustrations André Brasilier, Imprimerie nationale, coll. « Lettres françaises », 1987.

Un amour de Swann, éd. Henri Béhar, Pocket, 2000.

À la recherche du temps perdu, éd. Jean Milly, GF-Flammarion, 1984-1987 (10 vol.) ; rééd. *Du côté de chez Swann*, avec une interview de Daniel Mendelsohn, 2009 ; rééd. *Le Temps retrouvé*, avec une interview de Julie Wolkenstein, 2011.

À la recherche du temps perdu, éd. Jean-Yves Tadié, Gallimard, coll. « Bibliothèque de la Pléiade », 1987-1989 (4 vol.).

Contre Sainte-Beuve, éd. Pierre Clarac, Gallimard, coll. « Bibliothèque de la Pléiade », 1971.

Jean Santeuil, précédé des *Plaisirs et les jours*, éd. Pierre Clarac, Gallimard, coll. « Bibliothèque de la Pléiade », 1971.

Correspondance de Marcel Proust, éd. Philip Kolb, Plon, 1970-1993 (21 vol.).

Écrits sur l'art, choix de textes par Jérôme Picon, GF-Flammarion, 1999.

Ouvrages collectifs

Correspondances et manuscrits, études réunies par Mireille Naturel, Illiers-Combray, SAMP, 2006.

Dictionnaire Marcel Proust, sous la direction d'Annick Bouillaguet et de Brian G. Rogers, Honoré Champion, 2004 ; rééd. 2008.

Ouvrages et articles sur Proust et ses thèmes

Bellemin-Noël, Jean, « "Psychanalyser" le rêve de Swann ? », *Poétique*, n° 8, 1971, p. 447 à 469 ; repris dans *Vers l'inconscient du texte*, PUF, 1979 ; rééd. 1996, p. 31 à 74.

Bouillaguet, Annick, *Proust lecteur de Balzac et de Flaubert : l'imitation cryptée*, Honoré Champion, 2000.

Compagnon, Antoine, *Proust entre deux siècles*, Seuil, 1989.

Coudert, Raymonde, « Odette ou la féminité », *Proust au féminin*, Grasset/*Le Monde de l'éducation*, 1998, p. 43 à 74.

Deleuze, Gilles, *Proust et les signes*, PUF, 1964.

Doubrovsky, Serge, « Faire catleya », *Poétique*, n° 37, février 1979, p. 111 à 125.

Ergal, Yves-Michel, *Marcel Proust*, SEM, 2009.

Erman, Michel, *Le Bottin des lieux proustiens*, La Table Ronde, coll. « La petite vermillon », 2011.

Fraisse, Luc, *L'Esthétique de Marcel Proust*, SEDES, 1995.

–, *Proust et le japonisme*, Presses universitaires de Strasbourg, 1997.

Genette, Gérard, « Proust palimpseste », *Figures I*, Seuil, 1966, p. 39 à 67.

–, « Proust et le langage indirect », *Figures II*, Seuil, 1969, p. 223 à 294.

–, « Métonymie chez Proust », *Figures III*, Seuil, 1972, p. 41 à 63.

–, « Écrire *catleia* », *Poétique*, n° 37, février 1979, p. 126 à 128.

Grimaldi, Nicolas, *Essai sur la jalousie : l'enfer proustien*, PUF, coll. « Perspectives critiques », 2010.

Henry, Anne, *Marcel Proust, théories pour une esthétique*, Klincksieck, 1981.

Karpeles, Eric, *Le Musée imaginaire de Marcel Proust : tous les tableaux de À la recherche du temps perdu*, Thames & Hudson, 2008 ; éd. française 2009.

Leriche, Françoise, « La musique et le système des arts dans la genèse de la *Recherche* », *Bulletin d'informations proustiennes*, n° 18, 1987, p. 67 à 79.

Marcel Proust, l'écriture et les arts, sous la direction de Jean-Yves Tadié, avec la collaboration de Florence Callu, Gallimard, Bibliothèque nationale de France, Réunion des musées nationaux, 1999.

Miguet-Ollagnier, Marie, *La Mythologie de Marcel Proust*, Les Belles Lettres, 1982.

Milly, Jean, *La Phrase de Proust : des phrases de Bergotte aux phrases de Vinteuil*, Larousse, 1975.

–, « Le jaloux dans tous ses états », dans « Le siècle de Proust, de la Belle Époque à l'an 2000 », *Le Magazine littéraire*, hors-série n° 2, 2000, p. 69 à 73.

NATUREL, Mireille, *Proust et Flaubert : un secret d'écriture*, Amsterdam-Atlanta, Rodopi, 1999 ; rééd. 2007.

–, *Marcel Proust, l'arche et la colombe*, présentation par Patricia Mante-Proust, Michel Lafon, 2012.

Proust et ses peintres, études réunies par Sophie Bertho, Amsterdam-Atlanta, Rodopi, 2000.

REY, Pierre-Louis, *À l'ombre des jeunes filles en fleurs. Étude critique*, Honoré Champion, 1983.

RULLIER-THEURET, Françoise, « Apprendre le verdurin : les bons et les mauvais élèves », *L'Information littéraire*, 52e année, n° 3, juillet-septembre 2000, p. 16 à 22.

SAIKI, Shinichi, *Paris dans le roman de Proust*, SEDES, 1996.

SCHNEIDER, Michel, *Maman*, Gallimard, coll. « L'un et l'autre », 1999.

SIMON, Anne, *Proust ou le Réel retrouvé*, PUF, 2000.

SOELBERG, Niels, « Un amour de Swann », *Recherche et narration*, Museum Tusculanum Press, University of Copenhagen, 2000, p. 89 à 108.

TADIÉ, Jean-Yves, *Marcel Proust*, Gallimard, coll. « NRF Biographies », 1996 ; rééd. coll. « Folio », 1999.

–, *Proust, la cathédrale du temps*, Gallimard, coll. « Découvertes littérature », 1999.

–, *Proust, le dossier*, Pocket, coll. « Agora », 1998.

YOSHIKAWA, Kazuyoshi, « Vinteuil ou la genèse du septuor », *Cahiers Marcel Proust. Études proustiennes III*, 1979, p. 289 à 347.

–, *Proust et l'art pictural*, préface de Jean-Yves Tadié, Honoré Champion, coll. « Recherches proustiennes », 2010.

REVUES CONSACRÉES À PROUST

Bulletin Marcel Proust, Société des amis de Marcel Proust, 28120 Illiers-Combray.

Bulletin d'informations proustiennes, Éditions rue d'Ulm, 75005 Paris.

« Hommage à Proust », *Nouvelle Revue française*, janvier 1923.

OUVRAGES DE CRITIQUE GÉNÉTIQUE

BIASI, Pierre-Marc DE, *La Génétique des textes*, Nathan Université, coll. « 128 », 2000.

GRÉSILLON, Almuth, *Éléments de critique génétique. Lire les manuscrits modernes*, PUF, 1994.

MÉDIAGRAPHIE

Bandes dessinées

BRÉZET, Stanislas et HEUET, Stéphane, *Combray*, Delcourt, 1998.
–, *À l'ombre des jeunes filles en fleurs*, Delcourt, t. I, 2000, t. II, 2002.
–, *Un amour de Swann*, Delcourt, t. I, 2006, t. II, 2008.

Film

SCHLÖNDORFF, Volker, *Un amour de Swann*, avec Ornella Mutti (Odette), Jeremy Irons (Swann), Alain Delon (Charlus), Marie-Christine Barrault (Mme Verdurin), 1984.

Iconographie

SOLLERS, Philippe, *L'Œil de Proust : les dessins de Marcel Proust*, Stock, 1999.

Enregistrement sonore (CD et cassette)

DUSSOLIER, André, « Un amour de Swann » (2 coffrets), *À la recherche du temps perdu*, Thélème, 1992.

CD-Rom

TADIÉ, Jean-Yves, *Marcel Proust*, Gallimard, 1999.

LEXIQUE GÉNÉTIQUE[1]

A

AJOUT : addition d'un mot, d'une phrase, d'un fragment textuel.

ALLOGRAPHE : qualifie un texte écrit de la main d'une personne qui n'est pas l'auteur.

AUTOGRAPHE : qualifie un texte écrit de la main de l'auteur.

AVANT-TEXTE : l'ensemble constitué par les brouillons, les manuscrits, les épreuves, les variantes, autrement dit les différentes étapes qui ont précédé la publication de l'ouvrage.

AYANT DROIT : personne qui hérite de l'œuvre d'un écrivain et qui détient le droit moral sur cette œuvre.

B

BON À TIRER (OU BAT) : document signé par l'auteur qui donne ainsi son accord pour que les épreuves soient imprimées.

BROUILLON : premier état manuscrit d'un texte, généralement couvert de ratures.

C

COMPTE D'AUTEUR (À) : lorsque l'auteur publie à compte d'auteur, il prend à sa charge les frais d'impression de son livre.

CONJECTURAL : s'emploie pour qualifier une lecture hypothétique.

COPIE AU NET : mise au net manuscrite d'un brouillon par l'auteur ou un copiste.

CORRECTION : rature ou ajout pour rendre correcte, grammaticalement, la forme de la phrase.

D

DACTYLOGRAMME OU DACTYLOGRAPHIE (OU TAPUSCRIT) : état dactylographié d'un texte (ainsi le dactylogramme d'*Albertine disparue*, version courte, découvert en 1986).

DOMAINE PUBLIC : une œuvre qui tombe dans le domaine public n'est plus propriété de son auteur ou de ses ayants droit. Selon la législation française (en vigueur jusqu'en 1997) : cinquante ans après le décès

---

1. Pour compléter ce lexique, voir Almuth Grésillon, « Glossaire de critique génétique », *Éléments de critique génétique. Lire les manuscrits modernes*, PUF, 1994, p. 241 à 246.

de l'auteur, en y ajoutant les années de guerre ; cette durée est désormais portée à soixante-dix ans, en vertu de la législation européenne. Proust est entré dans le domaine public en 1987.

DROIT DE PRÉEMPTION : priorité dont jouit un acheteur. La Bibliothèque nationale de France bénéficie du droit de préemption lors des ventes de manuscrits.

E

ÉDITION ORIGINALE : première version imprimée d'une œuvre.

ÉPREUVES : état imprimé du texte soumis au contrôle de l'auteur (correction d'épreuves).

F

FOLIO : feuillet et chiffre qui le numérote ; un folio (f°) comprend un recto et un verso. La feuille de papier, à l'intérieur du livre, peut être pliée en deux (*in folio*), en quatre (*in quarto*), en huit (*in octavo*)…

FONDS : ensemble des œuvres d'un écrivain ou collection d'un particulier légués à une bibliothèque, par exemple à la BnF (Bibliothèque nationale de France), à l'IMEC (Institut mémoire édition contemporaine), à la bibliothèque Jacques Doucet (qui possède des manuscrits de poètes et de quelques romanciers du XXᵉ siècle).

M

MANUSCRIT : étymologiquement, « écrit à la main ». État du texte entre le brouillon et la dactylographie. Désigne, aussi, dans l'acception la plus courante, tout document non imprimé, ainsi le département des Manuscrits à la Bibliothèque nationale de France.

P

PAPEROLE : mot emprunté à Céleste, la gouvernante de Proust, qui l'a aidé dans la fabrication de son œuvre. Par ce terme, elle désignait les fragments de papier qu'elle devait découper dans les cahiers de brouillon pour les coller sur les pages en cours de réalisation. Dans *Le Temps retrouvé* (p. 446), le narrateur explique comment, aux côtés de Françoise, il « construira » son livre : « car en épinglant ici un feuillet supplémentaire, je bâtirais mon livre, je n'ose pas dire ambitieusement comme une cathédrale, mais tout simplement comme une robe. Quand je n'aurais pas auprès de moi toutes mes paperoles comme disait Françoise […] ».

PLACARD : version imprimée qui précède les épreuves, sans pagination et avec de grandes marges pour les corrections.

R

RATURE : biffure à laquelle est substituée une nouvelle formulation (éventuellement, identique à celle qui a été biffée).

T

TAPUSCRIT : voir « dactylogramme ».

TÊTE-BÊCHE : se dit de pages successives et écrites la première dans un sens (de haut en bas), la seconde dans un autre (de bas en haut).

V

VARIANTE : modification qui intervient soit entre le manuscrit et l'ouvrage (au stade des épreuves), soit entre plusieurs éditions de l'ouvrage (elle transforme l'ensemble du fragment, à la différence de la correction qui porte sur un mot).

Composition et mise en page
par l'Imprimerie Floch

N° d'édition : L.01EHPN000792.N001
Dépôt légal : août 2016
Imprimé en Espagne par Novoprint (Barcelone)